COLLECTION

LES CONTEMPORAINES

LES

CONTEMPORAINES

PAR GRADATION

✱ ✱ ✱

BIBLIOGRAPHIE

E. PICARD.

IMP. D. BARDIN, A SAINT-GERMAIN.

RESTIF DE LA BRETONNE

LES

CONTEMPORAINES

OU

AVENTURES DES PLUS JOLIES FEMMES
DE L'AGE PRÉSENT

*Choix des plus caractéristiques de ces nouvelles pour l'étude
des mœurs à la fin du XVIIIe siècle.*

VIE DE RESTIF

RESTIF ÉCRIVAIN — SON ŒUVRE ET SA PORTÉE

BIBLIOGRAPHIE RAISONNÉE DES OUVRAGES DE RESTIF

Annotations tirées surtout des autres écrits de l'Auteur

PAR

J. ASSÉZAT

✳✳✳

LES CONTEMPORAINES PAR GRADATION

BIBLIOGRAPHIE RAISONNÉE DES OUVRAGES DE RESTIF

PARIS

ALPHONSE LEMERRE, ÉDITEUR

27, PASSAGE CHOISEUL, 29

M DCCC LXXVI

BIBLIOGRAPHIE

RAISONNÉE DES OUVRAGES DE RESTIF DE LA BRETONNE

Nous avons, dans les deux volumes qui ont précédé
celui-ci, donné, croyons-nous, une idée suffisante de
l'homme que nous voulions faire revivre un instant
pour la satisfaction des curieux. Il nous reste à com-
pléter, pour ceux qui seraient tentés de poursuivre
leur étude de cet écrivain singulier, la liste des ouvrages auxquels il a dû sa célébrité. Notre tâche est
aujourd'hui, sous ce rapport, bien simplifiée. Lorsque
nous l'avons entreprise, nous ignorions que, de son
côté, l'éminent bibliographe, M. Paul Lacroix, s'occupait à relever la bibliographie et l'iconographie de
tous les ouvrages de Restif de la Bretonne : son volu-
mineux répertoire nous a laissé peu de choses à gla-
ner ; aussi serons-nous plus souvent son abréviateur
que son critique.

Disons d'abord qu'en général les livres de Restif,
signés ou non, se laissent facilement reconnaître rien
qu'à leur aspect. Presque tous ont un titre encadré
qui a suffi parfois pour lui faire attribuer certains ouvrages qui imitaient cette décoration extérieure. Disons
aussi que les plus recherchés sont ceux dans lesquels
se trouvent des gravures et que l'état de ces gravures
est pour beaucoup dans la valeur marchande des
exemplaires. Ces gravures de Binet sont fort inégales. Il y en a où l'artiste, n'étant pas gêné par l'auteur, se place avec un caractère spécial sur la ligne
de Moreau et de Marillier. Les autres, commandées par
Restif, d'après le type qui le hantait, sont extrava-
gantes de formes corporelles et de costumes. Ces dernières doivent être rapportées à notre auteur qui en

a revendiqué plusieurs fois l'invention et elles sont un des signes de sa personnalité. De ce nombre sont principalement les figures des *Contemporaines* et du *Paysan perverti.*

Voici maintenant, dans l'ordre chronologique, les ouvrages de Restif.

Les dates sont celles que portent les premières éditions : elles avancent souvent d'une année.

Les prix que nous indiquons sont, en général, les premiers et les plus bas, ceux de la vente Solar en 1860; les derniers et les plus élevés, ceux des ventes de 1874 et ceux du libraire Fontaine. Vers la fin de 1875 ces prix se sont de nouveau abaissés sans cependant être revenus à des proportions raisonnables.

1767.

I. LA FAMILLE VERTUEUSE, lettres traduites de l'anglais par M. de la Bretone (1). Quatre parties en 4 vol. in-12, faux titre et titre encadré; 1767, *à Paris, chez la veuve Duchesne, rue Saint-Jacques, au dessus de la fontaine Saint-Benoît, au Temple du Goût;* à la fin : de l'imprimerie de Quillau, MDCCLXVII.

Epigraphe de la première partie :

> Res sola potest et servare beatum.
>
> HORAT. lib. I, epist. VI.

Epigraphe de la seconde partie :

> De' figli la virtù, l'indole buona
> Son de' padri mercè, gloria e corona.
>
> M. CONTI.

Epigraphe de la troisième partie :

> O fairest of creation ! last and best
> Of all God's works......
> How art thou lost....

MILTON's *Paradise lost,* book IX, v. 900-4.

---

(1) Cette signature, sur le premier livre de Restif, prouve qu'il a pris le nom de la métairie paternelle, dès ses débuts et non, comme on l'a dit, lorsqu'il commença à avoir une certaine réputation.

Epigraphe de la quatrième partie :

Le prix suit la vertu.

Rousseau. Imitation de l'ode IV,
du IVᵉ livre d'Horace.

L'ouvrage est dédié Aux jeunes beautés.
(Voir notre premier volume, *Restif** p. xx, xxi)
Vendu de 10 à 40 fr. 250 fr. (Fontaine), en reliure
exceptionnelle.

II. LUCILE, ou les progrès de la vertu, par un
mousquetaire. Petit in-12 de xvi et 198 pages ; titre
encadré avec vignettes ; 1768, *à Québec, et se trouve à
Paris, chez Delalain, libraire, rue Saint-Jacques.
Valade, libraire, rue de la Parcheminerie, maison de
M. Grangé.*
(Voir notre premier volume, *Restif** p. xx).
L'ouvrage fut contrefait ; sous le même titre, *à la
Haye et se vend à Francfort chez J.-G. Eslinger, libraire,* 1769 ; in-18, de 174 p.; *Francfort et Leipsig,
en foire,* 1769, in-12 ; et reproduit sous le nouveau
titre : La Fille entretenue et vertueuse, ou les
progrès de la vertu en 1774 : *imprimé à la Haye et
se trouve à Paris chez De Hansy, libraire, rue Saint-
Jacques, près celle des Mathurins ;* 2 parties en 1 vol.
petit in-12. L'édition a été cartonnée. (L'auteur racontait
dans la première la scène avec la comtesse d'Egmont
que nous avons rappelée en note, Restif* p. xxiii.)

La même édition reparut la même année avec ce
nouveau changement dans le titre : La Fille enlevée, entretenue, prostituée, vertueuse, ou les Progrès de la vertu. L'épigraphe: *Un petit moment plus
tard,* est la même pour les deux tirages.

Une nouvelle contrefaçon : L'Innocence en danger,
ou les Événements extraordinaires, par M. Rétif de
la Bretonne, parut encore en 1779 sous la rubrique:
*à Liége, chez de Boubers, imprimeur-libraire, à
l'Homme sauvage, rue du Pont.* Elle est faite sur la
première édition.

En l'an VI, parut : Zoé ou les Mœurs de Paris, par
F.-P.-A. Malençon, *à Paris, chez Leroux, libraire, rue
Thomas-du Louvre nº 246, vis-à-vis les Écuries de
Chartres. De l'imprimerie de Digeon, Grande rue
Verte, faubourg Honoré.* 2 vol. in-12. Les noms sont
changés, mais le texte est le même que dans *Lucile.*

C'est, suivant M. Paul Lacroix, une spéculation de Restif plutôt qu'un plagiat. Restif fit encore imprimer sa *Lucile* vers 1802, avec ce nouveau titre : LA PROSTITUÉE DEVENUE VERTUEUSE.

Vendu de 15 à 100 fr.

1769.

III. LE PIED DE FANCHETTE, ou L'ORPHELINE FRANÇAISE, histoire intéressante et morale. Trois parties en 3 vol. petit in-12 ; titre encadré entièrement rouge, 1769. *Imprimé à la Haie, et se trouve à Paris chez Humblot, libraire, rue Saint-Jacques, près Saint-Yves, Quillau, imprimeur-libraire, rue du Fouarre.*

(Voir notre premier volume, *Restif* p. 259-60).

Epigraphe : « Une jeune Chinoise, avançant un bout de pied couvert et chaussé, fera plus de ravage à Pékin que n'eût fait la plus belle fille du monde dansant toute nue au bas du Taygète. » Œuvres de J.-J. ROUSSEAU, t. IV, p. 268.

Contrefaçon suisse sous le même titre. *A Francfort et à Leipzig, en foire,* 1769, 2 parties en 2 vol.

La deuxième édition du PIED DE FANCHÈTE ou le SOULIER COULEUR DE ROSE; *imprimé à la Haie,* 1776, deux parties en 2 vol., ne porte pas encore le nom de madame Lévêque en tête de la dédicace. Ce nom n'apparaît que dans la troisième édition, même titre, datée de 1786.

Nous avons, dans une note adressée à l'*Intermédiaire des chercheurs et des curieux*, et reproduite par M. Paul Lacroix dans sa *Bibliographie de Restif,* donné les raisons qui nous font penser que cette édition prétendue de 1786 est en réalité de 1794. Il nous suffira de dire ici que, dans une des notes, cette date est formellement indiquée : « Aujourd'hui, la chaussure plate, en usage en 1794, fait soulever le cœur. C'est apparemment par vertu qu'on la porte. » Il est aussi question dans un passage intercalé, de la *Justine* du marquis de Sade qui parut en 1794 et que Restif réfuta la même année dans son *Anti-Justine*.

Une édition qui porte le chiffre de cinquième quoiqu'on n'en connaisse pas de quatrième parut encore en 1801. 3 vol. in-18; *Paris, Cordier et Legros, rue Galande, n° 50.*

La troisième édition contient deux jolies gravures anonymes et raisonnables.

Traduit en allemand et en espagnol.

Vendu de 13 à 80 fr.

IV. LETTRES DE LORD AUSTIN DE N**, a lord Humfrey de Dorset, son ami. 2 parties in-12, titre encadré, vignettes : faux titre : La Confidence nécessaire ; 1769 ; *à Cambridge, et se trouve à Londres chez Nourse et Snelling.*

C'est la première édition de la Confidence nécessaire, moins le conte annexe d'O-Ribo. Le sous-titre devient le titre dans la seconde édition et dans la 3e qui sont ainsi intitulées :

La Confidence nécessaire ou Lettres de mylord Austin de Norfolk, à mylord Humfrey de Dorset; par N.-E. Restif de la Bretonne.

Epigraphe :

Quæ fecisse juvat, facta referre pudet.

OVID.

Imprimé à La Haie.

Voici le titre exact du conte irlandais : « O-Ribo ou les terribles traverses, les merveilleuses aventures et les incroyables travaux du charmant O-Ribo, prince de cinquante villages au pays d'Hybernie, pour l'amour de la belle Pucellomany, qui lui furent suscités par le nécromant Sacripandidondannuk, premier ministre du prince O-Fakfak, son père. » Les détails de ce conte assez libre sont empruntés, suivant l'auteur, aux conversations que lui tenait, lorsqu'ils gardaient ensemble les moutons, un de ses camarades qu'il appelle Courtcou, dans *Monsieur Nicolas*, et qui paraît avoir eu l'imagination encore plus déréglée que Restif lui-même.

Vendu de 7 fr. 50 à 60 fr.

V. LA FILLE NATURELLE. 2 vol. in-12 ; fleuron sur le titre, 1769. *Imprimé à La Haie et se trouve à Paris chez Humblot, libraire, rue Saint-Jacques, près Saint-Yves ; Quillau, imprimeur-libraire, rue du Fouarre.*

Epigraphe : *Magna est veritas et prævalet.*

Esdras, lib. III, c. IV, v, ⋎. 41.

Contrefaçon allemande : même titre, même épigraphe : *à la Haie, et se trouve à Francfort. chez J. George Eslinger, marchand libraire. J. Fr. Bassompierre, libraire en foire.*

La seconde édition, qui est de 1775, est signée et porte cette nouvelle épigraphe : « Peut-être un jour son sang, sa fille tendant vers lui ses mains innocentes pour en obtenir le pain de l'aumône, s'en verra rebutée. » *Imprimé à La Haie et se trouve à Paris chez la veuve Duchesne, libraire, rue Saint-Jacques, près la fontaine Saintbenoit.*

Une édition de 1776; *à la Haye et se trouve à Lausanne chez Franç. Grasset et comp.*, in-12, est une contrefaçon bien exécutée de la première.

Vendu de 8 à 120 fr.

VI. LE PORNOGRAPHE, ou Idées d'un honnête homme sur un projet de règlement pour les prostituées, propre à prévenir les malheurs qu'occasionne le publicisme des femmes; avec des notes historiques et justificatives.

Deux parties (la seconde contient les notes) en 1 vol. in-8° de 368 pages; les p. 5 et 6 n'existent pas. Faux titre : *Idées singulières*, première partie. Epigraphe : « Prenez le moindre mal pour un bien. » Machiavel, livre *du Prince*, cap. xxi. 1769. *A Londres, chez Jean Nourse, libraire, dans le Strand. A la Haie, chez Gossejunior et Pinet, libraires de S. A. S.*

(Voir les études en tête de nos deux précédents volumes).

Le même ouvrage, 1770, mêmes libraires, gr. in-8° de 8 pages préliminaires et 215, moins bien imprimé, paraît être une contrefaçon. La seconde édition réelle est de 1776 Elle porte les mêmes noms de libraires, et compte 492 pages. Il y a de nombreuses additions, des réponses aux objections et une table raisonnée des mauvais lieux de Paris. Elle est préférable à la première. Celle-ci ne dépasse pas le prix de 7 à 15 fr., tandis que M. Fontaine cote la seconde, brochée, 200 fr.

1770.

VII. LA MIMOGRAPHE ou Idées d'une honnête femme, pour la réformation du théâtre national.

In-8° de 466 pages. 1770. Faux titre : *Idées singulières*, tome second. Epigraphe : « Le Plaisir est le baume de la vie... le Plaisir c'est la Vertu sous un nom plus gai. » YOUNG. Fleuron sur le titre. *A Amsterdam, chez Changuion, libraire. A la Haye, chez Gosse et Pinet, libraires de S. Altesse S.*

Comme dans le *Pornographe,* la seconde partie contient les notes.

L'ouvrage n'ayant été ni réimprimé ni contrefait est rare.

Vendu 7 fr. 50 et coté 150 fr. chez Fontaine, en reliure exceptionnelle, et 80 fr. broché.

VIII. L'ÉDUCOGRAPHE, 3e partie des *Idées singulières.*

LE NOUVEL EMILE ou L'ÉDUCATION PRATIQUE. 4 vol. in-8º. Le faux titre seul porte : *Idées singulières, l'Educographe.* Le titre du premier volume est celui que nous venons de donner. Il est encadré. Fleuron. Épigraphe : *Res eadem vulnus opemque feret.* OVID. II *Trist.* v. 20. *A Genève, et se trouve a Paris chez P.-J. Costard, libraire, rue Saint-Jean-de-Beauvais.* 1770.

Le quatrième volume porte ce nouveau titre : l'ÉCOLE DES PÈRES, par N.-E. Restif de la Bretonne, avec cette épigraphe : « Forme ton fils comme ta femme voudrait qu'on t'eût formé. Elève ta fille comme tu voudrais qu'on eût élevé ta femme. » Fleuron. *En France et à Paris chez la veuve Duchéne, Humblot, Le Jay et Dorez, rue Saint-Jacques; Delalain, rue et à côté de la Comédie francaise; Esprit, au Palais-Royal; Merigot jeune, quai des Augustins, libraires;* 1776.

On ne connaît que deux ou trois exemplaires de cet ouvrage. M. Lacroix l'a décrit d'après celui qui est à la bibliothèque de l'Arsenal et qui contient les cartons exigés par la censure. Selon le même bibliographe, ce serait Ginguené qui aurait eu la plus grande part à la rédaction du *Nouvel Émile,* et il a rassemblé assez d'aveux de Restif pour donner à cette conjecture la plus grande vraisemblance.

Selon lui, encore, un exemplaire de l'*Éducographe* vaudrait aujourd'hui plus de 200 fr.

1771.

IX. LE MARQUIS DE T*** (TAVAN).

Quatre parties in-12. Titre encadré pour la première partie, fleuron pour les trois autres.

Le Marquis de T*** ou l'École de la jeunesse tirée des mémoires recueillis par N.-E.-A. Desforest, homme d'affaires de la maison de T***, 1771. *A Paris, chez Le Jay, libraire, rue Saint-Jacques.* Epigraphe : *Dextera præcipuè capit indulgentia mentes; Asperitas odium... movet.* Ovid. *De arte.*

Les trois autres parties portent : *à Londres.*

Epigraphe de la seconde :

> *Moribus... conciliandus amor.*
>
> Epitre 5 d'Ovide.

Epigraphe de la troisième : *Omnis amor magnus, sed aperto in conjuge major: Hanc Venus vivat, ventilat ipsa facem.* Prop., l. 4.

Epigraphe de la quatrième : *Non est properanda Voluptas; Sed sensim tardâ perficienda morâ.* Art d'aim. d'Ovide.

L'ouvrage est divisé en cinq livres. Ce sont des conseils moraux entremêlés d'histoires. Il est rare.

Vendu 10 et 72 fr.

1772.

X. ADÈLE DE COM** (COMMINGE).

Cinq parties in-12. Deux titres. Le premier, encadré : *Lettres d'une fille à son père.* Première partie. Prix 8 livres les cinq parties brochées. *Se trouve à Paris, chez Edme, libraire, rue Saint-Jean-de-Beauvais, près celle des Noyers.* 1772.

Second titre, encadré et enjolivé : Adèle de Com***, ou Lettres d'une fille a son père. Epigraphe : « Forme ta fille comme tu voudrais qu'on eût élevé ta femme. » Première partie. Fleuron. *En France*, MDCCLXXII.

Il y a des exemplaires sous ce titre : *Lettres d'une fille à son père;* Paris, Edme Rapenot, 1772.

L'ouvrage n'a point été réimprimé. Il est fort rare, le cinquième volume surtout, qui contient les « pièces singulières et curieuses relatives aux *Lettres d'une Fille à son père,* » savoir: (G) *La Cigale et la Fourmi* [1], (H) *le Jugement de Pâris* avec des réflexions sur

---

1. Voyez *Restif* **, p. 171 et 269.

l'Ambigu Comique, (I) *Il recule pour mieux sauter*, (J) *Contr'avis aux gens de lettres*. — Par ce *Contr'-avis*, Restif se fit des ennemis de Fenouillot de Falbaire, de Luneau de Boisjermain, d'Audinot, avec lequel il ne se brouilla cependant jamais complétement, et surtout de Desmarolles, premier commis du lieutenant de police pour la librairie. Ce fut ce dernier qui, malgré l'approbation du censeur, fit sequestrer le cinquième volume qui dut être cartonné.

Vendu 30 et 250 fr.

1773.

XI. LA FEMME DANS LES TROIS ÉTATS DE FILLE, D'EPOUSE ET DE MERE, histoire morale, comique et véritable.

Trois parties in-12 ; *à Londres et à Paris, chés De Hansy, libraire, rue Saint-Jacques*. 1773. Première partie : LA FILLE, titre encadré, fleuron. Epigraphe : « La Fille, ordinairement, est bonne, douce, obligeante, jusqu'à vingt ans. » 232 pages.

Deuxième partie : L'EPOUSE OU LA FEMME. Fleuron. Epigraphe : Ce qu'on appelle une Femme honnête serait un homme bien médiocre. » POPE. 202 pages.

Troisième partie : LA MÈRE ; fleuron. Epigraphe : « L'Homme-enfant doit rester longtemps entre les mains des Femmes, afin d'y prendre cette candeur, cette aménité que la meilleure éducation par les hommes ne donne qu'imparfaitement. »

Contrefaçon provinciale signée du nom de l'auteur et datée de *La Haye*, 1773 ; in-8°.

La deuxième édition est de 1778, *chez la veuve Duchesne*.

C'est de cet ouvrage que La Chabeaussière a tiré sa comédie : *Les Maris corrigés*, jouée en 1781 aux Italiens.

Traduit en allemand.

Vendu 10 et 120 fr.

XII. LE MÉNAGE PARISIEN ou DÉLIÉE ET SOTENTOUT.

Deux parties en 2 vol., titre encadré, fleuron ; titre et dédicace rouge et noir. 1773. *Imprimé à La Haie*. Epigraphe : « Γνῶθι σεαυτόν. Nosce teipsum (reconnais-

toi). »‾Autre épigraphe en tête de la seconde partie :
« Un Parisien qui voit une belle femme n'a pas plus
de raison de souhaiter d'être son mari, qu'un homme
qui aurait vu les pommes d'or du jardin des Hes-
pérides, n'en aurait eu de désirer d'être le dragon
qui les gardait. » POPE, *Pensées diverses*, traduites par
Fréron. Le livre est dédié : *A mes pairs en sottise.* La
dédicace est signée : Morille Dindonet.´

Le *Ménage parisien* est rare. Il y est question d'une
Académie de Quipergagne ou Sotentoute, dont les
membres se fâchèrent et firent arrêter un moment le
livre paraphé pourtant par Crébillon fils. Restif reconnaît « qu'il y a des étincelles de génie » dans son
livre. M. Monselet dit « qu'il est rempli de vivacité en
même temps que de naïveté et de coloris. » C'est surtout un roman satirique, et Mme Victoire Déliée du
Cœur volant pourrait bien avoir emprunté beaucoup
de traits d'Agnès Lebègue.

Vendu 10 et 80 fr.

1774.

XIII LES NOUVEAUX MÉMOIRES D'UN HOMME
DE QUALITÉ, par M. le M** de Br**. (Fait en collaboration avec J.-Henri Marchand, censeur royal).

Deux parties en 1 vol. in-12. 1774. Fleuron. Épigraphe : « *Ludit in humanis divina potentia rebus.* »
OVID. *De Ponto*, eleg. 3. — *Imprimé à La Haye, et se
trouve à Paris, chés la veuve Duchesne, rue Saint-
Jacques, au temple du Goût; et De Hansy, libraire,
même rue, près celle des Mathurins.*

Cette imitation de l'ouvrage connu de l'abbé Pré-
vost contient de Restif les nouvelles suivantes : *Les
Dangers de l'amour; les Coups de théâtre*, conte physique et moral; *Mon Histoire ou le secret d'être heureux par l'amour*, esquisse de son aventure avec madame Alain. Une troisième partie qui n'est que dans
quelques exemplaires contient une pièce détachée, intitulée les *Beaux Rêves*, dédiée à madame D***; et une
autre : *l e secret d'être aimé après quarante ans et
même dans tous les âges de la vie, fût-on laid à faire
peur.*

Il y a des tirages à part des *Beaux Rêves*; *à Plutonopolis, chez Fobetor, Fantase et Morfée,* in-12 de
50 pages. Les exemplaires de ce tirage contiennent en

outre une autre brochure : *Thèse de médecine* soutenue en Enfer, précédée de la lettre d'un excorporé à son médecin. *À Plutonopolis, chez Alecto-Tisiphone-Mégère l'Envie, veuve de feu Ascalaphe le Dépit, libraire en Enfer, à la Tête de Méduse et au grand Cerbère.* L'an de Pluton, c ɔ cɔ cɔ etc. ou 1774. C'est une thèse en faveur du docteur Guilbert de Préval.

Vendu 15 et 120 fr.

1775.

XIV. LE PAYSAN PERVERTI, ou LES DANGERS DE LA VILLE, histoire récente, mise au jour d'après les véritables Lettres du Personnage. Par N.-E. Restif de la Bretonne.

Quatre volumes in-12, 1775, titre encadré. M. Monselet cite une première édition sans nom de lieu ni d'imprimeur. Mais Restif dit : « Il a été tiré une douzaine d'exemplaires dont le frontispice ne porte point de nom. Ils étaient destinés, selon l'usage, au lieutenant de la police et à ses agens. » C'est sans doute d'après un de ces exemplaires que M. Monselet a rédigé sa note.

La seconde édition est de 1776. Le titre est le même que celui de la première. On y lit en plus : *Imprimé à La Haie, et se trouve à Paris chés Esprit, libraire de S. A. S. Mgr le duc de Chartres, au Palais-Royal, sous le vestibule, au pied du grand escalier.* 8 parties en 4 vol. in-12.

Autres éditions ou contrefaçons : 1º *A Amsterdam, aux dépens de la Compagnie*, 1776, 4 v. in-12. Titre rouge et noir.

2º Avec la mention *Veuve Duchesne et Dorez*, au premier volume. Et celle-ci : *chez les libraires indiqués dans la première partie* aux volumes suivants.

La même particularité se remarque sur une autre édition non citée par M. P. Lacroix et qui porte à cette première partie : *Le Jay, libraire, rue Saint-Jacques, et Merigot jeune, libraire, quai des Augustins.* Le nombre des pages de cette dernière est différent de celui donné par M. Lacroix. Il est de 290, 316, 244 et 200. En tête se trouve un cahier de 8 pages contenant les analyses des ouvrages de l'auteur. Il est probable que divers libraires ont demandé que leur nom figurât sur le titre des exemplaires qu'ils achetaient

en nombre; que, par économie on n'a fait ce changement que pour le premier volume et qu'il ne s'agit pas
ici d'éditions différentes.

3º Avec la reproduction du titre, *chés Esprit*, mais
d'une impression suisse. On doit croire que Restif
ne fut pas étranger à cette contrefaçon de son propre
ouvrage puisque cette édition contient des *lettres re-
couvrées*, une lettre de l'auteur aux libraires, des additions et des corrections, la description des figures,
et un avis du libraire annonçant la *Paysanne pervertie*. De plus on doit supposer encore que la date
de 1776 est fausse, à cause même de ce renvoi à la
Paysanne qui ne parut qu'en 1784, et aux estampes
qui sont de la même époque.

4º Edition de 1780 citée par M. Monselet.

Le *Paysan* a été traduit deux fois en allemand. Les
42 éditions anglaises dont se vantait Restif n'auraient
aucune réalité suivant M. P. Lacroix. Cependant la
traduction avait été entreprise par M. Powel avec
lequel Restif entra en correspondance, et qui ne parait
pas avoir été un simple mystificateur.

(Voir nos deux études *Vie de Restif* et *Restif écrivain* en tête des *Contemporaines mêlées* et des *Contemporaines du commun*).

Vendu de 20 à 40 fr., sans figures, 175 à ...., avec
figures, suivant leur état. Elles sont au nombre de 82
et presque toutes de Binet, gravées par Jean Le Roy.

1776.

XV. LE FIN MATOIS ou Histoire du grand Taquin, traduite de l'espagnol de Quevedo, avec des
notes historiques et politiques, nécessaires pour la
parfaite intelligence de cet auteur.

Trois parties in-12. 1776. Titre encadré. *Imprimé
à La Haie*. Des exemplaires portent le titre : *l'Aventurier Buscon* ou *Histoire du grand Taquin*, suivie
des *Lettres du chevalier de l'Epargne ;* Madrid et
Paris, Costard, 1776.

Spéculation de librairie. La traduction de l'espagnol
avait été faite par le censeur d'Hermilly. Restif la lui
acheta vingt-cinq louis, la remania et ajouta sept
chapitres à la fin. Il gagnait à ce marché la bienveil-
lance du vieux censeur, bénéficiait des éloges que Fréron ne pouvait lui refuser et ne lui refusa pas, et

apprenait un peu l'espagnol qui à l'avenir allait entrer dans ses épigraphes au même titre que le grec, le latin et l'anglais.

Vendu 10 et 150 fr.

1776.

XVI. L'ÉCOLE DES PERES.

Même titre que celui donné ci-dessus pour le quatrième volume de l'Educographe (VIII). A reparu en 3 volumes in-12, même année, mêmes libraires. Quoique Restif ait parlé plusieurs fois du quatrième volume du *Nouvel Emile*, notamment à son correspondant allemand Engelbrecht qui devait le traduire, il est probable que ce quatrième volume écrit cinq ans après les trois premiers était réellement le commencement du remaniement qu'il voulait faire subir à l'ouvrage pour se l'approprier. S'il est vrai, comme nous le pensons avec M. Lacroix, que Ginguené ait fourni les matériaux de cet ouvrage, Restif devait chercher à effacer autant qu'il était en son pouvoir les traces de cette collaboration. C'est ce qu'il fit dans ces trois nouveaux volumes.

Le livre éprouva bien des difficultés de la part de la censure. Une confusion de noms à l'enregistrement du permis d'imprimer avait fait croire qu'il était de Diderot. Ces mauvais vouloirs, à la seule évocation de son nom, expliquent bien pourquoi Diderot n'écrivait plus à cette époque que pour lui et pour ses amis. La persécution toujours prête à renaître l'obligeait à une extrême prudence et il faut être brave comme certains critiques de son temps et de nos jours qui n'ont rien à craindre parce qu'ils se rangent toujours du côté du plus fort, pour lui reprocher comme une faiblesse son horreur pour la Bastille. Il en avait tâté.

Traduit en allemand.

Vendu 10 fr. et 200 fr.

1777.

XVII. LES GYNOGRAPHES ou IDÉES DE DEUX HONNÊTES FEMMES sur un projet de règlement proposé à toute l'Europe pour mettre les Femmes à leur place, et opérer le bonheur des deux sexes ; avec des notes historiques et justificatives, suivies des noms des femmes

célèbres ; recueillies par N.-E. Restif de la Bretonne, éditeur de l'ouvrage.

Épigraphe :

A d'austères devoirs, le rang de femme engage.
Et vous n'y montez pas, à ce que je prétends,
Pour être libertine et prendre du bon temps.

Ec. des Femmes, IIIe acte, II° sc.

A La Haie chés Gosse et Pinet, libraires de Son Altesse Sérénissime. Et se trouve à Paris, chés Humblot, libraire, rue Saint-Jacques, près Saint-Yves.

Deux parties en un vol. grand in-8° de VIII et 567 pages.

Il y a des exemplaires portant l'indication : *Paris, Humblot, 1776,* mais l'ouvrage rentrait dans la catégorie de ceux pour lesquels il ne pouvait être accordé qu'une *permission tacite,* c'est-à-dire qui devaient porter la marque d'une provenance étrangère, on changea donc le titre pour y ajouter l'indication *à la Haie.* Cet étonnant subterfuge de la censure pour maintenir en principe des rigueurs inapplicables en fait n'a pu lui être suggéré que par les membres ecclésiastiques en majorité dans le corps.

Le petit roman qui encadre les réflexions de Restif est aussi simple que celui du *Pornographe.* Ce sont les lettres de deux amies, madame de Tianges et madame des Arcis qui parlent de leurs maris et de leurs ménages et se racontent des anecdotes. Les notes historiques ont pu être fournies à Restif par un compilateur à ses gages ; car il a souvent employé des secrétaires, comme il a souvent acheté des manuscrits.

Vendu 6 fr. 50 c. et 20 fr.

XVIII. LE QUADRAGÉNAIRE.

Deux volumes in-12, faux titre : Le QUADRAGÉNAIRE ou l'HOMME DE XL ANS, avec 15 figures ; titre encadré : Le QUADRAGÉNAIRE OU L'AGE DE RENONCER AUX PASSIONS, ouvrage utile à plus d'un lecteur. Epigraphe : « *Turpe senilis amor.* » *A Genève, et se trouve à Paris, chés la veuve Duchesne, libraire, rue Saint-Jacques, au Temple du Goût,* 1777.

Ce roman devait d'abord s'appeler l'*Amour par lettres.* Restif y a réuni celles qu'il écrivait alors aux ouvrières d'une marchande de modes de la rue de Grenelle Saint-Honoré. C'était une de ses manies. Il l'a prêtée à quelques-uns de ses personnages. Voyez entre autres dans les *Contemporaines du commun,* p. 204 : *La petite Bonnetiere en mode.* Parmi les récits qui accompagnent ces lettres il faut distinguer celui qui est intitulé : l'*Illusion d'un homme de quarante ans* qui est l'ébauche de l'épisode de Virginie dans *Monsieur Nicolas* (10e partie).

Traduit deux fois en allemand.

Vendu 8 fr. 50 c., 100 et 250 fr. (reliure exceptionnelle).

1778.

XIX. LE NOUVEL ABEILARD, ou Lettres de deux amants qui ne se sont jamais vus.

Quatre volumes in-12. Epigraphe : « *They live (Letters), they speak, they breathe what love inspires,* etc.» POPE. Epître d'Héloïse à Abeilard. Fleuron, contenant cette autre épigraphe : *Vitam impendere vero.* Titre rouge et noir. *A Neufchatel. Et se trouve à Paris, chez la veuve Duchesne, libraire, rue Saint-Jacques, au Temple du Goût.*

Il y a dix gravures anonymes, à l'imitation de Gravelot et fort jolies, sans les exagérations qui déparent celles qui ont été faites sous la direction despotique de Restif. L'ouvrage est dédié à Mᵐᵉ M. A. D. A. D. L. R. D. F. La dédicace est signée : N. E. R. D. L. B. D. S. E. B. B. Ces abréviations qui étaient de mode alors sont souvent difficiles à traduire. La seconde signifie clairement Nicolas Edme Restif de la Bretonne, de Sacy, en Basse Bourgogne ; quant à la première, M. Lacroix ne l'a point expliquée. Nous supposons cependant que les dernières lettres disent : de la reine de France. Il reste à trouver cette dame M. qui approchait la reine et qui devait « son rang élevé autant à son mérite qu'à sa naissance. » Le temps nous manque pour cette recherche.

Une seconde édition est signée : *En Suisse, chez les libraires associés,* 1779.

C'est une charcutière, Victoire Londo, l'héroïne de ce roman. Il y est aussi question de Mˡˡᵉ Poinot, la menuisière. Ces mêmes personnages sont en jeu dans la *Nouvelle* que nous avons reproduite : *Les Trois belles Chaircuitières (Contemporaines du commun)*.

Traduit en allemand.

Vendu 8 fr. (sans figures); 25 fr. (Solar) et 200 fr.

1779.

XX. LA VIE DE MON PÈRE, par l'auteur du Paysan perverti.

Epigraphe :

> Omnia non pariter rerum sunt omnibus apta,
> Fama nec ex æquo ducitur ulla jugo. Prop.

A Neufchatel, et se trouve à Paris, chés la veuve Duchesne, libraire, rue Saintjacques, au Temple du Goût, 1779.

Deux parties en 2 vol. in-12. 14 gravures et 2 portraits en médaillon du père et de la mère de l'auteur : « Edme Rétif, clerc de procureur à Paris, à l'âge de 19 ans » « Barbe Ferlet, à l'âge de 17 ans. »

(Voyez les *Contemporaines du commun,* p. xx et xxi, et corrigez l'inadvertance qui nous a fait dire dans la citation de l'*Année littéraire, Bernardin* au lieu de *l'abbé* de Saint-Pierre.)

2ᵉ édition, 1780, même adresse.

3ᵉ édition ; 1788, *à Neufchatel,* comme la première.

4ᵉ. 1853, *M. Rétif* ou la *Vie de mon Père;* Bibliothèque des poètes et romanciers chrétiens; *Paris, librairie de Soye et Bouchet,* rue de Seine, 36, in-4º à deux colonnes, avec gravures sur bois imitées de celles de l'édition originale ; mais imitées de très-loin.

Traduit en allemand.

Vendu 10 et 120 fr.

1780.

XXI. LA MALÉDICTION PATERNELLE : Lettres sincères, véritables de N****** à ses Parents, ses Amis et ses Maîtresses ; avec les Réponses : Recueillies et publiées par Timothée Joly, son Exécuteur Testamentaire.

Trois parties en 3 vol., titre encadré, fleuron. *Imprimé à Leipzig, par Büschel, marchand libraire, et se trouve à Paris, chez la dame veuve Duchesne, en la rue St-Jacques, au Temple du Goût,* 1780.

Frontispices allégoriques en tête de chaque volume; dessinés par Binet, gravés par Berthet, avec beaucoup de soin et d'élégance. Restif dit que cet ouvrage est « une éruption violente de sentiment, surtout le premier volume et la fin du troisième. C'est la préface naturelle des *Contemporaines.* » Faut-il croire, comme M. P. Lacroix, que tout ce qu'il y a de bon dans ce roman est de Pidansat de Mairobert? C'est difficile. Et le censeur-nouvelliste-pamphlétaire aurait eu bien tort, dans tous les cas, de laisser à Restif la gloire d'une production qui fit dire à l'abbé de Fontenay (*Affiches de province,* 20 septembre 1779) : « M. Restif de la Bretonne s'élève au-dessus de lui-même; il déploie dans ses idées une force, une énergie qui imposent. Ces tableaux d'un pathétique sombre et terrible sont dignes de la touche de Crébillon. » Ce qui est sûr, c'est que Restif a toujours revendiqué la paternité de ce roman et qu'il l'a en partie reproduit dans les *Contemporaines* sous le titre : *Les Effets de la malédiction,* où il renvoie à la *Malediction paternelle.*

Traduit en allemand.

Vendu 15 et 250 fr.

XXII. LES CONTEMPORAINES.

1° Les Contemporaines ou aventures des plus jolies Femmes de l'âge présent : recueillies par N.*******, et publiées par Timothée Joly, de Lyon, dépositaire de ses manuscrits. 1780-82, 17 vol., fig.

Épigraphe : « Il s'essaie par ces historiettes, tantôt il prendra un vol plus hardi. »

Imprimé à Leipsick, par Büschel, marchand libraire, et se trouve à Paris, chés Belin, rue Saint-Jacques, près celle du Plâtre, et chés l'éditeur, rue de Bièvre.

2° Les Contemporaines du commun, ou aventures des belles Marchandes, Ouvrières, etc., de l'âge présent. Recueillies par N.-E. R** D* L* B***. *Imprimé à Leipsick, par Büschel, marchand libraire. Et se trouve à Paris.* 1782-1783. 13 vol., fig.

1000 Ex. ont été tirés sous ce titre : *Les Jolies-Femmes-du-Commun.*

3° Les Contemporaines par gradation, ou aventures des jolies Femmes de l'âge actuel, suivant la

gradation des principaux Etats de la Société. Recueillies par N.-E. R*'' D* L* B***. *Imprimé à Leipsick, par
Büschel, libraire. Et se trouve à Paris, chés la dame
veuve Duchesne, rue Saint-Jacques,* 1783, 12 vol., fig.

Des Exemplaires portent ce titre : *les Contemporaines gra-
duées, ou Aventures des Jolies Femmes de la Noblesse, de
la Robe, de la Médecine et du Théâtre.*

Les figures de cette collection en 42 volumes dont
les derniers sont rares sont presque toutes de Binet,
dessinateur, et Berthet, graveur, sauf celles de la troisième série dans laquelle on reconnaît d'autres mains.
Elles sont au nombre de 283. On les recherche plutôt
pour leur bizarrerie que pour leur exactitude. Elles
devraient être signées Restif et non pas Binet, car
Binet n'était là que l'exécuteur docile des volontés de
l'écrivain, et bien certainement — il l'a prouvé, — livré
à lui-même, il n'eût pas songé à aller contre les règles
prescrites par l'art à tout copiste de la nature, et il
n'eût pas exagéré la longueur des jambes des hommes, la finesse de la taille des femmes, l'étroitesse de
leurs souliers et l'ampleur de leurs coiffures et de
leurs paniers jusqu'à la caricature.

Il paraît d'après une lettre de Marlin à Restif qu'il
y a des portraits de contemporains dans ces estampes 1. M. Lacroix le pense aussi. Cependant on n'en
désigne aucun, et pour qui a cherché à s'édifier sur
ce point, il est impossible d'en reconnaître formellement un seul. Les types sont aussi insignifiants que
possible.

Il existe une édition (incomplète) avec orthographe
régulière, qui est une contrefaçon suisse.

Une seconde édition des *Contemporaines* parut de
1781 à 1788, mais elle ne comprend que les 30 premiers volumes ; quoiqu'il y ait des additions et des
corrections, il est difficile de la distinguer à première
vue de la précédente. Beaucoup des exemplaires des

1. Il y avait pis dans le texte. Il y avait des histoires de personnages vivants qui ont amené des enquêtes de police. Une de
ces enquêtes tirée des papiers des commissaires au Châtelet
(*Archives nationales*), découverte par M.rs Campardon et Lon-
gnon, sera publiée prochainement dans le *Bulletin de la société
de l'Histoire de Paris.* Il s'agissait d'une chapelière calom-
niée. Ce fut à l'intervention de Beaumarchais que Restif dut de
sortir sans trop d'ennuis de cette affaire.

Contemporaines sont d'ailleurs composés de volumes appartenant aux deux éditions. Les curieux de l'homme et non des images doivent préférer la seconde qui contient à la fin de la plupart des volumes, surtout de ceux de la série des *Contemporaines du commun*, nombre de lettres adressées à Restif et des morceaux polémiques. Nous en avons cité plusieurs en note, à la fin de notre volume des *Contemporaines mêlées*.

En 1825, le libraire Peytieux fit faire un titre à son nom pour écouler un certain nombre d'exemplaires des 38 premiers volumes dont il s'était rendu acquéreur. Ce titre jure par l'aspect et par le papier avec le reste de l'ouvrage. Il y a eu des réimpressions partielles en 1786, 1787, 1788, 1790.

Traduit en allemand (11 volumes seulement), par Mylius, traducteur de *Jacques le Fataliste*.

Vendu, 1re édition, 125 fr., 450, 2,400 fr. (rel. exceptionnelle); 2e édition, 202, 650, 900 fr.

1781.

XXIII. LA DÉCOUVERTE AUSTRALE.

4 vol. in-12. Faux titre : ŒUVRES POSTHUMES de N********. Œuvre Sde : LA DÉCOUVERTE AUSTRALE ou *les Antipodes*, avec une estampe à chaque fait principal, 1781. (Ce faux-titre manque à presque tous les ex.)

Titre : LA DÉCOUVERTE AUSTRALE par un homme volant, ou le Dédale français, nouvelle très-philosophique, suivie de la *Lettre d'un Singe*, etc. Epigraphe : *Dædalus interea Creten*, etc. (au long à la préface). Fleuron. *Imprimé à Leïpsick : et se trouve à Paris;* sans date.

Au troisième volume, l'épigraphe est : *Felix qui rerum potuit cognoscere causas*. A la page 567 commence un autre opuscule : *Cosmogénies* ou Systèmes de la formation de l'Univers suivant les anciens et les modernes. P. 625, nouveau faux titre et nouvelle pagination : « Suite du IIIe volume. *Lettre d'un Singe aux animaux de son espèce. Dissertation sur les Hommes Brutes. La séance chés une amatrice*, composée de VI diatribes : I. l'*Homme de nuit;* II. l'*Iatromachie;* III. *La Raptomachie;* IV. *la Loterie;* V. *l'Olympiade, Armide*, etc. VI. *Gluck et les Loups.* » Ces annexes se continuent dans le IVe volume. Toutes les lignes des titres et des faux-titres sont soulignées par un filet simple ou double. Les 23 gravures dont

l'ouvrage est orné sont des plus originales. Le méca-
nisme inventé par l'homme volant a grande tour-
nure. Il se rapproche un peu de celui des *Hommes
volants,* roman traduit de l'anglais par M. de Pui-
sieux, mais il est perfectionné. Il a été gravé de nouveau sur bois, pour un roman populaire moderne de
M. Henri de Kock. Les différentes espèces d'hommes-
brutes, comme l'homme-ours, l'homme-chien, l'hom-
me-cochon, l'homme-éléphant, etc. sont aussi fort curieusement imaginées. La grande figure se déployant :
la séance chez une amatrice est belle. On suppose
qu'elle représente le salon de madame Pankoucke, et
donne les portraits de ses habitués : Suard, Arnaud,
Condorcet, Coqueley de Chaussepierre, La Harpe.

Les diatribes ont été mutilées, et cinq d'entre elles
ont dû être supprimées complétement.

Les premiers rêves cosmogoniques de Restif, ins-
pirés de Cyrano de Bergerac, se trouvent dans ce
livre presque aussi complets que dans la *Philosophie
de M. Nicolas.*

Traduit en allemand.

Vendu 24, 108 et 200 fr. (Reliure exceptionnelle.)

1782.

XXIV. L'ANDROGRAPHE ou IDÉES D'UN HONNÊTE
HOMME sur un projet de règlement proposé à toutes
les Nations de l'Europe pour opérer une réforme générale des mœurs, et par elle, le bonheur du Genre humain ; avec des Notes historiques et justificatives;
recueillies par N.-E. Rétif de la Bretone, éditeur de
l'ouvrage.

Deux parties en 1 vol. in-8° de 16 et 492 pages.
Épigraphe : « Maudit celui qui, le premier, entou-
rant un champ d'un fossé, dit : Ce champ est à moi !
J.-J. R. » *A La Haie, chez Gosse et Pinet, libraires de
Son Altesse Sérénissime. Et se trouve à Paris, chez
la Dme veuve Duchesne et Belin, libraires, rue Saint-
jacques, et Mérigot jeune, quai des Augustins.* 1782.

Ouvrage annoncé sous le titre : l'*Anthropographe*
ou l'*Homme réformé,* que Restif lui donne souvent.
L'introduction est intitulée : *Suite de l'histoire des
personnages du Pornographe, de la Mimographe* et
des Gynographes. On y retrouve en effet M. d'Alzan,
Mme des Arcis, etc.

Le but de Restif est de formuler plus en détail le

système communiste qu'il avait ébauché dans les
statuts du bourg d'Oudun. (Voir notre étude *Rest j
écrivain*, en tête des *Contemporaines du commun*.)

L'*Andrographe* est très-rare. Tiré à petit nombre.
mal vendu, il devait encore être en feuilles dans la
maison de Restif, quand il annonçait en 1784 qu'il
ne lui restait plus que quatre exemplaires complets
des *Idées singulières*. Ce procédé pour vendre en col
lection ce qu'on ne peut écouler séparément est encore employé aujourd'hui par les libraires.

Vendu 7 et 50 fr.

1783.

XXV. LA DERNIERE AVANTURE D'UN HOMME DE QUARANTE-CINQ ANS; nouvelle utile à plus d'un lecteur.

Deux parties en 1 ou 2 vol. in-12. La pagination
est unique, mais il y a deux titres et les volumes
sont de la force ordinaire de ceux de Restif.

Epigraphe de la première partie :

Venit magno fœnore tardus amor. Propert

Epigraphe de la seconde :

Turpe senilis amor.

*A Genève. Et se trouve à Paris, chés Regnault, li-
braire, rue Saint-Jacques, vis-à-vis la rue du Plâtre*
1783.

Quatre gravures (et non deux comme le dit M. P.
Lacroix). Deux dans chaque vol.; une, en tête portant le
titre : *frontispice*, Ire partie ; *frontispice*, IIe partie.

Dans la première partie, la seconde gravure est in
titulée *les Deux cinquantenaires*, Ire part., p. 50.

Dans la seconde partie, la quatrième gravure es
intitulée : *Dénoûment*, IIe part., p. 508.

Les deux premières sont signées : *C. Binet, del. e.
Giraud l'aîné, scul.;* Les deux autres : *Binet, del. e.
Pouquet, scul.*

Ce roman dont nous avons déjà dit quelques mots
est un des meilleurs de Restif. C'est aussi l'un de ceux
dans lequel il a mis le plus de faits vrais. L'histoire
de ses amours avec Sara y est écrite à mesure qu'elle
se déroulait dans la réalité. Cette confession fut cause
de sa brouille avec Mlle Minette de Saint-Léger

(Félisette) qui l'aimait alors. Il se vengea d'elle dans le volume qu'il fit paraître l'année suivante : la *Prévention nationale*, en y insérant toutes chaudes les lettres qu'elle lui avait écrites.

Vendu 7 fr. 5o c. et 100 fr.

1784.

XXVI. LA PRÉVENTION NATIONALE.

Deux parties en 3 vol.

Premier volume : LA PRÉVENTION NATIONALE, action adaptée à la Scène ; avec deux Variantes, et les faits qui leur servent de base. Première partie, contenant : *la Prévention nationale,* action en cinq actes ; son analyse et la seconde Variante. Epigraphe : « Le Français estime toutes les autres nations et il ne leur attribue pas en général les défauts des Particuliers. » *A La Haie, et se trouve à Paris, chés Regnault, libraire, rue St-Jacques, près celle du Plâtre.* Titre encadré.

Deuxième volume. Même titre général. Seconde partie, contenant la première Variante : I les Lettres authentiques ; II les Traits historiques ; III le Fait original ; IV le Prisonnier de Guerre, par N.-E. Rétif de la Bretonne. Fleuron. *Imprimé à La Haie.*

Troisième volume : *Faits qui servent de base à la Prévention nationale.* Suite : III le Chevalier d'Assas ; IV Charles Dulis ; V les deux Anglais ; VI le Fils obéissant ; VII le Prisonnier de guerre ; VIII la Prévention dramatique ; IX la Prévention particulière. Analyse de la *Dernière aventure d'un homme de 45 ans.* Second volume de la seconde partie. *A Genève. Et se trouve à Paris chez Regnault,* etc.

Le principal intérêt de cet ouvrage consiste dans les lettres nombreuses dont Restif l'a augmenté. Lettres de Minette, plus tard madame de Colleville, de Sara et de Butel-Dumont, de lui-même, sous le nom de Dulis, et surtout la lettre latine contre Minette dont l'astronome Lalande qui connaissait cette demoiselle eut beaucoup de peine à obtenir la suppression.

La *Prévention nationale* contient dix figures, non signées.

Vendu 11 et 100 fr.

1784.

XXVII. LA PAYSANNE PERVERTIE ou LES DAN-GERS DE LA VILLE, ou histoire d'Ursule R**, sœur d'Edmond, le Paysan, mise au jour d'après les véri-tables Lettres des personnages, avec 114 estampes : par l'auteur du *Paysan perverti.*

Huit parties en 4 vol. in-12. Titres et faux-titres encadrés; fleurons.

Imprimé à La Haie. Et se trouve à Paris chés la dame veuve Duchesne, libraire, en la rue Saint-Jac-ques, au Temple du Goût, 1784.

Trente-huit figures, très-remarquables, de Binet, pour la plupart, et gravées par Le Roy, Giraud le jeune, et Berthet, sauf quelques-unes, plus faibles. La description n'indique que 36 figures, mais il faut y ajouter III bis et VIII bis qui n'ont été tirées qu'après coup.

La censure ayant ordonné la suppression du titre : *la Paysanne pervertie,* la plupart des exemplaires ne portent que : *les Dangers de la ville* ou etc.

Restif n'a pas fait de seconde édition de ce livre dont Nougaret lui avait pris le titre qui, sans lui ap-partenir encore de fait en 1777, lui revenait de droit après la publication du *Paysan.* On trouve cependant des éditions sans gravures, contrefaçons suisses ou françaises, notamment à la date de 1785 *chés la veuve Duchesne* et 1786 même adresse, titre rouge et noir avec quatre figures-frontispices mal gravées.

Dans la première de ces contrefaçons le 3ᵉ volume a 244 pages, mais la dernière est numérotée fausse-ment 144, chiffre que donne M. Paul Lacroix.

1785.

XXVIII. LES FIGURES DU PAYSAN PERVERTI·

Restif de la Bretonne. . . . . . . Invenit.
Binet. . . . . Delineavit.
Berthet et Leroi. . . . . Incuderunt.

LES FIGURES DE LA PAYSANNE PERVERTIE.

Même titre encadré de filets, *sans nom et sans date.*

La Naïveté, l'Innocence, la Candeur, l'Enchantement séducteur de la Ville, les Femmes, les Désirs, les

Plaisirs, la Volupté, les Ecarts, l'Egarement, la Licence, la Débauche, le Vice, le Crime, l'Échafaud, l'Infamie, le Désespoir, la Mort.

Cette légende du titre qui reproduit les divisions générales et la marche des deux ouvrages est répétée à chaque partie.

Suivent les explications des gravures.

Ces gravures, publiées aux frais d'un ami de Restif qui peut être Grimod de la Reynière sont au nombre de 120 pour les deux ouvrages réunis (82 pour le *Paysan*, 38 pour la *Paysanne*).

XXIX. LES VEILLÉES DU MARAIS, ou histoire du grand prince Oribeau, roi de Mommonie, en pays d'Evenland ; et de la vertueuse princesse Oribelle, de Lagenia : Tirée des anciennes Annales irlandaises, et récemment translatée en français : par Nichols-Donneraill du comté de Korke, descendant de l'auteur.

Quatre parties en 2 vol. in-12. *Imprimé à Waterford*, capitale de Mommonie, 1785.

C'est un livre à clef où figurent sous des anagrammes et des pseudonymes presque tous les hommes célèbres de l'époque. Des allusions à la famille royale inquiétèrent le censeur Terrasson, et ce fut Toustain de Richebourg qui donna l'approbation. La plupart des exemplaires sont cartonnés.

En 1791 Restif fit reparaître le même ouvrage sous ce nouveau titre : L'INSTITUTEUR D'UN PRINCE ROYAL, suivi d'un ouvrage irlandais intitulé : O'-Ribeau et O'-Ribelle, *Paris, veuve Duchesne*, 1791 ou 1792, 4 vol. in-12.

Binet avait fait pour les *Veillées du Marais* 52 dessins qui n'ont pas été gravés.

Vendu 9 fr. et 150 fr.

1786.

XXX. LES FRANÇAISES ou XXXIV exemples choisis dans les Mœurs actuelles, propres à diriger les Filles, les Femmes, les Epouses et les Mères.

4 vol. in-12, Titre encadré d'un filet double. *A Neufchâtel. Et se trouve à Paris chés Guillot, libraire*

de Monsieur, rue Saint-Jacques, vis-à-vis celle des Mathurins, 1786.

Epigraphe du 1ᵉʳ volume, LES FILLES.

La hija, y el vidrio, sempre estan in peligro.

Épigraphe du 2ᵉ vol. LES FEMMES.

La Mujer y la Pera, la que mas calla, es buena.

Épigraphe du 3ᵉ vol. LES ÉPOUSES.

La Fama de su honestidad, en Mugeres, Delicada cosa es !

Épigraphe du 4ᵉ vol. LES MÈRES.

A sus Hijos y sus Hijas sabia Madre dezia :
Tres Muchos y tres Pocos destruyen el Hombre,
Mucho hablar, y Poco saber,
Mucho gastar, y Poco tener,
Mucho presumir, y Poco valer.

34 figures. M. Cohen, dans le *Guide de l'amateur des livres à vignettes* fait remarquer que jamais Binet n'a autant exagéré la petitesse des pieds et la finesse des tailles des femmes. Il est cependant probable que Binet n'est pas le seul dessinateur de cette série d'illustrations, deux figures seulement sont signées de lui.

Les *Françaises* n'eurent qu'un médiocre succès. C'est encore la même veine que dans les *Contemporaines*, mais affaiblie en ce sens que Rétif prétend y prêcher « une morale excellente, dépouillée des inconvénients » de son précédent ouvrage.

Vendu 26 et 100 fr.

1787.

XXXI. LES PARISIENNES ou XL Caractères généraux, pris dans les mœurs actuelles, propres à servir à l'instruction des Personnes du Sexe : tirés des Mémoires du nouveau *Lycée des mœurs.*

4 vol. in-12, titre encadré : *A Neufchatel et se trouve à Paris chés Guillot, libraire de Monsieur rue St-Jacques, vis-à-vis celle des Mathurins,* 1787.

C'est encore une suite aux *Contemporaines.* Il y a 20 figures qui ne sont pas signées. Butel Dumont, Cubières Palmezeaux et, sur leur autorité, Restif considéraient cette nouvelle suite comme le meilleur des ouvrages de l'auteur.

Vendu 19 fr. 50 c., 100 et 250 fr.

XXXII. LE PAYSAN ET LA PAYSANNE PER-VERTIS ou les Dangers de la ville.

Seize parties en 4 vol. in-12- Titre encadré, 120 figures, y compris 8 frontispices. *Imprimé à La Haie.* 1784 (date fausse).

Cette fusion des deux ouvrages capitaux de Restif n'eût aucun succès de vente et l'édition a presque entièrement disparu ou ne se trouve qu'incomplète. M. Fontaine n'en indique point un exemplaire, même sans figures, dans la collection complète des *Œuvres* de Restif qu'il a annoncée au prix de 20,000 francs, en 1875.

1788-94.

XXXIII. LES NUITS DE PARIS ou le Spectateur nocturne,

Seize parties en 8 vol. in-12; *A Londres, et se trouve à Paris, chés les libraires nommés en tête du catalogue.* Titre encadré dans certains exemplaires qui portent le nom de *Mérigot jeune, libraire.*

Epigraphe :

Nox et Amor vinumque nihil moderabile suadent,
Illa pudore vacat, Liber, amorque metu.

Ovid.

18 gravures non signées, inégales. Quelques unes sont remarquables. Nous avons dit que la première qui représente Restif un hibou sur la tête était de Gaucher et se trouvait dans son œuvre au cabinet des estampes. Il est possible que les autres (celles qui sont bien exécutées) soient du même artiste.

On lit à la fin du tome septième : Fin de la quatorzième *et dernière partie*- La quinzième partie ne parut que deux ans après, sous ce titre : La Semaine nocturne, sept nuits de Paris qui peuvent servir de suite aux III-CLXXX déjà publiées. Ouvrage servant à l'histoire du Jardin du Palais-Royal.

Epigraphe : « Les extrêmes se touchent. »

A Paris chés Guillot, rue des Bernardins, 1790.

La seizième partie parut trois ans plus tard sous ce titre : Les Nuits de Paris, ou le Spectateur nocturne.

Epigraphe : « Je ne m'apitoye pas sur un Roi. Que les Rois plaignent les Rois, je n'ai rien de commun avec ces Gens là ; ce n'est pas mon prochain. » *Drames de la vie*, p. 1332. *A Paris*, 1794.

C'est encore un livre à clef. Cette clef tient six pages en petit texte dans l'ouvrage de M. P. Lacroix. Nous y renvoyons le lecteur. Quant au livre lui-même, il est pénible à lire. La coupure en petits chapitres à chaque instant interrompus et repris fatigue. Mais, après *Monsieur Nicolas*, c'est certainement l'ouvrage le plus précieux de Restif au point de vue des renseignement historiques et biographiques. Nous y avons souvent renvoyé dans nos Notes.

Traduit partiellement en allemand. Contrefaçon sous la rubrique : Londres et la date 1799. Il n'y a que les 14 premières parties et la pagination, au lieu d'être unique, recommence à chaque volume.

Vendu en 14 parties, 110 et 450 fr.

En 15 parties, 68 et 500 fr.

En 16 parties, 122 et 750 fr.

XXXIV. LA FEMME INFIDELLE. *A La Haie, et se trouve à Paris, chez Maradan, libraire, rue des Noyers*, n° 33, 1788.

Quatre parties en 4 vol. in-12.

Les premiers titres imprimés dès 1786 nommaient comme auteur Maribert Courtenay [1].

Ce pamphlet, d'une violence extrême contre Agnès Lebègue, lui a pourtant été attribué, comme nous l'avons dit (Restif** p. xxxv). C'est là que sont racontées ses liaisons avec Fontanes et Joubert. La clef de ce livre, détruit par l'auteur lui-même et devenu par suite extrêmement rare, remplit neuf colonnes de l'ouvrage de M. Lacroix. Elle avait été faite par Restif qui l'a insérée à la fin du tome XXIII de la seconde édition des *Contemporaines*.

Vendu 12 et 239 fr.

---

1. Le libraire Alvarès a annoncé (1860, n° 8, de son catalogue) une *Femme infidèle*, par Maribert Courtenay, différente de celle de Restif. Ce pourrait être celle-là l'œuvre d'Agnès Lebègue. Elle est de *Neufchatel et Paris*, s. d.

1789.

XXXV. INGÉNUE SAXANCOUR ou la Femme séparée, histoire propre à démontrer combien il est dangereux pour les Filles de se marier par entêtement et avec précipitation, malgré leurs Parents. Ecrite par Elle-même. *A Liége et se trouve à Paris, chez Maradan, libraire, rue des Noyers,* n° 33, 1789.

Trois parties en 3 volumes.

Histoire de la fille aînée de Restif, Agnès, et de son mari Augé, entremêlée de pièces de théâtre que nous retrouvons ailleurs. Clef assez étendue. Il faut croire qu'il y avait quelque chose de vrai dans les accusations portées contre Augé par son beau-père, puisque cet homme fut guillotiné en 1794 (?) comme assassin.

Le livre est de toute rareté. Alexandre Dumas, sur les notes de M. P. Lacroix, avait commencé dans le *Siècle,* en 1851, un roman dont *Ingénue* était l'héroïne ; le fils d'Agnès Restif intervint, fit un procès en diffamation, et la publication fut arrêtée après transaction.

Vendu 40 et 300 fr.

XXXVI. LE THESMOGRAPHE ou Idées d'un honnête homme sur un projet de règlement, Proposé à toutes les Nations de l'Europe, pour opérer une Réforme générale des Loix avec des notes historiques.

Deux parties en 1 vol. in-8°.

A La Haie, chez Gosse·Junior et Changuion, libraires des Etats. Et se trouve à Paris, chez Maradan, libraire, rue des Noyers, n° 33. 1789.

Epigraphe : *Salus Populi suprema lex esto.*

XII Tab.

Ce quatrième volume des *Idées singulières* en est le plus rare. Dédié aux Etats-Généraux, il a surtout pour but, dans la partie qui répond à son titre et qui est la moins étendue, d'engager la France à imiter la constitution du Danemark. Le reste de l'ouvrage est consacré encore aux démêlés de Restif et de son gendre, et à deux pièces de comédie : le *Bouledogue* ou le *Congé* et l'*An 2000.* Suivant M. Monselet, le *Thesmographe* avait paru avec une figure allégorique qui a été supprimée dans presque tous les exemplaires.

XXXVII. MONUMENT DU COSTUME physique et moral de la fin du Dix-huitième siècle, ou Tableaux de la vie (texte de N.-E. Restif de la Bretonne), orné de figures dessinées et gravées par M. Moreau le jeune, dessinateur du cabinet de S. M. T. C. et par d'autres célèbres artistes. *A Neuwied sur le Rhin*, chez la Société typographique, 1789. Grand in-f° de 37 pages de texte, sans compter le titre, avec 26 estampes.

Vendu 91 fr., 300, 770, 6000 fr. (Exemplaire exceptionnel contenant deux suites des figures de Freudenberg et de celles de Moreau et de Freudenberg, dont l'une avant la lettre. Reliure maroquin rouge.)

Le recueil parut en deux suites, l'une de 12, l'autre de 14 estampes. La première suite de Freudenberg avait précédé (chez Prault, 1775), celle de Moreau, (chez le même libraire, 1776 et 1777). Il y a une réduction in-8° de la seconde suite qui est de 1776. Le texte de Restif n'y était pas joint à cette époque.

Ce texte a été imprimé en 1790 dans une contrefaçon anglaise, *à Londres, chez C. Dilly, Poultry*. 2 v. in-12, avec une jolie gravure à chaque volume ; et en 1793, Londres, 2 v. petit in-8° avec 26 gravures mal exécutées.

L'éditeur Wilhem publie en ce moment une nouvelle édition grand in-f° des planches et du texte revu par MM. Ch. Brunet et Anatole de Montaiglon.

Une édition in-18 en 2 vol. intitulée : Tableaux de la bonne compagnie ou Traits caractéristiques, Anecdotes secrètes, Politiques, Morales et Littéraires, recueillies dans les sociétés du bon ton, pendant les années 1786 et 1787, accompagnées de planches en taille douce, dessinées et gravées par M. Moreau le jeune, graveur du Cabinet du Roi et d'autres célèbres artistes, *Paris (Neuwied)*, 1787, est, suivant M. P. Lacroix, la première édition de cet ouvrage. Le texte en est, selon lui, différent de celui du *Monument du Costume*. Nous n'avons pu faire cette comparaison ; mais nous devons dire que si c'est ce texte que Restif a utilisé dans l'*Année des dames nationales*, il nous a paru identique à celui que donnent MM. Brunet et de Montaiglon dans leur réimpression du *Monument du Costume*.

Vendu 17 fr. 50 et 150 fr.

Tableaux de la vie ou les Mœurs du dix huitième

siècle ; avec 17 figures en taille douce, *à Neuwied sur le Rhin, chez la Société typographique, et à Strasbourg, chez J.-G. Treuttel.* S. d. 2 v. in-18.
Vendu 16 fr. et 120 fr.

TABLEAUX DE LA VIE, ou les Mœurs du dix-huitième siècle. Nouvelle édition, à Neuwied... 1791. — 17 gravures.

TABLEAU DE LA VIE et des Mœurs du dix-huitième siècle. Sans lieu ni date, 2 vol.

LES PETITES PARTIES ET LES GRANDS COSTUMES DE LA COUR DE FRANCE, ornés de gravures dessinées par Moreau le jeune, et publiés par Rétif de la Bretonne. *Paris, Boyer*, sans date, 2 v. in-18. Contrefaçon.

1790.

XXXVIII. LE PALAIS ROYAL.

Trois parties en 3 vol. in-12.
Faux titre du premier volume : *Les Filles du Palais Royal*, gravure frontispice pliée en trois; légende : *Les trente-deux Filles de l'allée des Soupirs.*
Titre : Le PALAIS ROYAL. Première partie : *Les Filles de l'allée des Soupirs.*

Epigraphe :   O tempora ! o mores !...

CICERO et MARTIALIS.

Fleuron. *A Paris, au Palais Royal d'abord ; puis partout, même chez Guillot, libraire, rue des Bernardins,* 1790.
Faux titre du second volume : *Les Sunamites au Palais Royal*, gravure pliée en trois ; légende : *le Cirque.*
Titre : Le PALAIS ROYAL, seconde partie : *Les Sunamites.*
Faux titre du troisième volume : *Les Exsunamites au Palais Royal*, gravure : *la Colonnade.*
Titre : *Le Palais Royal ;* troisième partie : *Les Converseuses.*
Vendu 51 fr. et 300 fr.
Deux contrefaçons : *Le Palais Royal*, par M. Retif de la Bretonne, auteur des *Nuits de Paris. Paris, au Palais Royal*, 1791, 3 v. in-8°.
Le PALAIS ROYAL... à Londres, 3 v. in-12.

« Cette sixième suite des *Contemporaines*, dit Restif, ne pouvait entrer dans les premières, à cause des censeurs, mais elle était nécessaire à leur intégrité. » On peut juger par là des choses que Restif a cru devoir révéler à la postérité sur certaines parties cachées des mœurs de son temps, mais il ne faut le croire qu'à demi ; son imagination, portée à amplifier, égarait toujours un peu sa bonne foi.

1791.

XXXIX. ANNÉE DES DAMES NATIONALES. Histoire jour-par-jour d'une femme de France. Par N.-E. Restif de la Bretonne.

12 volumes in-12. 1791-1794.

A Genève, et se trouve à Paris, chés les libraires indiqués à la tête de mon catalogue. Cette dernière indication varie suivant les volumes ; mais les noms de Duchêne, Mérigot jeune et Louis ne se trouvent que sur le huitième.

42 gravures qui représentent soit des costumes (celles-ci sont doubles dans un même cadre), soit des situations. Plusieurs sont tirées des *Contemporaines*, mais regravées et assez mal.

« Cet ouvrage, dit Restif, infiniment varié, très-extraordinaire, très-intéressant, contient 610 nouvelles, toutes extraordinaires. » Il y a intercalé ce qu'il appelle des *Hors-d'œuvres*, c'est-à-dire des biographies de femmes célèbres contemporaines.

C'est encore un livre à clef.

Restif a fabriqué pour les différentes villes et même pour les villages des adjectifs géographiques dont la plupart pourraient être admis. Il est vrai qu'il s'est aussi placé souvent à côté des véritables, consacrés par l'usage ou indiqués par l'étymologie. Ce vocabulaire forme un tableau curieux que M. Paul Lacroix a reproduit.

Restif revendit au rabais ce qui lui restait de ce livre. On fit un nouveau titre : Les PROVINCIALES ou histoire des filles et femmes des provinces de France, dont les aventures sont propres à fournir des sujets dramatiques dans tous les genres. Epigraphe : *Nulla diù fœmina pondus habet* : PROPERT. *A Paris, chez Garnery, libraire, rue Serpente,* n° 17. 1791-94.

Vendu 19, 69, 150 et 450 fr. (Reliure exceptionnelle).

1793.

XLI. THÉATRE de N.-E. Rest. Bret. contenant :
I.   *La Cigale ei la Fourmi*, fable dram.
II.   *Le Jugement de Páris*, coméd.-ballet.
III.   *La Prévention nationale*, dr. 5 actes.
IV.   *La Fille naturelle*, drame en 5 actes.
V.   *Les Fautes sont personnelles*, dr. 5 act.
VI.   *Sa Mère-l'alaita*, comédie en 3 actes.
VII.   *Le Loup dans la Bergerie*, opéra-com.
VIII.   *La Matinée du Père de famille*, bagat.
IX.   *Bouledogue, ou le Congé*, bagatelle.
X.   *Epimenide, grec*, drame en 3 actes.
XI.   *Le Nouvel Epimenide*, com. en 5 act.
NII. (*sic*). *Le Père-Valet*, drame en 3 actes.
XIII.   *L'Epouse-Comediéne*, com.-ariet. 3 ac.
XIV.   *L'An 2000*, comédie-héroïq. 3 actes.
XV.   *Le Libertin-fixé*, pièce en 5 actes.
XVI.   *L'Amour-Muet*, comédie en 5 actes.
XVII.   *Edmond. ou les Tombeaux*, tragéd.
Plus X pièces dans le Drame de la Vie qui va pa-
raître, et XIII actes d'Ombres chinoises. *A Paris,
chés la dame veuve Duchêne, rue Saintjaques et
M. Mérigot, jeune, quai des Augustins-rue-Pavée.*
1793.
Cinq volumes in-12.
Il y a un titre particulier à chaque volume. Le tome
cinquième est indiqué, tome III ou V.
Ces pièces, dont aucune n'a été jouée, ont toujours
pour sujet les aventures personnelles de Restif. La
plupart ont paru séparément, ou dans d'autres re-
cueils comme dans les *Nuits de Paris*, les *Françaises*, etc. Elles sont très-dificiles à réunir et à clas-
ser. Presque toutes ont des sous-titres qui les expliquent et sont datées de 1770 à 1790. Mais ce qui
domine dans ce théâtre, c'est la présomption qui
pousse l'auteur à se comparer à Beaumarchais et à se
considérer comme lui étant supérieur. Il ne voit la
cause des succès de son rival *Bellemarche* que dans la
fortune de celui-ci.
Vendu 130 et 296 fr.

XLII. « Lecteur, lisez le plus intéressant des ouvrages, sans craindre le scandale ! » LE DRAME DE

LA VIE : contenant un homme tout entier. Pièce en
13 actes des Ombres et en 10 Pièces régulières. *Imprimé à Paris, à la maison; chés la veuve Duchêne
et Mérigot jeune, Louis, libraires, rue Saint-Séverin,*
1793. Cinq parties en 5 volumes in-12.

Épigraphe : *Vita data est utenda.*

La phrase : « *Lecteur, lisez,* etc. » n'est que sur le
premier volume, ainsi que les noms des libraires qui
sont remplacés sur les suivants par : « *Et se trouve
chez les libraires nommés.* » La pagination se continue
jusqu'à la page 1284.

Dans cet ouvrage se trouve le grand portrait in-4°
de Restif, dessiné par Binet, gravé par Berthet,
accompagné des quatre vers de l'avocat Marandon,
de Bordeaux, l'un des admirateurs de l'auteur :

> Son esprit libre et fier, sans guide, sans modèle,
> Même alors qu'il s'égare étonne ses rivaux ;
> Amant de la nature, il lui doit ses pinceaux,
> Il fut simple, inégal et sublime comme elle.

Ce portrait avait déjà paru à part en 1785, mais sans
l'inscription que Marandon fit à cette époque pour
remplir la place laissée vide sur le socle d'architecture
qui supporte le médaillon où s'encadre la figure de
Restif.

Voici les titres des pièces représentées « par M. Cas-
tanio sur le théâtre d'ombres chinoises de M. Aquilin
de l'Elisée (Grimod de la Reynière) » : I *Madame
Parangon;* II *Zéphire;* III *Agnès, Adélaïde;* IV *Rose,
Eugénie;* V *Elise;* VI *Louise, Thérèse;* VII *Virginie;*
VIII *Sara;* IX *Félicitette;* X *Filette.* Il y a en outre
des lettres, des vers de jeunesse. C'est le complément
naturel de *Monsieur Nicolas* imprimé déjà à ce moment, quoique non publié.

Vendu 17 fr. 50, 200, 250 fr. (rel. exceptionnelle).

1794-97.

XLIII. MONSIEUR NICOLAS, ou le Cœur humain
dévoilé. Publié par lui-même, avec figures; *imprimé
à la maison, et se trouve à Paris, chés le libraire indiqué au frontispice de la dernière partie,* 1794.

Seize parties en huit tomes et en 16 v. in-12.

Epigraphe : *'Eên ekástos mandaken komizai. Suam
quisque pellem portat.* Fleuron. Titre encadré.

RESTIF DE LA BRETONNE. ***.

Quoi qu'en dise le titre, les figures n'ont jamais été gravées. Les noms des libraires varient sur les divers volumes qui se sont succédé sans plan bien défini. Il y a des choses promises qui n'ont pas été tenues et on y en trouve d'autres auxquelles on ne s'attend pas. Les confessions ne vont pas au-delà de la liaison avec Sara. Le reste est de l'histoire contemporaine mêlée de réflexions, de projets de réforme et de diatribes. Tel qu'il est cependant cet ouvrage est un des plus curieux de Restif, et nous y avons assez puisé pour ne pas avoir à insister davantage sur son contenu.

Vendu 46, 325, 700, 1000 fr. (rel. exceptionnelle).

XLIV. PHILOSOPHIE DE MONSIEUR NICOLAS, par l'auteur du *Cœur humain dévoilé*. *A Paris, de l'imprimerie du Cercle social. L'an V (1796) de la République française.*

Trois parties en 3 vol. in-12.

Nous avons analysé dans notre seconde étude (Restif**) le système comogonique que Restif a consigné dans ces trois volumes. C'est celui qu'il a soutenu depuis le *Paysan perverti*. Il est seulement plus détaillé ici, et rien, si ce n'est l'orthographe qui est régulière, ne permet de supposer que Restif n'est pas l'auteur de ce livre dans lequel apparaît à chaque instant sa personnalité. Si Bonneville et Arthaud lui ont fourni des documents scientifiques et historiques, c'est là, pensons-nous, contrairement à M. Paul Lacroix, toute leur part de collaboration.

Traduit en allemand.

Vendu 5,50, 100 et 200 fr. (rel. exceptionnelle).

1798.

XLV. L'ANTI-JUSTINE ou les DÉLICES DE L'AMOUR, par M. Linguet, av. au et en Parlem. Avec soixante figures. *Au Palais Royal; chez feue la veuve Girouard, très-connue*, 1798.

Deux parties in-12.

Epigraphe : *Casta placent superis. — Manibus puris sumite (cunnos)*. Fleuron.

Livre inachevé, destiné à combattre l'influence de la *Justine* du marquis de Sade, sur le compte duquel Restif revient souvent et qu'il a dû approcher. Nous 'avons pas à nous étendre sur cette publication réimprimée en Belgique (1863, avec des altérations, et 1798-1864, complète en 2 v. in-12; 8 grav.); nous dirons seulement que ce qui choquait Restif dans les idées du marquis, ce n'était pas la lubricité mais la cruauté. Il a cherché à son tour un assaisonnement moins répugnant et il n'a trouvé que l'inceste. Beau résultat! Il y a d'ailleurs peu d'invention dans ce mauvais ouvrage qui, après quelques chapitres où paraît Augé, le mari de la fille de Restif, dégénère en conte ridicule dont le héros est un être fantastique.

La date de 1798 que portent les six exemplaires connus (pour la plupart incomplets) de l'*Anti-Justine* nous paraît fausse. La préface, attribuée à Linguet, comme le livre, est datée de l'an II, et il est probable que c'est en effet en 1794, à l'heure même où venait de paraître la *Justine* de de Sade que Restif s'est mis à en composer à la casse, la contre-partie.

1802.

XLVI. LES POSTHUMES; Lettres reçues après la mort du mari par sa femme, qui le croit a Florence. Par Feu Cazotte. *Imprimé à Paris, à la maison; se vend chés Duchêne, libraire, rue des Grands-Augustins.* 1802.

Quatre parties en 4 vol. in-12. 1 fig. annonyme à chaque volume. Titre encadré.

Epigraphe : *Lhetum non omnia finit.* Propert.

Ouvrage saisi lors de son apparition. Les gravures paraissent n'avoir pas été étrangères à cette mesure administrative, et les exemplaires qui se sont vendus plus tard en sont généralement dépourvus. Il est cependant possible que les planches existent encore. Nous avons vu des exemplaires de l'une d'elles tiré sur papier de Chine volant, ce qui n'était pas dans les habitudes du temps, ni de Restif.

C'est dans les *Posthumes* dont nous avons parlé plusieurs fois déjà que se trouve essayée l'étrange idée des *Revies.* Sous ce titre, Restif dresse le plan d'une nouvelle direction de son existence à partir de certains événements. Mais de toutes les façons qu'il retourne ainsi sa vie, il n'en peut enlever le caractère dominant : l'érotisme, qui devait amener fatalement des résultats identiques à ceux qu'il regrette dans sa vie réelle.

Vendu 8,50 c. et 75 fr. avec fig.; 10 et 40 fr. s. fig.

XLVII. LES NOUVELLES CONTEMPORAINES,
ou HISTOIRES DE QUELQUES FEMMES DU JOUR, par Rétif de la Bretone. *A Paris, à l'imprimerie de la Société typographique de la rue du Grand-Hurleur, n° 5, et chez les marchands de nouveautés.* An 10, 1802.

2 vol. in-12 avec un portrait réduit par Berthet d'après le grand portrait du *Drame de la vie.*

Recueil d'anciennes nouvelles remaniées de façon à leur enlever tout caractère personnel. Il se pourrait que Restif n'eût eu aucune part à cette publication.

1811.

XLVII. HISTOIRE DES COMPAGNES DE MARIA
ou ÉPISODES DE LA VIE D'UNE JOLIE FEMME, ouvrage posthume de Restif de la Bretonne. *A Paris, chez Guillaume, imprimeur-libraire, place Saint-Germain-l'Auxerrois, n° 41,* 1811. 3 vol. in-12.

C'est Dorat Cubières qui, avec l'autorisation de la fille et du gendre de Restif, imprimée au verso du faux-titre, a publié cet ouvrage posthume. Il l'a accompagné d'une *Notice* sur l'auteur qui remplit le premier volume. Nous en avons cité quelques passages (première étude *Restif* *).

Voici ce que nous connaissons des ouvrages imprimés de notre auteur. Tel qu'il est, son bagage est assez lourd pour qu'il ne soit bien utile de le surcharger encore de choses qui n'en font pas aussi certainement partie. Cependant nous devons signaler comme lui étant encore attribués par M. Paul Lacroix: plusieurs pamphlets contre l'abbé Maury en date de 1789, 90 et 91, écrits à l'instigation de Mirabeau. C'est une étude à faire, étude difficile et compliquée. Nous avons peine, pour nous, à nous figurer Restif s'occupant d'autre chose que de lui-même et de ses propres affaires. Le pamphlet qui ne s'occupe que des affaires des autres n'était pas son fait. Nous ne nions pas qu'il ait, en sa qualité d'imprimeur, aidé à cette guerre contre l'abbé Maury et prêté sa presse clandestine; mais nous le voyons partout trop affolé de ce qui se passe, trop troublé par ce qu'il voit pour croire qu'il ait pu, même momentanément, entrer dans une carrière, où quoiqu'on fît alors pour se cacher, on ne tardait pas à être connu. Politiquement, Restif n'était pas brave; s'il a écrit des pamphlets ce doit être pour sa défense personnelle, comme celui : *A Villeterque, vil pamphlétaire,* signalé par M. Lacroix. Mais nous n'admettrons qu'à la dernière évidence qu'il soit l'auteur du *Plus fort des pamphlets, l'Ordre des Paysans aux Etats généraux* (sans nom de lieu ni d'imprimeur, 1789, in-8º de 80 pages); du *Moyen sûr à employer par les deux ordres pour dompter et subjuguer le Tiers-Etat et le punir de ses exactions;* du *Domine salvum fac regem* (sur les bords du Gange, 21 octobre 1789); de *Don B.... aux Etats généraux,* etc. (sans date). Ces trois derniers libelles lui avaient été attribués par son gendre, mais le dénonciateur ne put prouver son dire et dut aller en prison. Dans *Don B....* nous ne voyons que l'œuvre d'un mauvais plaisant, et Restif n'était rien moins que plaisant.

On a encore fait figurer dans les œuvres de Restif un roman intitulé : Tableau des mœurs d'un siècle philosophe, histoire de Justine de Saint-Val, par M. F. C. L. R. D. L., *Manheim, chez C. Fontaine, libraire, et à Paris, chez la veuve Duchéne,* en 2 parties in-12, fig. d'après Binet, 1786. Ce qui a pu amener la confusion, c'est qu'en effet le titre est disposé à la façon ordinaire des titres de Restif. Mais, dans les gravures (au nombre de trois) qui sont jolies, on sent que Binet est indépendant. Le roman est d'ailleurs une thèse anti-philosophique et les lettres L. R. D. L. doivent être lues : Le Roi de Lozembrune.

Les égarements d'un philosophe ou la Vie du chevalier de Saint-Albin, par M. de Saint-Clair, *à Genève, et se vend à Paris, chez Regnault, libraire, rue Saint-Jacques, vis-à-vis celle du Plâtre,* 1789. 2 vol. in-12, fig. d'après Binet, doivent sans doute aussi à ces figures d'avoir été attribués à Restif. M. Lacroix pense qu'il a pu en être l'annotateur et l'éditeur, mais il reconnaît que le style de M. de Saint-Clair est plus léger et plus vif que celui de Restif.

La philosophie du Ruvarebohni, pays dont la découverte semble d'un grand intérêt pour l'homme;

ou récit dialogué, par feu P. J. J. S*** et Nicolas Bugnet (vers 1805), 2 vol. in-12; paraît aussi à M. Lacroix pouvoir être donné à Restif. Nous n'avons pas
vu plus que M. Lacroix ce livre détruit sous l'Empire;
mais nous croyons que les raisonnements sur lesquels
s'appuie le savant bibliographe sont un peu trop *voulus* pour être exacts. Que Sponville et Nicolas Bugnet,
à qui Barbier (*Dictionnaire des anonymes*) attribue
ce livre, soient pour nous des noms inconnus, cela
ne suffit pas pour que ce soient des pseudonymes de
Restif; que ce nom de Bugnet se rapproche de celui
de Beugnet, ancien amant de madame Restif, et qu'elle-
même l'ait mis à la tête d'un ouvrage posthume de
son mari, cette conjecture est un peu bien scabreuse;
qu'enfin le chevalier de Saint-Mars, maréchal de camp
et inspecteur de l'artillerie, ait fait dans une lettre à
Restif une confusion telle que celle qui consiste à écrire
Edvremoni pour *Ruvarebohni*, cela est tout-à-fait inad-
missible. Si *Edvremoni* était une anagramme comme
Ruvarebohni, on pourrait y lire *rude moine*; mais si
ce n'était qu'un nom propre altéré? Voyons la phrase
citée : « Ayez de bonnes et dignes mères, et des pères
à l'avenant, tels que vous essayez d'en former; grande
partie de ces horreurs cesseront : mais par l'extirpa-
tion complète des mauvaises impressions faites dans
les jeunes têtes par les écrits des esprits forts. Vous
devez écrire contre eux avec vigueur et ne pas craindre
d'arborer l'étendard de la religion, en suivant la morale de *St-Edvremoni*. (Si les hommes en ôtaient ce
qu'ils y ont mis, rien de plus beau, de plus sage, de
plus consolant que le résultat). » N'est-il pas clair qu'il
s'agit ici tout simplement d'une citation de Saint-
Evremond [1], et pas du tout de *Saint Vrai bonheur*.

L'*Intermediaire des Chercheurs* (n° 171, 25 juin
1875) contient à ce sujet trois notes de M. C. Roche
(de Grenoble) qui possède la *Philosophie de Ruvarebohni* et le *Catéchisme social* des mêmes auteurs.
M. C. Roche pense que le premier de ces ouvrages
est de Grimod de la Reynière, qu'on appelait Bugnet, dans l'intimité « à cause d'un défaut de confor-
mation aux mains qui ressemblaient à des *bugnes*. »

---

1. Cette phrase se trouve dans un *Discours sur la religion*,
adressé à madame de Mazarin.

Peut-être ici encore les raisons ne sont-elles pas suffisantes.

Un récent catalogue (vente P. D. 3 mars 1875 ; Chossonnery, libraire), indique encore :

EDUCATION DES FILLES. *Le sage Instituteur*. La Haye, 1776, in-12 de 180 pages.

DORLISSE, ou l'*Amour paternel*, s. lieu, 1776, in-12. avec cette note : « Ces deux derniers ouvrages sont bien de Restif, mais nous ne les trouvons cités nulle part. Ils sont par conséquent de la plus grande rareté.»

Il eût été bon de donner une raison quelconque de cette attribution. Et il eût été meilleur d'expliquer pourquoi ces deux ouvrages ont été oubliés par Restif dans les nombreux catalogues qu'il a dressés de ses œuvres et dans les notices répétées qu'il leur a consacrées.

Nous croyons qu'en sortant de ces catalogues on se perdra dans les conjectures. On peut être sûr que Restif n'a pas oublié un seul de ses titres. Plusieurs même des ouvrages promis par lui n'ont jamais paru, soit qu'il en ait abandonné le projet, soit que le temps ou l'argent lui aient manqué pour les imprimer.

Tels sont :

Le HIBOU ou le SPECTATEUR NOCTURNE, dont les fragments ont passé dans d'autres ouvrages.

L'ENCLOS ET LES OISEAUX, indiqué comme prêt à paraître, dans *les Posthumes*.

Les MILLE ET UNE MÉTAMORPHOSES et plusieurs autres MILLE ET UNE HISTOIRES de tous genres, titres généraux qui figurent dans les diverses listes des ouvrages « que se propose de publier N.-E. Restif, s'il vit assez longtemps pour les achever. »

Le GLOSSOGRAPHE, enfin, dixième et dernier volume des *Idées singulières*, dont un résumé seulement a paru dans le tome XVI de *Monsieur Nicolas*.

Il faut encore rayer de la bibliographie de Restif :

Les DANGERS DE LA SÉDUCTION ou les *Faux pas de la beauté*, par R. de L. B., *à Paris*, chez les marchands de nouveautés, 1846, in-18.

Les ROSES ET LES ÉPINES DU MARIAGE, par M. R. de la B. Paris, chez les mᵈˢ de nouveautés, 1847, in-18.

La BELLE CAUCHOISE ou les *Aventures d'une Paysanne pervertie* ; *Paris, chez les marchands de nouveautés*, s. d. in-18.

HAINE AUX HOMMES ou les *Dangers de la séducion*, par M. R. de la B.

Tous volumes de colportage tirés par des spéculateurs des ouvrages de Restif.

Restif a eu un petit-fils Victor Vignon, et un neveu L. Restif de la Bretonne, qui ont eu comme lui une invincible passion pour la publicité. M. Ch. Monselet a le premier signalé cette influence héréditaire et donné la liste des ouvrages de ces deux écrivains. Restreint dans des limites, que nous craignons d'avoir dépassées déjà, nous nous bornerons à renvoyer les curieux soit au livre de M. Monselet, soit à la *Bibliographie de Restif* de M. Paul Lacroix.

Aussi bien notre travail ne peut-il remplacer cette œuvre considérable. Si nous y avons apporté de légères modifications; si nous avons signalé quelques points douteux, nous n'en devons pas moins rendre justice à l'étendue des connaissances, au savoir spécial et à l'amour de son sujet qui distingue le bibliophile Jacob, dans cette étude magistrale qui est et restera le guide de tous les collectionneurs méticuleux des ouvrages de Restif.

Quant à nous, nous n'avons pas, on l'a vu de reste, une admiration sans mélange pour ce phénomène littéraire. Nous avons essayé de l'apprécier sans le trop grandir et sans trop le rabaisser; mais nous le répétons ici, comme nous l'avons dit dès notre première page, nous n'engageons personne à le prendre pour modèle, en aucun genre.

Cependant, il n'est pas impossible que d'autres parties de ses œuvres soient exhumées un jour. Malgré tout ce qu'on a pu dire, avec raison, contre Restif, il aura donc trouvé le sentier qui devait le conduire à cette immortalité que rêvent tant d'écrivains et que si peu parviennent à conquérir tout en ayant plus de talent, plus de savoir et plus de véritable mérite que le fils du vigneron de Sacy. C'est qu'il y avait chez lui, chose plus rare qu'on ne croit, un tempérament, condition primordiale de ce qu'au dix-huitième siècle on appelait le génie, et ce que nous nommons l'originalité.

J. Assézat.

LES

CONTEMPORAINES

OU

AVENTURES DES PLUS JOLIES FEMMES

DE L'AGE PRÉSENT

LA DUCHESSE

OU

LA FEMME - SYLFIDE.

———

Les titres donnés aux Femmes, à l'exception des Souveraines, ne présentent pas une idée juste, et il est même des états, où ils ont quelque-chose de ridicule. On dit, une *Duchesse*, pour désigner l'Epouse d'un noble, décoré du titre sublime de *Duc,* qui au-propre, signifie *Capitaine, Conducteur* d'une Armée, ou d'une peuplade : dans les deux acceptions, il n'est pas sans exemple que des Femmes aient-été *Duchesses*: Ainsi on ne saurait dire que ce beau titre soit-ridiculement appliqué au second Sexe, même dans l'acception resserrée qu'il a de nos jours, où il n'est qu'une décoration, sans aucun emploi. Celui de *Marquise* et de *Comtesse* sont dans le même cas : Le *Marquis*, originairement, était le Gouverneur d'une *Marche* ou Frontière. Le *Comte* un aide, un Camarade, un adjoint du Duc ou chef général ; le Comte aidait le Duc, ou le Roi à gouverner ; il était à la tête d'un Canton, d'un Pays, d'un Comté ; les titres de Duc ou de Roi et d'Empereur, ont à-peu-près la même force : l'Empereur *commandait ;* le Roi *régissait ;* le Duc *conduisait ;* mais il semble néanmoins que le titre de Roi exprimait une autorité plus-entière. Je ne sais que dire du titre *Barone :* Le *Baron* était un *Fort ;* un Noble au-dessous du Comte, qui avait des terres et des forces, et qui devait aider le Marquis de son bras et de ses Hommes : Ce titre est un de ceux qu'on peut regarder comme mal-appliqués aux Femmes. En-effet, quoiqu'on dise par abus, m^{me} la *Maréchale*, on ne dit pas m^{me} l'*Officière*, m^{me} la *Colonnelle*, etc. : aureste, on peut tolérer *Barone,* dans nos usages, parce-qu'une Veuve, ou une Héritière peuvent-très-bien-être propriétaires d'une Baronie, et qu'en-ce cas, elles doivent-être-désignées par un nom qui exprime le titre de leur Terre. Le titre *Présidente*, est aumoins aussi extraordinaire que celui de *Maréchale :* Mais ce qu'on peut dire en-faveur de ces titres, c'est que l'union du Mari et de l'Epouse est si-intime, que ce qui décore l'Un d'eux, doit-également-décorer l'Autre. Cette raison est excellente, et seule justifie l'usage. Il n'y a que les titres portés par les Filles qui paraissent absolument déplacés, attendu qu'ils n'ont pas cet appui, de l'union avec un Epous, et qu'ils sont même contraires à la politique civile, qui n'admet pas de distinctions, capables d'engajer les Femmes à s'isoler, et à porter Célibataires, des titres qui ne doivent-appartenir qu'aux Femmes-mariées.

Une nuance, qui échappe aux Basses-conditions, distingue les Femmes-de-qualité, à proportion de leur rang : La Souveraine d'un Etat, y serait-ordinairement - reconnue par des Gens au - fait des usages du monde et de la Cour, alât-elle, seule et privée de tout l'apareil de la grandeur. De-même, les Femmes du premier rang, ont quelque chose qui au coup-d'œil les différencie, de Celles du second : c'est une aisance, une assurance, venant de l'éducation, et de l'intime connaissance de leur élévation, qui les sépare du reste des Mortelles. Une *Duchesse*, même depuis que le bel-usage s'est-étendu jusqu'aux Clâsses moyennes, conserve naturellement un air de supériorité sur les Femmes d'un ordre inférieur : parce-que, vu la sublimité de son rang, les airs qui seraient-affectés, ridicules, dans une Femme qui a beaucoup d'Egales, cessent de l'être dans Celle qui en-a peu, et qui se trouve presque-toujours avec ses Inférieurs. C'est-là ce qui lui donne son assurance, et l'empêche de jamais gaûchir : Aulieu qu'une riche Bourgeoise, qui veut trancher de la Duchesse, quelle-que-soit sa dose d'impertinence, à-tout-moment éprouve la crainte de la censure ; elle a une sorte de honte, en-se trouvant avec ses nombreuses Egales, et la pudeur colore son front malgré elle, quand elle se trouve sous les yeux d'une Femme plus-qualifiée ; c'est ce qui lui donne l'air qu'on appelle *emprunté ;* expression plus pittoresque encore qu'elle n'est exacte.

Une Femme de la première qualité, telle qu'une Souveraine, une Princesse, une Duchesse, est la perfection de la dignité humaine pour son Sexe ; il faudrait très-peu de chose de la part de ses Institutrices, pour en-faire la perfection de la nature ; C'est véritablement la Reine de l'Animalité : elle porte sa tête avec noblesse ; toutes ses idées sont grandes ; faite pour être servie, adorée, elle semble tenir de la Divinité, surtout si la beauté, comme

dans la jeune Fée que le Destin a donnée pour
Reine aux Français, accompagne en-elle les avantages du rang et de la grandeur. Audessus des
lois ordinaires, elle est-dispensée de tous les assu-
jétissemens : elle peut cultiver son esprit, ou ne
s'occuper que de vastes projets : elle peut orner
son front de toutes les richesses des deux hemis-
fères. Parmi nous, les Duchesses s'en-tiennent
presque-toutes à ce dernièr privilege : Elles font
les *Sylfides* chés elles ; vont quelquefois se montrer à la Cour ; s'enorgueillissent d'un souris, d'un
regard de la Souveraine, et reviennent dans leur
palais faire le même rôle qu'elles ont-vu faire à
leur égard. Quelques-unes n'ont usé de la liberté
que leur rang semble leur donner, que pour contenter leurs panchans : d'Autres ont-étonné par
leur luxe : Deux ou trois se sont- distinguées par
leurs vertus. Heureuses ces Dernières! quelles
inexprimables délices leurs nobles cœurs ont-dû-
éprouver, quand elles ont répandu leurs bienfaits
sur le Pauvre, dont le cœur était encore plus-flaté
de voir une Duchesse s'occuper de lui, que du sou-
lagement efficace qu'elle lui procurait!

Maclovie-Louise-Caroline-Céleste M*** était-
née au sein de la grandeur, des distinctions et des
richesses : Elle avait en perspective les titres les
plus-pompeus; et comme si la Nature et la Fortune se fussent-disputées à quî la favoriserait davantage, elle tenait de la première une beauté
complette; de la seconde tous les dons qui peu-
vent-flater l'ambition. Dès son enfance, chérie,
adorée de tout ce qui l'environnait, elle était plutôt une Déesse qu'une Mortelle : En-grandissant,
on lui découvrit autant d'esprit que de charmes,

autant de qualités de cœur, que de lumières et de pénétration. Son éducation fut-aisée : c'était un si heureus naturel, elle avait tant de facilité, que les études ordinaires de son Sexe ne furent qu'un jeu pour elle.

A-peine eut-elle atteint sa quatorzième année, qu'on parla de la marier. Son illustre Famille ne voulut pas qu'un pareil Trésor passât dans une autre Maison : on lui donna pour Mari un de ses Parens, et il fut-décoré de tous les titres, qui fesaient partie de la dot de Maclovie.

On ne consulte pas les Filles de cette classe sur l'alliance à laquelle on les destine : ainsi la jeune et belle Maclovie ne fût-instruite de son mariage, et du nom de l'Epous auquel on la donnait, que peu de jours avant la célébration. Elle fut-fâchée de ce qu'on la mariait sitôt. Elle était au Couvent depuis la mort de la Duchesse sa Mère, qu'elle avait-perdue fort jeune, et elle y avait-pris du goût pour la dévotion : mais telle qu'on la donne aux Princes et aux Grands ; c'est-à-dire, futile, amusante, minaudière, et si l'on peut s'exprimer ainsi, familière avec l'Etre suprême ; comme si la Divinité se trouvait plus-rapprochée d'eux, que du commun des Hommes : piété dangereuse, qui ne produit aucune amélioration dans les mœurs, qui ne rend ni plus-compâtissant, ni plus-juste, ni plus-soumis au Grand-Etre dans les évènemens heureus ou malheureus, ni plus-maître de ses passions, quelque-basses qu'elles soient : Maclovie était-pieuse de cette manière : elle se croyait aux yeus de Dieu, et des Objets de sa dévotion, un Etre de la plus-grande importance, auquel la Divinité devait protection pour son propre honneur à elle-même, et qu'elle devait distinguer du reste des Créatures, comme étant d'une nature beaucoup plus-excellente. Ces dispositions lui firent regarder son Futur d'un mauvais-œil ; elle ne vit en-lui que le persécuteur

de sa pureté ; elle le reçut fièrement, aux deux ou
trois visites qu'il lui rendit avant le mariage, et
le jour où elle lui donna la main, fut pour elle
une journée de tristesse ; elle lui marqua tout le
dédain dont sa petite fièrté fut-capable. On ne
s'en-inquiéta pas : l'Epous lui-même, qui n'avait
pas d'amour pour Maclovie, quoiqu'elle fût la
plus-charmante Personne qu'on puisse voir, n'é-
tait-pas-fâché de voir sa nouvelle Epouse dévote,
et prévenue contre les Hommes en-général : Il
avait pour Maitresse une belle Blonde, d'une condition commune ; c'était la Femme d'un Bijoutier,
dans le plus-beau quartier de Paris, et si-célèbre
par ses charmes, qu'il y avait autant d'honneur à
se ruiner pour elle, que si elle eût été une *Pélis-
sier*, une *Lemaure*, une *Duclos* ou une *Lecouvreur*.
Le Duc traita son Epouse en-Enfant : il ignorait
que c'était l'âme la plus-fière, la plus sensible au
mépris, la plus-portée à s'en-venger : Car le genre
de dévotion qu'avait la jeune Duchesse était de
nature à ne réprimer aucune des passions. Il la
négligea ; ne parla d'elle qu'avec indifférence, et
s'occupa beaucoup plûs des biens immenses et des
titres qu'elle lui avait-apportés, que de la Femme
charmante dont il les tenait.

Le mépris le plus parfait de la part de Maclovie, devait-être la suite naturelle de la conduite
de son Epous. Encore sans passions, elle voulut
se suffire à elle-même, se créer des amusemens :
Elle jeta un coup-d'œil sur les Sociétés : elle n'y
vit que de la dissipation, causée par l'ennui, par
le manque d'occupations intérieures : Son rang,
l'usage, peutêtre son goût, lui interdisaient les
détails du ménage, mais non les plaisirs d'une société de son âge, qui dépendît d'elle-seule, dont
elle fût la Reine : elle combina dans sa jeune tête,
comment elle se tracerait une route différente de
celle que suivaient les Femmes de sa condition,
et il faut avouer que le plan qu'elle imagina,

aurait-pu-faire honneur à une Tête de quarante-
ans. Pendant qu'elle avait-été au Couvent, elle y
avait-connu plusieurs Filles-de-condition, destinées au voile, qui avaient, par tempérament et
par goût, des dispositions tout-opposées : Elle se
fit un plaisir de les rendre à la nature, en-les fesant servir à l'exécution de son projet. Elle se composa donc une Cour de six Jolies-filles de son âge,
qu'elle prit dans la pauvre Noblesse. Elle les tira
du Couvent, dans un temps où elles allaient-être
forcées à-prendre le voile : leurs Familles préfé-
rèrent pour elles la protection de la Duchesse, à
la profession religieuse, et ces Jeunes-victimes
portèrent à leur Libératrice les sentimens que la
nature leur eût-inspirés envers de meilleurs Parens; leur dévoûment fut-absolu pour la Duchesse.

Ces Jeunes-personnes étaient toutes innocentes:
mais réünies d'après les dispositions qu'avait leur
Protectrice, elles ne pouvaient qu'en-prendre de
pareilles. La base de leurs sentimens fut le mépris
des Hommes en-général, vrai, ou affecté. La Duchesse sur-tout le portait si-loin, qu'elle se per-
suada qu'ils étaient d'une nature inférieure à celle
des Femmes; les Domestiqs de sa maison, qui
étaient du sexe de son Mari, en-étaient-regardés
comme des Bêtes-de-somme, destinées aux gros
travaux, et avec lesquels on ne devait pas se gê-
ner. Cette dernière erreur a toujours des suites
funestes pour les mœurs! une Princesse doit penser que son Valet-de-piéd ou de chambre est un
Homme, et qu'elle peut manquer à la pudeur avec
lui. En-conséquence de cette idée fausse, lorsque
les Valets venaient à paraître, tandis qu'elle s'amusait avec les Jeunes personnes de son Sexe, elle
ne se contraignait pas, et elle empêchait également de se contraindre les Compagnes qu'elle
s'était-données : On fesait tout devant eux, même
les choses qui pouvaient blesser la modestie; on

les regardait comme le Singe, l'Epagneul ou l'Angola.

Dans les premiers temps, les six Jeunes Demoiselles pensaient comme leur Protectrice : mais la plupart, déja-formées, ne tardèrent pas à éprouver un sentiment plus-naturel, et à remarquer les jolis Cavaliers qui venaient rendre leurs devoirs à la Duchesse. Dans la crainte de lui déplaire cependant, et parce-qu'elles étaient toutes sans fortune, elles déguisèrent leurs sentimens et leur langaje fut toujours le même. D'un autre côté, la Duchesse commençait à s'ennuyer des jeux enfantins; elle fut aux spectacles; elle y prit du goût, et ils éteignirent en-elle le goût de la dévotion, qui n'était plus de son âge, pour y substituer celui de la dissipation. Elle aimait cependant toujours ses jeunes Compagnes; c'était un goût qui lui était naturel, et les Hommes continuaient de lui être odieus.

Ils avaient à son égard des sentimens bien-opposés! Maclovie, l'Objet le plus-voluptueux qu'il fût possible de voir, excitait des desirs d'autant plus-vifs, qu'elle était plus-dédaigneuse : C'était une belle Blonde; d'une blancheur de lis, et du coloris des roses : elle avait la gorge, le bras et la main de la forme la plus attrayante; la jambe bien-proportionnée et le piéd le plus-mignon. Quant à sa taîlle, elle était grande, d'une coupe admirable, et propre à faire valoir une gorge naissante, qui paraissait formée. Le son de sa voix était d'un clair argentin, qui chatouillait l'oreille; son regard était doux, en dépit de la volonté qui le dirigeait; sa démarche noble, et cependant voluptueuse : en-un-mot, si Maclovie avait-été une Grisette, les Ducs fussent-tombés à ses genous. Elle fit des conquêtes dans tous les états : mais son heure d'aimer n'était-pas-encore-venue : ivre de santé, de jeunesse, de grandeur; enchantée de sa liberté; méprisant un Mari qui ne savait-pas-l'apprécier, elle ne voyait que les plaisirs innocens, et

n'éprouvait que la soif de s'y-livrer. Mais cet état ne
dure que jusqu'au moment, où les sens, éclairés par
les passions, augmentent la tempête excitée par
ces dernières, et cherchent à réaliser les images
offertes par-l'imagination.

Un-jour que la Duchesse se fesait lire par *Sep-*
timanie, Celle de ses Filles-de-compagnie qu'elle
aimait davantage, un Ouvrage nouveau, qui traitait de l'amour, elle s'aperçut que les yeus de
cette Jeune-personne s'attendrissaient, que le
son de sa voix s'altérait, et qu'elle était dans une
vive émotion. Elle lui dit de cesser, croyant
qu'elle se trouvait-mal. — Ce n'est rien, Madame,
répondit Septimanie : mais ce que je lisais m'a-
rappelé quelque-chose que j'ai-entendu dire l'un
de ces jours au Plus-jeune de vos Gens. — Et que
disait cet Automate? — Il vous louait, Madame.
— Il est bien-hardi! — Ah! il ne disait que ce
que nous pensons toutes; que vous êtes adorable,
et qu'il n'y a pas de Femme au monde aussi belle
que vous. — Voyons donc comme il s'exprimait : :
Je vais-demander mon congé; je ne saurais-
plus-rester ici : Madame devrait avoir-pitié de
moi! Jeune, belle, comme elle est, si, lorsque j'entre pour faire mon service, elle est à sa toilette,
ou qu'elle s'amuse avec ses Jeunes demoiselles,
quelle-que soit la situation, on-n'en change pas :
on me regarde apparemment comme un Automate, qui n'ai pas de sentiment. Je ne suis-pas-
plutôt-entré, que je voudrais être sorti : on me
brûle à-petit-feu; et pour mettre le comble à mon
tourment, s'il survient quelque contestation sur
des choses..., on m'appelle pour en-juger; on
m'étale des trésors..., et il faut que je prononce!...
On dit ensuite : :: Il faut que la supériorité de
Madame soit-bien-sensible , puisqu'elle frappe
cet Automate!... Automate! je ne le suis pas,
malheureusement! car Madame me consume de
desirs, et je sens que je meurs du sentiment

involontaire qu'elle m'inspire !... Ah ! que ne suis-
je une des choses insensibles, qui servent à son
usage !... Je veux sortir ; j'en mourrai sans-doute :
mais du moins je ne souffrirai plus-... Voila ce
qu'il a-dit, madame. — Il est bien-hardi ! qu'on le
chasse ! — Quel arrêt, madame ! et qu'il est rigou-
reus ! Cet Infortuné souffrira moins, s'il se re-
tire de lui-même. — Quoi ! Septimanie, une Fille-
de-condition, est-sensible à ce que peut souffrir
un Etre aussi vil qu'un Valet ! — Je vous l'avoue-
rai, madame, j'y suis sensible. — Ah ! j'en rabats,
de l'estime que vous m'inspiriez, mademoiselle !
— Et si ce Misérable était de condition ? — Je
verrais alors : pourvu que cela fût-bien-prouvé.
— Il n'a donc qu'à se retirer et mourir ! Cependant, c'est dommage ! il vous sert avec tant de
zèle ! — C'est son devoir..... Aureste, qu'on ne
le chasse pas de l'hôtel ; il suffira de l'éloigner de
moi. Je veux même qu'il soit-bien-traité... Je
veux qu'on lui donne un emploi plus-relevé...
— Ah ! madame ! (*à ses genous*) que j'étais folle
de m'inquiéter ! votre adorable bonté ne m'était-
pas-assés-connue !... Cependant elle ne me sur-
prend pas ; votre cœur noble et généreus ne peut
vous dicter une autre conduite : les grandes Ames
ressemblent à la Divinité ; elles font du bien
comme elle. — Mais par quî remplacer ce pauvre
Garson ? — Si vous le gardiez, madame ?... Il est
jeune, d'une agréable figure ; il a même quelque-
chose de distingué dans la fisionomie. —J'y-con-
sentirais, si j'ignorais encore sa témérité : mais
j'en-suis-blessée ; il faut le remplacer : mais adou-
cissez-lui le coup, Septimanie, et faites m'en-
trouver Un-autre-.

Il falut-exécuter cet ordre de la Duchesse. Septimanie présenta dans la même journée, un
Homme de quarante ans, d'une figure plate et
commune. — J'accepte Celui-ci, dit la Duchesse
à Septimanie, malgré son âge ; c'est une vieille

Bête, qui ne fera pas de réflexions-. Les Jeunes-demoiselles furent très-fâchées du renvoi de La-Grange, et elles parlèrent pour lui; mais envain; la Duchesse tint-ferme : elle leur dit seulement, qu'elle prendrait soin de lui. Septimanie ne répondit que par un soupir, qu'on feignit de ne pas remarquer.

Huit jours s'écoulèrent, sans que la Duchesse parlât du Laquais renvoyé : Septimanie paraissait fort-triste : Enfin, le huitième jour, la Duchesse demanda, Si La Grange était dans sa nouvelle place? Septimanie baissa les yeux, et deux larmes s'échappèrent. — Vous pleurez? lui demanda Maclovie : ..... Où est-il? — Madame, il... n'a-pu... supporter... — Comment? que n'a-t-il pu-supporter? — Il n'est... plus. — Ah-dieu!... J'en-suis-fâchée! Le pauvre Garson!... C'était un fou... J'en-suis-fâchée, Septimanie... Mais vous-vous intéressez bien à ce Garson! Hélas! Madame, c'est mon Frère. Votre Frère!... Ah! Septimanie, je vous en-veux de ne me l'avoir-pas dit... Cette place d'ailleurs, ne lui convenait pas. — Auprès de vous, madame, toutes honoreront un Gentil-homme. — Il est vrai que ma naissance... — Votre mérite la surpasse, madame. — C'est mon senti-ment, dit la jeune *Eleonore*. — La beauté de Ma-dame est unique, dit la belle *Alexandrine*. — C'est un fénomène sans exemple, s'écria la jolie *Clo-tilde*. — Pour moi, dit en-baissant les yeux la timide *Agnès-D'Ang***, je ne suis-pas-étonnée que La-Grange soit-mort. — Je suis Fille, et je ne supporterais pas l'absence de Madame, toute-étourdie qu'on me croit, dit en-riant la vive *Er-nestine*. — Je plains sincèrement votre Frère, Septimanie; je suis fâchée de sa mort : ne me la re-prochez pas. — Ah! madame! vous êtes trop-bonne! C'est sa faute et la mienne; de votre part, il n'y a que de la grandeur et de la bonté-.

La mort d'amour d'un Laquais, quoique de

condition, fut-bientôt-oubliée : Septimanie elle-
même eut le plus-grand-soin de ne pas se rendre
ennuyante par sa douleur ; elle ne parut qu'un-
peu-moins-gaie, mais d'une manière qui la rendait encore plus–intéressante : ainsi, elle continua
d'être la favorite de la Duchesse. Deux mois s'écoulèrent ainsi. A cette époque, une des Femmes-de-
chambre de la Duchesse, recherchée par un des
Officiers de la maison, lui demanda la permission
de se marier. Elle y consentit. Septimanie, qui
avait ses vues, ne laissa pas échapper cette occasion : Elle sut adroitement représenter à la Duchesse, qu'une Femme-de-chambre mariée ne
lui convenait pas, à elle qui, telle qu'une autre
Diane, était vierge comme cette Déesse, avait
des Nymphes comme elle, etc. Cette comparaison
flata Maclovie, et la détermina : Cependant,
comme elle aimait sa Femme-de-chambre, elle
lui donna une place dans sa maison, et parut-dis-
posée à en-prendre une autre. Septimanie eut-
soin de faire-présenter Celle qu'elle voulait-mettre
auprès de sa Protectrice. C'était une grande
Brune, d'une belle figure, quoiqu'un-peu tirée.
La Duchesse, en-la voyant, se rappela des traits
semblables, et elle le dit à Septimanie ; mais cette
jeune personne l'en-dissuada. On nomma cette
nouvelle Fille, *Mélanie*, à-cause de sa chevelure,
et son emploi fut particulièrement de coïfer sa
Maîtresse.

Dès la première-fois que Mélanie s'en-acquita,
elle réüssit au-point d'exciter l'admiration. La Duchesse fut également enchantée de l'élégance et de
la promptitude. Ce premier pas fait, les succès de
Mélanie auprès de sa Maîtresse furent rapides ;
elle en-fut-chérie presqu'uniquement : mais elle
était si modeste, malgré sa faveur, qu'elle n'ex-
cita la jalousie de Personne, ou du moins, elle sut
la faire-cesser. Elle fut-mise des parties que la
Duchesse fesait avec les six Demoiselles, dès que

Septimanie l'eut-avouée pour une de ses Parentes ;
Maclovie, flatée de ne se voir environnée que de
Filles-de-condition, adoucit le service à Mélanie,
et la traita comme l'Egale des six Compagnes
qu'elle s'était-données.

La Duchesse n'était pas toujours renfermée
dans l'intérieur de son hôtel, avec ses Filles : elle
recevait du monde, et alait-faire sa cour toutes
les semaines. Une de ses Nymphes allait toujours
avec elle, pour son amusement, et pour être té-
moin de sa conduite. Il n'est pas possible d'en imaginer une plus-regulière. Tout Ce qu'il y avait
d'aimable et de grand à la Cour, rendait hommage à sa beauté naissante ; on s'empressait à lui
plaire, et on la traitait en-Souveraine : Mais son
cœur demeurait froid ; elle ne trouvait rien de
séduisant dans des Hommes efféminés, pour la
plupart, qui, le masque de la fausseté sur le visage,
le libertinage effréné dans les yeus, demandaient
un cœur et quelquefois davantage, d'un air à-
demi-tendre au premier mot et presqu'ironiq au
dernier : malgré son innocence, Maclovie était
naturellement si spirituelle, qu'elle lisait dans
leurs âmes par les fibres de leur visage ; elle
voyait, que tous ses Adorateurs étaient-guidés par
la vanité, plutôt que par le desir, encore moins
par le sentiment, et que le plaisir de se vanter
était la jouissance la plus-douce qu'ils espérassent.
Elle les méprisa. D'ailleurs, elle aimait peutêtre,
sans qu'elle s'en doutât ; un Homme est un
Homme, quoiqu'en-dise la fièrté, et La-Grange
était d'une charmante figure ! mais il était mort ;
et à cette époque, il arriva ce qu'on devait naturellement attendre.

Le Duc, pressé par sa Famille, jeta les yeux sur
sa Femme. Il la trouva charmante, et des yeux de
Mari devinrent enfin des yeus d'Amant. Comme
Maclovie était fière, qu'il l'avait-négligée, il commença par lui rendre des soins, avant de lui

parler de ses droits. C'était où sa Femme l'attendait. Elle lui montra le dédain le plus-complet ; et
comme rien ne lui parlait pour le Duc, elle se fit un
jeu de ses soupirs. Elle reçut néanmoins ses présens, ses fêtes, ses hommages de toute espèce, et
jusqu'à ses sacrifices : car il avait-quitté sa Maîtresse. Lorsqu'il crut en-avoir assés-fait, même
pour un Amant délicat, il osa parler avec confiance.
Maclovie prit alors un air de Reine : — Je sais
ce que vous me devez et ce que je vous dois (lui
répondit-elle :) Mais avant de vous admettre à
une familiarité aussi-intime que celle que vous
demandez, et que le mariage l'exige, permettez
que je m'assure de votre conduite : elle n'a-pas-
été fort-louable ; la mienne est sans reproche ;
Soit ici, soit à la Cour, mes liaisons et mes amusemens ont eu la même innocence : nous ne
sommes pas égaux, monsieur ; il faut le devenir,
avant que je puisse me familiariser avec vous.-
Le Duc plaisanta de cette réponse, qu'il ne crut
pas sérieuse, et il parla clairement. — Non ! (répondit la fière Maclovie) ; si vous avez vos droits,
j'ai les miens. Quoi ! depuis notre mariage... Mais
un reproche aurait l'air tendre, et je ne le suis
pas pour vous. Non, monsieur, je ne serai pas la
victime soumise de vos caprices : La Femme est
la maîtresse de ses faveurs, et une Femme comme
moi l'est doublement-. Le Duc vit bien qu'il n'y
avait rien à faire : mais comme ses droits le ren-
daient le maître au-fond, et qu'il voulait en-user,
il eut-recours à une autorité, que la Duchesse ne
pouvait braver.

Dès le lendemain, Maclovie à peine éveillée,
vit entrer le Duc son père, qui l'aborda en-sou-
riant. Il la caressa pour la première-fois de sa vie ;
la nomma plusieurs-fois affectueusement sa Fille,
et lorsqu'il la vit pénétrée de ses bontés, il reprit
l'air grave et froid, pour lui dire : — Madame,
votre conduite avec le Duc votre Mari, est inex-

cusable; elle ferait du bruit, et vous couvrirait
de ridicule : Une Femme comme vous doit se
mettre audessus de ces petites fantaisies rotu-
rières, et recevoir un Mari, comme elle fait toutes
les actions indifférentes : C'est une nécessité,
comme manger et dormir : je vous prie qu'il ne
soit plus question de cela : je suis-humilié de la
démarche que je fais; elle me mortifie, et vous
auriez bien-fait de me l'épargner. Adieu, madame
la Duchesse de-***; souvenez-vous de ce que ce
titre exige de vous, et que demain j'apprenne que
toutes vos obligations sont-remplies-. Le Duc sortit aussitôt, sans attendre la réponse de Maclovic.

Elle était-accâblée. Mais bientôt sa fierté reprenant le dessus, elle sentit que son Père avait-rai-
son, et qu'il ne falait rien attendre de la délicatesse ou des égards de son Mari. Aussi fit-elle, et
sur-le-champ, l'action la plus-extraordinaire et
la plus-hardie : Elle sonna ses Filles, qui s'étaient-
retirées à-l'arrivée de son Père : sans leur parler,
elle choisit, des yeux seulement, Celle qu'elle
voulait-charger de la commission : Ce fut Ernestine, comme la plus-hardie : — Ma Fille, lui dit-
elle, alez trouvez monsieur le Duc; qu'on l'éveille,
s'il ne l'est pas, et dites-lui que je l'attens à l'instant même : Il peut venir en bonnet-de-nuit, en
pantouffles et en robe de chambre; mais sans
aucun de ses Gens : Courez, et signifiez-lui qu'il
le faut-. La vive Ernestine était-partie avant que
le dernier mot ne fût-achevé. Elle trouva le Duc
au lit : elle le fit-éveiller par son Valet-de-chambre. — Qu'est-ce? que me veut-on? (s'écria-t-il,
de mauvaise-humeur). — C'est madame la Duchesse, répondit aussitôt Ernestine, qui vous demande à-l'instant, monsieur; une robe de-chambre
suffit; Madame n'en exige pas davantage : mais
elle est pressée! — C'est vous, belle Ernestine!
Ma femme ne pouvait choisir une plus-agréable
Courrière! vous êtes charmante!... Je vous suis.

— J'ai ordre de vous mener, monsieur le Duc. — Est-ce quelque malheur ? — Je présume tout le contraire. — En-ce cas, me voila prêt... *Jacinthe* ! (son Nègre) suis-moi. — Non, monsieur ! dit la jolie Messagère, vous ne devez-pas-être-accompagné ; vous alez en-bonne-fortune-. Le Duc se mit à-rire ; renvoya Jacinthe d'un geste, et suivit Ernestine.

Il trouva la Duchesse au lit, entourée de ses Nymfes, tandis que Mélanie donnait plûs de grâce à son bonnet-de-nuit. Le Duc fut-effrayé ; il la crut malade, et qu'elle l'envoyait chercher sous un faus prétexte. Mais avant qu'il pût s'informer, Maclovie lui tint ce discours :

— Je suis votre épouse, monsieur, et il est des choses que je vous dois, comme il en-est que vous me devez : je ne veux pas qu'on me fasse grâce de mon devoir, comme de mon côté, je ne veux en-faire aucune : Je vous ai-fait-prier de venir, pour vous accorder ce que j'ai-refusé jusqu'à-ce-moment ; vous pouvez vous mettre au lit-. Cette harangue, la manière, l'heure à laquelle on lui fesait la proposition, tout surprenait également le Duc, qui regardait avec étonnement la Duchesse et ses Nymfes. D'un autre côté, Mélanie, à laquelle la Duchesse fesait-signe d'ôter la robe-de-chambre de son Mari, etait pâle et prête à se trouver-mal : On fut-obligé de la conduire hors de l'appartement, et ce fut la jolie Clotilde, qui fit la fonction de Valet-de-chambre. Lorsque le Duc se trouva où il était invité de se rendre, il crut que les Nymfes alaient se retirer : Mais elles restèrent toutes. — Il pria sa Femme de les renvoyer. — Pourquoi, monsieur ? — Leur présence me gêne. — Moi, elle me rassure... Cependant, comme je ne veux pas vous contrarier, Retirez-vous, mesdemoiselles : Monsieur trouve que vous le gênez-. Les Jeunes-personnes sortirent en-riant, très-contentes de ne pas être témoins d'une scène qui n'en-veut pas.

Restés seuls, le Duc et la Duchesse n'en-furent guère plus-avancés. La surprise où était le Mari; la presqu'assurance où il avait-été, qu'elle ne se rendrait pas de-sitôt, et la conduite qu'il avait-tenue en-conséquence de cette idée, tout cela fit qu'il se *trouva sans-vert*. Heureusement il-avait affaire à une Femme encore assés innocente, pour se tromper aux procédés, et prendre les tentatives pour des réalités. Elle fut, ou crut être aussi contente de lui, que s'il avait-rempli toutes ses obligations, et aubout de deux heures, elle sonna pour se lever. Le Duc, qui ne la croyait pas aussi-complettement ignorante, n'osait lever les yeus sur elle, ni même sur les Nymfes; il se retira honteus dans son appartement. Pour la Duchesse, elle parut fort-gaie. — Le *devoir* n'est pas une chose aussi-terrible que je le croyais! (dit-elle à ses Nymfes qui toutes rougirent jusqu'aux oreilles, quoiqu'elles fussent très-honnêtes; mais il n'en-était aucune, qui ne fût plus-savante que la Duchesse): Je vous assure, mes Filles, que ce n'est rien, moins que rien. Et elle se mit à éclater-de-rire, comme une jeune Folle. Elle demanda ensuite sa grande parure. Lorsqu'elle fut habillée, couverte de diamans, en-un-mot, dans tout l'éclat permis aux Femmes d'un rang aussi-élevé, elle ala auprès de Mélanie, qui n'était pas encore trop-bien remise; elle lui fit mille caresses, lui parla quelque-temps à l'oreille, et l'assura, sur quelques plaintes de cette Femme-de-chambre chérie, qu'un Mari n'était pas un Rival dangereus. Il est à-présumer qu'elle eut la bonté d'entrer avec sa Favorite, dans certains détails; car Mélanie se porta bien, et fut en-état d'accompagner sa Maitresse chés son Père. Maclovie monta dans un superbe carrosse, ayant avec elle Septimanie et la Femme-de-chambre, toutes deux également parées, et elle se fit conduire à l'hôtel de-**. Le Duc, en-apprenant que sa Fille venait le voir, s'attendit à

des plaintes, à des prières, à des larmes, peutêtre
à la demande d'un Couvent; et il se préparait à
la fermeté. Il faut avouer qu'il connaissait peu sa
Fille. Aussi fut-il-surpris agréablement, en-la
voyant arriver gaie, le rire sur les lèvres. Elle
accourut pour l'embrasser. — Monsieur, lui dit-
elle, je sais quels sont les droits d'un Père, et
sur-tout d'un Père tel que vous : autant les Personnes de mon rang sont naturellement indépen-
dantes, autant elles doivent-être-soumises à l'Auteur de leurs jours, à Celui dont l'autorité sur
elles est-sacrée, fondée sur la nature, la raison, la
religion, et la reconnaissance : Je viens, en-Fille
soumise, vous apprendre, Monsieur, qu'aussitôt
après votre départ, je vous ai-scrupuleusement
obéi : Je suis-restée où vous avez-bien-voulu-
m'entretenir : J'ai-fait-avertir monsieur le Duc
de-***, que je. l'attendais ; il s'est mis au lit avec
moi, et nous sommes mari et femme autant qu'on
peut l'être, à ce que je crois.... — C'est fort bien,
Madame, et la promptitude de votre obéissance
me la rend plus-agréable ; je prens de vous la plus-
haute idée- et vous êtes propre à faire une Héroïne : La plus-forte marque de courage et de
grandeur qu'on puisse donner, c'est de céder sur-
le-champ et noblement, où l'on-est obligé de céder. Vous êtes digne de votre illustre naissance ;
vous êtes unique, et je ne connais pas une Femme,
après vous, qui soit capable de faire aussi héroï-
quement une chose très-ordinaire. — Ah! très-
ordinaire! Monsieur. Je vous assure que les craintes des Jeunes-filles sont bien-ridicules-! Le Duc,
quoique très-agguerri, rougit de cette réponse de
sa Fille, dont néanmoins il ne pénétra pas le sens,
qu'elle ne voulait pas y donner elle-même : Il
changea le sujet de la conversation. Un instant
après on annonça le Duc son gendre, que la Duchesse reçut parfaitement bien. L'heure de se
mettre à-table venait d'arriver ; les deux Epous y

furent-placés comme deux Amans, à-côté l'un de l'autre; mais si le Duc de** eut occasion de voir que sa Fille était-contente, le nuage qui paraissait dans les yeus de son Gendre lui donna beaucoup à-penser : Il se proposa de l'interroger au sortir de table.

Pendant le dîner la Duchesse fut-adorable : Elle fit briller tout son esprit naturel, qui était de beaucoup supérieur à celui de toutes les autres Dames, quoiqu'elle fût la plus jeune : ses grâces avaient ce je ne sais quoi de libre, que les Femmes n'acquièrent jamais que par le commerce le-plus intime avec les Hommes ; la cérémonie du matin avait-rendu femme la jeune Duchesse, dans ses idées, et elle s'en-donnait toute l'aisance : mais plûs elle était-enjouée, sémillante, spirituelle, agaçante même, plûs le Duc son épous était-concentré ; il s'imaginait que la conduite de sa Femme était un persifflage : Il se promit de réparer ses torts, et d'avoir sa revenge. Dès que l'on eut-quitté la table, il s'éclipsa; de-sorte-que son Beaupère ne put tirer de lui les lumières qu'il voulait-avoir.

La Duchesse fut encore plus-aimable après le départ de son Mari : elle fit la brillante conquête du prince de-**, qui parut absolument épris : mais il ne prit pas également auprès d'elle; les soins qu'il voulut lui rendre la fatiguèrent, et elle évita de se laisser conduire par lui à son carrosse, quand on descendit pour aler au spectacle.

Le duc de-*** ne fut pas du souper chés son Beaupère avec sa Jeune-épouse : il feignit une indisposition, pour se coucher de bonne-heure, et pouvoir donner une excuse à sa Femme, si elle lui fesait la même invitation que le matin. Elle n'y manqua pas effectivement à son retour ; elle envoya Mélanie, qui se trouva auprès d'elle, malgré son indisposition du matin, avertir son Mari qu'elle l'attendait. Le Valet-de-chambre répondit que monsieur le Duc était malade : On ne pouvait faire une réponse plus agréable à Mélanie, qui se hâta de la rendre à sa Maitresse. — Tant-pis (répondit la Duchesse); j'ai le goût du mariage, il me passera peutêtre bientôt, et j'aurais-voulu en-profiter pour faire mon *devoir*... Mais il est un moyen, pour me conserver dans mes heureuses dispositions : j'ai - toujours - couché seule; je vais - faire - mettre auprès de moi, ou Septimanie, ou Ernestine, ou Agnès, n'importe, Celle qui le voudra : Va le leur proposer, Mélanie. La Jeune-femme-de-chambre y ala, mais elle n'eut-garde de faire la commission! elle revint aucontraire dire à sa Maitresse que toutes les Demoiselles étaient au lit, et s'il falait les éveiller? — Non, non, répondit Maclovie; je t'aime autant qu'elles, et pour ne déranger Personne, tu coucheras avec moi-. Mélanie frémit de plaisir, à ces paroles, et son émotion fut si-vive, qu'elle frappa la Duchesse. — Ce que je te dis, te fait-il de la peine? — Ah! madame, je vous adore, et l'honneur que vous daignez me faire m'élève audessus de moi-même. — En-ce cas, deshabille-toi, et viens. Mélanie ne fut qu'un instant à faire-tomber ses habits; elle se mit ensuite auprès de sa Maitresse, mais en tremblant, et sans oser l'approcher. — Tu me crains! (lui dit Maclovie) : approche, je veux t'embrasser avant de m'endormir-..... Mélanie reçut le baiser de sa Maitresse, et le rendit d'une manière assés-vive : mais elle n'osa pas se livrer à tout ce que son cœur lui dictait; elle se retira, dès que la Duchesse cessa de la caresser. On s'endormit, ou dumoins l'Une des deux.

Mélanie, auprès de l'Objet qu'elle adorait depuis longtemps, sans oser laisser paraître la passion la plus-violente, était dans une émotion inexprimable. Elle attendit que la Duchesse fut-endormie,

pour lui faire quelques caresses, sans l'éveiller :
mais lorsqu'elle eut-commencé, le feu concentré
dans son cœur la trahit ; ses mains et ses lèvres
étaient-brûlantes ; chaque-fois qu'elle touchait ce
beau corps, son feu redoublait, et elle n'était pas
toujours maitresse de règler ses mouvemens. Il
arriva enfin qu'elle en fit-un, qui éveilla la
Duchesse. Mélanie trembla de l'avoir-fâchée :
mais elle se rassura bientôt ; sa Maitresse émue
lui donna un baiser : Mélanie, malgré sa timidité
en-rendit trente ; un trouble secret, des desirs
confus, d'un côté ; l'emportement d'une insur-
montable passion de l'autre, amenèrent peu-à-peu
le dénoûment, qui fit sur la sensible Duchesse
toute l'impression de la nouveauté. Elle prodigua
ses caresses et ses charmes à Mélanie ; elle lui jura
de l'aimer plus-tendrement que Septimanie elle-
même, que toutes ses Nymfes ensemble, et dans
l'excès de son ravissement, elle s'écria plus-d'une-
fois ; — Ah ! que ma Femme-de-chambre vaut
bien mieux que mon Mari-! Ce qui ne doit pas
surprendre ; Mélanie, cette parente de Septimanie, n'était autre que La-Grange, son Frère.

Lorsque la Duchesse avait-eu-choisi ses Nymfes, parmi les Pensionnaires de son Couvent, le
jeune de La-Grange était-venu-voir sa Sœur :
C'était un Jeune-homme d'un caractère fort-rare
de nos jours ; il était tout-sensibilité. La Jeune-
Duchesse parut un instant à une croisée, et le
Jeune-homme, qui l'aperçut de la chambre de sa
Sœur, lui demanda, quî c'était ? — C'est madame
la Duchesse-. A cette réponse, De-la-Grange resta
immobile, dévorant des yeux la belle Maclovie.
Il falut que sa Sœur l'arrachât de la fenêtre, lorsqu'elle fut-obligée de sortir, pour aler auprès de
sa Protectrice. Dès le lendemain, De-la-Grange
revint chés sa Sœur ; il était triste, concentré ; il
pleura en la-quittant ; sans-doute parce-qu'il
n'avait-pas-vu la Duchesse. Enfin, il changea de

la manière la plus-prompte et la plus-effrayante.
Sa Sœur alarmée lui demanda ce qu'il avait; elle
le pressa, le caressa : — Mon bonheur et ma vie
dépendent de toi, lui dit-il : il faut me faire entrer au service de la Duchesse. — Tu es-trop-
grand pour être page. — Je veux être quelque-
chose qui m'approche d'elle davantage encore;
son Laquais, par exemple : mon zèle, mon empressement m'en-feront-remarquer; elle m'aimera
comme un Garson dévoué. — Mais mon Frère,
laquais! — Auprès de la Duchesse, c'est être un
Prince... Aureste, cachons que je te suis aussi
proche : présente-moi comme le Fils d'un Fer-
mier de notre Père, ou de ta Nourrice.- Septimanie avait-fait bien des difficultés! mais enfin, elle
chérissait un Frère-uniq, à qui, dans le fond, cette
démarche ne pouvait causer un tort réel, elle
avait essayé son crédit auprès de la Duchesse, et
elle avait-réüssi. De-la-Grange fut-imprudent, et
il avait-été-renvoyé : Dans l'intervalle de sa sortie
à sa rentrée comme Femme-de-chambre, il avait
appris à coîfer; cette occupation, qui nourrissait
son espérance, tandis qu'il déterminait sa Sœur
à le servir une seconde-fois, l'avait-empêché de
mourir de douleur et d'amour. Enfin, il avait-
vaincu la resistance que Septimanie apportait à
son projet : touchée de ses larmes et de son desespoir, elle lui avait-dit, qu'elle consentait à se
perdre avec lui. Elle l'avait présenté comme
Femme-de-chambre : la-figure douce de La-
Grange, son menton à-peine cotonné, quoiqu'il
eût vingt-ans, rendait le déguisement facile : à-la-
vérité sa maigreur lui donnait un air plus-dur
qu'il ne l'avait naturellement; mais lorsqu'il eut-
acquis les bonnes-grâces de la Duchesse, le con-
tentement lui avait-rendu son embonpoint, et il
en-était-devenu beaucoup plus aimable. Tel était
l'état des choses, lorsqu'il obtint un bonheur auquel il ne s'attendait pas : juste punition de la

négligence du Duc envers son Epouse, et de la
plus-odieuse des injustices, qui lui avait-fait garder une Maitresse, tandis qu'il avait pour Femme
un prodige de beauté.

La Duchesse enchantée de sa Femme-de-chambre, lui déclara le matin, un instant avant de se
lever, qu'elle la voulait élever au rang de ses
Nymfes, et qu'elle prendrait une autre Fille pour
la remplacer. Mais Mélanie la supplia de lui conserver son emploi : — Qu'Une autre que moi
n'ait pas la gloire et le plaisir de toucher ces
beaux cheveus, et de les mettre d'accord avec
votre charmante figure ; que votre embellissement
soit toujours mon ouvrage, puisque c'est le plus-
doux de mes plaisirs-. La Duchesse y consentit :
on se leva, et dès cette première matinée, on
s'aperçut que la faveur de Mélanie était-portée au
plus-haut-degré. Septimanie fut la seule qui en-
soupçonna la cause : ce qui ne la rassura pas : au-
contraire, elle regarda le dénoûment comme prochain, et elle en-fut-presque - saisie : tandisque
son Frère nageait dans la joie, elle se cachait
pour verser des larmes.

Cependant la journée fut charmante : on se
divertit ; la Duchesse était d'une gaîté folle : le
Duc ayant-paru à dîner, sa Femme l'agaça, mais
d'une manière qui signifiait, pour Septimanie et
pour La-Grange, : : Mon chèr monsieur, ne vous
gênez pas ; j'ai mieux que vous... On reçut des
visites dans l'aprèsdînée, et Maclovie enchanta
tout le monde par son esprit, par sa gaîté, dont
Ceux qui étaient-instruits à-demi de la visite du
Duc de** à sa Fille, firent honneur au Mari.

Le soir, elle n'envoya pas, comme la veille,
prier le Duc de venir : Elle se mit au lit avec sa
Femme-de-chambre. Tout se passa comme la
veille, et Maclovie fut-réellement-enchantée. Il
en-fut de—même durant quelques-jours, de-sorte
que La-Grange parut malade. Sa Maitresse en-fut

très-inquiète! elle s'en-sépara, non sans regret,
par l'insinuation de Septimanie, et elle proposa
son lit à cette Jeune-personne, qui s'en-excusa,
sous le prétexte de rester auprès de Mélanie. Ce
fut donc Ernestine, qui eut l'honneur de coucher avec la Duchesse.

Dès qu'elles furent au lit, l'ardente Maclovie
prodigua les caresses les plus-vives à Ernestine :
la Jeune-Nymfe y répondit, mais en-Nymfe; desorte-que la Duchesse dépitée, fut-obligée de s'en-
dormir, en-se promettant bien, qu'Ernestine ne
partagerait plus son lit. Le lendemain Mélanie
paraissant encore faible, la Duchesse jeta les yeus
sur Alexandrine, pour coucher avec elle. La belle
Nymfe fut-enchantée de cet honneur : mais Maclovie ne fut pas plus-contente d'elle que d'Ernestine. Enfin, elle prit successivement Clotilde,
Agnès, la blonde-Éléonore, et Septimanie elle-
même. — Il n'est dans le monde qu'une Mélanie
(pensa la Duchesse); et je veux m'en-tenir à elle :
C'est dommage, qu'elle ne soit pas d'une santé
robuste, comme Celles qui ne la valent pas : Ce
sont toutes des Maris : Mélanie seule est une
Amie, et je vois enfin par mon expérience, que
l'amitié vaut beaucoup mieux que l'amour-.

Cependant la conduite que la Duchesse avait-
tenue successivement avec ses Nymfes, nuisit unpeu à sa reputation, en-lui donnant celle d'une
Safo, qu'elle méritait moins que Personne. Ses
Nymfes la craignirent; il n'y avait que Septimanie qui lui rendît justice; elle la défendait vivement, lorsqu'elle était avec ses Compagnes; mais
elle ne pouvait donner en-faveur de Maclovie la
meilleure des raisons.

Mélanie avait-eu le temps de se rétablir, pendant les essais de la Duchesse : Celle-ci la rappela, et la prétendue Femme-de-chambre, qui
avait-souffert autant que sa Maitresse, d'être-éloi-
gnée d'elle, comprit qu'il falait économiser ses

ressources. — Je renais (lui dit la belle Maclovie
la première-fois qu'elle lui fit-partager son lit), et
je vois qu'il n'y a que toi qui m'aime véritable-
ment-... Mais cette même nuit l'intimité des deux
Amies fut-troublée par un évènement imprévu.

Le Duc, après s'être fortifié par tous les moyens
raisonnables, se crut enfin en-état de donner de
lui une haute opinion à sa Jeune épouse. Sans
l'en-avoir-fait-avertir (il voulait la surprendre
agréablement), il entra chés elle une heure environ après que la Duchesse se fut-mise au lit
avec Mélanie. Une des Femmes lui ouvrit. Mélanie trembla, en-le-voyant paraître. Pour la Duchesse, elle le reçut en-riant : — Ah! c'est vous,
monsieur! Je suis-charmée de vous voir! Sans-
doute vous venez pour exercer vos droits? — Oui,
madame. — Je ne m'y-opposerai pas, je vous assure! — Ce n'est pas assés, il faudra me seconder,
en-exerçant aussi les vôtres. — S'il le faut, je le
ferai-. Le Duc se mit au lit, tandis que Mélanie
au-désespoir, se retirait enveloppée de son mieux :
Elle ou *il* ala passer dans les larmes une nuit,
qu'il avait-cru destinée aux plaisirs.

Il est inutile de dire ce qui se passa entre les
deux Epous : un mot suffit : Le Duc ne put se
desenchanter : Il en-attribua la cause à la Duchesse,
et lui fit des complimens, auxquels elle ne comprit rien, puisqu'elle était-déjà-persuadée, et que
son Epous venait de lui confirmer, que les Maris
n'en-fesaient pas davantage. Aussi dit-elle au Duc,
qu'elle préférait les caresses des Femmes à celles
des Hommes. Il était-déja-revenu aux oreilles du
Duc quelque-chose à ce sujet : Il se crut autorisé
à faire des remontrances à sa Jeune-épouse : —
Vous en-direz tout ce qu'il vous plaîra, monsieur,
c'est mon goût, et je crois qu'il est le bon; informez-vous à d'autres Femmes, qui ont plûs d'expérience que moi-. Elle s'exprimait avec tant d'assurance et d'innocence, que le Mari ne sut que

penser : Il se proposa d'avoir encore une-fois re-
cours au Père de sa Femme.

Ce fut ce qu'il exécuta dès le lendemain. Il est-
aisé de sentir combien toutes ces démarches, et ce
que les Jeunes-demoiselles avaient-dit, ont-dû
accréditer les bruits qui vont courir contre la
belle Maclovie, qui vont lui prêter un goût dé-
pravé, contraire à la Nature, et par là-même un
très-criminel. Mais elle en-est parfaitement innocente, comme on voit. Le Père de Maclovie écouta
le Duc son Gendre avec beaucoup d'attention. —
Par tout ce que vous me dites, lui répondit-il, je
vois que vous-avez donné à votre Femme la plus
mauvaise-opinion des Hommes : C'est peut-être
tant-mieux pour vous : mais pour moi, qui veux
un Héritier de mon sang, des biens dont ma
Fille vous fait porter le titre, je ne m'accommode
pas du-tout de cette fantaisie : je lui parlerai :
Cependant, essayez encore, si vous pourrez la
faire changer d'opinion à votre égard : plûs mon
autorité semble avoir d'efficacité sur elle, plûs je
dois en-rendre l'exercice rare ; ce n'est qu'à la
dernière extrémité, que je veux exiger d'elle qu'elle
renvoye ses jolies Nymfes, et sa grande Femme-
de chambre-.

Le duc de-*** suivit le conseil de son Beaupère, et s'en-trouva passablement bien : car un-
soir, au grand-étonnement de la Duchesse, son
Mari se comporta précisément comme la Femme-
de-chambre, à quelque-chose près. Il en-fut si-
fier, que le lendemain il ala lui-même publier sa
bonne-fortune, comme un Petitmaître qui a-
triomfé d'une Prude. La Duchesse, de son côté,
ne pouvait en-revenir et elle se disait sans-cesse
tout bas : — Je n'aurais-jamais-cru que mon Mari
aurait-eu de l'amitié pour moi, aulieu d'amour-!
Elle attendit impatiemment le soir, pour com-
muniquer ses idées à Mélanie, qui partagea son
lit. La Jeune-Femme-de-chambre n'eut-garde de

détromper sa Maitresse! mais elle fut-desolée des lumières que ce fénomène inattendu pouvait lui procurer; elle sentit, pour la première-fois, que son bonheur n'était pas éternel. En-attendant, l'Amant déguisé fut encore heureus.

La victoire du Duc de-*** avait-tranquillisé le Père de Maclovie et toute la Famille, qui ne s'informa pas, s'il savait conserver ses conquêtes : Cependant, comme les faus-bruits couraient toujours, le Duc de-** resolut de les approfondir. Pour cet effet, il se proposa de surprendre sa Fille le matin, comme il avait déja-fait. Il arriva un-jour dès les neuf-heures. Il se fit introduire auprès de la Duchesse, qu'il trouva endormie. Elle n'avait heureusement pas Mélanie avec elle, cette nuit-là; c'était Eléonore; Les deux Belles dormaient d'un sommeil paisible. Mélanie, qui avait l'oreille alerte à tout ce qui arrivait chés sa Maitresse, ayant-entendu qu'on entrait dans son appartement, vint pour savoir ce qu'on voulait. En-ce-moment, le Duc, qui avait quelques soupçons vagues, soulevait les couvertures, et regardait Eléonore. Il se retourna au bruit que fit Mélanie en-entrant. Il regarda la grande Femme-de-chambre, qui rougit, et qui embarrassée des regards pénétrans du Père de la Duchesse, voulut se retirer. Il la fit rester, en-la retenant par le bras. Il était si-matin pour cette maison, que Mélanie, ou La-Grange, n'avait-pas-encore-fait une opération à laquelle il ne manquait jamais, et qui devenait de-jour en-jour plus-nécessaire, à-cause du léger duvet qui ombrageait son menton. Le Duc l'examina curieusement. — Pour une Fille, lui dit-il, vous avez l'air bien masculin? — Je suis comme la Nature m'a faite, monsieur, répondit Mélanie, avec une révérence. — Est-ce vous qui êtes cette Femme-de-chambre si chère à sa Maitresse? — Je tâche de rendre mes services agréables à madame la Duchesse. — Comment

nommez-vous Celle que voilà auprès-d'elle ?
— C'est m.^{lle} Eléonore. — Et Mélanie, ne pourrais-je pas la voir? — C'est... moi, monsieur le
Duc. — Ah! ah! passons un-peu dans votre cham-
bre-. La fausse Mélanie l'y conduisit en-tremblant.
Dites-moi, ma Fille, quels moyens employez-vous
pour vous faire chérir de votre Maitresse au point
qu'on le dit? — Point d'autres, monsieur le Duc,
que de la servir avec zèle, avec un parfait dévoûment. — En-vérité, vous avez l'air masculin !...
Parlez-moi sincèrement : Que signifient certains
bruits qui courent sur la Duchesse de-***, au-
sujet de ses Demoiselles, et de vous en-particulier. — C'est pure médisance, monsieur le Duc :
Madame nous aime ; elle se familiarise avec nous;
comme elle est belle, une foule d'Adorateurs la
désirent; elle les dédaigne, pour ne s'occuper que
d'amusemens innocens : voila ce qui excite les
mauvaises-langues; on aimerait mieux qu'elle
eût des Galans; parce-que du-moins chacun de
ces Gens-là espérerait d'avoir son tour. — Vous rai-
sonnez fort bien ! Mais, parlez-moi vrai? Est-il
quelque-chose de ce qu'on dit de vous, que vous
êtes *Femme-homme,* ou *Homme-femme?* — Je
vous assure, monsieur le Duc, que je n'ai que mon
sexe. — Prenez-garde! ne me trompez pas! —
Je vous dit l'exacte vérité. — J'en-exige la preuve?
— Je vous prie de me dispenser? — Je ne dispense
jamais de ce que j'exige, parce-que je ne l'exige
pas sans raison. — Je ne saurais envérité. — Je
vais appeler mes Laquais. — Au nom de Dieu,
monsieur le Duc!... — Exécutez-vous-donc vous-
même-...

Tandis que La-Grange était dans ce cruel embarras, sa Sœur, dont la chambre était à-côté de
la sienne, crut venir à son secours, en-avertissant
la Duchesse. Maclovie apprenant l'embarras de
sa Favorite, sortit du lit, se fit passer une robe,
arriva dans la chambre à-l'instant où le Duc

pressait Melanie, en-la menaçant de faire monter
trois grands Laquais picards, qui ne la ménage-
raient pas. Le Père de la Duchesse, en-voyant sa
Fille, pensa qu'elle alait demander grâce pour sa
Femme-de-chambre, et il était-resolu de la lui
accorder; en-se promettant néanmoins de faire
enlever Mélanie, de la faire conduire chés lui, et
là, de s'assurer de la vérité : mais à son grand
étonnement, la Duchesse parla comme lui. —
Fais ce que monsieur le Duc exige, ma chère Mélanie, lui disait-elle; c'est moi-même qui te l'or-
donne-. Mélanie voyant qu'il falait céder, se rendit enfin, à-condition que la Duchesse serait la
seule juge de son sexe. Le Duc ne goûta pas cette
condition, qui l'aurait-empêché de s'instruire de
ce qu'il voulait savoir; les difficultés augmen-
taient ses soupçons et sa curiosité. Mélanie refusa pour-lors absolument, en-tâchant de faire des
signes à la Duchesse : Mais Maclovie était trop-
fière pour entrer en-accord, même avec une Fille
qu'elle aimait : elle agissait avec le Duc son Père
d'une manière noble, franche, autant que respec-
tueuse. Elle ordonna sérieusement à Mélanie
d'obéir. Septimanie était présente : elle était-gla-
cée de frayeur. Elle s'approcha de la Duchesse,
tandis que La-Grange commençait à obéir : —
— Qu'alez-vous faire. Madame! (lui dit-elle) : vous
alez perdre Mélanie! C'est un Jeune-homme; c'est
La-Grange; c'est mon Frère-! A ces mots la Duchesse interdite hésita un instant : mais prenant
aussitôt son parti, elle saisit les mains de son
Père, en-lui disant : — Monsieur, croyez-vous
que je voulusse vous mentir? — Non, ma Fille;
vous avez l'âme trop-noble pour cela. — Cessez
donc d'exiger une visite inutile : Mélanie est un
homme; Septimanie sa Sœur vient de me l'a-
vouer, j'y-ai-été-trompée; et je ne le pardonnerai
jamais à Celui et à Celle qui ont eu cette audace.
Vous sentez mieux que moi, monsieur, de quelle

importance est le secret? Je vous le demanderais
comme une grâce, s'il n'était pas nécessaire : Je
n'ai pour garant de ma sincérité que ma parole :
mais elle est sûre, et vous m'avez-promis d'y-
croire? — J'y-crois, madame, répondit le Duc;
mais il faut que les Coupables soient-punis. — Je
les abandonne à votre justice, monsieur, et j'im-
plore cependant quelqu'adoucissement à leur
peine. — La Sœur est-elle la seule qui sache
le déguisement de son Frère? — Etes-vous la
seule, Septimanie? (dit la Duchesse). — Très-
certainement, madame (répondit cette Fille en-
pleurant). — Puis-je compter sur une éternelle
discrétion? — Ah! madame!... — Pardonnez-
leur, monsieur; vous me puniriez avec eux, et je
suis innocente. Que De-La-Grange obtienne par
votre crédit un emploi lucratif dans les Colonies ;
quant à sa Sœur, je souhaite de la garder. — Je
vous accorde ce que vous desirez (dit le Duc
de-*** en embrassant sa Fille) : je vois que vous
êtes également innocente, noble et généreuse :
Réglez vous-même la manière dont ce Garson
doit sortir de chés vous. — Il est Gentilhomme,
monsieur (dit Maclovie). Cette remarque fit sourire le Duc. — Un-autre mériterait la mort. —
— Fort-bien! ma Fille! mais votre Mari ne s'em-
barasserait pas qu'il fût Gentilhomme. Ayez soin
qu'il sorte de chés vous le plutôt-possible-.

Ce fut ainsi que se termina cette terrible crise,
qui est-restée absolument inconnue au Publiq :
car si elle eût-été divulguée, la réputation de la
Duchesse n'aurait-pas-tant-souffert; mais aussi,
les inconvéniens eussent-été terribles, relativement
au Mari. Ce n'est pas ici une vaine conjecture,
comme on le verra bientôt.

Dans la même journée, la fausse Mélanie fut-
renvoyée sous un prétexte suffisant, pour ne
pas donner de soupçons. La-Grange fut-remis au
Duc de-**, qui lui donna ses ordres : mais cet

Infortuné ne put les exécuter ; on avait-feint une-
fois qu'il était-mort de-douleur ; ce fut une vérité,
dès qu'il n'eut plus d'espérance de vivre auprès
de la Duchesse : Il mourut en-huit jours. La Duchesse et Septimanie soupçonnèrent qu'il avait-
été-empoisonné ; mais elles se trompaient ; il
n'avait-pris d'autre poison que celui de l'amour et
de la douleur. Cette mort rendit Septimanie plus-
chère que jamais à la Duchesse, qui s'aperçut
trop-tard, qu'elle aimait La Grange comme Amant :
cette perte lui fut fatale ; car depuis ce moment,
elle fut moins-régulière dans ses mœurs, et il
sembla qu'en-perdant sa naïve ignorance, elle
eût-aussi perdu le goût de l'honnêteté. Elle ne
s'égara cependant pas tout-d'un-coup, et si elle
avait-eu un Mari digne d'être-aimé, il n'est pas
douteus qu'elle ne s'y-fût-attachée alors ; mais le
Duc de-** la négligea ; la passion qu'elle lui avait-
inspirée dura peu, par bien des raisons ; il s'était-
épuisé de bonne-heure avec des Maitresses ; il
était de l'intérêt de ses Gens-de-confiance, qu'il
eût des intrigues, qui les rendissent nécessaires ;
la Duchesse fesait des comparaisons qui étaient-
desavantageuses à l'Epous, lorsqu'elle se ressou-
venait de La-Grange, et elle se permit quelquefois de râiller le Duc, d'une manière qui lui donna
des soupçons : enfin, elle ne tarda pas à devenir
galante, non à la manière des Femmes ordinaires,
mais comme celles d'un rang audessus du reste
des Humains, qui prétendent commander en-
aimant, et qui rougiraient d'éprouver un sentiment qui les égalât à Quelqu'un. C'est sous ce
nouveau point-de-vue que va se montrer la Duchesse.

La resolution d'aimer, qu'elle venait de prendre,
fit qu'elle se répandit davantage : Elle voulait
voir si elle trouverait dans le monde, et parmi
les aimables Vauriens de la Société, un Homme
assés aimable pour occuper son cœur aussi

agréablement que La-Grange, et d'une manière
plus-noble. Il y-avait alors plusieurs Jeunes-
Seigneurs d'une très-agréable figure : Maclovie
était la plus-belle Femme qu'on puisse voir; ils
s'empressèrent à lui porter leur hommage, mais
cependant avec une sorte de défiance, à-cause de
la réputation qu'elle avait. Celui qu'elle préféra,
fut le Prince de-** : C'était un beau blond, qui
avait tout-au-plûs vingttrois-ans, et qui n'était
à la Capitale que depuis deux environ : Mais
c'était déja trop. Une nuit qu'on donnait un bal
masqué chés l'Ambassadeur de l'Empire, la Duchesse en-y alant, fit en-sorte que le Prince
de-** connût son déguisement; elle voulait voir,
de quelle nature seraient les sentimens qu'il marquait pour elle. En-effet, dès qu'elle fut au bal,
le Jeune-Prince la joignit, et profitant de l'inco-
gnito, il lui dit, qu'il la reconnaissait, moins à
son habillement et à la beauté de sa tâille, qu'à
l'émotion qu'elle lui causait. Ce compliment fut-
suivi d'une déclaration d'amour, à laquelle la
Duchesse, réellement touchée, ne répondit pas
avec cruauté. Une idée qui lui vint ensuite, lui
fit-quitter son Amant : Elle avait-remarqué la
jeune Princesse de-**, sous l'habit le plus galant;
de-sorte que cette charmante Personne, et Maclovie, étaient celles qui avaient le déguisement
du meilleur-goût. Elle joignit la Jeune-Princesse,
et lui proposa d'entrer chés l'Ambassadrice, pour
y-changer d'habit : La princesse, qui avait aussi
un Adorateur au bal, y-consentit avec une joie
inexprimable. Les deux Dames changèrent, et revinrent dans le bal. Le Prince de-** cherchait la
Duchesse, qui rentra la première, sous son nouveau déguisement. Elle fut-prise par tout le
monde, et par son Amant lui-même, pour la
Jeune-Princesse. Elle lui fit quelques agaceries,
qui furent-reçues avec le plus-vif empressement.
— Je vous ai-vu tout-à-l'heure bien attaché à la

Duchesse de*** ? (lui dit-elle, en déguisant sa voix).
— Il est-vrai (répondit-il) que j'ai-répondu à ses
avances : mais mon cœur ne sent rien pour une
Femme de cette espèce : un-seul de vos regards vaut
mieux que toute sa Personne-. La Duchesse éton-
née, eut-peine à commander à son indignation :
Cependant, par-curiosité, elle le fit expliquer sur
ce qu'il avait à reprocher à la Duchesse de-***, qui
réellement. ajouta-t-elle, est une Belle-femme.
— Mais deshonorée par ses goûts, répondit l'Amant
trompeur-. La Duchesse se fit donner des détails.
Elle apprit alors tous les bruits qui couraient sur
son compte; et si elle n'en-fut-pas-effrayée, elle
en-fut si-outrée, qu'elle se promit de passer ce
que la Renommée injuste et bavarde publiait d'elle.
Pour commencer à satisfaire sa vengeance, elle
se laissa suivre par le Prince dans un cabinet, où
elle se démasqua. Il fut-pétrifié en-la voyant. Je
vous connaissais, lui dit-il, en-s'efforçant de se
remettre, et j'ai-badiné. — Moi, monsieur, je ne
vous connaissais pas : mais je vous connais à-pré-
sent-. Elle remit son masque, et rentra dans
l'Assemblée, où elle ala rendre compte à la Princesse de ce qui venait d'arriver. Cette Belle-per-
sonne avait de son côté entretenu son Amant, sous
l'habit de la Duchesse, et elle ne l'avait-guère-
trouvé plus-constant : mais elle ne s'était pas
découverte. Toutes-deux également indignées,
pour achever leur vengeance, se démasquèrent,
et laissèrent voir à la nombreuse Compagnie les
deux plus-charmans visages qui fussent dans
l'Univers. Un murmure d'admiration s'éleva ; et
les deux Belles contentes de leur triomfe, partirent en-même-temps.
    Le lendemain, le Prince de-** vint pour faire
ses excuses à la Duchesse. Elle s'y-était-attendue :
Elle avait-fait-habiller ses six Nymfes absolument
comme elle : lorsqu'on annonça le Prince, toutes
mirent un loup sur leur visage. — Approchez (dit

Alexandrine, Celle dont la tâille approchait davantage de celle de la Duchesse) : Si vous voulez
que je croie que vous badiniez hièr, quand vous
m'avez si-bien-instruite, il faut que votre cœur
me devine : suis-je la Duchesse, ou est-ce une de
ces aimables Compagnes qu'elle s'est-données, qui
vous parle en-ce moment? Voyez-? L'Amant fut
très-embarassé! enfin, après avoir-examiné la
tâille, il ala rendre son hommage à Eléonore, en-
l'assurant qu'elle était la Duchesse. Elle-en convint, et parla en conséquence, tandis que toutes
se retirerent. Il se mit à ses genous, dès qu'il se
vit seul avec elle. Cependant la Duchesse chan-
geait d'habit : on la couvrait de diamans, et elle
était-parée précisément comme le jour où elle
avait-pris le tabouret chés la Reine. Lorsqu'elle
fût-prête, elle rentra, précédée de ses Nymfes.
— Ne vous dérangez pas, Monsieur, (dit-elle au
Prince, en-alant s'asseoir dans un superbe fau-
teuil, qu'on avait-mis à dessein dans son appartement): Démasquez-vous, Eléonore: puisque Monsieur rend justice à votre mérite, je ne m'y oppo-
serai pas : j'approuve ses feux-. Eléonore ôta son
masque. — Vous voyez, reprit la Duchesse, que
le *Jugement-de-Dieu* est contre vous, comme
lorsqu'autrefois un Chevalier était-vaincu en-
champ-clos. J'y ajoute foi, comme nos Ancêtres à
l'épreuve du feu et de l'eau bouillante; je vous
crois tel que vous m'avez-paru hièr, et nous ne
nous reverrons plus. Les Hommes sont des monstres, dont les Femmes doivent se servir, sans
les estimer, et sans se les attacher. Aimez les personnes de votre espèce- (*).

(*) On m'a-raconté cette rupture d'une autre manière : On
prétend, que la Duchesse eut une cause de rupture, assés semblable à ce qui lui donnait une si mince opinion du Duc son
mari, et qu'ayant-donné un rendé-vous au Prince de-**, elle
le trouva si-peu différent de ses Nymfes, qu'elle jura de n'avoir
plus d'Amant de cette espèce. Il est fort-indifférent aux Lecteurs

Le souvenir des caresses de la fausse Mélanie
fit-alors sur la Duchesse une si vive-impression,
qu'il lui donna un égal mépris pour celles du
Duc, et pour celles de ses Nymfes : mais dans la
résolution qu'elle forma de satisfaire un goût dont
elle s'aperçut, elle dissimula, et parut plus-éprise
que jamais des Jeunes-beautés qui l'environnaient ;
elle affecta de leur faire partager son lit successivement ; de leur prodiguer les caresses ; de jouer
avec elles à des jeux fort-libres ; de-manière à
être-vue. Elle acheva par-là de ternir sa réputation, en-même-temps qu'elle crut se mettre en-
sûreté contre d'autres accusations, qu'elle voulait
mériter. Elle était alors enceinte. Elle se promit
de marier successivement toutes ses Nymfes après
ses coûches, et de profiter également des Amans
qu'elles recevraient à l'occasion de leurs mariages.
Elle comprit, qu'il ne falait point avoir d'Amant
en-titre, d'Homme-de-marque par sa condition,
qui ferait ouvrir les yeux sur sa conduite, quoiqu'elle sût très-bien, que dans les mœurs actuelles, peu de Gens lui en-eussent-fait un crime.
Cependant, comme elle était-pressée de jouir,
elle jeta un regard sur ce qui l'environnait, mais
sans rien trouver.

Un-jour, qu'elle était seule auprès du feu, occupée à lire une de ces brochures véritablement
dangereuses, que le libertinage-a-fait éclore ;
qu'elle en-considérait avidement les Estampes
licencieuses, et que la lecture qui les accompagnait
venait de mettre le desordre dans tous ses sens,
il entra un nouveau Laquais auprès d'elle, pour
voir si rien ne manquait : Le feu avait besoin
d'être-arrangé : La Duchesse occupée, et dans

---

laquelle de ces deux causes soit la véritable. La dernière est
plus dans le caractère de la Duchesse ; mais j'ai-préféré d'employer la première dans le texte de la *Nouvelle,* sans pourtant
m'en-rendre garant, puisque les versions sont-absolument-dif-
férentes, et que le fond seul est vrai.

une situation très-indécente, ne fit pas attention
à ce Garson, qui était jeune et d'une jolie figure.
Soit qu'il ne fût-pas-accoutumé à voir des Femmes
de cette qualité, ou qu'il ignorât, que l'impudence
est une des prérogatives d'une haute-naissance,
il fut-surpris de voir la situation de la Duchesse,
qui n'en-changeait pas devant lui : la curiosité le
retint un-peu plûs qu'il ne falait : en-ce moment,
Maclovie s'arrêta dans une sorte d'extase, en-
poussant un soupir : Puis quittant le Livre, ses
yeux rencontrèrent le Jeune-Laquais : L'idée que
cette vile Créature pouvait lui servir, la frappa ;
elle lui ordonna d'aler fermer la porte, se leva la
vue fixée sur l'Estampe licencieuse, et d'un air
d'autorité, comme si elle eût-commandé de mauvaise-humeur une chose du service ordinaire, elle
lui signifia ses intentions. Le Laquais obéit, et la
Duchesse ne le renvoya, que lorsqu'elle-eut-par-
faitement appaisé les émotions de sa dangereuse
lecture. En le mettant à la porte, elle lui donna
vingt-cinq louis, et ne s'abaissa pas à lui demander le secret. Le Maraud comblé de joie, ala se
divertir. Il fut néanmoins assés-raisonnable pour
ne pas ouvrir la bouche de sa bonne-fortune.

La Duchesse, de son côté, fut très-contente de
l'idée qu'elle venait d'avoir, et elle se proposa de
ne pas se conduire autrement à-l'avenir. Quelques
jours après, elle reprit son Livre favori, ou-bien
un-autre du même genre : Lorsqu'elle fut dans
la situation critique, elle sonna, pour qu'on vint
arranger son feu : Malheureusement le Jeune-
Laquais venait de sortir ; ce fut Un-autre qui vint
à sa place. La Duchesse, occupée de sa lecture,
et de l'idée du Jeune-Héros dont elle lisait les
prouesses, ne daigna pas regarder l'Homme ;
elle se contenta de prendre l'attitude la plus-déci-
sive. Cependant le Laquais n'osait, ou il ne savait
ce que voulait sa Dame : — Imbécile, (lui dit la
Duchesse), ne vois-tu pas ce que j'exige de toi-?

Un Valet de Paris n'est pas un *Innocent*, quelque-
soit la signification qu'on prête à ce mot : Celui-ci,
qui avait de l'usage, obéit, et sut répondre à l'emportement de la Duchesse, qui le nommait du
même nom que le Héros de son Livre, afin de
se faire une illusion plus agréable que la vérité.
A la fin de la séance, elle ne fut pas peu-surprise
de voir un visage nouveau. Dans son premier
étonnement, sa prudence l'abandonna : — Eh!
où était donc *Sainthiacinte!* Elle aurait-ensuite-
voulu retenir ce mot; mais enfin elle était trop-
fière pour s'en-inquiéter. — Elle ajouta : — Vous
aurez soin de venir tour-à-tour arranger mon feu,
à la même heure qu'aujourd'hui. Alez-. Elle lui
donna vingt-cinq-louis, en-lui fesant signe de
sortir.

Tels furent les amusemens de la Duchesse,
pendant environ six mois : les deux Hommes
dont elle se servait furent discrets (ils eussent-
trop-risqué à ne pas l'être), même l'Un avec
l'Autre : aucun des deux n'avoua rien à son Camarade; la crainte leur-tint lieu de prudence. La
Duchesse de son côté, ne daignait pas s'informer
s'il leur échappait quelque-chose ; et lorsqu'il lui
arrivait de leur donner ses ordres dans la journée,
elle le fesait avec la même aisance et la même
fierté qu'auparavant. Caresser un Chien, un Singe,
faire parler un Perroquet, c'était la même chose,
dans les idées de Maclovie, que d'employer son
Laquais à éteindre ses desirs. Ainsi les extrêmes
se touchent; ainsi la Femme qui se croit trop-
élevée audessus de l'humanité, lorsqu'elle n'a pas
des principes solides, agit comme la Malheureuse
réduite au dernier degré, qui ne s'estimant pas
assés elle-même pour donner un prix à sa Personne, s'abandonne à ses desirs avec le Premier-
venu : la Vendeuse-d'alumette, la Crieuse-de
pommes et de noix vertes, la Chiffonnière, ont,
à-peu de chose près, la même *facilité,* que la

Femme-galante du premier rang : mais Celle-ci
est la plus-coupable; puisque son desordre vient
du renversement de toutes les idées, et qu'elle
viole toutes les lois sociales, en-croyant suivre la
nature; aulieu que la Femme-du-bas étage la
suit réellement.

La Duchesse eut un Fils : mais la conduite
presque-journalière de la Mère, nuisit à l'Enfant;
il vint au monde faible. débile, contrefait : Cependant, comme on ne s'en-aperçut pas tout du
coup, la naissance de ce Fils causa la joie la plus-
vraie dans l'illustre Famille; celle de la Duchesse
était la même que celle de son Mari; Maclovie
fut adorée; son Epous lui-même lui rendit les
soins les plus-délicats et les hommages les plus-
marqués : Il lui fit de superbes présens; elle en-
reçut de son Père, de ses Oncles, de ses Tantes;
chacun se disputa l'honneur de l'embellir.

Ce fut après son rétablissement, qu'elle annonça,
qu'elle voulait marier ses Nymfes. Il se présenta
des Partis sortables, et comme tous Ceux qui
s'intéressaient à la Duchesse étaient-charmés
qu'elle s'en-séparât de son plein gré, on contribua
volontiers à leur dot. Mais Maclovie déclara,
qu'elle voulait éprouver tous ces Amans, et s'assurer qu'ils rendraient heureuses ses Bonnes-
amies. En-conséquence, elle leur permit de venir
faire l'amour sous ses yeus. Celui qui offrit ses
vœux à la blonde Eléonore, était un Enseigne,
beau brun, jeune, fait-au-tour, mais peu riche,
et qui espérait de l'avancement. Il plut fort à la
Duchesse, qui après avoir-agréé sa recherche pour
Eléonore, proposa, suivant son plan, à cette
Jeune-personne d'éprouver son Amant, pour s'assurer, s'il lui serait fidèle : Eléonore y consentit :
de-sorte que ce fut du commun accord de la
Nymfe avec sa Protectrice, que le Jeune-homme
fut-introduit auprès de Maclovie.

— Vous aimez Eléonore (lui dit la Duchesse);

elle est belle, elle est encore plus aimable et plus-
méritante; mais je m'intéresse à son bonheur,
comme au mien propre : Les Hommes sont injustes; quelque-belle que soit une Epouse, ils la
négligent : si je savais que vous en-agissiez ainsi
avec mon Eléonore, vous ne l'obtiendriez jamais.
— Je l'adore, madame, et je vous répons de l'adorer toujours. — J'aime à vous croire-. La Duchesse parla ensuite d'autre chose; de modes, de
nouvelles, de spectacles, des Romans du jour :
Le Jeune-Enseigne lui répondait avec esprit;
les Jeunes-gens de notre siècle en-ont tant! Cependant elle se donnait des grâces; elle prenait
des attitudes voluptueuses; elle animait ses regards, et les fesait briller du feu le plus-vif. Le
Jeune-homme était-ému : La Duchesse s'en-aperçut aisément : Elle posa sa main sur la sienne,
en-lui demandant, S'il serait bien-fidèle à Eléonore? Il ne répondit que par un soupir, accompagné d'un regard sur une gorge charmante. —
Vous rêvez! (lui dit Maclovie) : qui vous occupe
en-ce·moment? — Ah! madame, une Divinité. —
Eléonore est-jolie; mais ce n'est pas une Divinité.
— C'est une Mortelle, madame; mais j'ai devant
les yeux une Déesse. Que toutes les Femmes sont
audessous de ce que je vois! — Ah! voila un
léger commencement d'infidélité! — Pardonnez,
madame! la distance est trop-grande, de ma Maitresse à la Déesse, pour que les sentimens d'ado-
ration qu'inspire Celle-ci, soient une infidélité
pour l'Autre; ils ne sont pas de la même nature.
— J'aime assés cette distinction-. En-prononçant
le dernier mot, elle se leva : sa tâille majestueuse;
sa démarche; les grâces de toute sa Personne
enchantèrent l'Amant d'Eléonore, et le mirent
hors de lui-même. Il fut prêt à tomber à ses ge-
noux. — On dirait que vous êtes-ému? — Ah!
madame! j'adore... — Quî? — La Déesse dont
je vous parlais. — Elle n'y-est pas tout-à-fait

insensible : non qu'elle veuille enlever votre cœur
à Eléonore, mais elle voudrait connaître par elle-
même comme vous savez aimer-. Ce discours était
clair : l'Enseigne se mit aux genous de la Duchesse,
qui le fit relever en-riant, et lui fit-signe, en-lui
montrant la porte, de prendre quelques sûretés.
Elle crut au dessous d'elle d'employer les nuances ;
son essai eut-lieu de la manière la plus-complette ;
et très-contente de l'Amant d'Eléonore, elle l'assura qu'elle répondrait de lui à sa Maitresse. Le
mariage se fit quinze jours après.

Il en-fut de-même des cinq autres Nymfes,
qui toutes furent-mariées dans le cours de six
mois. — Mais la Duchesse était dévote ! comment,
avec les sentimens qu'inspire la dévotion, se livre-
t-elle au libertinage-? La dévotion d'une Femme-
de-qualité du plus-haut rang, je le répète, n'est
pas la même que celle des Gens-du-commun :
C'est une fausse piété ; un sentiment superficiel,
qui ne va pas à l'âme ; qui laisse subsister tous les
vices, par la criminelle complaisance de Ceux qui
dirigent les Personnes élevées : Ils leur laissent-
croire, que leurs priviléges, nés de l'abus de la
sociabilité, s'étendent jusqu'à l'Etre-suprême, et
aux principes fondamentaux de la morale. Ainsi
la Duchesse s'acquitait encore de quelques pratiques de dévotion, qu'elle regardait comme une
compensation plûsque suffisante de ses excès.
Mais à-l'instant où elle sera-détrompée, elle
deviendra filosofe, parce-que les passions ne
veulent rien perdre, et que lorsqu'on leur fait
entrevoir une barrière, elles la franchissent, au lieu
de s'y-arrêter.

Malgré la discrétion forcée des Amans de la
Duchesse, la multitude de ses écarts causa enfin
un bruit sourd, mais vague : On parlait d'elle,
comme d'une Femme galante, sans pouvoir citer
une seule intrigue marquée : cependant on continua de lui prêter le goût des Nymfes ; on publia,

qu'elle avait-été-forcée de les marier : on joignit
à cette calomnie, quelque-chose de vrai sur ses
goûts ; on lui en-prêta de bas ; on ignorait le vrai ;
on supposa le vraisemblable : et tel fut le malheur
de Maclovie, qu'instruite de ces bruits, au-lieu
d'en-être-intimidée, elle apprit par eux tout ce
qu'elle pouvait oser : ainsi, elle vérifia souvent
une avanture qu'on lui avait prêtée, et elle mit
une sorte de gloire à braver ses Détracteurs.
Jusqu'à ce moment, elle avait-ménagé Ceux de
ses Gens qu'elle favorisait, elle ne les ménagea
plus, et à la première occasion de mécontente-
ment, elle les fit-chasser ; elle les remplaça par
des Hommes choisis, etc.

Un-jour, elle apprit qu'on lui prêtait une avanture singulière. Elle en-rit comme une Folle, et
le soir même s'étant-déguisée, elle sortit seule
dans son carrosse, qu'elle fit-arrêter dans le *Cul-
de-sac-de-l'Orangerie*. Elle descendit, en-donnant
ordre au Cocher, qui était sans livrée, de faire le
tour, et d'aler l'attendre du côté du *Pont royal*.
Elle entra dans les *Tuileries*, gâgna les couverts-
d'arbres, et se mit à s'y-promener. Elle ne manqua pas d'être-abordée par ces Libertins, qui
cherchent-là une volupté crapuleuse. Elle rebuta
tout ce qui ne lui plut pas. Enfin ayant-trouvé
un beau grand Jeune-homme, elle lui permit
quelques libertés : mais elle l'arrêta, lorsqu'il
voulut aler trop-loin, et elle lui proposa de le
conduire chés elle. Le prix seul paraissait inquiéter le Galant : Il fit son offre, qui fut-acceptée.
Maclovie lui donna le bras, et ils traversèrent le
jardin. Arrivés auprès du carrosse, la Duchesse
y monta : son Amant hésitait : elle lui fit-signe de
prendre le devant. Il s'y hasarda enfin. On roula
fort-longtemps, d'après les ordres qu'avait-reçus
le Cocher : Enfin on arriva. Le Jeune-homme
fut-introduit dans le plus-voluptueus des bou-
doirs : la Déesse qu'il y-devait adorer, reçut son

présent, et son hommage : Mais elle fut si contente de lui, qu'elle mit dans sa poche, sans qu'il
s'en-aperçût, une somme assés considérable. Il
soupa ensuite tête-à-tête avec elle, et à l'heure de
se retirer, la Duchesse elle-même le conduisit jusqu'à sa voiture, y monta, et se fit mener dans un
endroit qu'elle avait-designé. Là, elle dit adieu
au Jeune-homme, qui ne savait ce que signifiait
une pareille avanture : Il remarqua la rue, la
maison, il y revint; mais il n'y retrouva jamais
sa Belle, qu'on n'y connaissait pas. Maclovie, qui
voulait le dérouter, était-descendue à la porte
d'un passage publiq, son carosse avait-fait le tour,
et elle était-revenue chés elle. Le lendemain, le
Jeune-homme parla de ce qui lui était-arrivé la
veille à tous ses Amis. Quelques-uns lui rirent au
néz; c'étaient Ceux qui savaient l'histoire, qui
courait avant qu'elle fût-arrivée, ils lui dirent,
que lorsqu'on se vantait de fausses-bonnes-for-
tunes, il fallait au-moins se donner la peine de
l'invention. Ils lui racontèrent le trait qu'on prêtait à la Duchesse de-***. Le Jeune-homme, quoiqu'aussi avantageus qu'aucun-autre, ne se crut
pas néanmoins aussi heureus qu'il l'était : mais
ce qu'on lui venait d'apprendre, le rendit-curieus
de connaître la Duchesse; il se tint aux environs
de l'hôtel plusieurs aprèsdînées de-suite, et enfin,
il la vit un soir monter en-voiture, pour aler à
l'*Opéra*. Il l'y suivit, et là, il eut tout le temps de
la reconnaître. Ivre-de-joie d'avoir-possédé une
Femme si-belle, et d'un rang aussi-relevé, il
aurait-voulu pouvoir en-instruire toute l'Assemblée : Il ne savait comment s'y-prendre, lorsqu'il
aperçut Un de ses Amis dans le Parterre. Il s'en-
approcha, il lui montra la Duchesse; raconta
son avanture assés haut; en-détailla toutes les
circonstances, sans oublier l'incrédulité de ses
Amis. L'Imprudent ne savait pas que dans un
Lieu-publiq, on est quelquefois écouté par des

Personnes, ausquelles on se garderait bien de faire
sa confidence, si on les connaissait! Un Exempt
entendit toute la narration. Comme elle attaquait
une Personne-de-marque, cet Homme crut qu'il
devait arrêter l'Indiscret. Il saisit le prétexte de
quelque rumeur, appela une Sentinelle du spectacle, et fit conduire le Jeune-homme au Corps-
de-garde. De-là, quand l'Opéra fut-achevé, il le
conduisit chés la Duchesse, à laquelle il fit-
demander un moment d'entretien. Il lui détailla
tout ce qu'il avait-entendu, et se nomma. La
Duchesse nia; voulut voir le Jeune-homme; dit
qu'elle ne le connaissait pas, et qu'il falait absolument le remettre-en-liberté. Ce qui fut-exécuté
sur-le-champ, mais elle sut sa demeure. Le lendemain-matin, on vint le prendre par ses ordres.
il fut-conduit garoté à un port-de-mer, où on
l'embarqua, comme un Domestiq infidèle, que la
Duchesse voulait soustraire à la punition légale.

Ce trait fut-connu de son mari : Le Duc De-***
montra dans cette occasion, la jalousie la plus-
furieuse, et la moins-autorisée, puisqu'il ne
s'était-pas-rendu digne de sa Femme : Il se plaignit hautement, déclama contr'elle, eut-recours à
l'Autorité. Maclovie brava tout : car à dater de
cette avanture, elle garda si-peu de mesures dans
sa conduite, qu'elle acheva de se deshonorer.
Mais parvenue au plus bas degré de mauvaise
réputation, elle parut vouloir se relever seule et
par ses propres forces. Elle substitua la filosofie
à la dévotion; cette dernière, lorsqu'elle n'est-pas-
éclairée, est égoïste; la filosofie, quand elle est
vraie, est plus-humaine, plus-proportionnée aux
caractères hardis et génereus : Maclovie, qui
sentait depuis quelque-temps l'espèce d'infamie
où elle s'était-abîmée, prit le seul parti qui lui
restait; aulieu d'affecter une hypocrite pruderie
elle resta galante, et devint humaine, charitable.
Dès qu'elle eut-goûté du plaisir délicieus de bien-

faire, elle en-fut avide comme des autres jouissances : l'amour-même, qui avait un si grand
empire sur le cœur, ou sur les sens de cette
Femme doublement-sensible, ne la rendit que
plus-compâtissante : elle racheta ses faiblesses
et ses égaremens, par les consolations qu'elle fit-
passer dans l'âme du Souffrant et de l'Affligé.

Il serait impossible de citer tous les traits de
bienfesance qui ont-marqué les jours de sa vie,
dans les derniers temps de sa carrière, que les
plaisirs ont-rendue trop-courte. Tantôt, elle
soulageait d'anciens Militaires, que l'attente imprudente de recompenses que l'Etat ne peut
donner à tout le monde, avait-paru-dispenser de
l'économie; elle étendait ses bienfaits jusque sur
les Officiers que leur incapacité, leur peu de
mérite avaient-éloignés des faveurs et des distinctions : — Ils sont nobles, disait-elle quelquefois,
et ils peuvent avoir des Enfans pleins de mérite,
tandis que les Gens-de-mérite donnent quelquefois le jour à des Lâches.- Elle eut occasion plus
d'une fois de vérifier cette opinion, que la lecture
de l'histoire et l'expérience journalière rendent
également certaine. Lorsqu'elle fut-devenue absolument filosofe, elle étendit ses bienfaits, sans
quitter ses plaisirs, qui étaient-passés en-habi-
tude, et dont elle ne pouvait se priver. Elle avait-
perdu son Fils : cet Etre infortuné devenait si
difforme, qu'elle ne le regretta pas, et qu'elle
n'eut aucune envie d'approfondir les soupçons
qu'on lui voulut donner contre le Duc son Mari,
qu'on accusait d'avoir proscrit les jours de cet
Enfant, depuis qu'il avait-découvert l'avanture de
la fausse Mélanie : — La vie est un si-faible
avantage (disait-elle), quand on n'a ni beauté, ni
santé, qu'elle ne vaut pas la peine d'être-regrettée-.

Après la perte de son Enfant, trop assurée
qu'elle n'en-pouvait avoir d'autres, elle multiplia
ses jouissances, et ses bienfaits. Elle répandit

enfin ces derniers sur toutes sortes de Personnes ;
elle commençait à regarder les Roturiers comme
des Hommes. Elle dut cet avantage à la lecture
des Ouvrages de m.ʳ De-Voltaire : Elle disait
quelquefois : — Combien on m'aurait-fait-éviter
d'écarts et d'habitudes malheureuses, si l'on m'eût-
enseigné à lire dans les Ouvrages du Filosofe de
Fernej-! En-effet, il est des Esprits que la filosofie
seule peut dompter, de ces Etres hardis, que rien
ne subjugue, que ce qui est avoué par la raison,
et dont les lois de la réciprocité sociale peuvent
seules régler les mœurs (*).

Tel a-été le fénomène que la Nation a-eu sous
les yeus dans notre siècle : Une Femme audessus
de toutes les entraves, même les plus-utiles,
vicieuse non-seulement aux yeus du Puriste,
mais de l'Honnête-homme le plus-indulgent, et
qui néanmoins avait les vertus les plus-brillantes
et les plus-citoyennes, la reine des vertus, la
bienfesance ! Quant aux qualités, elle les possé-
dait toutes au degré le plus éminent. Qui l'a-
donc-perdue ? qui l'a-rendue scandaleuse, dangereuse même à beaucoup de Personnes ? Sa condition
seule ; la manière dont on élève les Enfans des
Grands ; manière pernicieuse pour la Société,
criminelle, punissable, et si-justement prohibée
dans l'immortel *Traité de l'Education* de *J.-J.-R.*

Honorable Lecteur, en-vous retraçant les faits
que vous venez de lire, ai-je-eu le dessein de faire

(*) Méprisons donc ces vils Critiqs, ces lâches Ecrivains, qui
dénigrent la filosofie, sous prétexte qu'elle est contraire à la
Religion : la vérité est que la Religion et la Filosofie sont-éga-
lement-utiles aux Hommes ; que souvent l'une des deux ne
suffit pas, et que réunies, leur pouvoir est certain : bénies soient la
religion et la filosofie! ce sont deux sœurs, qui se soutiennent
et se rendent mutuellement aimables.

une *Nouvelle* libre? d'exciter les passions du Libertin ou de la Libertine! Ah! loin de moi cette abominable idée, qu'un lâche Calomniateur pourrait seul me prêter (*). J'ai-peint le desordre, et je l'ai-dû. Mais, comme notre siècle est beaucoup moins-spirituel, que je ne le croyais il y a deux ans, et qu'on pourrait encore me demander, comme on l'a-fait depuis peu, Où est le sens moral de cette *Nouvelle?* il faut le dire: Je demande pardon aux Lecteurs sensés, que je vais ennuyer; mais ils sont les maîtres de passer l'application suivante:

J'ai-voulu-prouver que les Femmes-de-condition sont mal-élevées (ce n'est pas ici le lieu de parler des Hommes): plûs elles sont d'un rang distingué, plûs on les élève mal, desorte-que les choses en-sont-venues à ce point, que pour faire une bonne-éducation, il faudrait prendre tout le contrepiéd. Il n'y a de véritablement bonne-éducation, que celle dont j'ai-tracé le plan dans le plus-mal-digéré de mes Ouvrages, l'*Ecole des Pères*: Il faut élever tout le monde d'abord pour obéir, pour travailler; on forme ensuite au commandement avec facilité, sans inconvénient. J'ai-mis un précis de la manière d'élever les Grands, dans le *Hibou*; mais cet Ouvrage ne paraît point encore; si ce morceau était-connu, mon idée en-deviendrait plus-claire — Mais, dira-t-on, une Princesse-du-sang, par exemple, doit-elle-être-élevée pour travailler-? Oui, une Souveraine même, étant enfant, avec le droit assuré au Trône, doit-être-élevée pour obéir, pour travailler. Ce n'est point ici un paradoxe; c'est une vérité qui resulte de l'essence des choses. Une Souveraine, ou son diminutif, une Duchesse, une Maîtresse-de-maison, qui doit-être un-jour

---

(*) C'est ce qu'on a-fait dans le *Journal-de-Nancj* M.r Ter-*rin*, auteur de ce Journal a-désavoué cet article.

une Souveraine particulière chés elle, est-elle
donc un être isolé, dont la relation avec les autres
Etres, soit exempte de l'utilité réciproque? Il n'y
a point d'Etre pareil dans la nature, et s'il en-
était un semblable, ce serait un monstre : La
Souveraine, la Duchesse-maîtresse-de-maison,
est-aussi-obligée d'être utile à ses Sujets, à ses
Inférieurs, que Ceux-ci doivent l'être envers elle :
s'ils existent pour elle, elle existe pour eux. Le
Roi, dans toutes les Nations, est l'Homme le
plus-utile de son royaume. Qu'est-ce qu'obéir,
dans la signification propre du mot-? *C'est aler
audevant de l'utilité de Quelqu'un* (*). Plûs une
Femme est élevée, plùs on a-dû la rendre obligeante; et on ne l'a-pu, qu'en-donnant à ses
yeus une importance infinie, et conforme à la
vérité, aux Etres qui lui sont inférieurs sociale-
ment, quoique fisiquement ses égaux. Mais que
fait-on aucontraire? On élève des Enfans pour
être maitresses : de lâches Gouvernantes leur
apprennent, et ne croient pouvoir leur apprendre
trop-tôt, qu'elles sont faites pour commander :
On leur donne par-là, une idée d'elles-mêmes
extrêmement nuisible au reste de la Société,
nuisible aux *Demoiselles* elles-mêmes ; idée
funeste, qui perd leurs mœurs, en-fait de mauvaises Citoyennes, de mauvaises Epouses, de
mauvaises-Mères, des Maîtresses injustes, insup-
portables, qui se rendent malheureuses toute
leur vie, en-fesant le malheur des Autres.

Qu'ai-je donc fait dans cette *Nouvelle*, honorable Lecteur? Ai-je-fait la satyre de quelque
Duchesse connue? A-Dieu-ne-plaise! jamais

_____

(*) *Obedire* (obéir), aler audevant : les Langues analogues
ont un grand avantage pour la clarté des idées : malheureusement le français jargon barbare dérivé du latin, n'est point
analogue, comme le grec, le latin, l'allemand, et toutes langues
primitives. Ce n'est point ici un blasfème contre ma langue;
je le prouverai dans *le Glossographe.*

je ne blesserai volontairement la Dernière des
Citoyennes ; moins encore Une des Epouses des
Chefs de mon Peuple ! Qu'ai-je donc fait ? J'ai-
rassemblé cent traits épars, arrivés à des Duchesses
mal-élevées ; j'en-ai-composé un tout ; afin de
pouvoir vous dire : Voila ce que font les Femmes
du premier rang avec la mauvaise éducation
qu'on leur donne ; avec l'éducation de Religieuses
qui les adulent, de Bonnes qui les gâtent, les cor-
rompent, etc., etc. Presque toutes les Femmes-
de-condition sont-mal-élevées ; s'il se trouve
parmi elles de bonnes Epouses, il falait que
Celles-là eussent un excellent caractère, puisque
la mauvaise-éducation n'a-pu le gâter. Telle
aurait-été Maclovie, malgré ses égaremens : car
enfin, j'ai un Etre réel sous les yeus ; sans cela, il
serait impossible à tout Romancier de travailler :
les Romans sont moins romans qu'on ne pense !...
Maudits soient les lâches Educateurs des Grands !
maudites soient les Bonnes ineptes, viles, ram-
pantes, adulatrices ! et bénie soit la Duchesse,
qui la première fera une révolution dans l'éducation des Enfans de sa Clâsse, en-les élevant pour
être Hommes et Femmes, avant de leur enseigner
à être Ducs et Duchesses.

LA

DÉDAIGNEUSE - PROVINCIALE

En-France, dans un siècle où la vraie filosofie éclaire toutes les clâsses de la Société ; dans un Pays, en-un-mot, où la religion qu'on professe est une loi-de-fraternité, d'égalité, d'entresupport, crairait-on qu'il existe dans les Provinces des Femmes dedaigneuses, plus entêtées des pretendues prerogatives de leur noblesse, qu'une Allemande à soixante-douze quartiers ! Il s'y-trouve des Mères qui n'inculquent à leurs Filles (je l'ai-mille-fois-entendu), que le mepris des Clâsses utiles ; qui regardent comme des Bêtes-de-somme destinées au travail, les Etres qui les nourrissent ; qui odieusement imbues des maximes tiranniques des anciéns Francs, envers les Gaulois, nos Ancêtres, éteignent dans le cœur des Jeunes-monstres, qu'on appelle *Gentilshommes-de-campagne*, toute idée d'humanité. Dangereuse erreur ! car ces Gentilshommes deviénnent Seigneurs-de-terres, Lieutenans, Capitaines, Colonels ; et dans tous ces postes, ils ne montrent le plus-souvent que ce revoltant égoïsme, ennemi de toute vertu. J'étudie la nature par-tout, Honorable Lecteur, pour vous faire-part ensuite de ce que j'ai-rassemblé : c'est aux Audiences du Parlement, que je vais souvent m'instruire de la tirannie des petits Seigneurs, même sous le Roi patriote, qui viént d'aneantır les restes de la Servitude : afin-qu'il-fût-dit, que dès sa jeunesse, il a donné aux autres Souverains l'exemple de toutes les vertus : heureus et tendre Epous, heureus et tendre Père, Roi-citoyén, Souverain-patriote, plein d'ardeur pour la gloire de la Nation dont il est le chef, il excite tout-à-lafois l'admiration et l'envie, même parmi ses Sujets : qui ne voudrait pas avoir une pareille Epouse (*), de pareils Enfans, des Frères comme les siéns, une pareille Famille?.... J'ai-entenduplaider dernièrement à *la-Tournelle*, une Cause qui m'eût-revolté, si la sagesse des Juges n'eûtremis le calme dans mon âme ? Un Comte et un Chevalier chassaient, sur la terre d'un Vassal nonnoble, à-côté de son jardin : une compagnie de Perdrix, tirée par ces deux Hommes, vola pardessus le jardin : les deux Chasseurs y-entrent, en forçant la clôture; et voyant des Jardiniers travailler, ils leur demandent arrogamment les Perdrix tuées? — Aucune n'est tombée, messieurs (repond Celui qu'ils attaquaient). — Tu en-asmenti, coquin (dirent-ils à cet Homme); rends la Perdrix, ou je te-.... cent-coups-de-bourrade. — Je n'en-ai-pas-ramassé, je vous jure. — Ah! Gueus ! Et les bras se-lèvent. Le Maître accourt : — Messieurs! ne le maltraitez-pas! il n'a-riénramassé. — Tais-toi, ····-····· (le prenant au collet). — Messieurs, je vous prie d'observer que je suis chés moi; que vous y-êtes-entrés, en-forçant ma clôture. — Nous avons-droit de chasser chés toi, sur toi, et jusques dans ta basse-cour. — Ce droit-là n'existe pas, je vous en-assure. — Il

---

(*) Un Homme avait-grièvement-offensé la Reine : sa Mère, recemment veuve, et n'ayant que ce Fils, demanda sa grace : la Reine la promit, et fut deux-heures-entières à obtenir de son auguste Epoux le droit d'etre-genereuse. C'est qu'un bon Mari pardonne ses injures, et est-inflexible pour celles faites à sa Femme.

raisonne!... Retire-toi, ou-... Un le couche-en-joue : Le Maître-du-jardin, dans un premier-mouvement-de-crainte, detourne le canon avec la main; le Gentilhomme s'efforce de rajuster, secoue l'Homme, lui dechire son *gillet* (espèce de camisole) : son Camarade (l'autre Gentilhomme) couche-en-joue l'Homme qui se-defend chés lui, en-lui-criant de lâcher son Ami, par lequel il était-tenu. L'Epouse de l'Homme arrive : cent-ans plutôt, ces deux Scelerats l'eussent-tuée : aujourd'hui, le meurtre d'une Femme commence à effrayer un Gentilhomme-de-campagne : ils plaisantèrent, lâchèrent le Mari; forcèrent de-nouveau la clôture, et se-retirèrent, reconduits par l'Homme, qui leur repetait sans-cesse le cri de son droit sacré : — Messieurs, Messieurs! je suis chés moi! quelle violence! je suis chés moi-!... Il s'est-plaint à la Justice; et le premier Senat du Royaume a-rendu l'arrêt le plus-juste, par des defenses de recidiver, des dommages-interêts de deuxmille-écus, impression et affiche de la sentence.

Combién d'autres causes on entend tous les jours, qui montrent encore mieus, à quel point la Noblesse campagnarde est insolente, agreste, tirannique, injuste, digne en-un-mot d'être-efficacement-reprimée! Cela viént particulièrement de l'éducation que donnent les Mères. Combién n'ai-je-pas-vu de ces Dames-de-paroisse montrer une morgue dedaigneuse, ne jeter sur tout ce qui les environne, que le regard d'une avilissante propriété!... Grâces au Père-commun-des-Hommes, ma jeunesse n'a-point-été-fletrie par ce genre d'esclavage; je suis-né dans un Village libre en-quelque-sorte, où jamais la vue n'est affligée par la présence d'un Maître; où la chasse est-libre à quî sait porter un fusil; où l'on possède des bois-communaus; où le Peuple tiént des Assemblées, pour élire ses Syndics, ses Collecteurs, ses Pâtres-

publiqs; pour nommer son Maître-d'école, disposer du revenu publiq, etc. : Village heureus,
si la simplicité de ses Habitans ne les assujettissait
pas à la triste necessité d'avoir pour Officiers-de-
Justice, des Hommes d'un Bourg voisin, où les
sentimens et le caractère sont d'une corruption
effrayante!... Mais je m'écarte de mon sujet. Il
est besoin d'une reforme dans les mœurs de notre
Noblesse campagnarde : si les Monastères de Religieuses, où les Filles de cette Clâsse sont-élevées,
étaient-capables de donner la moindre vertu, on
pourrait y-établir une éducation convenable pour
cesJeunesfilles; mais qu'attendre de Religieuses,
qui ont-renoncé au monde, qui dedaignent le
mo nde, c'est-à-dire, leurPatrie, qui n'apprennent
rién à leurs Elèves de ce qui doit leur servir dans
le monde? Il suffirait cependant qu'elles leur ap-
prîssent la religion, qui enseigne que tous les
Hommes sont-frères ; qu'elles les penetrassent de
cette utile verité; qui est la base du code chre-
tién.

En-general, les Provinciales femmes de Gentilshommes, ou seulement de riches Bourgeois,
qui ont des places lucratives, ou de judicature,
sont-imbues des maximes les plus-fausses, qui
sont-devenues en-elles un sentiment-inné : elles
regardent comme une honte la moindre-fami-
liarité avec les Citoyéns moins-favorisés par la
fortune ; s'ils lèvent les ïeus sur elles ; s'ils se-don-
nent le moindre-plaisir; s'ils veulent soutenir un-
moment la dignité d'Hommes, c'est une insolence
impardonnable aux ïeus de ces Gentilles-femmes
et de ces riches Bourgeoises! Sur quoi donc est-
fondé ce prejugé, parmi des Chretiéns ! En-serions-
nous reduits, dans le xviij^{me} siècle, au centre des lumières et de la filosofie, à établir les raisons de l'égalité des Hommes, dans le fisiq ? Car il est certain,
que c'est au-fisiq que ces Femmes regardent les
autres Femmes et les autres Hommes comme

audessous d'elles.... Non, je ne les établirai pas : dans un siècle où tant de Gens paraissent vouloir de fendre la religion (qui - n'est - pas - attaquée, les vrais Filosofes n'en - veulent qu'aux abus), c'est à la religion seule que j'en-appelle. Quoi! viles Egoïstes, stupides Provinciales, vous conservez vos idées - de - distinction, et je vous vois dans les temples chretiéns remplir les devoirs du culte publiq!... Mais, que dis-je? c'est-là qu'elles ont - singulièrement - établi le theatre des distinctions; c'est-là qu'éclate le mepris pour les utils Citoyéns; c'est-là que des Ministres preva- ricateurs distribuent de coupables droits-honorifiqs! Si ces droits sont-établis sur des actes, ces actes sont-nuls, injurieus à la religion ; ce sont des actes apostatiqs, puisqu'ils vont contre le premier precepte de la Religion, qui defend les distinctions, qui en-fait un crime punissable : *Que Celui qui voudra être le Premier, soit le Dernier. N'appelez Personne votre Seigneur ; parce que vous n'avez qu'un Seigneur... votre Père, parce-que vous n'avez qu'un Père;.. votre Maître, parce-que vous n'avez qu'un Maître.* Voila les principes fondamentaus de la religion, d'où resulte la fraternité, son objet principal. Et des Femmelettes viéndront étaler leur morgue insolente aux piéds des autels? Ministres! faites-chasser ces Profanatrices! et vous, Magistrats, soutenez les Ministres : faites-rentrer vos Epouses, et les Femmes des autres Gens riches, dans la modestie qui conviént à toute Femme qui n'est pas une Prostituée!....

Quand ces *Nouvelles* parurent pour la première-fois, par quatre Volumes, une Provinciale, marquise, en-acheta un exemplaire : quelque-temps après, le même Libraire lui porta la *Suite : — Je n'en-veus-pas !* je comptais trouver les Histoires des Dames de la Cour, et je n'ai-vu que des *La- veuses-d'écuelles-.* Ce fut l'expression distinguée

de cette Femme-de-distinction. Il ne falait l'entretenir que des Duchesses!... Me preserve le Ciel
d'avoir jamais la pensée de n'écrire que pour les
Grands! ce sont des Etres qu'aucune morale ne
peut toucher, qu'aucune loi ne peut contraindre; les richesses leur donnent trop de passions, et trop de moyéns de les satisfaire, pour
qu'ils aient des mœurs : quant aux lois, ils les
éludent, ou les font-taire : mais j'écris pour les
Clâsses que l'élévation, la noblesse, une immense propriété n'enivrent pas; elles-seules sont-
capables de m'entendre...

Une Demoiselle-de-Province fut-amenée à la
Capitale, par ses Parens, qui esperaient y-trouver
pour elle un Parti plus-avantageus. Elle était
belle, riche; on lui donnait de l'esprit : mais ces
qualités, ou ces dons de la nature, étaient-obscur-
cis par un orgueil, qui alait jusqu'à l'impertinence. Elle se-croyait, non la première du
Royaume, il y-aurait-eu de la folie, mais comme
étant d'une-autre nature que le reste du monde
non-noble. Les Bourgeois, les Marchands, les
Ouvriers, les Domestiqs, n'en-étaient regardés
que d'un œil-de-dedain; elle les croyait reellement des Animaus d'une espèce inférieure. Mme sa
Mère, élevée en-Province, avait les mêmes defauts; elle les avait-inculqués à sa Fille, par ses
discours et par ses exemples, comme la partie la
plus-importante de son éducation. Si m.^{me} *De-
Mont-Haussecol* parlait à son Laquais, c'etait d'un
ton aigre, en-laissant-tomber à-demi des paroles
desobligeantes : Pour sa Femme-de-chambre, elle-
la gratifiait d'injures entières; les noms-de-dou-
ceur étaient *Torchon, Souillon;* ceux du commen-
cement-d'humeur, *Paresseuse, Sote, Imbecile;*

ceux-de-colère, *Gaûpe, Salope, Rustaude, Impudente* : ses frases ordinaires, en parlant de ses Gens à sa Fille, étaient conçues ainsi : *Ça n'a que des vues-basses et bornées : Un vil interêt nous attache Ça, mais Ça nous veut du mal : L'âme de Ça est aussi-mechante, que son sang est impur : Ne vous familiarisez jamais à parler familièrement à Ça; au-premier-jour, vous verriez Ça rire avec vous : Souvenez-vous de ce que vous êtes, et que Ça est infiniment au-dessous de vous*, etc. Mais les discours ne sont rién, comparés à l'air-de-dedain, d'impatience, aux brutalités qui échappaient à cette Femme reellement vile, et digne d'être-souffletée par le Dernier des Valets, par la Dernière des Cendrillons, infiniment audessus d'un pareil Monstre.

Un-jour, il arriva qu'un jeune Cousin de cette detestable *Dame*, badinait avec *Rosette*, petite Femme-de-chambre assés-jolie, depuis huit jours à la maison. M.ᵐᵉ De-Mont-Haussecol s'en aperçut; et aulieu d'entrer, elle voulut voir ce qui arriverait. La Jeune-fille se-defendit vigoureusement contre le grossier Gentilhomme; elle le repoussa, l'égratigna, et lui fit si-mal, que le Brutal en-fureur, cessa les caresses, pour la maltraiter; il la souffleta, tândisque ses piéds ne restaient pas inutiles, et portaient des coups plus-violens encore. La Jeune-infortunée appela au-secours : Alors, m.ᵐᵉ De-Mont-Haussecol entra, et se-jeta au cou de son brutal Cousin : — Tu te-montres digne-d'être de mon sang (lui dit-elle); les coups que tu viéns de lui donner, t'ont-purifié des caresses que tu t'étais-abaissé à lui faire. Une *P—te* comme ça! tu lui fesais trop-d'honneur-! La Jeune-fille s'était-éloignée; et en-sortant toute-en-larmes, elle avait-rencontré son Maître.

M.ʳ De-Mont-Haussecol était l'Homme le plus-estimable qu'il y eût dans sa Province. Elevé à Paris, auprès d'un Prince celèbre par sa popularité, il avait-eu le bonheur de se preserver des vices de la Capitale, et de n'en-prendre que l'urbanité. Il avait-, plusieur-foi s-, essayé de faire entendre à sa Femme, que les Roturiers étaient des Hommes : elle lui avait soutenu serieusement, qu'il n'y avait que les Gentilshommes qui composassent le Genre-humain. La voyant incorrigible, et lui devant toute sa fortune, il souffrait, et tâchait de ne pas rendre malheureuse une Epouse sa biénfaitrice. Mais depuis longtemps, il cherchait une occasion de lui mettre sous les ïeus un exemple étranger de sa vigueur à maintenir les droits de l'humanité blessée. Rosette pleurante, lui conta ce qui venait de lui arriver. — Alez, ma Fille (lui dit ce bon Maître), je châtirai ce Brutal : cependant, sortez de chés nous sur-le-champ ; je saurai vous procurer une meilleure-condition ; voila vos gajes sans compter ; je n'entens pas que vous comptiez plûsque moi : alez, et surtout, en-quelqu'endrait que vous me rencontriez, ne me parlez jamais-.

Tandis que la Jeunefille fesait son paquet, m.ʳ De-Mont-Haussecol fit appeler le Cousin de sa Femme, qui était encore avec elle. Il vint dans la cour : la Dame resta sur le perron : — Monsieur, je vous trouve bién-impudent d'oser attaquer chés moi l'honneur d'une Fille au service de mon Epouse, et de nous manquer ainsi à tous-deux! J'entens que sur-le-champ, vous fassiez des excuses à ma Femme, à Rosette et à moi, ici, à genous. — Moi, мonsieur! à une Femme-de-chambre! — Oui, мonsieur : vous les feriez à la Porchère, que voila, si vous l'aviez-insultée. — Je n'en-ferai rién-. A ce mot, qu'il attendait, deux Valets vigoureus saisirent le Gentilhomme, et, malgré les cris de sa Femme, m.ʳ De-Mont-Haussecol lui fit-appliquer sur la partie charnue qui paie les amendes des Ecoliers, vingt coups-de-fouet,avec tant de force, que le Patient hcurlait,

au lieu de crier. Il le chassa ensuite de chés lui,
avec menaces, s'il y-reparaissait, du double d'étri-
vieres. Mme De-Mont-Haussecol était-furieuse :
elle avait sa chère Fille à-côté d'elle. Le Mari s'approcha : — Ma Femme, voila comme je sais faire-
respecter les droits de l'humanité blessés par un
Poliçon : Pour vous, qui me mortifiez souvent,
je sais ce que je vous dois : mais ventrebleu, que
pas Un de vos Parens ne s'avise de vous imiter ;
eût-il cinquante-ans, voila comme je le traiterais.
Et vous, mademoiselle, profitez de la leçon : vous
n'êtes pas ma Femme et mon Egale ; vous êtes
ma Fille et mon Inférieure! prenez-garde! je ne
vous épargnerais pas. — C'est un Furieus ! (s'écriait
la *Dame*) : il va nous tuer, pour cette Malheureuse. — Non, ma Femme : je la renvoie. — C'est
à moi de renvoyer mes Femmes-de-chambre. —
C'est à moi de renvoyer çelle-ci ; je veus vous sau-
ver l'injustice de punir l'Innocence. — Il l'aime!
Voyez comment il prend son parti! — Ceci, ma
Femme, est une calomnie contre moi, et la seule
chose de votre part que je ne souffrirai pas :
Ainsi, n'ayez pas la hardiesse de la repeter, ou
vous alez trouver un Maître en-moi, aulieu d'un
Ami... Vous attaquez mes mœurs, devant mes
Enfans et mes Domestiqs! Retractez-vous sur-
l'heure ; je l'exige... il le faut-. L'air de fermeté
du Mari imposa pour la première-fois à la *Dame* :
Intimidée, sentant son injustice, elle se-retracta,
et son Mari l'embrassa aussitôt. — Je souffrirai
tout (lui dit-il), de Celle qui m'a-donné sa Persone
et la fortune, hors les atteintes à mon honneur-.
Ce mot fit une vive impression sur m.^{me} De-
Mont-Haussecol ; elle fut-humiliée du reproche
de son Mari. — Vous venez, monsieur (lui dit-
elle), de m'interdire jusqu'aux représentations :
Il semblerait que je voudrais vous dominer, parce-
que.... De ma vie, monsieur, je ne vous contre-
dirai, hors le cas pareil au vôtre, c'est-à-dire, où

vous attaqueriez mon honneur.—Moi! attaquer...
cet horrible sacrilège me fait-horreur! Le cœur
d'une Femme est le sanctuaire de l'honneur de
toute sa maison : Alez, madame, je vous honore
autant que je vous aime ; et ces deux sentiments
sont les plus vifs que j'aie-jamais-éprouvés-.

On voit que cette Femme-hautaine n'avait pas
le fond mauvais; mais qu'élevée par une Mère
entichée des mêmes préjugés, son bon-naturel
avait-été-gâté : sorte d'enfanticide, commis par
sa Mère, qui doit penetrer d'horreur, puisqu'il
blesse la Société entière.

Lorsque le Mari et l'Epouse furent-en-particu-
lier, m.ˡ De-Mont-Haussecol tint à sa Femme le
discours suivant :

— Comment est-il possible, ma Chère, que
vous, pleine de sagesse, d'esprit, de merite, ayiez
des idées si-fausses sur ce que vous êtes et ce que
sont les Autres! vous avez de la religion, et vous
savez qu'elle nous enseigne que tous les Hommes
sont frères : mais n'eussiez-vous pas de religion,
la raison seule ne vous montre-t-elle pas, que les
Hommes se-sont-mutuellement necessaires, et
que precisement les Moins-élevés, sont les plus-
utiles, les plus-indispensablement-necessaires!
Le Paysan, par-exemple, peut très-bién se-passer
de son Seigneur, et il n'en-est que mieus où il n'y
en-a-pas : mais nous, comment nous passer du
Paysan, à-moins que de le devenir nous-mêmes ?
Faites quelquefois cette reflexion lumineuse, ma
chère Femme. — Ainsi, monsieur, tout va être
confondu ? — Non, mon amie! sans-doute, il y-a
dans l'Etat des différences-de-rangs; mais ces
differences ne sont que momentanées : le Magistrat est audessus du Plaideur, du Procureur, de
l'Avocat; le Capitaine, audessus du Soldat, tant
que les Uns ont leurs charges ou leurs grades, et
que les Autres sont ou Plaideurs, ou Praticiéns,
ou Soldats. Quant à la subordination ordinaire, à

la variété des emplois dans la vie commune, la
vanité n'a pas-besoin de s'en mêler : la capacité
des Hommes est aussi differente que leurs visages;
les Plus-capables s'élèvent; les Moins-capables
prénnent les occupations penibles, mais où il ne
faut que des bras; cette vaste machine, qu'on
nomme l'Etat, se-clâsse et va seule, comme le cours
des rivières : on peut la règler, comme on peut
faire des quais aux fleuves; mais c'est en-vertu
des lois de la nature qu'elle va; ce que les lois
peuvent y-ajouter, est peu-de-chose. — Mais, monsieur, vous êtes Gentilhomme; vous êtes même
d'une grande Maison ; et la Noblesse? — La Noblesse! ah! ma chère Femme! que d'abus il y a
dans cette institution! je parle de ces abus qui
blessent la nature, la raison, l'intérêt de l'Etat. La
nature, la raison, ne sont-elles-pas-blessées, de voir
un Homme sans vertu, sans capacité, qui est-né
audessus de mille Honnêtes-gens qui valent-
mieus que lui! Quelle loi, qu'une loi injuste a-pu,
produire cet effet? Quand un Heros se-distingue,
on l'ennoblit; ou plutôt, le Prince de la Société
declare, que ce Heros s'est-ennobli lui-même :
mais si un Heros a pour fils un Monstre, ce Monstre sera-t-il noble? Non, non, madame : *Marc-
Aurèle* était un excellent Souverain; *Commode*
son Fils, n'en-fut pas moins un monstre, justement renversé du trône. Il ne peut y-avoir qu'une
source de noblesse, (celle des anciéns Francs,
légitime ou non, ne devant pas être-comptée; il
n'en-existe plus parmi-nous, si ce n'est la Fa-
mille-royale; encore n'a-t-elle-pas-été-ennoblie;
elle descend des Chefs qui deja commandaient;
et cependant, ma Chère, observez qu'elle a pour
Auteur, un Sauvage, plus-vaillant, ou plus-ver-
tueus que ses Compatriotes): Il ne peut, dis-je, y
avoir qu'une source-de-noblesse, la vertu, les
éminentes qualités d'un Homme, qui lui-ont fait-
rendre des services à l'Etat, n'importe de quelle

manière, par les armes, par des lois sages, diri-
gées et proposées, par une invention d'utilité ge-
nerale dans l'agriculture ou la mecanique, par
le commerce, enfin, par un service momentané,
mais important qui sauve l'Etat : La Société, par
l'organe de son Chef, peut ennoblir la Postérité
de cet Homme (car pour le Heros, il l'est par
le fait même) : mais cette puissance qu'a la Société, lui est préjudiciable ; elle se-gêne par enthousiasme pour les services d'un excellent Ci-
toyén : Et ses descendans sans merite viéndront
se-targuer de l'indulgence de la Société, pour
l'insulter, l'opprimer ! Ils cracheront au visage du
Roturier leur égal, et devenu leur Biénfaiteur ?
Que sont les Nobles, en-France, en-Espagne, en-
Italie ? Une exception : ils ne font pas le Corps de
l'Etat comme en Pologne ; ils sont des Privilégiés,
dont le privilége pèse sur les Roturiers, qui portent leurs charges : Et vous meprisez les Roturiers, madame ! De quoi vous enorgueillissez-
vous à leur égard ? De ce qu'ils sont des membres
plus-utiles à l'Etat que vous ? De ce qu'ils exer-
cent les arts, le commerce, les sciences ; de ce
qu'ils vous nourrissent, et vous rendent tous les
services qui vous font-trouver la vie agréable ?....
Ma Fêmme, si j'en-étais le maître, dès-aujour-
d'hui l'Ordre-de-la-noblesse serait-inverse ; le
premier Noble, le serait le-plûs de sa race ; son
Fils un-peu-moins, le Petit-Fils diminuerait, ainsi
que l'Arrièrepetitfils ; et si aubout de quatre gene-
rations revolues, un des Descendans n'avait-pas-
renouvelé sa noblesse par une belle action consta-
tée, ou par des vertus, ou par des services à
l'Etat, sa noblesse serait-éteinte, comme ne conve-
nant plus à une Race degenerée. Par ce moyén,
on recompenserait également les bonnes actions,
on mettrait plûs d'émulation entre les Citoyéns,
et on bannirait à-jamais cet orgueil vicieus, également opposé à la raison, à la religion et à la

vraie politique. C'était un vice de l'ancienne legislation de ne pas considerer le Peuple; nos Souverains actuels donnent un exemple contraire, comme vous le savez-.

Mme De-Mont-Haussecol ne goûta pas ce raisonnement de son Mari : mais comme elle l'aimait, elle n'y-répondit rien.

Ce fut quelque-temps après, que le Comte De-Mont-Haussecol proposa d'habiter la Capitale. Il n'en-dit pas la vraie raison, qui était de corriger sa Femme et sa Fille. Il se-proposait de marier cette Dernière avantageusement à quelque Jeunehomme sensé, comme il en-est beaucoup à Paris, dans les plus-hautes conditions, et de lui fairegoûter, à-l'aide de l'amour, cette filosofie douce, qui produit aujourd'hui en-Europe de si-heureus effets. Sa Femme consentit à se-fixer à la Capitale, par d'autres motifs; elle esperait faire-illustrer son Mari par les grâces de la Cour : car ces Nobles, si-haut chés eux, sont rampans à la Cour; ils se-reduiraient en esclavage, pourvu qu'ils acquîssent le credit de faire trembler leurs Vassaus. On partit, à la grande satisfaction de la Jeunepersonne, qui se-fesait une fête de voir ce Paris, dont elle avait-tant-entendu-parler.

Le surlendemain de l'arrivée, le Comte mena sa Femme et sa Fille au spectacle : c'était aux *Italiens;* elles l'avaient-demandé. Elles y-donnèrent une scène au Publiq, avant que la pièce commençât : Mme De-Mont-Haussecol, en-voyant le Parterre meublé de Spectateurs à-cataugan, prit, sans y-penser sans-doute, son regard dedaigneus-fièrironiq.-impertinent-de-compassion, et le laissa errer à son aise sur les *Parterriéns,* qui d'abord se-contentèrent de se-moquer d'elle entr'eux : mais la Dame voulant-faire-remarquer à sa Fille un reflux, la Jeune personne prit si-parfaitement le même air; le rire de la Mère et de la *Demoiselle* étaient si-singuliers, qu'ils piquèrent Messieurs-du-

Parterre. Un d'entr'eux s'écria : — *Bas les airs provinciaus-!* Un-autre : — *Bas le rire impertinent ! Bas la pelisse-jaune ; pour la rose, elle peut-rester, elle est jeune-et-jolie.* — Enfin, ce fut des cris universels, — *Bas les Impertinentes-provinciales.* Elles ne se doutaient pas encore que ce fût à elles que s'adressaient les huées ; le Comte leur fit-remarquer qu'on ne regardait qu'elles. — On nous insulte ! — Oui ; votre air à regarder est insultant ; on vous le rend par des injures. — Il faut nous plaindre ; les faire-arrêter ? — Faire arrêter le Publiq ! — Sans-doute, s'il est-insolent. — Je vous conseille, moi, de quitter votre loge, et de venir vous cacher aux secondes ; sans-quoi le Sergent-de-garde viéndra vous prier de sortir. — Sortir ! sortir ! une Femme comme moi, pour des Va-nuds-piéds ! — On ne pourrait pas jouer ; on viéndrait vous prier de sortir : je sais les usages-. Il falut ceder : mais ce fut en-lançant sur le Parterre un regard, qui fut-repondu par des ris et des huées. — Le sot Publiq, que celui de Paris ! — Madame, il ne souffre pas qu'on lui-manque-de-respect. — De respect ! de respect ! un tas de Gredins... — Prenez-garde qu'ils ne vous entendent ? — Qu'en-serait-il ? — Ils vous mettraient-en-pièces-. Les deux Dames entrèrent dans une des secondes-loges, où elles furent-tranquiles.

Le soir, m.ᵐᵉ De-Mont-Haussecol voulait s'en-retourner : mais le Mari avait-eu-soin de rendre le retour presqu'impossible ; il falut differer. Et comme la *Dame* ala partout ensuite, sans être-insultée, elle se-reconcilia bonnement avec la Capitale, qui lui procurait des plaisirs aussi-piquans que nouveaus.

Cependant, m.ˡˡᵉ De-Mont-Haussecol atteignait dixhuit-ans, et ses Parens songeaient à la marier. Le Comte son père avait en-vue un excellent Parti, fils d'un ancién Ami : c'était un Jeunehomme plein de merite, très-riche, et qui possedait une belle-charge à la Cour. M.ᵣ De-Mont-Haussecol n'avait-pas-voulu en-parler à sa Femme, que le *Marquis-de-*-*** n'eût-vu sa Fille, et il eut-soin que la première-fois, il ne fût-pas-aperçu par les Dames. Le Marquis-de-*-** trouva m.ˡˡᵉ De-Mont-Haussecol charmante, et il assura le Comte, qu'il serait avec plaisir de-moitié dans son projet.

Le Marquis rendit plusieurs visites secrettes, qui le confirmèrent dans son panchant pour m.ˡˡᵉ De-Mont-Haussecol : il pressa le Comte de l'unir à son aimable Fille. — Vous voulez son bonheur, mon chèr Ami (repondit le Comte) : mais quoique son père, je ne vous cacherai pas qu'il est difficile de le faire : ma Fille a moins des defauts que des prejugés; mais ils sont-de-nature à la rendre mal-heureuse, insupportable à ses Gens, et peutêtre à son Mari : consentez-vous à m'aider à l'en-guerir? — Tout ce que vous m'ordonnerez, mon chèr Comte, je le ferai : votre Fille est deja tout ce que je veus aimer; et je-suis-prêt-à-faire ce que vous me prescrirez pour la rendre telle que vous la souhaitez. — Le voici : Elle est entêtée de son excellence, de son rang, de sa qualité de Fille noble, au-point qu'elle regarde tout le monde non-titré, comme une meprisable espèce : ces principes sont d'autant-plus-enracinés, qu'elle les tiént d'une Mère qu'elle aime, et qui est-reelle-ment une Femme respectable, à cela près : voici donc ce que j'ai-imaginé : Avez-vous un Domes-tiq bel-homme? — Oui, et même assés-instruit, pour que je me-propose de lui faire quitter la livrée, et de l'élever au grade de Secrétaire. — Bon! Vos manières sont-nobles, mais elles ont cette simplicité que donne l'usage du Grand-monde : ma Femme et ma Fille les trouveraient admirables dans le Marquis-de-*-**, connu pour tel : mais si vous portiez un habit-de-livrée; que votre Laquais eût le vôtre, elles ne manque-raient pas de s'y tromper, et de prendre ses airs communs et gâuches, pour le ton de la Cour : son langaje sera conforme à leurs préjugés : vous au-contraire, sous votre habit-de-livrée, vous parle-rez comme moi, lorsque je vous interrogerai : nous aurons soin-que notre Homme se comporte avec une decence, une amabilité qui les seduisent ; nous amènerons les choses jusqu'à la veille de la celebration, et le dénoûment aura lieu, d'après les circonstances. Mon but est de faire rougir la Mère et la Fille de leur erreur, en-leur-prouvant, que les Nobles et les Roturiers sont de la même pâte ; mais que les Premiers sont preferables pour une Demoiselle, quand ils sont-modestes, et ne s'es-timent que ce qu'ils valent-. Le Marquis consentit d'autant-plus-facilement à la proposition que lui fesait le Comte, que m.^r De-Mont-Haussecol l'avait-rendu-temoin de quelques-traits dedai-gneus de la Mère et de la Fille.

Tout étant-disposé, le Comte nomma le Mar-quis de-*-** à son Epouse, comme un Parti con-venable de toutes manières, pour m.^{lle} De-Mont-Haussecol. Il exalta sa noblesse, ses richesses, le crédit que lui donnait sa place : desorte-que la Mère et la Fille en-furent-enchantées. Il prit leur jour pour recevoir la première-visite du Marquis. Ce fut le Laquais qui vint, suivi de son Maître. Il fut-reçu des Dames, sur la presentation du Comte, de la manière la plus-flateuse : sa conversation leur plut infiniment ; elles lui trouvèrent l'air noble, les manières aisées ; en-un-mot, elles le vantèrent toutes-deux au Comte après son depart ; la Mère vec enthousiasme ; la *Demoiselle,* d'un air de modestie rougissante, qui marquait un in-térêt déja tendre.

— C'est prevention (leur dit le Comte) : le Marquis est-plein-de-merite ; mais il a l'air comme Un-autre. — Ah ! monsieur (s'écria m.^{me} De-Mont-Haussecol), on distingue sur-le-champ sa haute naissance, et j'ai-deviné les manières de la

Cour, en-voyant les siénnes. — Soit : mais je gaje
que son Laquais, habillé comme lui, reçu comme
lui, aura l'air aussi-noble, et des manières-de-Cour
aussi-marquées? — J'accepte, monsieur (répondit
la *Dame*); cette occasion m'est trop favorable,
pour ne la pas saisir : vous verrez que la haute-
naissance fait des Hommes des Etres tout-diffe-
rens — Vous avez raison : mais tout Homme, si
on lui marque de la consideration, deviént sur
l'heure comme Celui de haute naissance : son
âme s'élève ; il n'a plus cette timidité qu'inspire
la certitude du mepris..... Par-exemple, avec vous,
ma Chère (passez-moi ce trait), tous vos Domestiqs sont plus-gaûches, plus stupides, qu'avec moi :
c'est qu'ils connaissent vos sentimens, et qu'ils les
intimident, les rendent bas, rampans, tremblans :
à-moins... que l'insolence ne les emporte, et
qu'ils ne vous bravent, comme cela est-arrivé.
Mais songez bién que vous perdez la gajûre, si
vous Marquez moins de consideration au Valet,
qu'au marquis lui-même! — Vous screz content,
et cette épreuve me flate trop, pour que j'y-neglige
rién-.

Dès le même-jour, le Marquis reprit son personnage naturel, et cru le Laquais, il vint se-pre-
senter. Il était bién-en-état de soutenir son rôle;
c'était un Homme repandu, qui s'amusait en-ce-
moment, de-concert avec son Ami : cependant,
l'air de m.me et de m.lle De-Mont-Haussecol était
si-singulier, qu'à-moins de les traiter avec le persifflage le plus amèr, comme l'eût-fait le Marquis,
s'il n'avait-pas-été-obligé de les ménager, il falait-
être-embarrassé : Tout en-feignant de le bién-
recevoir, avec une sorte d'affectation, le dedain
perçait. Le Marquis, cependant, deployait ses
grâces naturelles : On causa; le Comte le mit sur
les intrigues de Cour; il en-parla d'une manière
savante; mais qui fut-dedaignée par les Dames-
provinciales, qui regardaient ce qu'il en-disait

comme des inventions grossières : (elles le dirent
quand il fut-parti). Aux autres visites, le Comte
les observait, et riait fort-souvent : — Ma Femme
(disait-il quelquefois tout-bas à la Comtesse), vous
perdrez la gajûre! votre air n'est-pas avec ce
Garson ce qu'il était-hièr avec le Marquis! — On
n'y-saurait-tenir (répondit-elle); les manîères de
cet Homme sont d'un prétendu naturel choquant ;
ses propos decousus, vides-de-sens. (Ici elle avait
raison; le Marquis, pour mieux captiver les
Dames, avait-imaginé de prendre le ton le plus-à-
la-mode, et de se-comporter comme ses Pareils
les plus-courus : or, ce ton, ces manières, ces discours sont-pitoyables pour tous-ceux à quî l'habitude de les entendre n'a-pas-ôté ce qu'ils ont de
choquant). Ah! qu'on voit-bién que ce n'est qu'un
Valet qui veut singer son Maître-! Le Comte
éclata-de-rire, et la visite cessa.

Comme le Comte ne voulait pas trop-longtemps
prolonger l'erreur de sa Femme et de sa Fille, depeur de nuire à ses desseins, la première-entrevue
qu'il procura, fut chés des Amis de son Gendre
futur. On y-parla du Marquis, qui fut-loué par
toutes les bouches : on vanta sa bonne-grâce, ses
manières distinguées, son esprit, son bon-sens,
l'excellence de son cœur. Mme De-Mont-Haussecol rencherit sur tous ces éloges. Dans cet instant,
le Marquis arriva, suivi de son Laquais : ce Dernier entra jusques dans le cercle, où il fut-accueilli
par les deux Dames-provinciales. — Comment!
(lui dit la Mère à-l'oreille), le jeu continue donc
encore! — Ah! pardi! mettez-vous-là ; je veus
les-étonner-. Le Laquais s'assit entre la Mère et
la Fille. Comme la Compagnie n'était pas prévenue, on fut-très-surpris de la liberté du Laquais :
mais m.r De-Mont-Haussecol et le Marquis, firent-
signe de le laisser. Une Dame assés-étourdie, qui
se-trouvait-là, se-mit à-dire : — J'avais-bién-ouï-
dire, qu'il y-avait des Dames, des Duchesses même,

qui se-familiarisaient avec leurs Laquais ; mais
c'est en-particulier, dit-on, et jamais devant le
monde : les Dames-de-province sont-moins-scru-
puleuses? — Oui, madame (repondit la Comtesse-
de-Mont-Haussecol), et nous-nous-fesons-hon-
neur, ma Fille et moi, de fêter ce Laquais-ci; nous
vous laissons le Marquis... ah! nous vous l'aban-
donnons-! Elle s'exprimait d'autant-plus-libre-
ment, qu'elle crayait que la Dame avait-badiné
de-concert avec la Compagnie. Elle redoubla d'at-
tentions et de caresses pour le Laquais. Le Marquis s'étant-approché, il fut-traité-dedaigneuse-
ment. La Comtesse le pria même très-sèchement
de se-retirer. — Je veus profiter de l'exemple (dit
la Dame qui avait-déjà-parlé). Elle fit-appeler son
Laquais; lui dit de faire-entrer tous ses Camarades;
elle les plaça auprès des Dames, et fit-tenir les
Maîtres derrière les fauteuils. On riait de ces fo-
lies, dont Personne ne savait le mot, et on se-prê-
tait aux écarts de la Dame étourdie, qui était-charmante et d'un rang très-élevé : Chacune des Dames,
à son imitation, prit la main du Laquais placé
à-côté d'elle, et se mit à lui faire des complimens :
Quelques-uns de ces Gaillards prirent la chose
avec esprit, et donnèrent une scène très-agreable :
tandisque d'Autres, devenus plus-sots qu'à-l'ordinaire, étaient dans un embarras très-comiq. Mais
le plus-amusant, c'était de voir m.me de Mont-
Haussecol rencherir sur les égards affectés que les
Dames les plus-gaies marquaient à leurs Laquais.
A-la-fin cependant,, m.r De-Mont-Haussecol, entendant murmurer les Hommes, craignit que cet
amusement ne devînt indecent, et qu'il ne fût.
même dangereus pour quelques-Dames, les moins-
jeunes de la Compagnie : il ala prendre par le bras
le Laquais du Marquis, et le renvoya, en lui-di-
sant : — Vous avez de l'esprit; vous jouez fort-
bién votre rôle ; mais le jeu a-duré assés-longtemps;
alez à votre place ordinaire-. A-ce-mot, tous les

autres Laquais sortirent avec *Lafleur*. Un-instant
après on se mit à-table! Le Marquis, qui était
très-considéré, fut-placé honorablement. La Com-
tesse-de-Mont-Haussecol ne savait si elle devait
se-mettre-à-table; elle s'éloigna le plûs-qu'elle put
du Marquis. Mais sa surprise ne fit qu'accraître
pendant le dîner; le pretendu Marquis servait son
Maître à-table, et ne jeta pas une seule-fois les
ïeus sur la Comtesse, en face-de-laquelle il était:
le vrai Marquis brilla par la conversation, il fut le
Heros de la table, par son esprit, autant que par
la consideration qu'on lui marquait, surtout les
Dames. Au-dessert, la Dame étourdie fit une
question, qui l'avait-tourmentée pendant tout le
repas : — Nous-nous-sommes bién amusées; la
pièce a été-charmante! mais je n'y-conçois rién!
Qu'est-ce-que tout-cela veut-dire? Tout le monde
gardait le silence. Enfin, le Marquis prit la parole,
en-montrant le Comte-de-Mont-Haussecol :
— Madame, cet Ami est le plus-chèr qu'ait-eu mon
Père; il n'est-plus; voilà Celui qui le remplace à
mon égard : ce que vous avez-vu, est l'effet de
mon obéissance à ses ordres. Je ne saurais vous
en-dire davantage-. Comme le Marquis était très-
aimable, plûsque son Laquais, m.me et m.lle De-
Mont-Haussecol avaient-eu le temps d'examiner
sa bonne-mine, et peu-à-peu, elles se-detrom-
paient. Ces derniers mots les éclairèrent presque
tout-à-fait : Elles rougirent et gardèrent le silence.
— C'est un singulier Pays que celui-ci (pensait la
Comtesse) : on nous insulte au Spectacle; ici on
nous fait-accueillir un Valet; qu'est-ce-que tout
cela veut-dire? Est-ce-que mes idées sont ridicules, et que tout le monde, instruit par mon
Mari, s'accorde pour-se moquer de moi-? Elle
s'en-tint à cette idée, qui cependant n'était pas-
exactement-vraie. Mais son erreur lui fut-avan-
tageuse.

A son retour chés elle, son Mari la suivit dans

son appartement. — En-gajant avec vous, Madame,
j'avais-pris mes precaucions, bién-sûr que si vous
connaissiez les Personnages, vous perdriez : j'ai-
voulu vous faire-gâgner, non votre gajûre, mais
la Cause de l'humanité : vous venez de voir le
vrai Marquis-de-*-** : c'est un Homme charmant,
un Homme d'une naissance illustre ; et vous savez
le jugement que vous en-avez-porté. Estimez les
Hommes ce qu'ils valent : respectez-les, dans
queiqu'état que le Ciel les ait-placés, et souvenez-
vous que le Dernier des Faquins est aussi-bon à
faire un Marquis, même un Duc, que le Premier
des Ducs et des Marquis est-propre à-faire le Dernier des Faquins : tous les Hommes sont-égaus,
mais diversement clâssés ; respectez l'Homme partout, je le repète, en-sachant neanmoins agir avec
chacun, suivant la clâsse où le sort l'a-placé :
Adoucissez aux Malheureus l'humiliation de leur
état ; n'augmentez pas dans les Heureus l'orgueil
du leur :... Et vous, ma Fille, songez qu'un moyén
d'aneantir toute la douceur de ces charmes tou-
chans que vous tenez de la nature et de votre
Mère, c'est d'être hautaine, cruelle, barbare, insolente, comme vous l'avez-été jusqu'à ce jour,
envers Ceux et Celles qui sont des Etres comme
vous, mais que le Hasard a-moins-favorisés : c'est
une petitesse meprisable, que de se-targuer des
faveurs du Hasard ; le seul Homme en-quî l'on
pourrait tolerer l'orgueil (et c'est justement Celui
qui est toujours modeste), c'est l'Homme qui s'est-
élevé, ennobli lui-même ; son Descendant sans merite, qui s'en-fait-accraire, est un lâche et ridicule Fanfaron... Je vous previéns que le Marquis
vous trouve aimable ; qu'il consent, malgré vos
ridicules, à vous donner la main : Je vous avertis,
qu'il a-été-forcé par moi à l'épreuve qu'il a-faite,
après qu'il m'a-eu-declaré ses sentimens naissans
en-votre faveur ; je lui ai-juré qu'il ne vous aurait
jamais, s'il ne m'aidait à vous corriger. Ainsi, ne

lui en-voulez-pas ; c'est l'amour qui l'a-fait-agir ;
ou voulez-m'en-autant qu'à lui. — Vous nous
avez-donné un ridicule dans le monde! (dit la
Comtesse). — Non : tout le monde vous aime, et
regarde votre defaut comme celui de l'éducation
provinciale; vous ne sauriez imaginer tout le bién
qu'on m'a-dit de vous, pendant l'instant que vous
avez-employé à vos adieux à la Maitresse-de-la-
maison-.

Le jour-suivant, le Comte presenta le Marquis :
— Voila un Homme-de-qualité, ma Femme ; et
voici son Domestiq, qui a-reellement du merite :
l'honneur que vous lui avez-fait, lui est avantageus; le Marquis l'a-élevé au grade de Secretaire,
et il a-quitté la livrée pour toujours : saluez ma
Femme et ma Fille, *Auberteuil,* et laissez-nous-.
Les Dames reçurent le Marquis en-rougissant : Il
leur fit des excuses si-bién tournées; il leur dis-
tribua des louanges avec tant d'art et de verité,
qu'il se-les-reconcilia. Il plut également à toutes-
deux ; elles trouvèrent qu'il surpassait son Laquais
en-politesse, en-connaissances, en-manières, en-
sentimens. Il fut bientôt-aimé : le mariage se-fit.

Mais la Nouvelle marquise-de-*-** est-elle cor-
rigée de son *dedain provincial?* On dit qu'il était
en-elle une seconde-nature; qu'elle le deguise pour
complaire à son Mari et à son Père; mais qu'il
perce malgré elle. Ces deux Hommes respectables
la supportent, et reparent journellement le mal
que font des Epouses qu'ils aiment. Leurs Gens, à
leur exemple, n'en-servent pas avec moins de zèle
deux Maitresses qui ont de si-bons Maris : car ces
Derniers sont d'autant-plus-indulgens, que leurs
Epouses sont plus exigeantes et plus-dedaigneuses.

Après cette *Nouvelle* écrite, j'ai-su un trait de la
Jeune-marquise, que je vais-simplement raconter.

Une pauvre Famille était dans le besoin : son Mari voulut-voir, si elle avait l'âme sensible pour les Malheureus : il fit-adresser à elle la Mère-de-famille. La Marquise ne voulut pas la voir ; elle envoya sa Femme-de-chambre ; ensuite elle promit de la soulager. Le soir, elle parla pour cette Famille à son Mari. — Ah ! ma chère Femme ! une bonne-œuvre ! vous me ravissez ! que j'ai de plaisir à vous seconder ! votre belle main donnera un nouveau prix au biénfait, et ces Infortunés seront-aussi-glorieus de votre presence, que satisfaits de la somme. — Mais ! je n'irai pas ! j'enverrai *Thérèse*. — Ah ! ma chère Femme ! quand on fait de ces sortes d'actions, il faut que la main-gaûche ignore ce que donne la main-draite. La Marquise rougit, et le lendemain,..... elle ne porta pas son aumône : elle ne put s'y-resoudre : ce fut le Marquis luimême ; il ne voulut pas lui dire un-mot à ce sujet : il attend tout du temps, de ses soins, et des avis de son Beaupère.

LA BAILLIVE

PROCUREUSE FISCALE

———

— Dans le temps que je demeurais au château
de mon Père, tous les ans, à l'automne, il venait
une Foule de Garçons et de Filles des montagnes
du *Morvand,* pour faire les vendanges : car, quoi
que le *Morvand* soit au milieu de la *Bourgogne,* vous savez qu'il n'y-a pas de vignes, parce
qu'il est trop-fraid ; on ne fait de bon vin que
dans la Haute, audelà de *Diion*, et dans la Basse,
aux environs d'*Auxerre.* Les Filles du Morvand
sont, pour la plupart, grandes, fortes, bien-faites,
et sages ; mais si-libres en-paroles, qu'on les prendrait pour des libertines. Les Garçons n'ont pas
autant d'agremens dans la figure ; on leur voit,
pour l'ordinaire, des cheveux crêpus : mais ils
sont forts, bonaces, et ne manquent pas d'esprit.
J'avais quinze-ans, et je sortais du Couvent,
lorsque je vis pour la première-fois cet essaim de
Vendangeurs et de Vendangeuses : mon Père, qui
m'avait-mise à la tête de sa maison, me fit-lever
dèsle matin, et me chargea de veiller les *Coupeurs*

et les *Coupeuses*, tandis-qu'il conduirait les *Hotteurs*, et qu'il présiderait aux *pressoirs*. Cependant, comme je n'étais-pas-aufait, il me donna, pour me guider, deux Femmes qu'il estimait beaucoup, l'Epouse de son *Bailli*, et celle de son *Procureur-fiscal*.

Lorsque nous fûmes dans les vignes, les vendangeurs s'arrangèrent d'eux-mêmes, un Garçon, puis une Fille; chaqu'un ayant-soin, à ce qu'il me parut, de se mettre le voisin de Celle qu'il préférait. On commença de travailler en-silence, et fort-vivement, parceque la matinée était très fraîche : mais lorsque un beau-soleil, qui, sur les dix heures, succeda au brouillard, eut-échauffé tous ces Travailleurs, ils se livrèrent à la gaîté. Heureusément pour moi, que j'étais-innocente comme eux; car j'aurais été-bien-scandalisée de leurs propos! Imaginez-vous, que les Garçons commencèrent à plaisanter avec les Filles, en-s'adressant à pleine-voix aux Plûs éloignées, et qu'ils s'exprimaient dans un stile, que je n'aurais-pu vous caractériser, avant d'avoir-lu *Rabelais* (que mon Mari m'a-donné, il y-a quelques-mois, pour que je connaisse toute notre Littérature). Ils nommaient par le mot-propre, ce que les Honnêtes-gens, et même les Paysans de nos quartiers, ne se permettent jamais de designer. J'étais-surprise; mais c'était de leurs expressions, que je ne comprenais pas. Il fut question de moi, et si je fus-louée, ce ne fut pas avec plus de ménagemens que les Autres. Je m'aperçus que mes deux Guides, la Baillive et la Procureuse-fiscale, fesaient adraitement tout ce qu'elles pouvaient, en-me-parlant beaucoup, pour m'empêcher d'entendre.—Je ne sais, en vérité, de quoi ils rient entr'eux, ni ce qu'ils disent de moi (leur répondis je). Je ne crais avoir-rién-fait qui puisse les fâcher! —Ils vous louent (me-dit la Baillive): mais à leur manière. Ces Bonnes-gens sont d'un pays-de-montagnes,

où les habitacions sont écartées, et leur innocence
est la même que dans l'ancién temps de la *Reine-
de-Navarre*, à ce que dit m.ᵣ le Bailli, ou même
quelque-deux-cents-ans-plutôt ; ils nomment tout
par son nom, et ne trouvent de mal à rién. Ce
soir, toute cette Bande; Garçons et Filles, couche-
ront ensemble dans les greniers-à-foin du château;
mais ne craignez-pas qu'Auqu'une de ces grandes et
jolies Filles manquent de sagesse ! Elles ont l'innocence de la nature, jointe à de trèsbons principes de leurs Mères, qui, pour être-conçus dans
un seul mot, *Il faut être sage*, sans autre explicacion, n'en-sont-pas-moins-exactement-suivis. Si
Mademoiselle le permet, je vais les engajer à changer le ton de leurs entretiéns. J'y consentis, et
elle alla parler aux Plûs raisonnables. Mais comme
ils ne la connoissaient pas, ils la crurent une
Famme-de-chambre, et ne firent que rire de ses
discours : ils allèrent plûs-loin encore; comme
elle était-fort-belle-famme, ils lui tinrent des propos si singuliers, qu'elle fut-obligée de les laisser.
Nous-nous-éloignâmes, afin-de ne pas les entendre ; nous-nous-tînmes seulement à-portée de voir
toute notre Bande travailler, afin de surveiller les
Paresseus. Car il arrive souvent, que Ceux-ci,
voyant les Plûs-diligens commencer une autre
treille, laissent un quart, ou un tièrs de la leúr,
et recommencent avec les Autres. La journée
s'écoula dans cette occupation tumultueuse, où
je vous assure qu'on ne s'ennuie pas : car c'est une
variété de scènes continuelle et singulière. Je ne
doute pas que si nous avions pu rester à-portée de
ne rién perdre de la conversacion, nous n'eussions
entendu bién des choses plaisantes : cette Jeunesse
naïve est plûs spirituelle que celle de ce Pays,
sans doute abrutie par les travaus de la vigne, les
plus-pénibles de tous. La Baillive leur gardait
une bonne-remontrance pour le soir, devant mon
Père, son Mari, et le Procureur fiscal : mais tout

le monde s'étant-rassemblé à dîner, cette Jeunesse naïve montra tant d'innocence, malgré les propos qui lui échappaient encore, qu'elle changea de résolucion. Elle leur promit à tous, que s'ils étaient-plûs-retenus dans leurs discours, elle leur ferait le soir une histoire intéressante, mêlée de contes capables de les guérir de mille craintes suspersticieuses qu'on a dans les Campagnes. — Pour avoir des Contes à-ce soir à la veillée, dirent-ils tous, nous ferons ce que vous voudrez; car nous passerions les jours et les nuits à entendre. Elle les assura qu'elle tiéndrait sa parole, s'ils tenaient la leur. Ainsi, dans l'aprèsdînée, il ne se dit rién d'indecent : car dès qu'un Garçon lâchait un mot, tous les Autres le fesaient taire, par des signes muets, ou des coups.

Le soir arrivé, après qu'on eut-soupé, dans une grande salle par-bas, où il y-avait une vaste cheminée, avec un grand-feu clair, mon Père en-se retirant, me demanda, Si je voulais-rester ? Je lui répondis, Que je serais-charmée d'entendre les histoires de m^me la Baillive. Il me laissa, et le Bailli, ainsi que le Procureur-fiscal, le suivirent. La Baillive me demanda la permission de commencer son récit. Ensuite elle dit deux mots tout bas à la Procureuse-fiscale, qui rougit un peu, en disant : — Mais vous alez-donc employer des noms supposés ? La Baillive le lui promit. Pour moi, je dirai les véritables, ayant oublié les autres. La Baillive commença :

» — Le Mari d'une de mes Amies, quand il menait la vie-de-garson, était un de ces Egrillards redoutables pour toutes les Filles. Aussi, les Mères fesaient-elles un crime irremissible de lui parler, et toutes les Filles s'en-mouraient d'envie : Elles se disaient quelquefois entr'elles ; — Il est donc bién méchant ? Est-ce qu'il nous mangera-? Et toutes-les-fois qu'elles le rencontraient, elles le fuyaient lentement ; car elles n'eussent-osé l'attendre, et il les attrapait toujours. Il les lutinait toutes, sans-doute honnêtement, à l'exception d'Une grande et jolie : Pour Celle-là, quelque part qu'il la rencontrat, seule à-l'ecart, ou en compagnie, il la saluait sans parler, mais de l'air le plûs-poli, et passait rapidement. C'était la fille du Notaire, nommée *Marianne Taboué*. Tout le monde était surpris de cette conduite, à l'excepcion de m.ʳ le Curé, qui disait qu'il en-savait bién la raison, et qui un jour en-chaire prêcha là-dessus, en-ces propres paroles : » Mes chèrs Paroissiens et Paroissiénnes : Vous savez qu'il y-a-parmi-vous un Jeune homme riche, lequel se comporte d'une manière fort libre envers toutes les Filles : ce qui est trèsmal ! Je l'en ai-maintes-et-maintes-fois-averti, sans qu'il en-ait-tenu compte : je m'en suis même-plaint aux Supèrieurs : mais comme ce Jeune homme n'a-encore induit à-mal Auqu'une de vos Filles, on ne peut employer envers lui que les remontrances. Ainsi donc, moi, la *Sentinelle d'Israël* à votre égard, je vous avertis du danger, et encharge aux Pères-et-Mères, et surtout aux Mères, d'avertir leurs Filles, que le susdit Jeune homme n'a en-vue-de-mariage Auqu'une de Celles avec lesquelles il badine et folâtre, dont au contraire il ne cherche qu'à se-moquer ; que tout discours qu'il leur tiéndra est trompeur, et qu'elles doivent-prendre-garde à l'offense de Dieu et à leur sagesse, que le Jeune homme cherche à détruire, par grande fougue-de-jeunesse ; car au fond il n'est point aussi-méchant ni corrompu qu'il le paraît : Et je vous avertis, qu'en-fin de la sainte messe, et autres offices, nous dirons pour le susdit Jeune-homme l'oraison du Missel, *pro Persecutoribus ;* et celle *pro instanti salutis periculo*, tant pour lui, que pour toutes les Jeunes filles, excepté Une, qui ne court aucun danger ». J'étais-présente, et je me rappelle parfaitement ce discours, que j'écrivis à mon retour, à l'aide de m.ʳ le Bailli ; car c'était la première année de mon mariage.

» M.ʳ *Augustin-Drouinc* était absent le jour où il fut prêché : A son retour, ses Camarades l'en-instruisirent, et voulurent l'engajer à se-plaindre. — M.ʳ le Curé m'a-t-il nommé ? (leur dit-il). —Non : mais il t'a si-bien-désigné, qu'il n'est Enfant à l'*A-b-c* qui ne t'ait-reconnu. — Je suis-fâché qu'il ne m'ait pas nommé ; et très content de ce qu'il m'a désigné si bien, qu'autant vaut : car il n'y-a-rién tel que la défense, pour engajer les Filles à m'ecouter ; et si je n'etais-plus-sage qu'on ne dit, je les aurais Toutes d'or-en-avant, l'Une après l'Autre ; mais je n'en-veus d'Aucu'une, puisqu'ainsi-est, si ce n'est Celle à laquelle je ne parlerai que le propre-jour des épousailles, qui seront, s'il plaît-à-Dieu, après ces vendanges-. Il a-tenu parole : montrant par là deslors, ce qu'il est aujourd'hui, homme ferme et de bon-courage. Et cependant, les vendanges arrivèrent.

» Comme Augustin-Drouinc avait beaucoup de vignes, qu'il est propriétaire de deux pressoirs, c'etait pour lui un grand embarras ! et cependant, comme il était-jeune, il n'en-eut-pas-moins-l'envie de se-divertir. Quelques-jours avant les vendanges, par un temps doux, un-soir que les Jeunes garsons et les Jeunes-filles étaient à la veillée, sur la place du *terreau*, à teiller le chanvre de la première-cueillette, qu'on appelle la *femelle*, à-cause qu'il ne porte que des fleurs et point de graine, lequel est le meilleur à faire la toile-fine, les chemises et les draps, voila qu'Augustin-Drouinc, le Fils de m.ʳ le Bailli, le Neveu de m.ʳ le Curé, le Fils du Notaire, et Deux-autres, vinrent par la ruellotte de la Fontaine, qui est fort-obscure, à-cause de l'église, qui y-fait-ombre, étant tous six couverts de linceuils fins et blancs comme neige : Ils ne dirent rien, et se-tinrent

debout derrière le cercle, au milieu duquel était un
petit-feu de chenevotes seulement pour éclairer :
Et ils entendirent les contes que fesaient quelques-
Vieilles-fammes, à toute cette Jeunesse, qui les
écoutait la bouche beante ; car c'étaient des contes
de Revenans, et de la Bête qui mange le monde,
laquelle ces Bonnes-fammes donnaient pour un
Excommunié, qui se revêt de la peau du Diable.
Le premier Conte que les Spectres entendirent,
fut celui tréseffrayant et très-consolant pour les
Paysans toutalafois, de la Famme d'un Meûnier.

Iᵉʳ CONTE : LA MEUNIÈRE A-DOUBLE-MOUTURE.

» Il y avait une-fois un moulin, dont la Meunière
n'avait pas de conscience ; elle prenait deux et
trois fois la mouture au pauvre monde, pendant
qu'on était-endormi. Elle vint à-mourir à-la-fin ;
et on dit que ce fut le Diable qui lui tordit le cou.
Voilà que le soir on l'ensevelit, et il resta deux
Fammes pour la garder. Mais au milieu de la nuit,
elles sortirent du moulin, en-criant et courant.
Les Gens qui les rencontrèrent, leur demandèrent
ce qu'elles avaient ? Et elles dirent qu'ayant-entendu un certain bruit sur le lit de la Meûnière morte,
dont les rideaus étaient fermés, elles les avaient-
ouverts, et qu'ayant-regardé, c'étaient deux gros
Beliers, dont un tout noir, et l'autre blanc, qui se
battaient sur le corps ; et que le Noir avait-dit au
Blanc : :: C'est moi qui ai l'âme, je veus aussi avoir
le corps… Et tout le monde fut-avertir le Curé,
qui vint avec le *Grimoire*, où il n'y a que les
Prêtres qui puissent lire, et qui fait-venir le Diable quand ils veulent ; mais ils le renvoient de

même; et il entra au moulin. Et dès qu'il vit le
Belier noir, il lui dit : :: Que veus-tu ?... Lequel
repondit : :: J'ai l'âme; je veus avoir le corps.
:: Non (dit le Prêtre, en-fesant trois signes-de-
croix); car il a-reçu les saintes-huiles... Et aussitôt le Belier-noir s'enala en-fumée noire et épaisse;
au lieu que le Blanc monta en l'air comme une petite étoile claire. »

Toutes les Jeunes filles regardèrent autour
d'elles en-frissonnant, après cet effrayant récit.
Une d'elles, qui avait plûs-peur que les Autres,
imagina qu'elle calmerait sa frayeur, en-racontant
une-autre histoire :

11ᵉ CONTE. — LA MAREINE DAMNÉE.

» Il y-avait une-fois une Petitefille, qui était
chez sa Mareine ; car elle était orfeline : et sa Mareine était une mechante Famme; si bién qu'elle
donnait de mauvais-conseils à sa Filleule, en-lui-
disant de voler et de ne pas être-sage : dont Dieu
la punit, car elle mourut. Et voila que la Petite
fille pleurait sa Mareine, en-disant, :: Helas-mondieu! helas-mondieu! ma pauvre Mareine, qui
me nourrissait! Quî donc me nourrira?... quand
il y-passa un gros Monsieu', qui avait un chapeau-
bordé, avec un manteau-rouge, un habit-rouge,
des culotes-rouges, des bas et des souliers-rou-
ges, monté sur une grosse-Jument, noire comme
de l'encre. Et le Monsieu' dit à la Petitefille : —
Qu'est-ce que tu as-donc à pleurer, la Petite ? —
Helas, Monsieu'! j'ai-perdu ma Mareine, qui me
nourrissait-. Le Monsieu' Toutrouge descendit de
sa Jument-noire, et il dit à la Petitefille : —Tiéns,
voilà un fouet garni de-pointes-de-fer ; je vais-

attacher-là ma Jument à cet anneau ; tu n'as qu'à la
fouetter de toutes tes forces, sous le ventre, sur
la tête, sur le dos, partout ; et à chaque coup où
elle saignera, tu ramasseras un écu-. Et voilà que
la Petitefille se-mit à fouetter la Jument si-fort,
qu'à chaque-coup elle ramassait un écu: Et la
pauvre Jument, qui était-attachée-bién près, fesait des soupirs : mais le Monsieu' disait à la Petite:
— Frappe ! frappe-! Et elle frappait : Et il lui dit:
— Je m'en vais ici a deux pas, chés un de mes
Amis ; frappe-toujours, et je verrai-bién si tu as
frappé, à tes écus-. Et quand le Monsieu' fut-
enalé, et que la Petitefille frappait fort, voilà que
la Jument-noire lui dit : — Hélas! mon Enfant!
tu dechires-de-coups ta pauvre Mareine-! Et le
fouet tomba des mains de la Petite-fille, qui se
mit à pleurer, et à embrasser la Jument en-lui-
disant : — Hélas-mondieu! ma pauvre Mareine,
comme vous voila! — Je suis-damnée, mon Enfant, pour t'avoir-donné mauvais-exemple! et je
sers de Jument au Diable, quand il va de-par-le-
monde pour mal-faire. Ne m'imite pas, et fais
tout le contraire de ce que je t'ai-dit: car si tu
étais-aussi-damnée par ma faute, à moi qui suis
ta Mareine, ma peine en-serait-double. Ainsi va-
t-en, et n'attend pas le Diable: car les écus que
tu as ramassés ne sont pas des écus, mais des feuil-
les-de-chêne-. Et voila que la Petitefille fouilla
dans sa pochette, et elle y-trouva des feuilles-de-
chêne, comme quand on les voit tombées l'hiver
jaunes et sèches dans les bois. C'est-là la mon-
naie du Diable ; il donne de grosses sommes, à
ce qu'on crait, et on n'a que des feuilles-sèches. La
Petitefille fut-bién-étonnée ! Et elle ne voulait pas
s'enaler. Si-bién que le Diable la retrouva. De
tout-loin que la Jument le vit, elle dit à sa Filleule.
—S'il veut te toucher, fais le signe-de-la-croix-.
Et voilà que le Diable vint bien-en-colère, en-ju-
rant: si bién que la Petitefille se-mourait-de peur.

Et il mit la main sur elle : la Petitefille, aulieu de faire le signe-de-la-croix, voulut se-sauver : si-bién qu'il la prit, lui lia les mains, la mit sur la Jument, et il l'enmenait en-enfer, quand la Petite-fille songea au signe-de-la-croix, qu'elle fit sur le dos du Diable, avec son pouce. Il fit un grand cri, et la Petitefille se-trouva-à-terre, auprès de la porte de défunte sa Mareine. Et elle ala-dire tout-ça au Père-Prieur du Couvent des Benedictins, qui la mit chés de bonnes Religieuses, où elle fit-pro-fession. Et elle est aujourd'hui sainte ».

—Moi, je sais une histoire d'une Bête qui mange le monde (dit un garson) :

IIIe CONTE. — LA BÊTE-EXCOMMUNIÉE.

« Il-y-avait-eu-une-fois, pour un grand vól des gerbes des dîmes, un monitoire, pour venir-à-reve-lacion : Et voila qu'un Garçon du Pays, appelé *Jean-Chabin*, savait la chose, et il ne vint pas à revelacion : si bién qu'on fulmina par trois-fois le monitoire, en-renversant le cierge-beni. Jean-Chabin était à l'église, dans sa stale : et il sentit je ne sais quoi qui le fit-sortir de l'église. Et quand il fut-d'hors, il voulut-parler, pour dire : :: Mon-dieu ! qu'ai-je-donc ?... Et au lieu de parler, il heurla comme un Chién qui a perdu son Maître. Il ne pouvait craire que c'était lui : si bién qu'il regardait de tous-côtés : et il vit derrière lui un Monsieu' tout-habillé-de-rouge, qui tenait une peau-de-bête, grande, dure, ayant de longs-poils ; et qui la lui jeta sur le dos, en disant : — Tu ne mangeras ni Moutons, ni Biques, ni Cochons ; tu ne vivras que de chair-humaine, et tu ne seras-

RESTIF DE LA BRETONNE. ***. 6

délivré, que quand quelqu'un t'aura blessé-à-sang.
Aussitôt l'Homme tomba à-quatre-pates, et se
mit-à-courir dans les bois. Et quand il fut-arrivé
à la corne-du-bois, il vit une Petitefille qui gardait des Brebis ; il se jeta dessus, l'emporta et la
mangea pendant la nuit. Et dès qu'il fut jour, le
Monsieu' habillé-de-rouge revint, qui reprit sa
peau, et Jean-Chabin bién-las, rentra chez lui et
se coucha. Et voila que tout le monde fut en
grande crainte disant, — Il y-a une Bête qui
mange le monde ! Et un des amis de Jean-Chabin l'ala-voir, en-lui-disant : Jean ! prens-garde
quand tu iras aux vignes ! il y-a une Bête qui
mange le monde. Et Jean lui répondit : — Je
n'irai pas aujourd'hui aux vignes ; car je suis-
rompu, tant je suis-las. Et le soir, entre-chién-et-
loup, voilà que Jean Chabin sentit l'envie de se-
lever, et de courir. Il sortit par les derrières, et
dès qu'il fut dans les fossés, le Monsieu' habillé-
de-rouge lui mit la peau sur les épaules. Et voilà
l'Excomunié qui court, qui court jusqu'à une
Ferme, où il y avait un petit garçon qui fesait-
rentrer le Betail : il le prend et l'emporte. Les
Chiéns coururent après la Bête, mais dès qu'ils
l'eurent-flairée, ils s'enfuirent en hurlant : ce qui
fit-bién peur aux Hommes, qui avaient des fusils
bién chargés. Ils tirèrent la Bête : mais les balles
et les lingots rebondirent sur sa peau, sans entrer :
si-bién qu'ils fremirent-de-peur, et s'en revinrent,
laissant manger le Petitgarson. Après-quoi, Jean
Chabin, à la pointe-du-jour, vint se remettre dans
son lit. Et voila que le lendemain, il était-rompu d'a-
voir-couru toute la nuit. Et son ami *Jean-Nolin* le
vint encore voir, qui lui parla encore de la Bête.
— Mais ne la saurait on-donc-tuer ? dit-il à Jean-
Chabin. — Non ! dit l'Excomunié : mais si on
lui tire du sang, sa pénitence est-finie. Et voila
que Jean-Chabin avait-eu-envie de lui dire tout-
de-suite, qu'il était la Bête : mais il en-eut-honte.

Le soir il sortit encore, et mangea une jeune
Famme ; dont le lendemain dans son lit, il était-
bién-marri : mais il n'osa encore dire à Jean-Nolin,
qu'il était la Bête : si-bién qu'il continua toujours à
sortir, et à chaque soirée, il mangeait tantôt un Petitgarson, tantôt une Petitefille, tantôt une Grand'
persone, mais plutôt des Filles, à-cause qu'elles sont
plus tendres. Et à-la-fin, il mangea une Jeunefamme
enceinte de son premier-Enfant : dont tout le
monde fut dans une grande désolacion : Et Jean-
Chabin luimême, étant-redevenu-tranquil dans
son lit, en-était tout-chagrin. Et voila que Jean-
Nolin le va-encore-voir : —Mais qu'est-ce donc
que tu as, Jean ? tu es tout malade, et tu ne sors
pus ? —Et de vilaine maladie, (repondit Jean-
Chabin). Et Jean-Nolin eut comme un doute : —
Sais-tu ce qui est arrivé à cette pauvre Jeunefamme,
que la Bête a-mangée ? — Oui, oui, je le sais prou
(repondit Chabin) ; car j'y-étais. — T'y-étais ! —
Oui, mon Ami, j'y-étais ; et si tu veus, tout-ça fi-
nira : où est-ce-que-tu-iras tantôt ? —J'irai dans
mon champ de *Vezhaut*, épancher du fumier. —
Aie-soin que ta fourche soit bonne ; et si tu vois la
Bête, ne la manque pas ; tâche de lui crever un
des deux ïeus : car sa peau est trop-dure. Quand
tu la verras-venir drait à toi, mets-toi dans un
sillon, et tiéns devant toi ta fourche, sans te-dé-
ranger : mais ne la manque pas ! Et voilà que
Jean-Nolin fut-bién-pensif ! mais comme Jean-
Chabin était son meilléur Ami, il ne voulut rién-
dire ni au Bailli, ni au Curé ni au Procureur-fiscal. Et le voila qui va dans son champ, disant,
—C'est mon Ami ; il ne me mangera pas ! Mais il
ne savait pas, que quand on manque la Bête, elle
ne manque pas, elle ! Et Jean-Nolin épancha son
fumier jusqu'à soleil-couché, sans voir la Bête ; et
il pensait : — Elle ne viendra pas ! Et il alait s'en
aler, quand il vit de-loin comme une grosse boule
noire, qui marchait ventre-à-terre. Ses cheveux

se dressèrent sur sa tête de frayeur ; et il se-repen-
tait-bién de ne s'en-être-pas-enalé plutôt, pendant
qu'il y-avait encore du monde par les champs !...
Et voila que la Bête venait drait à lui. Il se-mit
dans un sillon, et l'attendit : Quand elle fut tout-
près, et qu'il vit une si-vilaine Bête, il manqua
de se vouloir ensauver ; car les ïeux de la Bête
étincelaient comme deux chandelles : Et la voila
qu'elle voulait comme prendre son élan pour sauter sur lui !... Jean-Nolin dit, —Mourir pour mourir, il faut que j'aille dessus-! Et il y-ala, et lui en-
fonça un fourchon de sa fourche dans l'œil. Tout-
aussitôt la Bête fit un rebramement terrible, et
elle se-roula par-terre : Jean-Nolin voyant cela se
mit à s'enfuir : Et il entendait toujours la Bête
qui rebramait. En-arrivant chés lui, il était-pâle
comme la mort : sa Famme lui fut-tirer du vin,
pour le remettre, et dès qu'il eut bu un coup, il
ala ches Jean.Chabin. Il le trouva au lit, la tête
enveloppée. — Qu'as tu-donc ? (lui dit-il). —J'ai
si-mal à un œil, que je crais bien que je le per-
drai-. Jean-Nolin ne lui en-demanda pas davantage, voyant-bién que c'était lui qui avait-été la
Bête ; et il s'en-retourna ches lui. Et le lendemain,
ainsi que les autres-jours d'ensuite, on n'entendit
plus-parler de la Bête. Mais Jean-Chabin alait si-
mal, qu'on le fit-confesser. Et il avoua tout. M.�r le
Curé fit-venir m.ʳ le Bailli, et m.ʳ le Procureur-
fiscal, pour recevoir sa declaracion. Et m.ʳ le
Bailli lui dit : — Malheureus ! puisque tu savais
qu'en-te-tirant-du-sang, cela te depossederait, que
ne l'as-tu-fait plutôt ? — Helas ! Monsieu' le Bailli,
je savais aussi que j'en-mourrais, et j'ai différé
jusqu'à ce que j'ai-eu mangé cette pauvre Famme
enceinte : ce qui m'a-fait tant de peine, que je me
suis-résolu à dire mon secret-. Et il mourut le
lendemain, sans absolucion ; si bién qu'il ne fut
pas enterré en-terre-sainte ».

— Voilà une terrible histoire ! (s'écria toute la

Veillée). —Oh! moi, j'en-sais une d'un faus Revenant (dit une Jeunefille). Aussitôt il se fit un
profond silence.

IVᵉ CONTE. — LA VEUVE-ET-LE-VOLEUR.

» Il y avait une-fois dans le Hameau voisin,
une femme qui aimait-bién son Homme, lequel
vint-à-mourir. Et sa pauvre Veuve, qui pauvre
n'était pas, car ils étaient à-leur aise, le regrettait
tous-les-jours; et elle disait: —Mon pauve *Lamperon*, mon-Dieu! mon pauve Lamperon, ne me
le rendrez-vous-pas? Et elle ne voulait pas se
remarier. Si-bién que voila un-soir, qu'elle était
toute-seule au coin de son feu, à se-chauffer, en-
se-lamentant tout-doucement; car le veritable
chagrin ne fait pas de grands éclats; voila-donc
qu'en se baissant pour attiser le feu, elle vit des
piéds! c'étaient les piéds d'un Voleur, caché sous
son lit. Elle eut bién-peur! Mais elle dit en-elle
même. — Je suis toute-seule; si je crie, je
suis-morte avant qu'on vienne à mon aide-. Si-
bién-donc qu'elle ne fit-pas semblant-de-rién:
mais elle se-mit à se-lamenter-plûs-fort, en-se-
recriant de toute sa force: — Mon pauve Lamperon, mon-Dieu! mon pauve Lamperon! Si-
bién que les Passans, l'entendant crier si-fort, ils
frappèrent à la porte. Elle, bién-contente, courut
ɟuvrir. Eh! Voisine! il ne faut pas tant vous dé-
soler! voila deja bén deux ans qu'il est-mort! —
Ah! (dit-elle), je le sais-bién: mais quand il vivait, je n'avais peur de Persone; aulieu que depuis qu'il est-mort, je suis-assaillie par des Vauriéns,
et des Voleurs, qui voyant que je suis une pauvre Famme seule, me veulent voler et assaciner:

mais la vertu du nom de mon pauve Mari, et mes regrets me sauvent aujourd'hui la vie : car comme je le pleure tous les jours, aujourd'hui, quand j'ai-pleuré pûs-fort, ce voleur que v'la caché sous mon lit, ne s'est-pas-douté que j'appelais au-secours. Et aussitôt tout le monde regarda sous le lit, et on en-tira le Voleur. —Grâce à mon Mari ! (dit la Veuve) : car si je m'étais couchée sans le regretter, je ne t'aurais pas-vu, et tu m'aurais-volée et tuée, dès que j'aurais-été-endormie-».

—J'aime mieux ce conte-là que les autres (dit un Grandgarson) : car c'est des contes d'Enfans, que les Revenans et les Sorciers ; je n'en-ai-jamais-vu : quant aux Bêtes, ce ne sont pas des Excomu-niés qui ont la peau du Diable, mais des Loups-cerviers, ou des Loups ordinaires, plûs-grands et plûs-gros. A peine ce Raisonneur eut-il fini son incrédul discours, que voilà m.ᵣ Drouinc qui fait : — *St ! st ! st !* — Qui donc est-là qui fait *chit ?* (dit le Garson en-pâlissant). —*St ! st ! st !* il se re-tourne, et il voit un grand Spectre qui lui tend les bras. Il se-jete-à-genoux, et demande-pardon ; promettant qu'il craira aux Revenans, aux Sor-ciers et aux Excomuniés. Toutes les Filles étaient-transies-de-peur, et Marianne Taboué plûs que les Autres, quand voilà que les quatre Spec-tres s'avancent dans le rond, et mettent un gros tas de chevenotes au feu, en disant : Il fait-fraid-. Et-puis ils detortillent leurs linceuils, et se mon-trent ce qu'ils sont. Et voilà toutes les Filles qui éclatent-de-rire. —C'est à-cause de vous que nous nous-decouvrons (dit m.ᵣ Drouinc à Ma-rianne) ; car pour ce Nigaud-là (montrant le Grand garson encore à-genous), nous lui aurions-bién-joué d'autres tours pour lui apprendre à être si-peu-ferme dans ce que nous lui avons-appris-. Et pourtant, Marianne-Taboué était-encore-pâle et tremblante : ce qui fit que m.ᵣ Drouinc lui parla, pour la première-fois, et même lui prit la

main, en-lui-disant : —Eh ! Marianne, ne me re-
connaissez-vous pas ! —Oui ! mais j'ai-eu grand'-
peur, à cause des Contes qu'on a-faits ! —Nous le
savons-bién ; et c'est pour guérir les Filles de toutes ces idées, que nous-nous-sommes-deguisés.
Tous ces Contes-là sont des bêtises : Il en-faut-faire
d'autres, qui saient à-rire, et non-pas de ceux-là,
qui troublent le sommeil pendant la nuit, et peuvent causer du mal. Tenez, nous allons remettre
nos linceuils, à-cause que nous ne sommes qu'en
veste, et nous alons vous en-faire à notre tour :

Vᵉ CONTE. — LE VOLEUR ANE-PAR-PÉNITENCE.

» Deux Voleurs étaient à une foire, cherchant
à voler : ils trouvèrent tout le monde sur ses gar-
des, à-l'excepcion d'un Homme qu'ils reconnu-
rent pour un balourd qui venait d'acheter un bel
Ane. Les deux Voleurs formèrent le projet de le
lui voler, et d'aler le vendre à une autre foire,
qui se tenait à quelques-lieues de là le lendemain.
Pour en-venir-à-bout, l'Un-d'eux acôta le Paysan,
qui était-appuyé sur l'Ane et se-mit à parler à lui.
L'Homme l'écoutait sans changer-de-posture. Celui qui lui parlait, le prit par la main, en lui-di-
sant : —Eh ! Bonhomme ! venez-donc-voir ce qu'il
y-a là-bas-? L'Homme monta lentement sur son
Baudet, et se-mit à suivre le Pipeur, qui fut-bién-
attrapé ! —Ouais ! (dirent en-euxmêmes les deux
Voleurs), n'aurons-nous-donc rién fait à cette
foire-ici-? Ils ne perdirent pas courage : Ils guet-
tèrent l'Homme, qui s'enala tout-seul, tenant son
Ane par le licol, à-cause du fraid. Quand il fut un
peu-loin du Bourg, les deux Voleurs coururent

après lui, l'Un par le chemin, et l'Autre à-tra-
vers-champ. Celui qui alait par le chemin, salua
l'Homme, et lui parla comme demi-connaissance :
ils cheminèrent ensemble, devisant de choses-et-
d'autres, le Voleur ayant-soin d'occuper l'attention
de Celui qu'il voulait duper.

— On a quelquefois des avantures étranges à la
chasse (lui dit-il) : Il faut que je vous conte des choses étonnantes qui me-sont-arrivées à moi-même,
le soir à-l'affut, ou le matin à-la-rentrée-. Et il
acôtait l'Homme le plûs-près qu'il pouvait, pour
l'empêcher de se retourner. — Un-soir que j'étais
à-l'affut dans un vallon entre deux-taillis, j'entendis rebramer dans le fond du bois ; ce n'était
ni Bœuf, ni Cerf, ni Loup : C'était un cri effrayant. Je me-tins-coi, sans remuer. Voila que
je vois venir à moi une grande Bête, qui avait un
museau si effilé, qu'il aurait-entré dans le trou
d'une serrure : mais elle boîtait d'une patte : Je
tenais mon coup prêt à tirer : la Bête s'assit dans
un sillon, et se-mit à balancer ses deux oreilles
l'une après l'autre, comme si elle en-eût-voulu-
voir la grandeur. Je tremblais ! car si c'était la
Bête qui mange le monde, les balles ne peuvent
lui percer la peau. J'aurais-voulu être chés moi.
Mais voila qu'il sort un Lièvre du bois, qui vint
aussi de mon côté : :: Mafoi, dis-je en-moimême,
il faut tirer ! je ferai peur à la Bête, en tuant le
Lièvre... Je lâche mon coup ; le Lièvre tombe ;
la Bête fait un saut de la hauteur des baliveaux,
et disparaît. Je cours pour ramasser le Lièvre. Je
ne trouve rién-. En-parlant ainsi, le Voleur pous-
sait l'Homme, courait devant lui, comme s'il avait
été ramasser le Lièvre, et marquait son étonnement de ne le pas trouver. J'eus si peur de cette
rencontre, que je n'ai-plus-été à-l'affut le soir ;
mais j'allais à la rentrée le matin. J'y-fus une-fois
le propre-jour de la Pentecôte : c'était un trop-bon
jour, et il arrive toujours quelque chose, quand

on n'observe pas les bons-jours. Voila qu'un Lièvre sort du tâillis, en sautant et gambadant devant
moi, à-moins de dix-pas. Je le tire, et je lui casse
une patte, à ce que je crus. Je sors de mon affut,
et je cours pour le ramasser. Il alait devant moi,
en-boîtant, et plûs j'approchais, plûs il courait fort;
et puis il m'attendait couché sur le côté. Je recou-
rais, et lui se-relevait et recourait : si-bién que je
fus après lui plus de trois heures. Il faisait un so-
leil ardent, et j'étais à-nâge, quand je songeai
qu'il était l'heure de la grand'messe : je laissai le
maudit Lièvre, et voulus m'en-revenir. Mais j'étais
à plus de six-lieues de mon Endrait, et je n'arri-
vai, mourant-de-faim et de-soif, qu'au-sortir des
vêpres-. En-ce-moment, les deux Hommes se-trou-
vèrent à une bivoie : le Voleur salua l'homme-à-
l'Ane, et lui dit qu'il alait à un Pays qu'il lui nomma.

» Dès que le Voleur l'eut-quitté, l'Homme, son-
geant qu'il était-tard, voulut monter sur son Ane:
—Avance ici, Martin- (lui dit-il). Mais Martin
s'arrêta court. Et l'homme, en-se-retournant, fut-
si-étonné de voir une forme humaine qui avait le
chevêtre sur la tête qu'il en-demeura muet. —
Bonhomme, lui dit le Voleur, n'ayez-pas peur, je
vous prie : vous voyez un pauvre Pécheur, à quî
on avait-imposé une rude pénitence, comme est
celle d'être-changé en-âne, pour deux ans : ma
penitence finit aujourd'hui, et me revoila homme,
à vous servir, si vous voulez? Ah! mondieu!(dit
le Maître de l'Ane), si je ne l'avais-vu, je ne le
crairais pas!... Alez, mon pauvre Frère, puisque
vous êtes homme comme moi; à-tout-peché mi-
sericorde; c'est un Ane que je pers, mais si vous
êtes-amandé, je ne le regrette pas-. Et il ôta lui-
même le *chevêtre* au Voleur, qui le pria de vou-
loir-bién-lui donner un écu-de-six-francs, pour le
conduire à son Pays : ce que fit le Bonhomme.

» En-arrivant chés lui, le malheureus *Foirain*
conta sa chance à sa Famme, qui en-fit de grands-

signes de-crois, en-disant: —Voyez-vous bén, mon Homme, que tout ce que notre Voisine dit est-vrai! Et bén-hûreus que ce pauvre Misérable n'ait-pas-été de ces Bêtes qui mangent le monde! vous étiez-croqué!... et il en faut benir le Bondieu-!

»Huit-jours après, l'Homme ala à une autre foire, pour acheter un Baudet, car il en-avait-grand-besoin pour son labourage. Et comme il en cherchait dans la foire, il vit son Ane-Martin, que les Voleurs avaient déjà vendu à un Maquignon, qui cherchait à le revendre à mediocre profit. — Ah! te revoila? (se-mit à penser l'Homme): je n'y-serai-plus-attrapé-! Et s'approchant de l'oreille de Martin: —He-bién! (lui dit-il tout-bas); te revoila donc Ane? t'es-donc-retombé en-faute? va, va, j'ai-assés-perdu avec toi; qu'Un-autre t'achète à son tour! Et je souhaite que ce sait un Meûnier qui te charge à-crever, et te roue de coups-! Il s'éloigna ensuite en-éclatant-de-rire. Le Maquignon étonné, le rappela: —Ecoutez donc, l'Homme; qu'est-ce-que vous venez-donc de dire là à mon Ane? —Oui, un Ane!... Mais, je ne veus rién dire... Vous me donneriez cet Ane là pour rién, et de l'argent avec, que je n'en-voudrais point. Un Ane! Ah-bén-oui-! Le Maquignon prit l'Homme pour un Fou: il lui proposa d'aler boire un coup avec lui. Ce que l'ancién Maître de Martin accepta. Tous les Marchands de la foire, avertis par le Maquignon, entourèrent le pauvre Homme, qu'ils firent-parler, et par ses discours, ils decouvrirent la friponnerie qu'on lui avait-faite; ce qui les fit-bién-rire »!

Après ce trait, connu de toute la Province, mais ignoré des Morvandais, mon Père dit aux Vendangeurs d'aler se coucher; et la Baillive remit au lendemain-soir la suite des histoires, pour récompense, si on ne disait rién de libre: ce que les Garsons promirent de si-bonne-volonté, que la Procureuse-fiscale, fesant la fonccion de son Mari, requit mon Père d'ajouter deux sous de sagesse, en-sus de la journée des Vendangeurs, et le double pour les Hotteurs : ce que m.ᵣ de-F*** lui accorda.

Le lendemain, lorsque nous fûmes arrivés à la vigne, les discours de toute la Bande furent d'une retenue exemplaire, plus grande que celle des Gens-du-Pays, parce que les Morvandais nomment bién ce qu'on ne doit pas nommer ; mais ils ne jurent jamais. Les deux-sous de recompense, étaient en mêmetemps une amande pour Ceux qui transgresseraient la loi ; et comme ces Bonnes-gens sont-fort-interessés, il y-a-lieu de craire que ce fut particulièrement ce qui les retint. Cependant, la bonne Baillive ressentait quelque-peine de ce que ma presence avait-necessité tout ce qu'elle avait fait : car j'entendis qu'elle disait à la Procureuse-fiscale : — Peut-être fais-je tort à ces pauvres Jeunes-gens, en-leur-apprenant-qu'il y-a du mal, où ils n'en-sentent-pas-! Le soir étant-arrivé, on les fit-souper comme la veille, et à la veillée, auprès d'un bon feu, on apporta le chanvre à teillér, et la Baillive qui parlait bién, reprit la parole :

—Mes chèrs Enfants (leur dit-elle), comme nous vous avons-pris en-grand-nombre, demain-midi les vendanges du Seigneur seront achevées : ainsi nous sommes à la dernière soirée : c'est pourquoi, aulieu de contes et des sornettes d'hier, que je vous ai-faites pour vous desabuser, je m'en-vais vous achever l'histoire d'une Honnêtefille, aujour-d'hui bonne Famme, que je vous ai-deja-nommée, Marianne-Taboué.

» Après que m.ᵣ Augustin-Drouine et ses Amis eurent-achevé leurs contes, Augustin ajouta : — Fammes-d'âge, Garsons et Jeunesfilles qui êtes ici à la veillée, vous savez tous que je n'ai-jamais parlé, si ce n'est aujourd'hui devant vous, à Mariann.e-Taboué, la plûs aimable, la plûs-sage des Filles d'i Pays, à laquelle je déclare, que jamais je n'aurai d'autre Famme qu'elle, si sa Mère y-veut-bien-consentir : promettant de plûs, que je ne lui parlerai ni seule, ni en-compagnie, si ce n'est devant sa Mère, jusqu'à la veille de notre mariage, en-alant pour fiancer : afin qu'il sait-dit, que Celle-là qui sera la Famme d'Augustin-Drouinc, n'a-eu-jamais la moindre atteinte en-sa-reputacion, pas plûs par lui, que par d'Autres. Et je vous prens tous à-temoins de ma promesse, et de la demande que je fais de Marianne-Taboué à sa Mère-? Il se-tut, attendant la réponse de la Mère de Marianne ; car elle était-veuve. Cette Bonne-famme était si-étonnée du bonheur de sa Fille, qu'elle ne pouvait-parler : mais pourtant, elle repondit, Qu'elle voyait bién que Marianne serait hûreuse avec lui, puisqu'il avait-tenu, tenait, et tiéndrait une conduite si-honorable envers elle. Augustin-Drouinc la remercia, en-lui disant, qu'il irait parler à elle-seule dès le lendemain-matin, et qu'ils arrangeraient tout.

» Et le lendemain, il n'y-manqua pas. Si-biénque sans auqu'une frequentacion de la Fille, ils furent-mariés trois semaines après. Marianne, qui ne s'était-en-rién-familiarisée, étant fille, avec son Mari, en-fut, étant mariée, plûs-modeste, et toute sa conduite est encore aujourd'hui celle d'une Fille timide : Car quoique famme depuis six-ans, elle rougit encore, quand son Mari lui parle, et elle ne lui repond en-tout, qu'avec un modeste baissement d'ïeus. Et lui, de son côté, voyant une Famme qui n'a jamais-eu de rapport avec Personne qu'à lui, avant et depuis le mariage, il la respecte, et ne voit pas une Famme qui lui sente-meilleur que la siénne : car elle est à ses ïeus, et à ceux de tout le monde, preferable à toutes les Autres. Et il dit quelquefois : —Quand

ma Famme grondera ses Garsons, ils n'auront pas
à-lui répondre, ce que j'ai-entendu quelquefois un
Fils répondre à la siénne, dans la ville voisine, ::
Ma Maîtresse est plûs-honnête que vous... et ils
ne rougiront pas de leur Mère, Comme j'en-ai vu,
même dans les villages rougir de la leur. Et quant
à mes Filles, quand je les reprendrai, moi, je n'aurai que leur Mère à-citer, levant la tête-haute, et
ne craignant pas qū'une Ennemie secrette leur
ait-soufflé un mot contr'elle. »

En-finissant. ses ïeus se-portèrent sur la Procureuse-fiscale, laquelle baissa les siéns, et dit :   —
Je sais aussi une histoire qui peut être intéressante pour ces Jeunesgarsons et ces Jeunésfilles,
qui viénnent de remarquer, par l'exemple que
leur a cité m.^{me} la Baillive, qu'on est d'autant-
plûs heureuse étant famme, qu'on a été plûs-modeste étant fille. Dans l'histoire que je vais conter, les Filles et les Garsons vont voir que souvent
l'eclat de la beauté excite l'envie des Mechans
et des Mechantes ; et que plûs une Fille est belle,
plûs elle doit-vivre retirée.

» Il y-avait dans un Village que je ne nomme-
rai pas, une Famille composée de quatre-En-
fants ; trois grands Garsons, les plûs-beaus-hommes
du Pays, et une fille encore plûs belle, nommée
Ursule Lamas. Sa conduite avait-toujours-
été-pure et sans auqu'une tache. Ces quatre Enfants devinrent orfelins, et restèrent sous la tu-
telle de leur Aîné, qui n'avait que ses vingt-cinq
ans tout-juste. Ils cherissaient tous-trois leur Sœur-
Ursule, qui le meritait autant par ses belles qualités, que par sa beauté. Les trois Frères en
étaient si glorieus, que dès qu'il y-avait une fête
à un Village voisin, ils y-menaient leur sœur, et
se plaisaient à l'y-faire-briller : car elle y-effaçait
toutes les autres Filles. Et quand on était à la
danse, jamais un-autre garson que ses Frères ne
lui tenait la main ; elle était entre-deux, et le

troisième se mettait toujours vis-à-vis d'elle, pour
tout-voir et tout entendre : Car souvent il n'était
pas-connu des environnans, qui étaient de diffé-
rens Pays. Et quand ce-venait aux bourguigno-
tes, elle ne les dansait pareillement qu'avec ses
Frères ; mais avec tant de grâces, que Chaqu'un
l'en-admirait. Et on se demandait, — Quî donc est
est cette belle Fille-là et avec quî est-ce qu'elle
danse ? Et on répondait, Ceux qui la connaissaient,
— C'est Ursule-Lamas, de N**, et c'est avec son
Frère qu'elle danse. — Et quand un frère l'avait-
fait-danser, l'Autre la reprenait. Or, il-y avait
dans un gros Village à deux lieues de N**, trois
autres Frères, appelés les *Minés*, presqu'aussi-
beaux Hommes que les trois Lamas, qui n'avaient
aussi qu'une Sœur ; mais elle n'était-pas-jolie, et
même elle était-*gambette* ; mais ce n'eût-été rién,
si elle n'avait pas-été-méchante ! Ses Frères la me-
naient aussi aux fêtes, aux beaus dimanches, et
aux apports, où il est d'usage de se-divertir : car
Chaqu'un a ses connaissances dans le Village où est
la fête, et ils invitent, à-charge de revange : mais
Personne ne fesait cas de *Mannette*-Miné ; au lieu
que dès qu'Ursule paraissait, on se-levait, on se-
la-montrait : *ce* qui fit que Mannette prît une
grande jalousie contre Ursule. Un-jour de fête
de *Joux-la-Ville*, elle dit à ses Frères : — Que
pensez-vous-donc de cette Bellotte d'Ursule, que
ses Frères mènent partout, et qu'ils ne quittent
pas ?   — Elle et ses Frères nous déplaisent également (dit le second des Minés). Les deux Autres
en-dirent autant : car ils crevaient tous de jalousie, surtout la Sœur, contre Ursule-Lamas et
contre ses Frères. Nous sommes aussi-riches et
d'aussi-bonne famille (reprit la Gambette) : mais
les Lamas sont fièrs à cause de leur Sœur :
Un de vous devrait-bién-tâcher d'avoir en-mariage cette Bellotte, et quand il l'aurait, il rabat-
trait son ton-? Les trois Frères approuvèrent le

sentiment de leur sœur; et il ne s'agit plus que
de savoir celui qui était le plûs-en-état de plaire
à Ursule. Le second qui était le plûs-faraud, et
aussi le plûs mechant-caractère, s'offrit à tenter la
réussite, en-assurant ses Frères et sa sœur, que si
jamais il avait Ursule, il lui ferait-passer d'aussi-
mauvais quarts d'heures, qu'elle avait-eu de bon-
temps. Le projet arrêté, il ne s'âgissait plus que
de l'exécuter. Les trois Frères et la Gambette
s'attachèrent à prévenir de politesse Ursule et ses
Frères: Ceux-ci trouvant les Minés des Partis
convenables, y-repondirent, et reçurent bién les
avances de Celui qui se présenta. Cependant, il
ne parla pas lui-même : ce fut un Ami des deux
Familles qui se chargea de faire la demande d'Ursule. Ses Frères l'ayant-consultée, elle repondit
qu'elle ferait à leur volonté, sachant-bién qu'ils
l'aimaient: et ils répondirent, eux, Qu'ils l'accor-
deraient avec plaisir. L'Ami commun fut-porter
cette reponse, qui causa une grande joie aux Minés : Ils dirent à leur Sœur : —Nous n'aurons-
plus le chagrin de voir Ursule te narguer-? Or,
vous savez que jamais les Fammes, dans ce Canton. ne sont des danses et des autres divertisse-
mens ; en-se-mariant, la Famme renonce à tout,
pour s'ensevelir dans les peines et le tracas du
menage ; sa musique, c'est le cri de ses petits Enfants ; sa danse de les promener ; sa conversacion
de babiller avec eux, en-les-portant sur ses bras
partout où elle va. Et les Minés, cruels envers
Ursule, par-amitié pour leur méchante Sœur, se-
proposaient de rendre Celle-là dix-fois plûs-à-plain-
dre que les autres Fammes ; car ils sont d'un Pays,.
où tout sentiment envers la Famme est comme
éteint, quoique les Frères et les Sœurs s'y-aiment
beaucoup. Les Minés ne parlèrent qu'entr'eux de
leur projet : mais leur Sœur, trèsbabillarde, en-
toucha quelque-chose à des Filles de son âge qui
le redirent. Un des Lamas en-entendit-parler à

une Fille qu'il frequentait, justement le jour qu'on devait écrire les bans et passer le contrat. —Doucement! (dit-il à ses Frères): j'ai-entendu quelque-chose qui ne-me-fait-pas plaisir: il faut s'assurer de la vérité: les Minés vont-venir avec leur Sœur: l'intérêt de la nôtre veut que nous sachions ce qu'ils ont dans l'âme: Il faut les laisser à-part dans cette chambre, qui n'est-separée que par une cloison, en-ôter une planche, que nous recouvrirons de leur côté par ces vieilles Images, et les écouter parler-. Ce conseil fut-suivi: on laissa les Frères et la Sœur libres, après avoir-vainement-disputé sur les articles, et presque rompu, faute de pouvoir s'accorder. On vint d'abord dans la chambre d'à-côté, et on les écouta. — Il faut tout céder (disait la Sœur); mais elle le payera chèr, la ch..... de Bellotte-! Les Frères ne le voulaient pas: mais enfin, ils se-déterminèrent, en jurant contre Ursule. — Il n'y-a plus de doute-! (se-dirent entr'eux les Lamas). Ils rentrèrent, et firent le meilleur visage qu'ils purent. Un des Frères feignit de s'être blessé, en-soulevant un fardeau: tous les Autres l'environnèrent; sa Sœur surtout ne le voulait pas quitter: Ils prièrent donc les Minés de remettre à un autre jour; et ces Derniers s'en retournèrent chés eux, sans se douter de rién.

Or, il y-avait dans le Pays des Lamas un jeune Bailli, trèshomme-de-bién, que les trois Frères alèrent consulter, pour éviter de se-mettre dans les chicanes en-rompant. — Quoi! (leur dit l'honnête-Bailli), vous aliez donner votre Sœur à un Garçon de Lich**, où toutes les Fammes sont-malheureuses et battues par les Maris! Gardez-vous en-bién! Je sais qu'il faut un Mari à votre Sœur; et j'en-sais Un qui lui conviént: Elle est belle et sage; puisque je suis dans le Pays, je crais que pour-y-être-bién-regardé, il faut s'y-apparenter. — Quoi! serait-ce-vous, monsieur le Bailli?

— Me refuseriez-vous, si je recherchais Ursule?
— Non, quant à nous; mais il faut lui demander
son sentiment. — Alez-donc le savoir, et revenez
me le dire quel-qu'il-sait-. Les trois Frères furent trouver leur Sœur : M. le Bailli est un
aimable Jeune-homme (lui dit l'Aîné), qui est
savant, riche, et qui a-déjà la reputacion de bon
Juge qu'en-dis-tu, ma Sœur? — Mais, je pense
comme vous, mon Frere. — Il veut te marier? —
Je voudrais savoir à Quî, avant que de repondre.
— A un Homme comme lui. — S'il est comme
lui, en tout, je ne m'en-eloignerai pas. —Oui,
en-tout-. Et sans lui en-dire davantage, ils sortirent, pour aler porter au Bailli la reponse d'Ursule.— Il en-fut enchanté. Il accompagna les trois
Frères ches eux, et se-proposa luimême à la Belle
Ursule, qui lui reponit modestement: — J'au-
rai-mieus que je ne merite; mais je l'accepte
pour le mériter, et pour faire à ces trois bons Frères, que vous voyez, le-plûs-grand-plaisir qui sait
en-mon pouvoir: car mon avantage les a toujours
plûs-touches que leur propre: ils m'auraient-faite
reine, s'ils avaient-pu: sayez leur beaufrère, et je
suis à vous-. M.r le Bailli loua beaucoup de si-
bons sentimens, et il dit dit à Ursule, qu'il la trouvait aussi belle d'âme que de corps. Il fut-convenu
que le mariage se-ferait promptement et sans bruit.
On avertit le Curé de tout ce qu'il fallait qu'il sût;
un ban fut-pubblié avec m.r le Bailli, mais les
Minés ne l'aprirent pas, n'étant point du Pays,
et moyennant les dispenses, et la prétendue maladie du Frère, le mariage se fit secrettement dès
le matin. Le jour-même, les Minés et leur Sœur
vinrent pour voir Ursule et ses Frères. Ils trouvèrent la porte fermée: on passait la journée à
huis-closches m.r le Bailli: cependant, les Minés
surent où etaient les Lamas, et ils y-alèrent. On
les fit entrer. Ursule passa dans une autre chambre. — Bonjour, messieurs Miné! mettez-vous-là

(leur dit le Bailli): Je suis-marié de ce matin ;
vous serez de la fête. Ils s'assirent, et Nannette
qui ne se-doutait de rien, demanda Ursule. —
Élle va venir- (dit m.ʳ le Bailli). Et il l'appela, en-
entrouvrant une porte.—Ma Famme, voilà d'anciennes Connaissances! Ursule rentra donc, et
se–presenta comme l'Epouse du Bailli. Ce fut un
coup-de-foudre pour les Minés, qui se-levèrent,
et voulurent sortir. On les laissa maitre de s'enaler: mais m.ʳ le Bailli, en-les-reconduisant, leur
apprit la decouverte de leurs mauvais desseins, et
leur conseilla en-ami, de rester tranquils. C'est ce
qu'ils ont-fait.

Mais le malheur auquel Ursule avait-échappé,
l'a-rendue circonspecte : Elle était assés-sage pour
en-voir la cause: elle s'est-étudiée à marquer autant de modestie et de retenue, étant famme,
qu'elle avait-été-gaie, et comme on dit, coquette,
avant le mariage. Ce n'est pas qu'elle eût-jamais-
eu de Galans, puisqu'elle était toujours avec ses
Frères, mais j'entens, par coquetterie, le goût
des plaisirs bruyans, et celui d'une parure recherchée.

Aujourd'hui, cette digne Epouse est excellente
mère-de-famille ; elle élève ses Filles dans l'éloignement de tout ce qui a manqué de lui être-fu-
neste, sans pourtant leur refuser des plaisirs innocens: au contraire, comme elle se-resouviént que
ses Frères l'adoraient, et que leur tendresse, qui
l'avait-exposée, l'a-également-preservée, elle tâche d'établir entre ses Enfants une union tendre,
si-bien-fondée sur les services réciprocqs qu'ils se
rendent les Uns les Autres, qu'elle sait aussi du-
rable que la vie. Un des motifs qu'elle emploie
avec ses Filles, pour leur faire-cherir et respecter
leurs Frères, c'est qu'ils doivent honorer et per-
petuer le nom d'un Père bon-juge, excellent mari,
peutêtre meilleur Père, à quî tout le **Canton** a-
donné le surnom de l'*Honnête-homme.*

— Ah! nous savons de Quî vous parlez, Madame (s'écrièrent tous les Vendangeurs). Beni-
sait la bonne Dame la *Baillie*, et vous aussi ; car
vous êtes bonnes toutesdeux ; ainsi que vos Maris, en-rendant justice au Pauvre, à la Veuve et à
l'Orfelin : car quand il y-a un inventaire, ou des
partages de Pauvres-gens, m.ʳ le Bailli et m.ʳ le
Procureur-fiscal ne prénnent rién pour leurs ho-
noraires ; et ils disent : — N'ont-ils-pas-assés-per-
du-! Et la bonne dame la Baillie, et la bonne-
dame la Procureuse, vont-voir les Pauvres-ma-
lades, et les soulagent dans leur besoin, afin qu'il
leur sait-dit un-jour : :: *J'ai-été-malade, et vous
m'avez-visité.* »...

Les Vendangeurs et les Vendangeuses ne pouvaient se lasser d'entendre des histoires, mais ils
preferaient celle de la Baillive aux contes. Il y-
avait parmi eux une jolie Fille, qui appartenait à
un Homme-aisé, des environs de *Coutarnou*, gros
Bourg du Morvand. Son Père connaissait le Bailli ;
tousdeux avaient-appris à écrire sous le même
Maître, m.ʳ *Berthier* de Joux-la-Ville. En entendant l'histoire de la Baillive, elle avait-reconnu,
ce que son Père avait conté souvent chés eux ; elle
se nomma. La Baillive, surprise de voir la Fille de
l'Ami de son Epous confondue avec de pauvres
Vendangeurs, lui demanda la raison de cette conduite? La Jeunefille rougit, et garda le silence.
La Baillive me pria d'envoyer tout le monde
coucher ; mais elle garda la jolie *Joson-La-
ferté*. —Ah-ça, ma fille (lui dit-elle), dites-
moi, à present, que nous ne sommes-plus ici que
Mademoiselle, m.ᵐᵉ la Procureuse et moi, le motif qui vous a-fait-courir les vendanges ? — Pas
d'autre, Madame, que la curiosité. —Parlez-moi
vrai : je vous ai-toujours-vue à-côté d'un jeune
Vendangeur, qui paraît timide et réservé ? Parlez,
vrai ? je ne veus que vous obliger ?... Il est-certain-
qu'on sait à Coutarnou, que vous êtes ensemble ;

jugez quel coup cela peut porter à votre reputacion! —Ah! madame! le jeune *Rameau* est hon-
nête-garson, et je suis-honnête-fille! — Je le veus;
mais les apparences sont contre vous. Il faut sau-
ver votre réputacion. Restez ici avec moi; laissez
retourner seul votre jeune Compatriote, et tâchons
de persuader que vous avez toujours-eté avec
moi? La Jeunefille ne goûtait pas trop ce plan;
mais la Baillive la voulut garder. Elle écrivit le
soir-même aux Parents de Joson, sans l'en avertir. Son Père arriva le lendemain-soir. La Baillive l'empêcha d'éclater: Il fit des réprimandes
secrettes à Joson, et la laissa un mois avec la Baillive, comme si sa Mère l'y-eût-envoyée à son insu.
La reputacion de la Jeune-imprudente fut-sau-
vée par-là

— J'en-reste-là, mesdames (c'est la Lieutenante
générale qui s'adresse à ses Amies): le peu que
je vaus, et que vous avez-souvent beaucoup trop-
loué, je le dois, après Dieu et mon respectable
Père, qui est celui de tous ses Vassaus, je le dois
à ces deux vertueuses Fammes.

———

Honorables Lecteurs! ce ne sont point-là vos
Baillis de la *Comedie-ariette*, ou de l'*Archibala-
din* ou de l'*Ambigu-comiq*: mais c'est ce que j'ai-
vu. Un Bailli est ordinairement un Homme aussi-
respectable, que le Faquin qui le fait-jouer, est
digne de mepris.

Ce n'est pas qu'il n'y ait quelques-uns de ces
Officiers-de-judicature, qui abusent du pouvoir
de leurs places! J'en-ai-connus: mais c'étaient de
vils Mercenaires, bas-suppôts de la Jurisdiccion

d'une Ville voisine, imprudemment commis par un Seigneur, pour administrer la Justice dans son Village. Pourquoi faut-il un Praticién, pour juger des Paysans? Dans tous les Villages, il suffirait du gros bon sens d'un Laboureur, ou d'un Vigneron, qui sait lire et écrire.

LA BELLE-COMMISSAIRE

ou

L'AMOUR FISIQ.

Dans notre siècle, et depuis une longue suite
d'années, il règne une opinion, qui meriterait bién
la discussion des Filosofes! Etre un Libertin, avoir
de mauvaises-mœurs, c'est dire des paroles sales,
se-livrer à l'amour-fisiq, rechercher les occasions
de le faire-partager, en-parler, écrire sur cette ma-
tière, en-tracer des tableaus excitatifs. Les Anciéns n'avaient-pas-toutafait la même idée ; ils
agissaient, ils parlaient, ils écrivaient librement.
A cette occasion, je fais une question aux Filosofes : : : D'où-viént l'idée dominante aujour-
d'hui? Est elle fondée? Ne contribue-t-elle pas,
en-donnant le charme de la defense, et même de
l'*horreur*, aux Jeunes-gens indisciplinés, à les
faire-tomber dans des excès ausquels ils ne se-
livreraient pas? Ne serait-il pas util de suivre, aujourd'hui, comme du temps de Terence, la
maxime établie par ce vers des *Adelfes*, et mise
sur la scène romaine, dans la bouche de l'Homme-
de-bién :

> *Non est flagitium, mihi crede, Adolescentulum*
> *Scortari* (1) ?   act. I, sc. 1.

(1) Laissons aux Jeunegens unpeu courir les *Filles :*
Voila le sens : voici le commentaire : On évitera par-là des
abus revoltans, dangereus pour la pureté des mariages, et pour

On pourrait dire quelque-chose de très-util au Publiq pour ou contre ces importantes questions.

Une belle Brune, d'environ vingtsix-ans, d'un temperament vigoureus, était-malade dangereusement toutes les années. La situacion où se-trouvait annuellement *Chioné-*(1)*-Julie-Bonlo*, était-causée par des vapeurs, nommees *histeriques* par les Mèdecins. On la crayait, et elle se-crayait ellemême attaquée d'une espèce de maladie affreuse, et c'est ce qui l'avait-empêchée de se-marier. Un Commissaire en-devint éperdûment-amoureus et la demanda. La Mère de la De-moiselle lui fit ses observacions : l'Amant, qui connaissait parfaitement Chioné, comme on va voir, savait la vraie cause de sa maladie. — Je vous repons de guerir m.^{lle} votre Fille, quand elle sera ma famme (dit-il à la Mère) : ainsi, la seule chose à faire, est de la determiner à me-don-ner sa main. Mme *Bonlo* ne demandait-pas-mieus : elle seconda le Commissaire, et ils parvinrent à decider Chioné-Julie.

Mais avant d'aler plûs-loin, il faut-dire comment le Commissaire avait-autrefois-connu sa Future.

Dans le temps qu'il était au Collége, il avait un Condisciple, dont il était-fort-aimé, qui s'appelait *Chioné-Julién*. Ils étaient toujours ensemble, en-clâsse, aux jeux de la cour du Collége, à la pro-menade. Une-nuit, il arriva que le Voisin à gaûche du lit de Chioné-Julién, fut-subitement attaqué d'une maladie contagieuse : le Maître-de-quartier jugea convenable de mettre un peu d'interval entre le Malade, et Ceux qui se-portaient-bién :

la santé des Jeunes-gens. C'est une gourme qu'il faut leur laisser jeter... Mais il faudrait alors executer le plan du *Por-nografe*.

(1) Prononcez *Kioné* (blanche comme neige).

Chioné-Julién fortit de son lit, et se-mit dans
celui du jeune *Aumaire*, son voisin et son ami.
Comme ils n'étaient-pas-accoutumés à coucher
deux, ils dormirent peu, et se-caressèrent beaucoup. Chioné-Julien embrassait Aumaire, qui le
lui rendait par-reconnaissance. Le Dernier avait
alors seize-ans, et Chioné-Julién en-paraissait
quatorze, quoiqu'il dît avoir le même âge que son
Camarade. Dans les mouvemens qu'ils se-don-
naient, Aumaire, s'aperçut que son Condisciple
était une fille. A cette découverte, le Jeunehomme
devint tremblant de surprise, de joie, de desir, de
mille mouvemens confus. Il embrassa Chioné-
Julién, et naïf encore, il lui avoua qu'il connaissait son sexe. — Garde-moi le secret (lui répondit
la Jeunepersone) : demain, pendant la recreacion,
nous-nous-promenerons à-l'écart, et je te conterai
cela. — Je te jure un secret éternel (repondit
Aumaire) · n'aie-pas-peur que je fasse-part à Persone de ma bonne-fortune-! Le reste de la nuit
ne fut pas d'une aussi-grande-innocence que le
commencement: mais comme il y-avait de la lu-
mière, et un Garson-veilleur, il ne se-passa rien
d'essenciel.

Le lendemain, l'heure de la recreacion fut-
impatienment-attendue. Enfin, elle arriva. Aumaire eut-dîné en cinq-minutes : mais il fut-
obligé d'attendre la fin de la lecture, pour sortir.
Arrivé dans la cour, il refusa toutes les parties de
bale, de sabot, de corde, de barres, de clign-mus-
sette, de cheval-fondu, etc., qui se-presentèrent;
il joignit Chioné-Julién, et prenant tousdeux un
air raisonnable, ils se-promenèrent en-causant, les
mains derrière-le-dos, avec autant de gravité que
leurs Maîtres-de-quartier, et même que leurs
Regens.

— Je me-meurs-d'envie de savoir, comment,
étant-fille, tu es en-garson, et au Collége? (dit
Aumaire) : tu as-là un singulier goût! Je voudrais

faire la fille, moi, s'il était-possible, pour ne pas
être ici sous la ferule, à me casser les doigts et la
tête. — Je vais te conter ce que je t'ai-promis
(repondit Chioné-Julién).

J'ai-toujours-aimé les occupacions des Garsons,
et detesté celles des Filles : J'avais un Frère, qui
est mort. Ma mère en-était-inconsolable : D'abord,
pour charmer sa douleur, je me fis-habiller avec
ses vêtemens, par ma Bonne, et je vins caresser
ma Mère, qui ne pouvait pleurer : j'attendris sa
douleur, elle versa des larmes, et je lui sauvai la
vie. Je me trouvai si bién avec ces habits, que, toujours sous le même pretexte, je suivis mon goût,
en-les-gardant. Au-bout d'un mois environ, que
ma Mère était ünpeu-plûs-tranquile, je me-mis à
lui dire : : : Chère Maman, je veus te tenir-lieu
de Garson, et ma Sœur *Juliette* sera ta fille : je
veus étudier au Collège ; cela te fera illusion;
j'aurai des succès, car je me-sens des disposicions,
et tu retrouveras en-moi, sinon le tout, aumoins
une partie de ce que tu as-perdu-. Ma Mère goûta
cette idee. Elle me donna un Maître : mes progrès furent rapides ; en-deux-mois, j'ai-été-en-
état de venir au Collége, où ma Mère a-consenti
de me mettre, toujours pour calmer sa douleur.
Tu vois que je ne reüssis pas mal ; j'ai-toujours les
premières-places, et je te fais avoir la seconde,
en-composant adraitement pour toi.

En-arrivant ici, je fus-d'abord-étonnée de me-
trouver au-milieu de tous ces Poliçons : ils me
deplurent beaucoup : mais je te vis, je te distin-
guai ; je m'épris pour toi de l'amitié la plûs-vive :
toi-seul as-calmé le chagrin que j'ai d'être fille :
car nous pourrons un-jour être mari et famme :
ne le veus-tu pas bién ? — De tout mon cœur!
(repondit Aumaire) : une Epouse savante et pleine
d'esprit comme toi, me fera-surmonter le degoût
que j'ai toujours eu pour les Fammes, et qui
m'est-venu des petitesses de mes Sœurs : car ce

sont bién les plûs-frivoles Fammelettes du monde
entier-. (Aumaire se-trompait ici, comme tous
les Jeunesgens; ces Fammelettes frivoles sont la
Famme par-excellence; Celle qui conviént à
l'Homme, surtout a l'Homme-d'esprit : quant
au Sot, mené pour mené, il vaut-mieus qu'il le
sait par une *Virago*, que par une Sote comme
lui).

Le Jeunehomme esperait partager son lit avec
Chioné-Julién la nuit suivante : mais il se-trompa :
Le Maître-de-quartier, que les deux Amis avaient-
impaciénté la nuit precedente par leur caquet, les
separa et voulut mettre Chioné avec Un-autre.
Elle s'en-defendit, alleguant qu'elle n'avait-pu-
dormir la nuit-passée : Aumaire la seconda, et
offrit de lui ceder son lit : ce qui fut-agreé. Le
lendemain, le Jeunehomme remercia Chioné de
son refus de la veille, et lui dit, qu'il était si-
jalous d'elle, qu'il aurait-preferé de tout decouvrir, à la voir coucher avec Un-autre.

Mais cette conversacion, qui se-fesait comme
celle de la veille, en-se-promenant, sans jouer,
fut-entendue d'un Regent, qui était à une fenêtre
basse. Il donna l'alarme dans le Collége, c'est-à-
dire, au Principal : on fit-venir Chioné trèsse-
crettement; on l'intimida, elle avoua son sexe, et
elle fut-renvoyée. Aumaire ne la vit plus; il ne
lui avait-pas-même demandé son adresse, et
Chioné-Julién avait peutêtre-eu ses raisons, pour
ne pas la lui donner, après ce que lui avait-dit
Aumaire, qu'il aurait-decouvert son sexe, si elle
avait-partagé le lit d'Un-autre. En-partant, elle
ne vit Persone.

Quelques-mois après, Aumaire quitta le Collége, et fut-envoyé à *Laflèche*, parcequ'il ne fesait rién à Paris : comme si le changement-de-
lieu, pouvait donner le goût de l'étude! cependant,
il est quelquefois avantageus d'éloigner les Enfans des foyers paternels, pour les isoler, et leur

faire-prendre une consistance propre, qu'ils n'acquièrent presque-jamais sous les ïeus de leurs
Parens, surtout, si ces Derniers sont-imperieus et
trop-exacts à diriger les moindres accions.

Aumaire resta quatre ans à *Laflèche* : Il en-
revint, prit ses inscripcions, et fit son droit. Mais
il avait un si-grand degoût pour le mariage, surtout, depuis qu'il avait-perdu Chioné de vue, qu'il
parla d'entrer dans l'état ecclesiastiq. Ses Parens
y–consentirent; à-condicion qu'il prendrait les
ordres-majeurs assés-tard, pour éviter le repentir.
Aumaire fut tonsuré, fit son séminaire, et devenu petit Abbé, il fut-employé, comme Clerc,
dans un Couvent de Religieuses.

Il était encore aussi-poliçon qu'un Ecolier;
surtout, il aimait les fruits. Il savait où était la
serre de ceux du Couvent, et sans-cesse, il grattait
à la porte. Enfin, un-jour elle ceda sous son
doigt. Il en-fut-transporté-d'aise! il entra dans
la serre. et il était-occupé à s'apprivisionner, lorsqu'une jolie Novice parut. Il fesait un-peu-obscur.
Elle s'approcha de lui, et ne pouvait-manquer de
le reconnaître : mais pour elle, sa guimpe, son
bandeau, empêchèrent Aumaire de la remettre.
— Ah! petit Coquin (lui dit-elle, en-deguisant sa
voix), je vous y-prens à chateyer!... En-avez vous
deja beaucoup? — Plein mes poches. — Prenez-
encore ceux-ci : mais vous ne sortirez pas que
vous ne m'ayiez-embrassée-. La hardiesse de ce
propos, le son de sa voix, que Chioné-Julie de-
guisa moins, à-cause de son émocion, la firent-
reconnaître à son tour. — Ah! c'est vous, mon
chèr Camarade! (s'écria Aumaire). Quoi! vous-
vous-faites religieuse! — Oui: ce n'est pas que
j'aime le cloître; mais je hais le monde. — Et
moi aussi : je me fais prêtre. — Etes-vous en-
gajé? — Non. — Ni moi... Mais on pourrait nous
surprendre : choisissons un autre moment, dans
ce même endrait : j'aurai-soin que la porte sait

comme vous l'avez-trouvée aujourd'hui : adieu.
— Je veus mon baiser. — Non, non ! — Je le
prendrai. — Il le prit, le doubla, le tripla, le qua-
drupla, au-point que la Jeune-Novice, trèsémue
et dont les sens n'étaient pas à-l'epreuve d'une
pareille attaque ... sortit de la serre-aux-fruits
avec une rose de moins.

Les deux Amans eurent un second rendévous,
qui se-passait comme le premier, lorsque la Maîtresse des Novices entra dans la serre. Elle fit un
cri-de-surprise, en-voyant Une de ses Elèves dé-
vorée par le Lion rugissant. Elle alait appeler au-
secours, lorsqu'elle reconnut Chioné. C'était sa
Cherie; elle voulut la menager. Pour le petit
Abbé, elle le mit dehors, en-lui defendant de reparaître jamais dans l'église de la maison; et Aumaire se-vit encore separé de sa Maitresse, sans
savoir où la retrouver, sans connaître ses Parens,
en un-mot, n'ayant rién qui pût lui servir de
renseignement, s'il voulait songer au mariage.
Ses Superieurs furent-instruits de son escapade :
on lui dit qu'il n'avait pas la vocacion : il en-con-
vint; rentra dans la carrière du monde, se-fit passer Avocat, prit du goût aux affaires, et ayant-
perdu son Père, il le remplaça en-prenant sa
charge de Commissaire. Il oublia Chioné-Julie,
dans le train des affaires; il la crayait religieuse.
Aubout d'environ cinq-à-six-ans, il lui prit-envie
d'aler s'informer d'elle à son Monastère. Il était-
prêt à sortir, lorsqu'il entra un de ses Amis, vieus
Routier en-mèdecine.

— Mafoi, mon Ami (lui dit le Docteur), je viéns
de voir une belle Malade, qui se-meurt : c'est enverité dommage! voici sa maladie; un couplet
connu te la fera-comprendre :

> La Fille qui cause vos pleurs
> Est-morte des pâle-couleurs,
> Au plùs bel âge de sa vie :
> Pauvre Fille, que je te plains,

De mourir d'une maladie,
Dont il est tant de Mèdecins !

— Il y-a de la cruauté, Docteur, à la laisser
mourir ! — Elle ne veut qu'un Mèdecin, et ce
n'est pas moi. Je soupçonne que c'est un Amant-
aimé, qui l'abandonne, et qu'il y-a je ne sais combien de causes de sa maladie. Un de mes Confrères, fort-habil dans ce genre là, m.ʳ *Alfonse-
Leroi*, la traite de vapeurs histeriques ; m.ʳ *Bourru*
dit que c'est la jaunisse ; m.ʳ *De Longrois*, que c'est
du chagrin ; et moi, je dis que c'est de l'amour
malheureus. — Tous les Hommes sont-interessés
à la cure de cette belle Malade ! Mon Ami, ne
pourrais-je pas la voir ? — Volontiers ! ton costume est le noir, comme le nôtre ; je te mènerai
ce-soir, comme un de mes Confrères ; nous véri-
fierons ainsi plûs d'une situacion de Comédie : à
cela près, que tu n'es pas amant. — Je ne saurais
l'être, puisque je n'ai-jamais-vu ta Malade : mais
je ne sais pourquoi elle m'interesse, mais très-
vivement ! — Parbleu ! attens jusqu'à ce soir !...
Faut-il y-retourner à-l'instant ? — Ma-foi, oui :
je brûle d'impacience. — Alons-donc ! je vois que
je t'oblige ; et quand j'oblige, ma maxime favorite est de ne pas differer. — C'est une Brune ?
— Une Brune. — Ni grande, ni petite ; faite autour ? — On dirait que tu la connais ! — Elle se
nomme ? — Mˡˡᵉ Bonlo. — Je ne la connais pas.
Mais alons-y : tu diras que j'ai une recette pour
sa maladie-. Les deux Amis partirent. La maison
de m.ᵐᵉ Bonlo n'était pas éloignée ; ils y-furent
en-quelques-minutes.

La Mère de la Demoiselle, en-revoyant le Mèdecin, lui demanda, Si sa Fille était en-danger ?
Aucontraire, Madame, je vous amène un de mes
Amis, qui se-flate de la guerir. Il faut nous conduire auprès d'elle sur-le-champ-. M.ᵐᵉ Bonlo
appela Juliette, sa Fille cadette, pour conduire
les deux Mèdecins auprès de sa Sœur-aînée.

Le Mèdecin, en qualité d'Introducteur, entra le premier. — Mademoiselle, voici un trèshabil Homme, que je vous amène. — Je n'ai-besoin de Persone, monsieur, et vos soins me suffisent . Le son-de-voix frappa vivement m.ʳ Aumaire : il s'avança tout-près de la Malade, qui tournait la tête en-ce-moment du côté de la ruelle : — Daignez me regarder, mademoiselle-! (lui dit-il). A ces mots, Chioné se-retourna vivement, poussa un cri perçant, et s'évanouit. — Peste! (dit le Mèdecin à son pretendu Confrère) : comme tu es efficace! serais-tu un Basiliq-!.... Cependant, Juliette effrayée, fesait-respirer des sels à Chioné, qui reprit enfin connaissance. Aumaire, qui l'avait-reconnue, vit bién, à l'émocion qu'il lui venait de causer, qu'il en-était-encore-aimé. La situacion de cette Belle-Persone le toucha; il n'avait-eu jusqu'alors que du goût pour elle; il en-devint amoureus. Chioné lui tendit une main : il se-mit à-genous devant son lit, et lui temoigna sa joie de la voir, dans les termes les plûs-vifs. M.ᵐᵉ Bonlo, avertie par Juliette, entra dans ce moment. — Qu est-ce donc, monsieur? (dit-elle au Mèdecin). — Madame, c'est à mon Ami à vous l'expliquer. J'ignorais en l'amenant chés vous, qu'il connût Mademoiselle, et je crais qu'il l'ignorait luimême : Du-reste, je viens de voir des effets surprenans, dont j'ignore la cause. — Monsieur va donc m'instruire? (reprit m.ᵐᵉ Bonlo, en-s'adressant à m.ʳ Aumaire). — Oui, madame : je repons de la vie et de la santé de Mademoiselle, si vous me la donnez en-mariage? Monsieur, si j'avais l'honneur de connaître à Quî je parle, je pourrais vous repondre? — Je suis d'une Famille honnête; j'ai une charge de *Commissaire-au-châtelet*... — C'est m.ʳ Aumaire, madame (dit le Mèdecin). — Monsieur (reprit m.ᵐᵉ Bonlo) jouit d'une bonne reputacion... Ma Fille connaît Monsieur? — Oui, Maman. — Je ne prendrai qu'unpeu de temps, monsieur, pour les reflexions indispensables, et causer là-dessus avec ma Fille. On ne parla ensuite que de la maladie de Chioné; et quand la visite eut-duré assés-longtemps, les deux Mèdecins, Celui du corps et Celui du cœur sortirent ensemble. — Parbleu! voila une scène de Comedie! (s'écria le Mèdecin-du-corps)... Mais non, je veus donner cette histoire à l'Auteur des *Contemporaines* : il en-fera une bonne *Nouvelle!* — Ne te presse pas (lui repondit m.ᵣ Aumaire) : je suis plûs en-état que toi de lui donner l'histoire de nos amours, à Chioné-Julie et à moi : tu les ignores..., excepté un trait : te souviéns-tu de ce Camarade qui partagea mon lit, quand la rougeole prit ton *Poulot* au Collége? — Oui! le jeune Chioné-Julién.—Hebién, c'est la m.ᴵᴵᵉ Bonlo que nous venons de voir. — Ah! parbleu! vous étiez grands amis! je ne m'étonne plus de son évanouissement. L'amitié est devenue de l'amour. Excellente histoire! mon Ami! — Mais tu ne sais pas tout encore : ainsi, ne succombe pas à la tentacion de l'envoyer : Je m'en-charge : d'ailleurs, il faut attendre le dénoûment, c'est-àdire, notre mariage. — Tu as-raison.

Dès le lendemain, m.ᵣ Aumaire retourna chés m.ᵐᵉ Bonlo. Il presuma, qu'étant-aimé de Chioné son empressement l'obligerait. Il fut-reçu assés-fraidement par la Mère. Il en temoigna de l'inquiétude. — Ma Fille ne veut pas se-marier. — Permettez que je lui parle? — Volontiers. Mais elle empire, et je crains que votre visite imprevue d'hièr, ne lui sait-fatale-. Aumaire entra auprès de Chioné, qui le reçut tendrement, mais avec beaucoup de tristesse. M.ᵐᵉ Bonlo les laissa ensemble. Aumaire demanda pourlors à la Malade, comment elle avait-quitté le Couvent? — Je fus-renvoyée après que nous-eumes-été-surpris, comme n'ayant pas de vocacion; mais on n'en-a-rién-dit à ma Mère. Depuis ce temps, j'ai-presque-

toujours-été-malade; surtout, aux mois d'auguste
et de septembre. Je ne sais d'où-viént mon in-
disposicion : elle est d'une nature singulière :
elle me viént ordinairement après plusieurs-nuits,
que j'ai-beaucoup-pensé à vous,... et à ce qui
s'est-passé dans la serre-aux-fruits. Les Hommes
que je vois me deplaisent, après les avoir-vus :
mais lorsque ma Mère me proposait un Parti,
toujours il me semblait que je l'aimerais : j'ac-
ceptais sans hesiter : il venait, et il me deplaisait...
Pour vous, ce n'est pas la même chose.... — Ah !
ma chère Chioné ! je vous adore ! Consentez que
je deviénne votre mari. — Que me demandez-
vous, dans l'état où je suis ? je crais que j'ai-man-
qué ma vocacion : je devais être religieuse...
Sayez-sûr, que lors-de la faiblesse... qui m'est-
arrivée, j'étais entraînée par un pouvoir audessus
du naturel... oui, je fis ce que vous savez, mal-
gré-moi : un Demon m'y-porta visiblement. —
Ce Demon n'était que votre excellente constitucion,... et notre anciénne amitié. — Non, je ne
puis consentir à vous embarrasser d'une Malade.
— A laquelle je repons de sa guerison ! il le faut.
(Et voyant la Mère) : Madame, aidez-moi, je
vous en-prie, à la determiner !... Je connais sa
maladie ; je serai son mèdecin ; j'ai ce qu'il faut
pour cela ; beaucoup d'amour. — L'amour, monsieur (dit m.me Bonlo), ne guerit de rién. — Pardonnez, et je vous repons de votre chère Fille-.
M.me Bonlo vit tant d'assurance dans les ïeux du
Commissaire, qu'elle se-douta enfin du genre-de-
maladie de Chioné : elle se-rendit, et plùs-em-
pressée qu'elle ne le voulut paraître, ce fut elle-
même qui determina sa Fille-aînée au mariage.

Chioné adorait Aumaire, et c'etait par-delica-
tesse, qu'elle le refusait : mais sa Mère ayant-
enfin-su au juste ce qu'il falait à la Belle-malade,
elle devint la complaisance même pour m.r Aumaire, qui eut la liberté de voir sa Maitresse à

toutes les heures. On ignore ce qui se-passa entre
les deux Amans : Chioné ala-mieus de jour-en-
jour après quelques visites : elle devint brillante,
gaie; un coloris demi-rosé anima les lis de son
teint, qui prit une blancheur plûs-pure. Le mariage se fit.

La Nouvelle mariée était la famme la plûs-pro-
voquante qu'il sait-possible de voir : c'était plutôt des desirs que de la tendresse qu'elle inspirait.
Son Mari était un Homme bién constitué; il connaissait la compleccion de sa Famme, et il s'appliquait à la satisfaire. Naturellement, ce n'était
pas de l'amour platoniq qu'il avait pour elle;
c'était du fisiq, qui fut-encore-excité par la manière emportée dont Chioné y-repondait. Les
commencemens de ce mariage furent trèsheureus :
Idolâtres l'Un de l'Autre, les deux Epous ne pouvaient se-quitter : le tour, la mise voluptueuse,
les grâces de Chioné habillée fesaient que le Mari
ne se-contentait pas des nuits, il se-donnait la sa-
tisfaccion de contenter le-jour tous les sens à-la-
fois : ... et la vivacité de sa passion embellissait
Chioné, en-contribuant à sa santé : mais son emportement nuisait à ce qui aurait-pu-conserver le
goût, en donnant quelque-relâche aux plaisirs;
elle ne devint pas mère.

Aubout de l'année, la passion de l'Epous se-ra-
lentit peu-à-peu; et le moral de l'amour ne rem-
plaçant pas le fisiq, celui-ci diminua tout-natu-
rellement, par l'epuisement des *moyéns*. Chioné-
Julie negligée, était-prête d'avoir une rechute :
mais son amour avait-suivi la marche de celui de
son chèr Mari; elle ne regardait plus tous les
Hommes avec indifference, avec *degoût ;* aucontraire.

Elle était dans ces disposicions, qui ne tendaient
pas à la cruaute; elle languissait unpeu, et n'en-
était que plûs-interessante quand son Mèdecin
revint la revoir. — Qu'est-ce donc, belle Dame!

de la pâleur! des bâillemens! Est-ce qu'Aumaire...
Ah! parbleu! il faut que je lui parle! Est-il-là?
— Oui, dans son cabinet-. Le Docteur se-leva
pour y-aler. Chioné-Julie fut curieuse de savoir
ce que le Docteur pourrait dire à son Mari, et quel
genre-de reproches il alait lui faire. Elle le suivit
à petit-pas, et lorsqu'il fut-entré, elle se tint sans-
souffler à la porte du cabinet.

— Bonjour, l'Ami, ta santé? — Assés-bonne,
depuis que je me-donne un peu de relâche...
J'étais-trop amoureus de ma Famme; je me tuais.
— Cela aurait-pu-arriver : mais elle s'en-porte
plûs-mal. Il faut que cette Dame-là ait un terrible
temperament! si elle s'était-faite-religieuse, elle
n'aurait-pas-été à trente-ans..... Il faut tâcher de
la rendre mère : cela te reposera, et diminuera
pour elle les effets de la continance. — Le moyén!
elle est trop vive. — Ma foi, en-ce-cas, je crains
une rechute! c'est une Famme qui ne veut pas
être-negligée. — D'honneur, ces Fammes-là sont-
fatiguantes!... J'aimerais-mieus, à-present une
Parisiénne ordinaire, fraide et coquette. — Tu
n'as-pas-toujours-dit-cela! — Je crayais qu'il y-
aurait une fin. — Il faut tâcher qu'elle deviénne
enceinte, mon Ami : pas d'autre moyén : la *preg-
nacion* calmera tout-cela, ou dumoins rendra la
privacion sans auqu'un danger. — Estce que ses
vapeurs.... la voudraient reprendre? — Oui; je
viéns d'en voir quelques-simptômes. — Tant-
pis!... Je vais te faire un aveu : je suis devenu-
amoureus d'une Petite-persone de mon voisinage;
elle a-cedé : c'est une Enfant delicieuse... — Mes-
sire Aumaire! garre les represailles! je vous en-
avertis! votre Famme, pour être fidelle, doit-
être-exactement-servie! vous ne suffisez pas
tout-entier, et vous-vous partagez! — Que veus-
tu? on se lasse de tout. — Mais votre Famme est
charmante! — Sans-doute, sans-doute... mais la
Petite est si-jolie! — Ta maladie, mon Ami, rend

celle de ta Famme plûs-dangereuse encore : et si elle venait à savoir..., mafoi, cette decouverte serait mortelle pour ton honneur ! — Je compte sur ta discrecion ! — J'y-suis-obligé, comme mèdecin, et je m'en-fais un devoir comme ami : D'ailleurs, je suis sans interêt : plûs-cons ant que toi, j'aime ma Famme, et je ne serai-pas-tenté de profiter de ta confidence-.

Un mouvement du côté de la porte. que fit le Mèdecin, obligea Chioné-Julie à se-retirer : Elle revint dans son appartement, où elle se-mit à reflechir. L'infidelité de son Mari, son insensibilité à ses besoins, la mirent en-fureur. Elle resolut de l'en-punir en-Famme injustement, inhumainement outragée : non qu'elle se proposât clairement de manquer au principal de ses devoirs ; mais elle avait un desir vague et très-vif de le punir. Elle jeta un coup d'œil sur ses Connaissances, et chercha un Homme capable de lui donner une veritable jalousie : mais les Hommes *essenciels* sont si-rares à Paris, qu'elle n'y-vit rien qui repondît à ses vues : c'étaient, ou des Fantomes amaigris, ou des Pantins, ou des Bavards, ou des Hommes trop-occupés, pour s'interesser serieusement à une Famme Elle consulta son Mèdecin : — Que faut-il que je devienne ? qui peut me retirer, sans-crime, de l'état affreus dont les approches s'annoncent ? — Un Mari tout-entier... oubién... ces moyéns mèdecinaus, qui ravagent, aneantissent la constitucion la plûs-robuste, en-mettant dans l'atonie les organes essenciels de la vie. — Ah-Dieu ! le crime, ou la mort ! — Non ! non ! je parlerai à votre Mari-. Le Docteur lui parla : mais m.r Aumaire était-malade luimême, il était-amoureus ; ce fut en-vain : Chioné empirait ; elle perdit, non sa vertu, mais sa raison, qui s'altera. Elle ne voyait que son objet, et dans son delire, elle fit ce raisonnement : — Au-fond, qu'ai-je besoin d'aimer ? pour me preparer des chagrins ?

pour languir encore, et risquer ma vie, si un in-
fidèl juge-à-propos de me trahir ? Je ne veus que
conserver ma santé : le reste m'importe peu : j'ai
aimé longtemps; j'ai souffert; voilà tout, n'aimons plûs, et vivons pour moi-seule. Un Gail-
lard robuste, grossier, incapable de ressentir et
d'inspirer de la tendresse, voila ce qu'il me faut-.
Après ce deraisonnement, Chioné-Julie, qui
commençait à retomber dans ses *vapeurs*, vit au
coin de la rue un Gros-garson, natif d'Auvergne,
ayant un teint pur, l'œil vif, la tâille unpe -trapue,
mais quarrée, et elle entendit qu'il disait à Un de
ses Camarades : — Que voila une Dame qui a la
jambe bién-faite ! — Je lui inspire des desirs
(pensa-t elle) ; voyons-unpeu quel fond je puis-
faire sur sa discrecion ? Chioné-Julie se-retourna,
et lui sourit. Le Jeunegarson devint rouge comme
du feu. Mme Aumaire fit le tour, et revint au
même endrait. *Labranche* était seul en-ce-moment : — L'*Ami* (lui dit la Belle), suivez-moi de-
loin, et entrez, où vous me verrez entrer-. Elle
le preceda. En-arrivant chés elle, m.^{me} Aumaire,
qui savait l'*alure* de son Mari, decouvrit qu'il
était chés sa Petite. Elle-fit entrer le Crocheteur
dans son appartement, et là, elle lui demanda, ce
qu'il avait-dit deux ou trois-fois, lorsqu'elle avait-
passé ? Le pauvre Garson, tout-tremblant, se-mit
à lui demander-pardon. — Il ne s'agit pas de tout-
cela (repondit Chioné) : vous ne m'avez-pas-of-
fensée; aucontraire; et je vous veus du bién :
où logez-vous ? Il le dit : c'était avec plusieurs
Camarades. — Il faut prendre une chambre seule,
et je vous ferai-gâgner dequoi la payer, et au-
delà. — Vou ête bén-bonne, madame. — Voila
trois-louis; louez une chambre, achetez un petit
lit. et informez-moi demain de ce que vous aurez-
fait-. Labranche sortit, au grand-regret de Chioné,
que sa fureur rendait provoquante jusqu'à l'indecence, et il fit ce qui lui était-recomandé : Il loua

une petite chambre obscure, dans une cour de la rue *de-la Bucherie*, y-mit un lit asses propre; ce qui employa plûs-que l'argent donné. et vint rendre-compte de tout à Mme Aumaire. Elle voulut voir la chambre de l'Auvergnat, et lui dit de l'attendre sur la porte de l'alee. Quoiqu'elle fût fort-mal, elle sortit seule, et ayant-aperçu Labranche, elle se-glissa dans l'alée, couverte du coqueluchon de son passepoil. Elle fut-trèscontente de la chambre. quoiqu'obscure, parcequ'on ne pouvait y-être-vue. Elle donna dix-louis à Labranche, pour achever de la meubler. Ensuite, sentant son mal augmenter, elle s'assit sur le lit, et pinça Labranche au bras. — Ma foi, Madame (lui dit-il), si vou me pincez, j'vou embrasserai. Il l'embrassa. Chioné-Julie, émue, hors-d'elle-même, tourmentée par son mal, ne resista pas; au contraire..... Elle sortit presque-guerie.

Le lendemain, et les jours suivans. l'Auvergnat completa la cure; desorte-que si Chioné-Julie retourna dans la chambre, ce ne fut que pour prevenir les rechutes.

Mais elle avait des inquietudes, et surtout des remords devorans: elle craignait l'indiscrecion du Crocheteur, qui en-agissait fort-librement avec elle, et qui se-donnait les airs de la gronder, quand elle se-fesait trop-attendre : car il avait pour elle un amour fisiq, qui tenait de la rage. Chioné songea donc à prendre toutes-sortes de precaucions pour se bién cacher; une des premières, et celle qui lui parut la plûs-importante, fut de surprendre son Mari. et d'ebruiter son avanture, afin qu'on l'excusât à-demi, si on venait à decouvrir quelque chose. Elle s'appliqua ensuite à imposer un peu à l'Auvergnat; elle lui donna des craintes aussi-vives que les siénnes, en-lui-fesant entendre qu'il serait-perdu, s'il etait-decouvert : elle le rassurait après l'avoir-effrayé, en-lui-fesant-envisager, que s'il ne se-trahissait pas lui-même, il

serait-heureus toute sa vie; elle l'avertit surtout
de prendre-garde à s'enivrer! Ce fut peutêtre ce
qu'elle dit de trop; car Labranche n'était pas
ivrogne, et elle lui fit—songer à employer ce
moyen, quand il voudrait la mortifier.

Une-nuit, Chioné bién-instruite de l'endrait
où son Mari la passait, fit-en-sorte de reünir plusieurs de ses Amis, et des siéns; sa Mère et sa
Sœur furent de la partie, sans être du secret. On
ala dans la maison où demeurait la Petite : Un
Ami d'Aumaire, qui n'était-pas-fâché de faire sa
cour à Chioné, frappa doucement: on ouvrit sur-
le-champ, parcequ'on attendait le Traiteur. —
Jeme-trompe-! (dit l'Ami). Aumaire, qui l'aperçut,
voulut se-cacher. — Mais! (s'écria l'Ami), je crais
voir là..... Oui! c'est mon Ami... Eh! comment
te portes-tu? que fais-tu ici? — Je suis en-visite
du jour-de-l'an et la Mère de Mademoiselle me
retiént pour faire les *Rois*. — Parbleu! j'en-serai,
s'il n'y-a-pas d'indiscrecion! — Auqu'une, mon
Ami, si j'étais le maître. — Monsieur ne sera pas
de trop (dit la Mère, en-crayant être-polie). —
J'accepte, madame, avec le-plûs-grand-plaisir...
Voila une Joliepersone, madame! — Vous êtes-
bién-bon! elle est comme Une-autre. — (*bas à Aumaire :*) C'est ta Maitresse, gaje? — Moi! je n'ai
pas ce bonheur-là. — Si-si... Elle est charmante...
(*haut:*) je vous felicite, mademoiselle : vous avez
un Galant-homme! mon Ami est aimable, riche,
et surtout honnête. — Tu vois bién qu'il le sait,
mon Ami! (dit la Petite, en-se-jetant-au-cou
d'Aumaire, qu'elle embrassa). Le Traiteur arriva
dans cet instant. — Mondieu! madame! qu'est-qu'
ça veut donc dire? Illia tout-plein d' monde su'
vot' escayer-! Aumaire pâlit. — Ne t'effraie-pas!
c'est un *Tel*, un *Tel*, un *Tel*, un *Tel* (quatre de
ses Amis); nous avons-su que tu avais Mademoiselle, et nous avons-fait la partie de venir la
voir, en-soupant avec toi-. Les quatre Amis

entrèrent. — Bon-soir, l'Ami! bon-soir, l'Ami-! Aumaire se-fût-bién-passé de cette visite. Cependant, le souper était-servi : les mets étaient delicats : la Mère de la Petite mit des couverts! — Encore trois, madame- (lui dit un des Hommes). Elle les apporta. — Entrez, mesdames (dit-il alors en-alant à la porte une serviette sur le bras); vous êtes-servies-. M.me Aumaire, sa Mère et la petite Juliette parurent. Le pauvre Mari était dans un cruel embarras! Sa Famme ala l'embrasser en riant, et se-mit à-table. Sà Mère, qu'elle avait-prevenue sur la conduite à-tenir, en-fit autant : on mangea, on rit, on se-divertit : Chioné-Julie embrassa deux-fois la Petite, à-côté de laquelle elle s'était-mise ; desorte-que cette Enfant était entre le Mari et la Famme. Tout le monde admira la conduite de m.me Aumaire ; et lorsque quelques mots alèrent au-reproche, à-l'égard du Mari, elle les fit-cesser. Elle ne dit que des choses agreables à l'Homme qui la trahissait, à la Petitefille sa Rivale, à la Mère de cette Jeune-infortunée. M.me Bonlo n'était-pas-aussi-tranquille ; mais elle dissimulait : quant à Juliette, elle ne pouvait revenir de son étonnement! On sortit comme on était-entré, sans qu'il y-eût un mot desagreable de lâché! Aumaire donna le bras à sa Famme, et passa la nuit avec elle, sans qu'elle ouvrît la bouche sur ce qui venait de se-passer; elle avait ses raisons : mais le Mari les ignorait. Il fut si-touché de la conduite de Chioné-Julie, lorsqu'il vit plusieurs-semaines écoulées, sans que ni Elle, ni sa Mère, ni Personne de ses Amis, lui dîssent un mot-de-reproche, qu'il se-reprit pour elle : Il quitta sa petite Maitresse. Chioné l'ayant-su, elle prit-soin de cette Enfant, que sa coupable Mère eût-achevé de perdre ; et reprenant pour son Mari, les mêmes sentimens qu'il avait repris pour elle, cette Famme singulière, saisit avec empressement l'occasion de rentrer dans son devoir: elle cessa de voir son Auvergnat, le même-jour que son Mari quitta sa Maitresse. (Elle était ainsi plûs-vertueuse que beaucoup d'Autres, qui n'ont-jamais-poussé aussi-loin l'égarement : elle n'était-pas libertine; elle n'avait que des besoins).

Labranche fut-trèsétonné! il la crut malade. Il s'informa. Il apprit qu'elle se portait bién. Furieus de jalousie, il resolut de r'avoir une Famme pour laquelle il eprouvait les desirs les plûs-emportés, ou de perir. Il suivit ses demarches, et tâcha de la joindre seule. Mais elle s'en-aperçut, et lui fit-dire, qu'il restât tranquil, s'il etait-sage; qu'au-reste, elle aurait-soin de lui. Labranche dissimula, et promit. Cependant, il continua d'observer toutes les démarches de sa Belle. Enfin, unsoir, comme elle passait dans la rue *de-la-Bucherie*, seule, à-dessein de lui dire un-mot-de-consolacion, il l'aborda vis-à-vis sa porte, et la pria d'entrer un-moment. Elle y-consentit, à condicion qu'elle ne resterait qu'un-instant. — Je suis bién avec mon Mari : j'aurai-soin de vous; sayez-tranquil-. Lorsqu'elle fut dans la chambre, l'Auvergnat ferma la porte à la cléf en dedans, ensuite il se jeta sur Chioné, qui se-defendit. Elle allait cependant ceder, pour ne pas faire-amasser de monde, lorsque Labranche, qui ne s'y-attendait-pas; la traita si-brutalement, qu'elle fut-obligée de crier, *Au secours!* Tout le Voisinage s'amassa. Les Commères-de-la-populace, disaient : — Bon! bon! c'est une Demoiselle de la rue *Saint-honoré*, qui viént coucher avec ce Crocheteur toujours si-bén-arrange! a' l'entre-quiént : dame! il a-bu; car i' n'a-nougé du cabaret d'aujourd'hui, et i' la bat! on-a-pas-toujours du plaisir en-ce-monde, et la vie est melangée-! Cependant les cris continuaient. On ala chercher la Garde : Un Commissaire éloigné fut-mandé, celui du quartier étant-absent : on arrive, on

enfonce la porte. Pendant cette operacion, le
Commissaire écoutait les propos des Fammes-du-
peuple : — Illia pus d' six-mois qu'a' viént tous les
soirs. — Oh! v'la trois-s'maines qu'a' n' venait
pus. — C'est donc ça qu'i' la bât! Dâme! allia
manqué. — All' est-bén-jolie, ma-foi! — Moi, j'
n'ai-jamais-vu sa mine, tant all' était-enco-qu'lu-
chonnée! — Moi, j' l'ai vu, un soir qu'a' sortait d'
la chambe : all' était rouge !.. —Dame! c'est qu'all'
avait du rouge! ces Demoiselles-là s'en-mettent. —
Qu'-non-pâs! c'était d'aute rouge! etc. La porte
ouverte, on trouva Chioné-Julie échevelée ;.....
le Crocheteur comme un enragé.... La Garde le
saisit : la Dame alors jetant les ïeux sur le Commissaire, elle reconnut...son Mari!.... Cependant,
elle eut la presence-d'esprit de le tirer à- part,
avant qu'il la remît. — Je suis votre famme (lui
dit-elle tout-bas) ; songez à votre honneur-! M.ʳ Aumaire atterré, resta-d'abord-interdit : Il dit ensuite à sa Famme de se-couvrir le visage. Il la
fit-conduire chés lui. Arrivé à la porte de l'étude,
il dit tout-haut : — Je connais cette Dame; je
vais l'envoyer auprès de mon Epouse : Faites-
retirer tout ce monde ; elle veut un referé-. La
Garde écarta la Foule : m.ᵐᵉ Aumaire remontée
chés elle, en-descendit un instant après en-des-
habiller, comme une Famme qui n'était-pas-sor-
tie de chés elle, pour dire à son Mari : — Je connais la Dame, je viéns de la renvoyer chés elle
par la porte-de-derrière-. La Garde ne s'en-oc-
cupa plus : mais elle tenait Labranche.

    M.ʳ Aumaire monta auprès de sa Famme, pour
prendre des informacions. Que veut-dire cette
avanture, madame? Qu'un Auvergnat m'a-prise
pour une Famme, dont il est-payé, à ce que j'ai-
pu-comprendre : Il est gris : je passais devant sa
porte, en-revenant de chés mes *Racomodeuses
de-dentelles* de la rue *des-Rats ;* il m'a-enlevée dans
ses bras, comme une plume, en-me-disant : —

Ah! te-voici-donc-enfin-! J'ai-crié; mais on riait dans la cour, aulieu de venir à mon aide. Il m'a-enfermée avec lui, il voulait-me-faire-violence : je me suis-defendue; j'ai-crié de toutes mes forces, et vous êtes-arrivé avec la Garde. — Il faut-faire-punir ce Miserable! — Intimidez-le seulement : une punicion me ferait-tort-. Le Mari crut facilement tout-cela : il se-fit-amener Labranche, et lui dit : — Rens-grâce à ma Famme! elle a-intercedé pour toi-! Ensuite, il le menaça d'une punicion exemplaire, si jamais il osait commettre une pareille insolence, envers Quî que-ce-fût. Le Crocheteur effrayé, garda le silence, et s'en-retourna chés lui, dès qu'on l'eut-lâché.

Quant à Chioné-Julie, elle devint-grosse, et ce fut le terme de ses *vapeurs :* Comme elle n'était-pas-reellement-corrompue, elle s'en-tint à son Mari, lorsqu'il s'en-tint à elle. Il eut bién quelques-soupçons au-sujet du Crocheteur : il épia et fit-épier sa Famme : mais jamais il ne la trouva en-faute, parcequ'elle n'y-retomba plus. Quant à Labranche, il s'en-retourna en-Auvergne, intimidé par les menaces que lui fit-faire Chioné-Julie. Tout-cela s'est-su neanmoins : mais les Heros n'ont-plus rién à craindre, par des raisons de la plus grande force.

C'est qu'ils ne sont plûs. Le Corps estimable où l'Éditeur a-pris cette *Nouvelle* n'est-pas-assez-nombreus, pour qu'il ait-cru-pouvoir-traiter un sujet, dont les Acteurs seraient-vivans.

L'EXC-U.

Être C—u n'est-pas une chose hors-d'usage,
    Ni de nouvelle invencion !
Et depuis que le Monde en-fait-profession,
Il devrait-être expert en-fait de cocûage :
      Cependant, de ce personage
      A-peine voit-on quelque-Sage
      S'acquiter avec dignité !
      L'Un y-met la fureur, la rage,
      L'Autre, en-toute benignité,
      L'applique au profit du menage.
      Que l'Imbecile et le Brutal
      Tirent-parti de notre Conte.
On y-voit un C—u, qui sut sur son Rival,
Rejeter sagement sa douleur et sa honte :
Sachons être c—us sans bassesse et sans bruit :
Je voudrais qu'on en-tînt une école publique ;
      Il s'en-tirerait plûs de fruit
Que d'école d'algèbre, ou de langue hebraïque ;
Sur le haut de la porte il pourrait-être-écrit :
C'est ici qu'aux Maris on apprend la science
    D'être-c—us avec decence.
      En-depit des temps malheureus,
      Le Docteur serait biéntôt riche :
      Si quelque Maître-ès-arts l'affiche ;
      Je retiéns place à mes Neveus.

Sur les bords de la Loire, une Jeune-beauté,
Aux Seigneurs d'alentour paraissait bone emplète ;
      Grosse dot, noble parenté,
C'était, pour un Épous, la fortune complète :

En-habits riches et galans,
Près d *Eglé* la noble Jeunesse
Debite, selon ses talens.
Propos flateurs, et gentillesse :
Elle, empressée à tout charmer,
Ajoute conquête à conquête ;
Jeunefille est toujours en-quête
De Celui qu'elle doit-aimer.
Mais pendant qu'elle a-l'œil au-guet,
Et qu'en secret elle examine
De Celui-ci la bonnemine,
De Celui-là, l'air tendre et le joli caquet ;
Le Père, dans d'autres balances,
Pèse tout ce qui forme une bonne maison,
Le bién, le rang, les alliances,
Le merite solide et la draite raison :
Un contrat suit le chois dicté par sa prudence,
Mais après tout cet examen,
Qui sans l'aveu d'Amour s'embarque avec Himen,
N'est-pas-encore en-assurance !
Que de l'Enfant aveugle un Vieillard éclairé
Ne de aigne pas le suffrage !
Sans lui, le repos du menage
N'est-auqu'unement-assuré !
A Celui-ci, le petit Traître
Semblait d'abord avoir-souri,
Et tout alait des mieus ; une Famme peutêtre
Aimerait toujours un Mari,
S'il avait-toujours-soin de l'être :
Mais, quand la tendresse a-tari,
Et que dans cet Epous elle ne voit qu'un Maître,
C'est la saison du Favori.

A notre-Epous, à sa Compagne,
S'adonne un jeune Complaisant,
Voisin agreable, amusant,
C'est un tresor à la Campagne !
Il est de la chasse, du jeu,
Faut-il chanter, il accompagne ;
Auprès du vin du crû, le Voisin prise-peu
Et le bourgogne et le champagne ;
Surtout, pour la Voisine il se-mettrait au feu.
Près d'Elle mille-soins le rendent necessaire :
D'abord, par son attencion ;

A-peine aspire-t-il au bonheur de lui plaire,
C'est respect seulement, c'est admiracion,
   Sans auqu'un espoir de salaire.
   Enfin, par de certains soupirs,
Dont la Plûs-innocente entend bién le langaje,
   Il ose expliquer ses desirs:
Prend une main, un bras, presse encor davantage,
   Si-bién, que d'étage-en-étage,
Il arrive bientôt au centre des plaisirs...

   Prudence dort, quand Amour veille ;
   Ils ne peuvent cacher leurs feus ;
   Un Valet a-prêté-l'oreille ;
Il observe, et temoin de leurs plûs-tendres-vœus,
Va tout dire à son Maître, et crait-faire merveille ;
   Il ne fait que trois Malheureus !

Sans prêter à l'avis creance trop-facile,
Le Seignur veut luimême observer les Amans :
   Il feint un voyage à la Ville,
Et reviént les surprendre, en-ceci trop-habile !
   Sous les plûs-simples ornemens,
   Et dans le plûs-comode asile,
   Qui, d'un Couple heureus et tranquile
Puissent favoriser les doux emportemens...
Hô, quelle vision ! de celle de Meduse
   On aurait-été-moins-frappé !
   De celle de son ⊦ cloppé
   Venus ne fut pas plûs-confuse !
Quels plaisirs, à ce prix, ne seraient-trop-payés !
   Ha ! je frissonne quand j'y-pense,
Et je vois sur ce lit les Amours effrayés,
   Tenir mauvaise contenance !...

   C'est ici qu'il faut-respecter
   Notre Heros en-cocûage !
Au desordre, à l'effroi du Fourbe qui l'outrage,
A peine en-peu-de-mots daigne-t-il insulter.
Que va faire notre Home ! Étrangler de sa main,
   Devisager son Infidelle ?
   Non ; sans menace, sans querelle,
   Il lui suffit qu'au lendemain,
   De la demeure paternelle

Elle reprénne le chemin.
Luimême de son sort y-porte la nouvelle.

Quel recit pour ce vieus Seigneur,
Tout-plein de ses Ayeus, delicat sur l'honneur!
Il jure, que dans sa Famille,
Jamais, d'un tel opprobre, un front ne fut-atteint!
Mais dans le même-instant, sur celui de sa Fille,
Il peut lire les torts dont le Gendre se-plaint...
Il se-rend à ce temoignage,
Du Dandin d'autrefois l'impudente Moitié,
Surprise en-cas pareil, eût-hardiment-denié;
Avec un Mari qui fut Page,
Il vaut-mieus filer-doux, que d'exciter sa rage!
Le crime est-avoüé; le cas n'est-plus-douteus,
Que faire en-un état si-triste et si-honteus?
— Voici le parti le plûs-sage,
Dit l'Epous: jusqu'ici, de notre mariage,
Auqu'un Fruit n'a-serré les nœuds;
Jurez que d'un Mari je n'ai que l'apparence;
Sur pareil deshonneur je n'insisterai point,
Et nous verrons biéntôt une heureuse sentence
Delïer le nœud qui nous joint.
Il n'est-pas de plûs-doux remède-!

Eglé poursuit; le Mari cède.
La Volage est-rendue à son premier état,
A quelque-chose-près, de legère importance:
L'Epoux, de-son-côté, se-voue au celibat,
Et fait au Dieu d'Himen profonde reverence.

Mais, pour assurer son repos,
Il doit du faux Ami punir la perfidie.
A-l'écart, sans-Temoins, il le trouve à propos,
L'attaque, le desarme; et maître de sa vie,
Exige seulement de lui,
Qu'il épousera l'Infidelle
Qu'il se-plut à seduire, et qui lui parut belle,
Quand elle était famme d'Autrui.
Le Vaincu suit la loi que le Vainqueur impose.
Mais sous un triste himen nos Coupables unis,
Des plaisirs dont ils sont l'Un par l'Autre punis
Ne trouvèrent plus même dose;
Le plûs-constant des Deux est-biéntôt-dégoûté:

On a-recours au Voisinage ;
Le Precurseur, luimême, est-enfin-regretté,
     Et so s un nouveau personage,
Reçu comme nouveau par la Jeune-beauté,
     Il rapporte son cocüage
     A Celui qui l'avait prêté.

     On dit. on prône par la Ville,
     Et Chaqu'un est-convaincu
     Comme de texte d Evangile,
     Que caractère de C—u,
     Est caractère indelebile :
     Vous avez vu qu'il n'en-est-rién.
     Et c'est toujours chose agreable
De pouvoir-faire-entendre à tant de Gens-de-bién,
     Que leur mal n'est pas incurable.

LA BELLE-BOURGEOISE

ET

LA JOLIE-SERVANTE.

———

La Fille d'un riche Bourgeois fut-demandée en-mariage par un Ami de son Père : ce n'était cependant pas un vieillard ; m.r *Cuissard* avait auplûs trente-deux ans ; *Angelique-Gigot* en-avait environ vingt ; l'âge était-proporcionné. La Jeune personne obeït à son Père sans-goût décidé pour son Futur, mais aussi, elle n'avait aucu'un éloignement pour lui : ces mariages d'indifférence n'en-sont très-souvent que plûs-heureus. Pour m.r Cuissart, il adorait sa Future.

Il est-peutêtre plûs-difficile aux Bourgeois proprement-dits d'être-heureus en-menage, qu'à toutes les autres clâsses dés Citoyéns ordinaires : le Bourgeois est sans occupacion ; il vit de ses revenus, dont l'administracion n'est-point-assés-étendue pour l'occuper longtemps ; il est toujours avec sa Famme, dans le même appartement ; ordinairement il s'occupe des petites choses du menage, faute d'avoir des moyéns plûs-relevés d'employer son temps : il épilogue petitement ; il contrarie, il est-contrarié : les caquetages de sa clâsse, le comerage important des vieilles Piegrièches bourgeoises, sont pour lui ce que sont les papiers-publiqs pour un Anglofrançais, ou pour un Politiq du *Palais-royal*. Or, toutes-les-fois que l'Homme est-mesquin; que ses occupacions ne tranchent pas avec celles du second-sexe, son Epouse est insubordonnée, sans-respect, sans-admiracion pour les talens de son Mari, sans-reconnaissance, et parconsequent, elle n'est-pas-heureuse.

Qu'on jete à-present un coup-d'œil rapide sur toutes les autres condicions : on verra que le Mari s'y-trouve plûs avantageusement-placé : le Duc, le Marquis, le Comte et les autres Maris titrés, peuvent avoir de hautes, d'importantes occupacions; d'ailleurs, les Maris de ces premières-clâsses sont à-demi-étrangers à leurs Fammes, ce qui n'est-pas un mal absolument parlant; au-contraire, c'est un bién : il n'y-a que l'abus qu'en-font leurs Fammes qui sait-reprehensible : La Famme-d'Officier respecte naturellement dans son Mari le Heros, tout-aumoins le Defenseur-de-l'Etat : Celle du Magistrat de tous les grades, est dans le cas d'honorer également le sién : la Financière, la Notaire, la Famme-de-Mèdecin, l'Avocate, la Procureuse, etc., doivent leur aisance aux talens, à la capacité, au travail de leurs Maris : la Laboureuse, comme on l'a-vu, est-encore plûs-reconnaissante, plûs-soumise.

Mme Cuissart était-charmante : mais son Mari, tout-amoureus qu'il était, ne tarda pas à se-rendre insupportable : la belle Angelique avait malheureusement trop-d'esprit, pour n'être que Bourgeoise; elle sentit biéntôt combién son Mari lui était-inferieur : mais vertueuse par de solides principes, le degoût pour l'Homme n'eut pas de suites plûs-fâcheuses, que de la faire-beaucoup-souffrir : les caresses d'un Mari épilogueur, remarquant tout, ne laissant pas une parole, un mouvement, un geste libres, lui devinrent biéntôt si-fort-à-charge, qu'elle ne put le cacher

entièrement. M.ʳ Cuissart s'en-aperçut. Il se-plai-
gnit à tout le monde, qu'il n'était-pas-aimé de sa
Famme ; il se-brouilla par cette raison avec son
Beaupère : m.ᵐᵉ Cuissart, trèsmortifiée de ce
dernier trait, agit neanmoins avec la plûs-grande
prudence : elle ala-voir son Père secrettement,
se-jeta dans ses bras, et lui tint ce discours : —
Mon chèr Papa, vous savez combién vous m'êtes-
chèr, et que je vous adore : il faut mettre le
comble à vos bontés ; mon Mari vous a-manqué ;
ce n'est-point à vous à revenir le premier, c'est à
lui : mais comme cela peut-être-long, votre Fille
a une grâce à vous demander ? — Quelle est-elle,
ma chère Enfant ? — C'est de lui permettre de
paraître prendre le parti de l'Epous que vous lui
avez-donné, non-pas en-tout, mais dans ce qui
ne blesse pas le respect qu'elle vous doit : c'est
mon Mari ; je ne puis paraître avoir d'autres inte-
rêts que les siéns, d'autres sentimens, sans-porter
dans mon menage une division funeste : chèr
Père, que je paraisse l'aprouver en-certaines-cho-
ses indifferentes, et que je me-borne à des repre-
sentacions moderées dans celles où il a-tort ; c'est
le plûs-sûr moyén de le ramener ; que je me-prive
du bonheur de vous voir-souvent ! Je n'en-serai
ni moins-tendre, ni moins-devouée, ni moins-
soumise au meilleur des Pères ; je serai bonne-
fille et bonne épouse tout-à-la-fois ? M.ʳ Gigot
embrassa Angelique la larme-à-l'œil, et lui permit de se-conduire comme elle le demandait. Sa
Fille lui marqua la tendresse la plûs-vive et la
plûs-respectueuse ; ils mêlèrent leurs larmes ; l'Un
jura une tendresse sans-bornes à sa chère Angelique ; l'Autre, un respect, un attachement sans-
reserves, sans-bornes au meilleur des Pères, malgré le deguisement qu'elle alait y-mettre, et ils
se-separèrent plûs-aimans et plûs-aimés que
jamais.

Malgré cette conduite si-pleine de sagesse,

m.ʳ Cuissart n'en-fut-pas-moins-injuste, par ses discours envers sa Famme ; car il l'aimait au fond : il ne trouvait de plaisir qu'à se-plaindre d'elle ; il s'entretenait des marques-de-dedain, qui (disait-il), lui échappaient, même en-presence du Garson-perruquier qui le venait-accommoder. (Il ne disait pas, qu'il avait-souvent-pris ce Garson pour arbitre entre sa Famme et lui.) Cette conduite fesait une peine sensible à la plûs-vertueuse des Fames, et l'éloignait de son Mari, par le sentiment, quoiqu'elle voulût s'en-raprocher par la raison : malgré elle, son cœur se-fermait à la confiance ; elle était-fraide, quoique polie avec m.ʳ Cuissart ; et Celui-ci se-plaignait de plûs-en-plûs, dans son voisinage, à toutes ses Connaissances. Il ne s'en-tint-pas-là ; sous-prétexte que sa Famme ne l'aimait-pas, il entreprit de se-faire-dedomager par ses Servantes ; il en-seduisit plusieurs, et reduisit m.ᵐᵉ Cuissart à ne prendre que des Monstres dont la vue l'affligeait elle-même. Cette Famme avait cependant l'âme aimante, et si son Mari avait-su s'y-prendre, il en-aurait-été-cheri ; de-temps-en-temps, elle fesait des Amies ; mais m.ʳ Cuissart, ou les-lui-ôtait en-la-calomniant auprès d'elles ; ou, si elles étaient-jolies, en tâchant de les seduire : il y-réüssit quelquefois.

Ce-fut aubout d'une longue suite de laides Cuisinières, dont m.ᵐᵉ Cuissart avait été-encore-plûs-mecontente, que son Mari (car presque-toujours il s'en-était-accomodé), qu'une Dame de ses Amies lui recommanda une Jeunefille de province et d'une Famille honnête, appellée *Madelon-Rameau*.

M.ᵐᵉ Cuissart accepta cette Jeunefille avant de l'avoir-vue. Elle arriva un soir, que m.ʳ Cuissart ne devait pas revenir ; il était-en-campagne pour ses affaires. En-voyant-entrer une grande Fille faite-autour, ayant une figure charmante, la

Belle-Bourgeoise pensa : : : Elle est-trop-jolie ;
ce n'est-pas-là mon affaire.... Mais en-remar-
quant son air modeste et naïf, en-l'entendant parler, en-sondant les sentimens de cette Joliefille,
elle changea peu-à-peu d'avis : elle la reçut, en-
se-promettant bién de l'observer soigneusement.

Ce qui contribua particulièrement à lui faire-
risquer l'épreuve, ce-fut une observacion d'Une
de ses Voisines : — Vous prenez de laides Servantes (lui dit un jour cette Famme), pour que
votre Mari ne leur en-conte pas : mais dans votre
Mari, ce n'est pas le goût de la figure qui le porte
vers ces Filles, c'est le besoin machinal, uni au
goût du changement, si-puissant sur les Hommes
en-general, qu'une Laide qu'ils n'ont-pas, les
tente davantage, qu'une Belle qu'ils ont : ce qui
est trèsbién dans les vues de la nature (cette
Famme était-filosofe) : Mais ce n'est-pas-tout :
vos laides Servantes, qui ne peuvent jamais rester que des Souillons, ne risquent pas grand'
chose, de donner à leur Maître, ce dont Persone
ne se-soucie ; outre que la petite vanité s'en-mêle :
: : J'ai-donc du merite, disent ces Guenipes-là ;
et l'orgueil, qui, dit-on, fit-tomber la Première-
famme, n'est-pas-moins-dangereus pour toutes
les Autres : aulieu-qu'une Jolie-fille, qui sent que
sa figure peut lui faire-trouver un Amant, ou
même un Parti, donne un certain prix à sa Personne, à ses faveurs, et n'ira pas se-livrer à un
Homme-marié, à un Bourgeois assés-chiche, qui
lui ôtera sa fleur et sa reputacion pour rién :
essayez-en, ma belle Voisine, et vous verrez que
je ne m'y-entens pas si-mal-...

D'après ceś idées, m.me Cuissart arrêta Madelon pour sa Cuisinière : mais pleine de consideracion pour son Mari, elle ne crut pas devoir le
decrier, en-prevenant cette Fille. La jolie Madelon fut-instaléedans sa cuisine, separée de l'appartement des Maîtres, par tout le quarré, qui était-

assés-étendu : sa Maîtresse se-contenta de lui
dire : — Vous êtes une Jeunefille; il conviént que
vous ne receviez vos ordres que de moi; que Persone n'entre ici familièrement que moi et vous :
j'espère, et je suis-sûre, à votre air-de-modestie,
que je n'aurai aucune reprimande à vous faire,
sur les causettes et les ricanemens avec les Hommes. — Je puis vous en-repondre, Madame (repondit Madelon), et dès ce moment, je vous prie
les mains-jointes, de me servir de mère autant
que de maitresse, dans cette chose-là ; vous sup-
pliant de gronder les Hommes de vos Connaissances qui me-parleraient : car j'ai d'honnêtes
Parens, chargés d'une nombreuse famille, et je
ne veus forligner en rien : mon bon Père et ma
bonne Mère, en-m'envoyant à la Ville, m'ayant
bién-recommandé de ne me-jamais-forvoyer du
chemin de la vertu, probité, crainte de Dieu, et
respect envers Père et Mère : ce que j'espère,
avec la grâce de Dieu-.

M.me Cuissart fut-enchantée de ce langaje bo-
nace. Elle se-fit-dire ce qu'étaient les Parens de
sa nouvelle Fille; elle apprit que c'étaient les
plûs-honnêtes-gens-du-monde, mais pauvres ; elle
se-sentit attendrie pour Madelène, et dès cet instant, elle sentit naître pour cette jolie Fille, la
plûs-tendre amitié : ce qu'elle lui temoigna, en-
lui-donnant avec bonté ses ordres et des avis pour
remplir ses devoirs comme Domestique.

La conduite de Madelon, pendant trois-jours
que m.r Cuissart fut-encore absent, confirma la
Belle-Bourgeoise dans son amitié pour sa Servante. Cette Fille était-douce, active, intelligente,
zelée, decente dans ses accions et son langaje,
naïve, pieuse, sensible. — C'est un tresor ! (pensait m.me Cuissart). Quand son Mari arriva, elle
était-deja sur le ton d'une familiarité bonne avec
la jolie Madelon.

En-entrant chés lui, le Bourgeois fut-émerveillé

de la gentillesse de sa Servante, qu'à sa propreté, il prit dabord pour quelque-jeune Ouvrière-en-linge. Lorsqu'il sut que c'était sa Cuisinière, il tâcha de voiler sa joie : mais elle perçait malgré lui : sa Famme la voyait, et l'innocente Madelon ellemême en-fut-frappée. Il prit un ton qui ne lui était pas ordinaire; il fut-presque-timide : il se-montra plûs-poli, plûs-attentif envers sa Famme ; en-un-mot, peutêtre sans y-penser, il tâcha de passer pour un bon Mari et un bon Maître. Il s'écoula plûs de quinze-jours, sans qu'il parlât en-particulier à Madelène. A cette époque, il en-dit un mot à sa Famme : — Ça me paraît un bon-sujet! c'est une jolie Fille! il faut veiller sur sa conduite l'Un et l'Autre; ce serait dommage qu'elle fût-trompée; et quant-à-moi, si quelque-fois je n'ai-pas-trop-menagé les Souillons que vous me mettiez sous la main, je respecterai les mœurs de Celle-ci, par une bonne-raison, c'est qu'elle en a, et que les Autres étaient des Brutes sans auqu'un sentiment-d'honneur ou d'honnê-teté; je ne leur fesais auqu'un tort, je vous as-sure-! M.ᵐᵉ Cuissart, naturellement bonne, quoi-que spirituelle, crut son Mari sincère, et elle fut-charmée de pouvoir l'estimer. Elle raconta ce trait à son Père, parcequ'il savait tous les autres (non par elle, cependant). M.ʳ Gigot sourit de la bonne-foi de sa Fille : il lui recomanda de ne point perdre-de-vue sa jolie Servante, par-amitié pour cette Jeune-creature, puisqu'elle le meritait, et parce-qu'elle était-obligée-en-con-science de preserver ses mœurs. Mᵐᵉ Cuissart fit-mettre le même-soir le lit de Madelon dans sa chambre, sous-pretexte d'avoir-besoin de ses ser-vices la nuit.

En-effet, le même-jour, et tandis-que M.ᵐᵉ Cuis-sart était chés son Père, son Mari fesait une pre-mière-tentative auprès de Madelon. Dès-que sa Famme fut-sortie, il l'appela. — Je ne vous

connais pas encore, Madelon (lui-dit-il): fesons-con-
naissance. D'où êtes-vous? — De la Bourgogne,
monsieur. — D'une Ville? — D'un Village. — Qu'est
votre Père? — Laboureur. — D'où-vient ne vous
a-t-il-pas-gardée, pour lui aider dans les menus-
ouvrages des champs? — C'est, monsieur, que nous
sommes beaucoup! nous sommes quatorze-En-
fans : ce qui a-fait que mon Père a-mis deux de
mes Frères à la Ville, et qu'il m'a-envoyée servir.
— Que font vos Frères? — Ils étudient. — Diable! et vous servez! — Ils coûtent trop à mon
Père, pour qu'il puisse depenser pour une Fille.
— Une jolie Fille comme vous! c'est dommage!
vous êtes-faite pour trouver-mieus que votre
état. — Monsieur, l'état n'est-pas-relevé; mais il
est honnête; et le bonheur que j'ai-eu de trouver
des Maîtres comme Madame et comme vous, fait
que je me-felicite d'avoir obeï à mon Père. —
Vous êtes-bién-élevée! vous êtes-charmante, Madelène, je ne veus pas vous traiter comme une
autre Servante; ainsi, avec vous, je prendrai
moins le ton de Maître, que celui de Père : de
votre côté, sayez-bién-reconnaissante envers
m.me Cuissart et moi, entendez-vous?... Comme
elle est faite! (lui levant le menton avec la main),
elle est-charmante! (il avait un doigt sur le fichu).
Quelle fermeté-!... Madelon se-retira en-rougissant : et m.r Cuissart, content de cette première
familiarité, ne voulut-pas-aler-plus-loin, dans la
crainte d'échouer.

La Belle-Bourgeoise arriva un instant après
cette petite scène. Madelon n'en-parlait pas, autant par innocence que par-discrecion. Mais le
Mari, qui ne la crayait pas si-neuve, dit negli-
genment à sa Famme, qu'il avait-questionné
Madelon sur sa Famille et son Pays. Lorsque
m.me Cuissart fut-seule avec sa Servante, elle lui
demanda les details de son entretien avec son
Maître. La Jeunefille, à-force de questions, dit

tout, sans rién omettre, parceque sa Maitresse
tirá les moindres-circonstances avec adresse, sans
se-compromettre, ni même son Mari. Elle vit
clairement où cet Homme rusé voulait en-venir.
Elle donna quelques-avis generaus à Madelon.

— Ma chère Énfant (lui dit-elle), mon Mari
est un honnête-homme ; mais tu es jolie ; d'une
aimable simplicité ; les Hommes sont-hardis ;
évite les tête-atêtes avec lui, comme avec Tout-
autre. — Je le ferai, мadame : quoiqu'enverité,
je n'ai-rién à craindre. — Pourquoi ? — De votre
Mari, à vous ! — Oui, à moi ; tu es-trop-jolie. —
Et vous, мadame, encore davantage. — Ne te fie
pas à ma beauté ; crains les effets de la tiénne :
si je n'apprehendais de ternir ton innocence,
j'irais plûs-loin : mais j'espère n'être pas obligée
d'en-venir là-. Il falut y-venir, cependant : Madelon était-trop-jolie ; m.ʳ Cuissart trop-porté pour
les Fammes, trop-peu-accoutumé à commander
à sa passion, pour ne pas necessiter les instruc-
cions les plûs-claires.

Unjour que m.ᵐᵉ Cuissart était alée-dîner
chés son Père, et qu'elle savait que son Mari de-
vait-rester chés un Ami jusqu'au soir, Madelon
se-trouvait seule. N'attendant pas ses Maîtres,
elle était sans precaucion, la porte de sa cuisine,
ordinairement-fermée depuis quelque-temps, fut-
laissée ouverte, afin-de voir Ceux qui pourraient
venir pour affaire. Vers les trois-heures, à l'instant de sa plûs-grande securité, elle entendit-
ouvrir la porte de l'appartement : elle accourut :
c'était son Maître. Surprise de le voir, elle lui
demanda, s'il devait-dîner ? — C'est-fait (repondit-
il) ; mais je me-suis trouvé incommodé ; je vais
me-mettre-au-lit-. C'était en-hiver. Madelon sé-
hâte ; elle bassine le lit ; ferme les volets ; tire les
rideaus des croisées, pour que son Maître puisse
reposer. Il était-deja en robe-de-chambre prêt
à se-coucher. Il dit à la Jolie-Servante, qu'il

craignait de-se-trouver-mal. Elle ala auprès de lui,
le soutint, le conduisit à son lit; il s'appuyait sur
elle comme un Homme qui se-meurt. Lorsqu'il
fut entre les draps, il-se plaignit. — Voulez-vous,
monsieur, que j'aille-chercher le Mèdecin, le Chi-
rurgién? ou Madame? — Non; je me-trouverais
sans secours en-ton absence... Je ne sais ce que
j'ai... c'est une... (Il nomma une maladie très-
dangereuse, du ressort de *Brogniard,* et pour
laquelle il emploie ses *élastiqs*) : voi si tu pourrais me-soulager? avec de la force, on peut *re-*
duire... Il lui prit la main, que Madelon lui
laissa guider, et l'innocente Fille executa tout ce
qu'il lui dit... Devenu furieus de luxure, il se-
lève, et se-jette sur elle comme un Forcené; il la
renverse, et veut en-triomfer. Mais la Jeunefille
était-vigoureuse autant que sage; elle repoussa
une attaquè qui n'était-plus douteuse, se debar-
rassa, sans menager son indigne Maître, ouvrit
une porte, s'enfuit, et l'enferma. Elle se-retira
dans sa cuisine, où elle ne put s'empêcher de
verser des larmes. M.ʳ Cuissart était-trop-confus,
pour songer dabord à la poursuivre : mais aubout d'une heure, il voulut la voir; il se trouva
enfermé; sa voix ne fut-pas-entendue; il crut que
Madelon était-sortie; il se-tranquilisa, en-attendant sa Famme.

Par une sorte d'inquietude, m.ᵐᵉ Cuissart revint à six-heures, aulieu de huit. En-arrivant,
elle trouva Madelon les ïeux rougis par les larmes. — Qu'as-tu, ma Fille? — Madame, Monsieur est-malade; il est-revenu à trois-heures; il a
une maladie..., il a la fièvre, le transport; il s'est-
jeté sur moi : je crains qu'il ne se-jète sur vous
en-entrant; appelons Quelqu'un-. M.ᵐᵉ Cuissart
entrevit la verité; elle employa son adresse ordinaire, pour avoir les details necessaires. Elle les
eut apeuprès. Ils lui firent-horreur... Mais c'était
son Mari; elle preferait de le ramener, à se-plaindre,

à .faire un dangereus éclat. Elle entra donc auprès de lui ; feignit de craire à sa maladie, même
avec lui : desorte-que cet Homme pensa bonnement que Madelon ne l'avait-pas-trahi. Cette conduite lui donna de l'estime pour elle : Il la regarda
comme un Sujet precieus autant qu'honnête, et
il fut-tenté de respecter sa vertu. Mais les attraits
de la Jolie-Servante, sa provoquante naïveté ne
lui permirent pas de suivre cette raisonnable resolucion.

Lorsque m.^{me} Cuissart fut seule avec Madelon,
dans l'aprèsdînée du lendemain, elle tâcha de penetrer l'interieur de cette Fille, et elle y-rëussit :
elle vit que la Jolie-Servante n'était pas la dupe
des intencions de son Maître ; mais que par-gene-
rosité-de-caractère, elle ne voulait pas mettre la
division entre deux Epous. — Je te connais enfin,
mon aimable Fille (lui dit alors m.^{me} Cuissart) ;
ta prudence égale ta gentillesse : hebién, je vais
te parler à-cœur-ouvert : Je n'ai-jamais-eu-
d'amour, ni pour mon Mari, ni pour d'Autres :
ainsi, je ne suis point jalouse : mais j'ai de la
religion, des mœurs ; je connais mes devoirs, et je
sais que je dois, par tous les moyéns possibles,
faire-éviter à mon Mari des crimes qui le per-
draient. et l'Infortunée, objet-de-sa-seduccion :
je dois aussi le rendre-heureus : je voudrais-bién
avoir-eu à le faire par des moyéns ordinaires et
moins scâbreus ; mais, puisque c'est l'impossible,
il faut en-prendre de moins-legitimes en-appa-
rence, parceque le principal, est de remplir mon
devoir. Il faudrait, ou nous separer ; ce qui ne te
mettrait peutêtre à-l'abri des attaques de mon
Mari, que pour t'exposer à celles d'Un-autre ;
ce moyén, d'ailleurs, serait de nul effet pour
m.^r Cuissart, puisqu'il me-faudrait une-autre
Fille, moins-sûre que toi ; ou il faut prendre un
parti extraordinaire, qui te garantisse sûrement
de ses attaques. Mais je ne me-dissimule pas

combién le moyén que j'imagine repugne à la
delicatesse... à la miénne, autant qu'à la tiénne !...
Cependant, il existe peutêtre un moyén d'empêcher que tes oreilles ne saient souillées. Il faudra
écrire.... Oui, c'est le seul moyén... Ma Fille...
faut, un-de-ces-jours, rester seule avec mon Mari
dans cette chambre, et moi dans celle-ci : tu
écouteras ce qu'il te dira ; et s'il te-fait des proposicions, feins de t'adoucir ; fais-lui-signe que je
suis-là ; dis-lui tout-bas de ne te jamais parler,
mais de t'écrire tout ce qu'il voudra te-faire-savoir ;
quitte-le-aussitôt, et rentre auprès de moi. Je
te-dirai le reste ensuite-. Madelon n'avait de volonté que celle de sa belle Maitresse ; elle promit
de se-conformer à ses ordres.

Dès le jour même de cet entretién, elle parut
ne plus fuir m.ʳ Cuissart. Il lui dit des douceurs
en-passant. Elle rougissait, mais elle ne lui impo-
sait pas silence. Enfin, on lui menagea le tête-
atête convenu.

— Je t'aime de tout mon cœur, ma chère Madelon (dit-il d'emblée) ; je n'aspire qu'à te le prouver : si tu voulais, que nous serions-heureus, sans
que ma Famme se-doutât de rién ! Madelon lui
fit-signe, que sa Maitresse était dans la chambre
voisine. — Ecrivez-moi ce que vous voudrez me-
faire-savoir (ajouta-t-elle) ; je vous repondrai de-
même ; tout se-fera sans parler, et n'en-sera que
plûs-sûr : car j'aime ma Maitresse, et je ne voudrais pas lui causer le moindre-chagrin-. M.ʳ Cuissart fut-enchanté. Il voulait cependant encore
dire un mot, mais la Jolie-Servante rentra vers
sa Maitresse.

Dans la soirée, elle reçut de la main du Bourgeois le Billet suivant, qu'il lui glissa, en-feignant
de lui commander quelque-chose.

Ier BILLET DU BOURGEOIS A LA JOLIE-SERVANTE.

Comme je te le disais tantôt, je t'aime de-tout-mon-cœur, ma chère Madelon, et je t'en-donnerai toutes les marques possibles, si tu me rens-heureus. Mme Cuissart ne m'aime pas; elle n'aime pas les plaisirs de l'amour, que ton œil vif m'annonce que tu goûteras avec transport; ainsi tu ne la priveras de rién. Tu peus ainsi continuer à la tromper sans scrupule. Tâche de m'accorder un rendevous dans la chambre-à-coucher, que tu partages avec ta Maitresse : la pièce est grande; m^{me} Cuissart est une dormeuse, et je m'assurerai que nous n'avons-rién à craindre... à-moins que tu n'aimasses mieus passer dans ma chambre : oui, c'est le plûs-sûr, ma chère Poulette, et je m'en-tiéns à ce dernier parti, afin-de ne pas exposer ta reputacion, le repos de ma Famme et le mién. Reponse dans la soirée, je t'en-prie : je meurs d'impacience et d'amour!

———

Madelon courut porter ce Billet à sa Maitresse, qui le lut seule. C'était le moyén qu'elle avait-trouvé, pour ne point souiller l'imaginacion de Madelène. Elle lui dicta cette Reponse,

———

Vous êtes-bién-vif, Monsieur! et les Jeunes-filles ne se-decident pas aussi-vîte! nous verrons.

———

M.r Cuissart ne fut-pas-trop-satisfait de ces deux mots. Le lendemain, il écrivit encore :

———

IIᵉ BILLET DU BOURGEOIS A LA JOLIE-SERVANTE.

Il m'est impossible d'attendre, ma chère Fanfan, et tu me-feras-faire quelque-folie... Il me-faut un rendevous : je te-donnerai tout ce que tu voudras ; parle ; ma fortune est à ton service. Donne-moi une Reponse definitive dans la journée ; je ne supporterais pas l'incertitude jusqu'à demain.

P.-s. Ne m'expose-pas à me-trahir.

———

REPONSE.

Vous êtes-effrayant ! et je me-repens de vous avoir-repondu ! vous alez me-rendre l'esclave de votre emportement et de tous vos caprices : je sortirai plutôt.

———

Cette Reponse intimida m.r Cuissart, qui écrivit un autre Billet le jour suivant.

———

IIIᵉ BILLET DU BOURGEOIS A LA JOLIE-SERVANTE.

Je n'exigerai que ce qui te conviéndra ; je ne ferai que ce que tu me permettras, ma Poulette : mais sois-donc plûs-indulgente : J'espère pour ce soir, sans l'exiger ; il ne m'arrivera jamais d'exiger ; tu seras ma Reine dans le vrai, ma Servante dans l'apparence. Repons-moi ce que je desire, adorable Poulette, je t'en-supplie à genous.

REPONSE.

Ce soir, à onze-heures, après le coucher de Madame.

M.ʳ Cuissart fut-transporté-de-joie. Que ce jour lui parut long! Il fut au spectacle; il n'y-eut pas de plaisir ; tous les Acteurs traînaient lentement les mots; l'Auteur n'alait jamais au-fait, et mettait des vers-de-remplissage. Il revint. Son Fiacre *alait comme un Recteur suivi des quatre Facultés.* On soupa. Mᵐᵉ Cuissart, qui avait-ordinairement – fini en-dix minutes, mangea encore un quartd'heure après son Mari; il la trouva gourmande, elle, la sobriété-même. Enfin, on ala se-coucher : c'est ici où l'attente fut longue et cruelle! La Dame ne finissait pas : m.ʳ Cuissart pestait : l'heure sonne à la pendule; il crut dabord que c'était une heure-du-matin, ensuite minuit : c'était onze-heures, que le signal suivit. Il entr'ouvrît la porte de sa chambre; s'avança doucement; trouva une main douce, potelée; il s'en-saisit; enmena la Belle, la porta dans son lit,...... et fut le plûs-heureus des Hommes.

IVe BILLET DU BOURGEOIS.

*Mon Aimable, mon Adorable, que tu es-belle !
que tu es parfaite ! que tu m'as-rendu heureus !
Ha ! il n'est-pas de Famme qui te-vale ! Charmante Enfant !... Je l'ai-donc-cueillie, cette rose
qui n'était-pas sans-épines ! j'en-ai-été-l'heureus
possesseur ! je le suis encore ; je le serai toujours :
qui pourrait m'ôter le bonheur dont j'ai-joui la
nuit dernière ?... Un autre rendevous, ma Poulette, ma jeune Deesse, un-autre rendevous, je
t'en prie : je n'ai-fait que goûter à la volupté, aulieu de la savourer. Ce soir, s'il était possible ?....
Mais qui en empêche ? Reponse, ma Reine, reponse, je t'en - prie, je t'en - supplie ! mais je
n'exige pas ! tu es ma Souveraine !*

*Nous parlerons unpeu de ce que tu desires ? car
je veus te-donner, je le desire autant, que j'étais
avare et serré avec d'Autres.*

REPONSE.

A ce soir, donc ! surtout, ne me parlez jamais !

Deux-années s'écoulèrent de la sorte, et ce
commerce durerait peutêtre encore, sans une circonstance. Mme Cuissart conservait pure l'imaginacion de Madelène, en-ne-lui-laissant lire auqu'u-
ne des Lettres de son Mari, et en-ne-mettant rién
dans ses Reponses qui pût-l'instruire. De-son-
côté, le Bourgeois, content de son bonheur,

affectait de ne jamais parler à Madelon, pas-même
quand il se-trouvait seul avec elle. Il est-vrai que
les rencontres étaient-rares, toujours très-courtes,
et peu-sûres. La Belle-Bourgeoise s'applaudissait
du moyén qu'elle avait-trouvé de fixer son Mari,
et de passer toutes les nuits dans ses bras, sans qu'il
en-soupçonnât rién. Ce qui produisait un double
effet : M.ʳ Cuissart était-plûs-complaisant, et
presque-honteus avec elle ; tous les-jours il en-
était aux expediéns pour trouver quelque-nou-
velle-excuse ; il jouait l'infirme, la mauvaise-santé ;
il feignait d'avoir mal aux ïeux, de n'y-pas-voir.
M.ᵐᵉ Cuissart en-riait, mais à part. Elle aimait
tendrement sa Jolie-Servante : comme sa maison
était-riche, elle trouvait beaucoup à-prendre sur
la depense, sur des fantaisies qu'ellè n'avait-pas,
mais qu'elle supposait, et elle en-fesait pour Madelène un fond, qui ne devait rién coûter à l'innocence de cette Joliefille. En-trois-ans, elle lui
fit neufcents-livres-de-rentes, sans-compter les
presens en-linge, en-bijous à l'usage d'une Fille
de cette condicion, et en-argenterie. Mais enfin,
le denoûment approche.

La Belle-Bourgeoise n'avait pas-encore eu d'Enfans. Mais depuis qu'elle-était-caressée en-Mai-
tresse, le devoir conjugal fut-plûs efficace ; elle
devint-enceinte. Elle en-eut bién de la joie ! Ensuite, elle fit-refleccion que son Mari était censé
ne pas l'approcher ; elle fut unpeu-embarrassée.
Comment-faire ? Si elle avait-pu-consulter sa Voisine, qui l'avait-determinée à prendre Madelon,
l'embarras aurait biéntôt-cessé ; la Dame avait des
expediéns pour toutes les passes où peuvent se-
trouver les Fammes : mais m.ᵐᵉ Cuissart ne voulait pas divulguer son Mari. Il lui vint une idée ;
ce fut de cacher son état le plûs-longtemps qu'elle
pourrait (ce qui est-facil aux grandes Fammes),
et lorsqu'elle serait dans le cas de le montrer
tout-d'un-coup d'une manière bién apparente, de

mettre son Mari à même de se-detromper. Ce-
fut ce qui arriva, environ à six-mois.

Unjour qu'on savait m.ʳ Cuissart dans un cabinet voisin, on se-mit à parler de lui. On ne dou-
tait pas qu'il ne prêtât l'oreille. — Je t'ai-bién
des obligacions, ma jolie Madelène! l'inclinacion
que tu as-inspirée à mon Mari l'a-rendu heureus,
sans qu'il t'ait-fait aucu'un tort, et sans qu'il soit
même reellement coupable. Une Fille aussi-sage
que toi, est un tresor pour une jeune Maitresse
dont le Mari est-volage... Il crait... enverité, je
ne puis concevoir comment il ne m'a-pas-recon-
nue; car enfin, nous n'avons pas la même tâille!
j'ai quelquefois-toussé, et le son n'est pas le même.
Enfin, me-voila enceinte, et il faut lui tout de-
couvrir-.

D'après cette conversacion, la Belle-Bourgeoise
ne se-gêna plûs. Le lendemain, vers le soir, elle
laissa paraître une situacion qui devait-étrange-
ment-surprendre son Mari, qui n'avait-rién-en-
tendu la veille, étant-justement fort-occupé dans
le moment. Il regarda sa Famme avec des ïeus
inquiets... Mais que dire?... Il lui vint une pensée; que Madelon l'avait-trahi, et que sa Famme
s'était-vengée. Cette idée lui deplaisait beaucoup!
mais il trouvait que la vengeance de m.ᵐᵉ Cuissart était-juste. Il rêvait sur le parti qu'il devait-
prendre, lorsqu'il se-trouva seul avec Madelon.
— Tu m'as-trahi! (lui dit-il); je le vois; tu-as-
tout-dit à ma Famme-? Madelon rougit, et voulut s'éloigner. Il faut me-dire la verité; je veus la
savoir absolument. — Je vous l'écrirai. — Non,
je veus l'entendre de ta bouche, et tu ne m'échappe-
ras-pas... Moi, qui me crayais-aimé! — Vous l'êtes,
monsieur, par Celle qui le doit, selon Dieu et la raison. — Ma Famme! — Sans-doute. — Elle m'en-
donne une belle preuve! elle est-grosse! — Sans-
doute.—Comment, sans-doute! ha! parbleu! nous
verrons! Si je t'avais-fait un Enfant, c'était un

bâtard; elle en-fait Un sans moi, j'entens qu'il sait
bâtard aussi;... ou morbleu... Quel est son Galant?
tu le sais: il faut me le dire? — Vous. — Moi! —
Vous-même. — Je ne l'ai pas approchée depuis....
— J'ai de l'honneur, monsieur; j'en-ai-sucé le
sentiment avec le lait: crayez-vous que j'aurais-
commis un péché aussi-grand que celui que vous
me-supposez! c'est Madame seule que vous avez-
entretenue toutes les fois que vous m'avez-de-
mandé un rendevous: Madame m'a-toujours-
dicté les Reponses à vos Lettres, que je n'ai-jamais-
lues: Madame, depuis ce temps-là, malgré votre
injustice, vous aime, et elle est-enchantée de ce
que vous alez-être-père. — Ma Famme m'aime!
c'est-elle qui... Cela n'est-pas-crayable! — Assu-
rez vous-en: Madame n'est-pas prevenue; alez la
trouver; vous verrez si nous sommes en-deux
paroles-.

M.r Cuissart enferma la Jolie-Servante dans la
cuisine, et ala-trouver sa Famme. Elle était en-ce
moment avec sa Voisine. — Je vous felicite, madame, lui disait cette Famme: vous voila dans
une situacion bién-desirée. — Elle me-comble-de-
joie, à-cause de celle qu'elle doit-donner à mon
Mari... A-propos, ma chère Voisine, il est-arrivé
une singulière avanture à une Famme, qui est
dans le cas où je me trouve! Son Mari avait une
Cuisinière, dont il se-crayait favorisé. Cependant,
il n'en-était-rién: au moyén de certaines precaucions, c'était l'Epouse qui recevait son Mari:
jamais il ne s'en-est-aperçu. A-présent que la
Dame est-grosse, elle se-trouve un-peu-embarras-
sée, pour lui tout faire-savoir? — Rién n'est
plûs-simple: qu'elle continue encore une seule-
fois: qu'environ un quart-d'heure après qu'elle
sera au lit, sa Cuisinière entre avec deux flam-
beaus, garnis de quatre bougies, qu'elle tire les
rideaus, et fasse voir la verité. Il n'y-a-pas-à-dif-
ferer: le Mari pourrait prendre d'étranges idées!

car les plûs-coureurs de ces Messieurs ne veulent pas que leurs Fammes se-laissent-attraper par d'Autres! — Je lui dirai votre avis-.

Mr Cuissart, instruit par cet entretién, retourna auprès de Madelon; il lui fit une Lettre-de-demande; elle la porta; il la suivit; elle la donna, et s'en-retourna sur-le-champ. Mr Cuissart ne quitta plus sa Famme un-instant. Cependant, Celle-ci écrivit deux-mots, qu'elle envoya par le Domestiq à sa Cuisinière. Son Mari les lut par-dessus son épaule, il les reçut presqu'aussitôt de la main de Madelon. Après souper, il ne perdit pas sa Famme de vue; elle dit quelquechose fort-bas à sa Servante : il la vit ensuite se-glisser dans le lit de Madelon : il l'y joignit, et au bout d'un quart-d'heure, sa Servante parut avec les flambeaux. Convaincu, par ce qu'il voyait, de la réalité de ce que cette Fille lui avait-assuré, il dit à sa Famme : — Je pers une erreur, moins-douce que la verité : si vous m'aimez, je vous aime aussi : reünissons nos cœurs, ma chère Famme pour chérir le Fruit de notre tendresse, que vous portez, et recompenser Madelon-.

Ce-fut ce qu'ils executèrent : Madelon est retournée dans son Village avec quinzecens-livres-de-rentes, qui lui ont-fait-trouver un excellent Parti : Le Bourgeois et la Belle-Bourgeoise se-sont-aimés quelque-temps; m.^r Cuissart est-ensuite-retourné à ses anciénnes habitudes : mais sa Famme a deux Enfans, et elle prend pacience.

LA BELLE-LIBRAIRE

ou

LA VIE-DE-LA-ROSE, ET LA MARATRE

LA JOLIE - PAPETIÈRE

ou

LA BONNE-AMIE.

———————

Un-beau-jour-de-printemps, je me-promenais au *Palais-royal*, seul, concentré, mélancoliq, sans être-triste : Un essaim de jeunesbeautés, en-fermées tout l'hiver, venait de prendre l'essor; elles arrivèrent dans le jardin. Je le considerais avec plaisir, et je sentis un attendrissement deli-licieus; mes larmes coulèrent : — Que la Nature est-belle! (m'écriai-je), dans le plûs-interessant de ses Ouvrages! dans la Femelle de l'Homme-!... Tandis-que cette pensée m'occupait, je vis sous les arbres un Homme vêtu en noir avec une Famme en-satin-couleur-de-tabac, et une Jeune-fille en-fourreau-de-tafetas-vert. Jamais encore mes ïeus ne s'étaient-fixés sur un Objet aussi mignon, plûs-touchant que la Jeunepersone. Elle paraissait quatorze-ans : Un tendre incarnat co-lorait ses joues-de-lis; sa tâille annonçait des contours deja parfaits; son sourire était-enfantin, naïf, charmant, delicieus; il ne fut-jamais d'aussi-jolie-bouche. Je la regardais avec admiracion : elle m'inspira de la curiosité; je fixai le Père;

je le reconnus pour un Libraire, remarié depuis quelquetemps à une Brune de bonne-mine. — Cet Homme doit-être-heureus (pensai-je); il n'est-entouré que d'Objets agreables-. Depuis ce moment, je m'interessai toujours à l'aimable *Rosalie*. Je l'ai-vue-craître, embellir encore, se-marier.... Mais un voile couvre l'avenir.

Rosalie-*Lecture* n'avait que seize-ans, lorsque son Père resolut de l'établir. Les Partis ne devaient-pas-manquer; la Jeunepersone, avait-charmé un Homme-de-merite, qui ne lui était-pas-indifferent... (on verra quelque-jour, pourquoi cet Honnêtehomme ne l'épousa pas); un Garson de son Père, apelé m.ʳ *Etendoir*, outre plusieurs Autres qui se-presentaient.

La seconde Epouse ne pouvait souffrir une grande et jolie Fille, que sa douceur, sa beauté, ses vertus fesaient-adorer de m.ʳ Lecture, ainsique de tout le monde: la Domestique, les Garsons-de-boutique-et-de-magasin volaient audevant du moindre geste de Rosalie, tandis-que m.ᵐᵉ *Guillemette* n'était que redoutée; on lui obéïssait parcrainte, en-sa-presence; on la bravait, dès-que le secret assurait l'impunité. La Maràtre prit Rosalie en-haîne; mais elle dissimula, pour mieus satisfaire sa cruelle et basse-jalousie; car elle observait que m.ʳ Lecture avait pour sa Fille la même complaisance, que les autres Persones de la maison; il prevenait tous ses desirs. C'est qu'il était-si-doux d'obliger l'aimable et reconnaissante Rosalie! c'était une jouissance delicieuse que de la voir sourire, d'entendre de sa jolie-bouche des choses obligeantes, prononcées d'un ton affectueus, et avec un son-de-voix qui alait-à-l'âme. Guillemette employa mille fois les moyens les plûs-rusés, pour causer à Rosalie des desagremens qui l'impacientassent, et qui la fîssent-sortir de son caractère : Elle froissait malicieusement ses robes les plûs-propres, versait de l'encre ou de la graisse sur son linge, et cachait avec soin ces tours mechans, ou les fesait-retomber sur la Chambrière, sur le Domestiq, sur le Froteur, etc. Rosalie ne remplissait-pas le vœu de m.me Guillemette : comme elle était-extrêmement-propre, elle passait un temps considerable à reparer les ravages de la Marâtre ; mais elle riait ou chantait, en-fesant cet ouvrage, si-cruel pour une Jeunefille, qui tiént necessairement beaucoup à sa parure ; à cet âge (souvent toute la vie), ce qui orne les Fammes, fait une partie d'ellesmêmes, et ce n'est-pas celle qui leur est la moins-chère.

Guillemette n'ayant-pu réüssir par-là, récourut à d'autres moyéns : elle chassa l'ancienne Chambrière, bonne fille, et d'une grande intelligence, pour la remplacer... qui pourrait le craire ?... par une de ces Malheureuses, que leur laideur ou leur corrupcion a-reduites à n'être que des Servantes de la dernière espèce de Creatures. La Marâtre savait, que les Fammes de cette clâsse ont tous les vices, sont-capables de toutes les horreurs ; parcequ'elles manquent du sentiment qui fait-distinguer le vice de la vertu. Dès-qu'elle eut remplacé *Brochure,* fille honnête et bonne, par une Famme telle que *Maculature,* elle se-crut assurée du triomfe : elle ne douta-pas que cette Malheureuse, adraitement-guidée par elle, ne corrompît le cœur et l'esprit de sa Bellefille, ne la fît-tomber dans quelque-faute-grâve, qui lui fournît un moyén de la faire-renfermer ou de la marier à Quelqu'un de vil. Deja elle avait un Parti tout-prêt : Deja elle commençait à insinuer à m.r Lecture, qu'un Auvergnat-crocheteur était-ardent ; que pour peu qu'on le secondât, il irait plûs-loin que les Enfans-de-bonne-maison, et qu'il ferait une de ces fortunes capables d'étonner. Comme c'était une

vérité qu'elle disait-là, ses discours n'en-étaient que
plûs-seduisans : mais ce qu'elle n'ajoutait pas, c'est
que *Ballotdepile* était un brutal, un ivrogne caché, d'une probité peu-sûre ; en-un-mot, un mauvais sujet : D'ailleurs, elle n'osait-pas s'expliquer
entièrement : aussi n'en-était-il-pas-temps-en-
core.

Par les ordres de Guillemette, Maculature était-
presque-toujours avec Rosalie : elle lui vantait sa
beauté, avec des expressions, dont la Jeunepersonne ne sentait-pas toute l'indecence ; mais qui,
cependant lui parurent extraordinaires. L'Innocence toute-seule, est-toujours-exposée avec
le Vice : Rosalie, malgré l'éloignement qu'elle
sentait pour Maculature, l'écoutait, et se-sentait-
flatée de ses louanges grossières: cette Miserable,
encouragée par là, et surtout excitée par la Marâtre, lui tint alors des discours libres ; elle s'atta-
cha surtout à vanter Ballotdepile, gros garson
quarré, bién-fait, quoique d'une figure ignoble
et basse : elle osa employer des expressions très-
obscènes. Rosalie en-rougissait, mais sans les
comprendre.

Telle étaît la situacion dangereuse d'une jeune
et delicate Beauté, lorsque Rosalie fut de la noce
de la Fille du Papetier de son Père, qui épousait
le Fils d'un autre Papetier fort-riche. La Nou-
vellemariée était vive, enjouée, et ce qu'on nomme
coquette : pour la parure, elle aimait l'élegance,
et elle avait un goût exquis. En-voyant Rosalie,
qu'elle ne connaissait que de vue, elle-fut-en-
chantée de faire sa connaissance ; elle la prevint,
la rechercha, et paraissait ne se-plaire qu'avec
elle. La Jeunefille de Libraire sentit pour *Rosette-
Rame* le même panchant qu'elle lui inspirait;
elle reçut avec joie ses avances, et y-repondit par
l'empressement le plûs-marqué : dès le premier
jour, elles devinrent-amies. Dans les commencemens de son mariage, Rosette fut trop-occupée

pour revoir Rosalie ; mais dès-qu'elle fut-entrée
dans le calme-du-menage, elle l'ala-voir seule, et
elles fortifièrent leur amitié : Il fut convenu entr'elles, que la Nouvelle-mariée m.^{me} *Grandraisin* demanderait à m.^r Lecture de voir tous-les-
jours Rosalie, soit chés lui, soit chés ellemême.
Cette permission fut-accordée : et comme ces
deux Jeunespersonnes étaient-voisines, elles pas-
sèrent presque tous leurs momens ensemble.

Maculature fit-alors-observer à m.^{me} Lecture,
qu'elle n'avait-plus la liberté de suivre ses projets
auprès de Rosalie. — Que tu as peu d'intelligence !
(lui repondit Guillemette) ; aulieu d'Une, tu en-
auras Deux-. Maculature se mordit les lèvres, et
sentit toute la valeur de cette reponse. Elle ne se-
gêna plus avec Rosalie, lorsque Rosette venait à
la maison, et elle reprit ses anciéns propos, interrompus depuis quelque-temps. Rosette, que le
mariage avait-instruite, et qui naturellement était-
plûs-éclairée que Rosalie, fut très-surprise de ce
langaje, dans une Famme qui servait d'Honnêtes-
gens ! Cependant, elle dissimula devant cette espèce de *Jewkes :* mais lorsque dans la même journée, Rosalie vint chés elle, la Jolie-Papetière lui
temoigna son étonnement des discours de la
Chambrière ! — C'est son ton (repondit Rosalie),
et elle n'en-change-pas devant ma Bellemère, qui
ne lui dit rién. — Si ce n'étaient que des misères
(reprit Rosette), de ces petits mots à-double-en-
tente, qui cependant ne conviéndraient pas avec
toi, je concevrais cela ; mais des propos obscènes,
des images... revoltantes, et telles qu'à peine se-
les-permettraient les Hommes les plûs-libertins,
cela n'est pas naturel !... Il faut que je te parle
avec franchise, ma chère Rosalie ? On dit, dans le
monde, que ta Bellemère est une marâtre, qui te
deteste : elle a-renvoyé Brochure, que tu aimais,
qui était-honnête et pleine de zèle pour toi ; elle
l'a-renvoyée sans-cause ; elle l'a remplacée par un

Soldat-aux-gardes en-habit-de-femme.... Cela
m'inspire de la défiance !... N'est-ce pas elle aussi
qui a-fait-sortir le jeune Etendoir, en-l'accusant
auprès de ton Père de lui en-conter ?... Si tu veus,
nous examinerons ces deux Creatures, et nous
tâcherons de les penetrer ? — Je n'ai auqu'une
mauvaise-opinion de ma Bellemère (repondit Rosalie), quoique je sache qu'elle ne m'aime-pas, et
que Brochure m'ait assuré, que c'est elle qui souvent avait-gâté mes habits et mon linge : mais je
ne saurais la soupçonner de noirceur : Quel fruit
en-retirerait-elle ? Je ne suis plus une Enfant ! —
Je ne sais quel fruit elle en-espère : mais sa Maculature m'a-étonnée par son effronterie et sa
turpitude ! j'en fremis encore !... Il me viént une
idée ; Je suis-jeune ; je parais-étourdie ; je vais la
sonder ! Je soupçonne à cette Famme des vues secrettes et trèsdangereuses, sur toi comme sur moi !
j'ai-deviné sa pensée à ses regards : laisse-moi
quelquefois seule avec elle ; et si tu as quelque-
moyén d'écouter nos entretiéns, je n'en-serais-
pas-fâchée-? Rosalie consentit à tout ce que souhaitait son Amie, quoiqu'elle n'en pressentît pas
l'utilité.

A la première visite que m.ᵐᵉ Grandraisin rendit à Rosalie, elle rit de tout ce que dit Maculature : à un signal, Rosalie sortit. — C'est une
Innocente, que Mademoiselle (dit aussitôt Maculature) : il faut la degourdir ? — Volontiers ! (repondit m.ᵐᵉ Grandraisin) : comment faudra-t-il
s'y-prendre ? — Hâ ! madame ! vous me-paraissez
une petite Rusée, qui en-sait-long ! — Hô ! mon-
dieu-non ! je vous assure ! — Là , dites-moi ;
êtes-vous-bién-contente de votre Mari ? — Quelle
question ! (dit en riant m.ᵐᵉ Grandraisin). — Hâ-
hâ ! j'ai mes raisons pour vous la faire ! — He !
quelles raisons ? — Si je vous les disais, vous seriez aussi-savante que moi !... — Hebién ! j'en
suis-contente comme-ça : vous savez-bién que les

Maris ne sont-pas-trop-aimables ? — Voila parler !... Ainsi, vous ne seriez-pas-fâchée de lui jouer
quelque-bon-tour ! — Hâ ! de tout-mon-cœur !
(s'écria vivement la Jolie-Papetière). — Je suis à
votre service, et je vous promets de reüssir, sans
que jamais il s'en-doute : laissez-moi-faire ! je
connais le monde. Telle que vous me voyez, je
suis-fille d'un Garson-de-magasin du plûs-fameus
Libraire de Lion : mon Père avait-amassé quelque-chose, et j'aurais-été un Parti honnête, lorsqu'un miserable malentendu, le fit-accuser de vol
par son Bourgeois. Cela n'était-pas, aumoins !
mon Père avait tous les *defaits*, lorsque les édi-
cions étaient-épuisées ; c'était une convencion
entre le Libraire et lui ; mais quand il se-trouvait
par-hasard des *complets* dans les *defaits*, mon
Père n'était-pas-obligé de les decompleter, ni de
les rendre ; il les gardait, et les vendait. Voila son
crime ! Vous voyez qu'il était-très-innocent !
Neanmoins, comme les Maîtres ont-toujours-rai-
son, quand ils se-plaignent, le Libraire fit-mettre
mon Père en prison ; et il n'en-sortit que pour
aler *faire-un-tour-en-ville avec ces Messieurs*,
et delà servir le Roi dans la marine-ramée. Je
me-trouvai dans l'abandon : la Jeunesse est-étour-
die ; je fis quelques-imprudences, qui me-firent-
arrêter par la Police. Je-fus-relâchée au bout de
six-mois, et je vins à Paris, où j'ai-vecu dans le
monde. Aussi ai-je des connaissances et de l'ex-
perience, autant qu'il est-possible d'en-avoir, ma
belle Dame ! Je suis toute à votre service : il s'agit
seulement de savoir, si vous êtes pour la *bagatelle*, ou pour le *solide !* — Je n'entens-pas cela ?
— Je veux dire, si vous êtes pour le plaisir, ou
pour l'argent ? — Mais tousdeux ont leur prix.—
Hâ-hâ ! Friponne ! (dit trèsfamilièrement la grosse
Maculature). Alons ! alons, j'ai votre affaire...
Mais écoutez-donc ! tous les hommes n'ont pas le
même goût ; il en-est qui veulent du neuf ; vous

êtes famme, vous passerez pour une jeune veuve ;
et Mademoiselle, si vous pouvez la determiner,
serait pour les Delicats, les Gens qui veulent
cueillir des roses ? — O Dieu !... (m.^{me} Grandraisin
poussa ce cri-d'horreur par-inadvertance, ou parce
qu'elle ne put le retenir ; puis reflechissant, elle
le pallia par ces mots), Hé ! que dirait m.^{me} Lecture ! — Bon ! j'en-fais mon affaire ! reüssissez
seulement. — Mais donnez-moi des éclaircisse-
mens plûs-détaillés, ma pauvre Maculature ? — Je
vous les donnerai, quand vous m'aurez accompagné une fois quelque-part. — Et où ? — Voulez-
vous venir ? — Pourquoi non ? j'irai partout avec
vous ? — Hâ ! que vous êtes-aimable !... Petite
coquine ! (lui touchant les joues), tu me remercî-
ras... Dès demain.

Mme Grandraisin était-un-peu-haute : la familiarité d'une Servante, et d'une Malheureuse
aussi-vile, lui donnait des mouvemens, qu'elle
avait-peine à moderer. Mais il était-important de
dissimuler ! Rosalie rentra, et Rosette-Rame continua d'affecter de l'enjoûment, jusqu'à-l'instant
où Maculature se-retira.

— Je connais l'Infâme ! (dit m.^{me} Grandraisin à
son Amie) : Demain, je t'en-dirai davantage. —
Pourquoi remettre à demain ? — Il le faut, je te
quitte : Dissimule, et flate-la, quelque-chose qu'elle
te dise. — Je le ferai, mon Amie. — Elle te tiéndra peutêtre des discours ausquels tu ne com-
prendras rien : souris, cela suffira. Je te quitte.
En-sortant, je vais lui dire un mot. — Rosette-
Rame partit, et à la porte, où Maculature ne
manqua pas de se-trouver, dès-qu'elle l'entendit-
descendre, la Jolie-Papetière lui dit : — A-de-
main, Maculature, sans-doute ? — Diable ! ça vous
presse ! — C'est que j'aurai le temps. — Alons, à-
demain, ma petite Bourgeoise... Il en-aura de
belles à votre retour-! Rosette fuyait ; à-peine
elle entendit ces derniers mots.

A son arrivée chés elle, sa perplexité fut extrême : elle avait-dabord-songé à se-confier à son Mari. Mais, en-y-pensant, elle y-vit des difficultés pour elle-même, à cause de l'indecence; ensuite, elle craignit qu'il ne se-possédât-pas, et qu'il ne fît un éclat, qui compromettrait Rosalie-Lecture. Tout-considéré, ce-fut à son Beaupère, qu'elle résolut de s'ouvrir : c'était un Homme sage, prudent, qui adorait sa Bru : Elle lui écrivit un mot. Il accourut. Rosette lui confia, sous le sceau du-secret, toutes ses découvertes au-sujet de Rosalie, et le pria de l'aider à decouvrir l'odieuse trame, afin-de preserver-à-jamais m.^{lle} Lecture. Le Vieillard y-consentit avec joie, et loua la prudence de sa Bru. Il fut-convenu, qu'il suivrait le carrosse, dans lequel elle irait avec Maculature ; qu'il se ferait accompagner de quatre Crocheteurs ordinairement au service de la maison, qu'il placerait dans un endrait convenable, pour les employer, s'il était-besoin ; qu'en-la-voyant-descendre, il la precederait dans la maison, en-passant devant elle, sans-faire semblant de la connaître, et qu'il serait-present à la recepcion. Les choses ainsi-arrêtées, il ala se preparer.

A cinq-heures-du-soir, Maculature vint à la porte de la Papetière, en-voiture. Elle avait avec elle une Dame, qui descendit, et qui, devant tout le monde, se-nomma la Famme-de-chambre de m.^{me} la *Comtesse-de-Goupil:* elle dit à m.^{me} Grandraisin, que m.^{me} la Comtesse avait-besoin du papier le plûs-fin, en-grande quantité : elle s'en-fit-montrer ; on en mit six-*rames* dans la voiture, et la Famme-de-chambre pria la Papetière de vouloir-bién-venir-compter avec *Madame,* et recevoir son argent : elle l'assura, qu'elle serait-ramenée dans la voiture de *Madame.* (:: O dangereus Serpent ! dit en-ellemême Rosette, que tu as de ruses pour le mal). La Jolie-Papetière monta dans la voiture, dès-qu'elle eut-aperçu son Beaupère, qui

lui fit-signe, qu'elle le pouvait. Lorsqu'elle fut
avec les deux Fammes, la fausse Famme-de-
chambre fut-transportée de-joie ; elle baisait les
mains de Rosette-Rame ; elle voulait l'embrasser. — Que vous êtes-jolie ! (lui disait-elle) : hâ !
comme il sera content ! C'est un Homme très-
comme-il-faut !... encore jeune... c'est une *Pro-
teccion ;* vous n'avez qu'à parler... — Nous n'em-
ploierons pas ce moyén de vous avoir, à-l'avenir
(dit Maculature) ; quand vous alez savoir la demeure, vous-vous-y glisserez *en-ʒig-ʒag*, et vous
serez toujours-bién-reçue... Etpuis vous amenerez
la jeune Innocente... — Hâ ! pour Celle-la (dit la
fausse Famme-de-chambre de la Comtesse-de-
Goupil), elle aura un Homme... suffit... C'est une
fortune, je vous-en-avertis, et pour elle et pour
vous, madame... Et vous sentez que je ne suis pas
famme à vous obliger à la fidélité-. Rosette souffrait cruellement de ces discours, elle aurait-voulu
être arrivée. Le remise s'arrêta enfin devant une
maison-à-porte-cochère de la rue *du-Foursaint-
honoré.* M.r Grandraisin-père preceda sa Bru : il
tira la sonnette du premier, et l'on ouvrait, quand
Rosette arriva : ce-fut avec lui qu'elle entra, ainsi
que les deux Fammes. Il la salua, et la fausse
Famme-de-chambre, qui était la Dame-du-*lieu*,
proposa de debuter avec lui, en attendant l'Homme dont elle avait parlé. M.r Grandraisin n'en-
voulait pas savoir davantage : il accepta. On les
conduisit à une belle chambre, au second. Là, il
demanda des rafraîchissemens, en-montrant une
bourse, qu'il ne donna cependant pas. La Famme
sortit aussitôt, et le Beaupère enmena sa Bru ; il
trouva encore la voiture à la porte ; ils-y-montè-
rent, et il dit au Cocher de les remener. Cet Homme, qui n'était-loué que pour un jour, ne con-
naissait-pas-encore ses veritables Maîtresses ; il
obeït. Dans la rue *de-la-Monnaie*, Rosette aperçut
Maculature, qui s'en-retournait-à-piéd : mais elle

n'en-fut-pas-vue. — Il me viént une idée (dit-elle
à son Beaupère); passons chés nous, où je me-
montrerai, sans descendre, et alons de-là chés
mon Amie : Je veus jouir de la surprise de Maculature quand elle nous verra-. M.ʳ Grandraisin
trouva l'idée excellente! Ils se-montrèrent à Grand-
raisin-fils, et firent-remettre les six rames d'*écu-
doublefin*, qu'ils avaient-rapportées; puis ils-se-
hâtèrent de se rendre chés m.ʳ Lecture. Ils-y-
trouvèrent Rosalie, avec sa Marâtre. Elles étaient
ensemble, et paraissaient en-bonne-intelligence :
Il paraissait que la Dernière avait-été-prevenue
par sa vile Maculature, et que c'était par cette
raison, qu'elle redoublait ses perfides caresses à
Rosalie. M.ᵐᵉ Guillemette pâlit, en-voyant-entrer
Rosette-Rame, avec son *Socère* (comme disaient
les Latins). Mais elle cacha son trouble, M.ᵐᵉ
Grandraisin avait son air ordinaire, et le Vieillard ne paraissait-pas-ému. Tandis-qu'il parlait à
m.ᵐᵉ Guillemette, sa Bru instruisait la belle Rosalie, de tout ce qui venait de se-passer : mais elle
affectait un air-gai, en disant des horreurs capables de faire frissonner : elle engaja-même-plu-
sieurs-fois m.ˡˡᵉ Lecture à sourire. Un nouveau-
coup-de-theâtre se-preparait.

Rosalie était-instruite : m.ʳ Grandraisin avait-
rassuré Guillemette par son air et son entretién ;
les deux Amies venaient de se-rapprocher, lorsque Maculature arriva. On entendit, qu'elle demanda sa Maîtresse. — Elle est en compagnie (lui
dit Ballotdepile). — Avertis-la que je veus lui
parler-. Ballotdepile vint-faire la commission, et
Guillemette, au lieu de faire-entrer sa Chambrière,
l'ala-trouver. — C'est fait! (s'écria l'impudente
Maculature); nous en-tenons Une, ᴍadame-! Sa
Maîtresse lui mit la main sur sa bouche : elles
parlèrent bas. Mais on en-avait assés-entendu :
Rosalie, Rosette, et le Vieillard Grandraisin étaient-
instruits. On comprit ensuite, que Maculature

donnait les plûs-grandes marques d'étonnement
et d'incrédulité. M.ʳ Grandraisin, que l'inaccion
ennuyait, ouvrit la porte : — Entrez ici, ᴍesdâmes;
vous serez-mieus-. Et il prit par la main l'infame
Maculature, qu'il força d'entrer. — Tu vois (lui
dit-il), que nous voila, ma Bru et moi, arrivés ici
avant toi, Miserable! — Que signifie!... (s'écria
Guillemette.) — Paix! ᴍadame! (reprit le Vieillard) ; nous savons tout, et vous venez de vous
trahir vousmême ; nous avons-tout-entendu : vous
êtes de-concert avec cette Malheureuse, pour
perdre votre Bellefille, que vous detestez : rou-
gissez de votre turpitude! indigne Marâtre ! Et
qu'il ne vous arrive-plus de vous mêler-en-rién, de
ce qui regarde m.ˡˡᵉ Lecture ! J'ai votre secret; je
puis vous perdre... Mais par-consideracion pour
l'honneur delicat d'une Joliefille à marier, je serai-discret, si vous êtes-prudente. Renvoyez sur-
le-champ cette Infame ; reprenez Brochure, que
vous avez-chassée injustement, et dans de mau-
vaises-vues : à-ce-prix, je serai-discret avec tout le
monde : Je vous repons de m.ᵐᵉ Grandraisin ma
Bru, par laquelle j'ai-tout-decouvert, puisque je
l'ai-precedée, de-concert avec elle... Quant à toi,
Miserable, tu meriterais que je te-fîsse conduire
chés un Commissaire, et ton affaire serait-sale
comme ta vilaine âme : mais je ne veus-pas-faire-
d'éclat, à-cause de la belle Rosalie-. Maculature
était à-genous, tremblante. M.ʳ Grandraisin lui
ordonna de sortir de la maison sur l'heure : ce
qu'elle fit. Pour Guillemette, elle était dans un
étonnement stupide. Elle voulut pourtant parler
de son innocence : m.ʳ Grandraisin la pria de cesser un discours impudent. Brochure revint dès
le même soir, et ce-fut Guillemette effrayée, qui
la rappela. Maculature l'était bién-davantage ! Elle
n'osa retourner chés la fausse Comtesse-de-Goupil, qui l'aurait maltraitée, et peutêtre fait-arrê-
ter, en-la-chargeant de toute l'infamie de leur

commune demarche; car on juge ces sortes de Fammes sans les entendre : ne sachant que devenir, elle s'adressa, par-lettres, secrettement à Rosalie et à Guillemette : la Dernière ne lui répondit que par des menaces; la Première lui fournit de quoi vivre. Maculature fut si-touchée de cette conduite genereuse, qu'elle a-changé; elle est-devenue honnête; par cette raison : *Le Vice est-ingrat, autant que la Vertu est-genereuse; je veus quitter le Vice.*

Rosalie, après l'important service que la Jolie-Papetière venait de lui rendre, lui fut plûs-attachée que jamais; elles devinrent inseparables. Mais deux Jeunesbeautés naïves, innocentes, pouvaient-elles se-garantir de la vengeance de Guillemette, qui avait-appris toutes les ruses de la haîne contrainte, à une école qui vaut celle de la Cour, dans une Communauté!

Guillemette avait-perdu l'espoir de faire-brèche à l'honnêteté de Rosalie, ou de l'avilir en-la-mariant à Ballotdepile; mais non celle de lui faire-faire un mauvais établissement. Elle s'en-tint à cette dernière atrocité. Etendoir était-éloigné depuis longtemps; mais depeur qu'il ne se-presentât de-nouveau, elle le chargea secrettement des imputacions les plûs-calomnieuses, et les prouva par des Lettres-supposées, en-demandant le secret à son Mari. M.ᵣ Lecture, sans être toutafait un sot, l'était-devenu par sa morgue ridicule, un prétendu purisme, une affectation de prudence consommée, de régularité minucieuse : Il trouva très-circonspect de condamner Etendoir sans l'entendre, et sans qu'il pût se-justifier, même indirectement : Il faut être discret dans l'intérieur des Familles!... Mais ce n'était-pas l'Homme le plûs-dangereus aux ïeux de Guillemette : cet autre Amant, dont il a été-dit un mot, riche, d'une condicion relevée, recomandable par ses mœurs, avait-encore-parlé; c'était à Guillemette ellemême, qu'il avait-cru, par decence, devoir s'adresser. Elle voulut prevenir un aussi-grand-malheur pour elle, que le bonheur de sa Bellefille.

Il y-avait parmi les Connaissances de m.ʳ Lecture, un Jeunehomme honnête, mais dont les Parens n'avaient qu'une fortune apparente, telle que ces monts caverneus, formés par les érupcions des Volcans; à-l'instant où l'on s'y attend le-moins, ils s'écroûlent dans un gouffre sans fond. Ce-fut sur ce Jeunehomme, dont la figure était-aimable, que Guillemette jeta les ïeux. Elle le fit se-deciter pour la Librairie, sans lui parler elle-même; et lorsqu'il fut dans cet état, elle espera que l'amour le rendrait aisement le maître du cœur de Rosalie. Elle multiplia les occasions où il pouvait lui parler seul, après lui avoir-fait-insinuer qu'il n'était-pas-indifferent. Ce moyén n'eut auqu'un succès. Rosalie n'avait point de repugnance pour le jeune *Assemblage*; mais elle avait du goût pour Un autre. Il falut que sa Marâtre agît directement. Elle proposa ce mariage à m.ʳ Lecture, et comme elle avait tout-pouvoir sur son esprit, elle le determina. Ce-fut lui qui en parla unjour à sa Fille. Rosalie n'avait-pas-d'objeccions; car les Jeunesfilles ne songent guère à la fortune; c'est l'affaire des Parens et des Tuteurs; cependant, elle consulta son Amie. M.ᵐᵉ Grandraisin s'informa : La maison Assemblage se-soutenait encore; peu de Gens étaient-instruits de sa detresse, et Ceux qui la connaissaient, tous créanciers, avaient-intérêt que le Fils trouvât un riche Parti : Rosette n'apprit-donc rién : cependant, elle n'était pas pour ce mariage : la seule raison qu'elle en-donnât, c'est qu'une Fille belle comme Rosalie, née dans un état aussi-honnête, que celui de la Librairie, qui est-egal à l'Avocat et au Notaire, devait-trouver un Parti plûs-avantageus qu'un Jeunecommençant. Mais le Père pressant vivement sa Fille, à la sollicitacion de

Guillemette, et Rosalie, qui ne se-doutait-pas qu'elle fût-adorée par l'Homme qu'elle trouvait digne d'elle, n'ayant auqu'un des motifs puissans, qui font resister les Enfans à leurs Pères, elle ceda, et m.^{me} Grandraisin goûta les raisons de son obeïssance.

Le mariage se-fit avec precipitacion ; m.^{me} Guillemette tremblait qu'il ne manquât. Jamais Père n'agit plûs-étourdîment que m.^r Lecture : le lendemain du mariage, il s'aperçut que son Gendre n'avait ni demeure, ni état, ni moyéns-de-subsister. Il falut qu'il le logeât, et qu'il le nourrît, non chés lui, Guillemette ne l'aurait pas-souffert, mais dans une autre maison, où il établit les Nouveaus-épous au second étage. Mme Grandraisin, qui s'était si-fort-opposée au mariage, avant qu'il fût-contracté, se-garda-bién de le critiquer après ! au-contraire, elle étourdissait son Amie, sur son malheur ; elle la voyait tous-les-jours, et lui rendait mille-petits-services. Mais Rosalie n'était-pas-aveugle ; elle s'aperçut qu'elle avait-été sacrifiée à la haîne : si elle en-eût-douté, Brochure lui au-rait tout-devoîlé : elle était delicate ; sa beauté, sa jeunesse, son air doux, son goût provoquant excitaient son Mari, jeunehomme robuste ; il l'accâblait, aulieu-de la caresser : Elle eut trois-Enfans les trois-premières-années. Son Mari fut-reçu libraire ; il s'établit : la dot de Rosalie suffit à-peine aux premières avances : dailleurs, Assemblage, qui était bon-fils, s'avisa de prêter à ses Parens, qui ne pouvaient lui rendre : un Livre chèrement imprimé, ne se-vendit-pas : Assemblage fut-ruiné. Rosalie sentit alors toutes les horreurs du besoin : Une Fille si-belle, qui l'était encore, malgré son état-de-langueur, destinée à une sorte-de-fortune, se-voyait. . . prête à manquer de tout. Ce-n'est-pas que son Amie Grandraisin l'abandonnât ! mais Rosalie avait l'âme trop belle et trop haute, pour vouloir être à-charge,

même à l'amitié : Rosette n'obtenait que rare-
ment, que son Amie acceptât des bagatelles ; encore falait-il qu'elle employât les prières, les larmes ; et Rosalie ne s'y-rendait-pas-toujours.

Ce-fut dans ces circonstances que ce même
Homme, d'un merite distingué, jeune, riche, aimable, qui avait-connu Rosalie étant-fille, qui
s'était-adressé à m.ᵐᵉ Guillemette pour demander
la main de m.ᴵˡᵉ Lecture, apprit son mariage avec autant de surprise que de douleur. Il a la chés m.ʳ Lecture ; il s'informa de Rosalie à m.ᵐᵉ Guillemette.
— Elle est trèsbién-mariée ! Elle demeure *.·-*-
*-***-. M.ʳ *Belleslettres* y-passa dès le même-jour.
Il trouva m.ᵐᵉ Assemblage pâle, languissante, les
ïeus rougis par les larmes ; et cependant, belle
encore, mille-fois plûs-interessante, que dans tout
son éclat. M.ʳ Belleslettres fut-touché au cœur.
Il lui parla de la manière la plûs-honnête, la plûs-
capable de l'engajer à la confiance : mais elle ne
s'ouvrit pas. En la-quittant, il a la chés m.ᵐᵉ Grandraisin, qu'il avait-vue avec Rosalie autrefois, sous
le prétexte de lui en-demander des nouvelles.

Rosette ne deguisa-pas la triste situacion de son
Amie : elle en-était-si-touchée, qu'elle versa des
larmes : m.ʳ Belleslettres ne put-voir son attendrissement sans le partager ; ils pleurèrent ensemble. Alors il lui avoua, qu'il avait-aimé Rosalie ;
qu'il avait-formé le dessein d'en-faire la compagne de son sort ; qu'il s'en-était-ouvert à m-ᵐᵉ Guillemette, et que cette Famme lui avait-assuré que
Rosalie avait une passion dans le cœur. — Serait-
ce cette malheureuse passion qui augmente son
chagrin-! (ajouta-t-il). Rosette, surprise, indignée,
admirait l'excès-de-méchanceté de la Marâtre ;
elle ne répondait pas. — Je vois que j'ai-deviné
(reprit m.ʳ Belleslettres). — N'alez-pas le craire,
ᴍonsieur ! (s'écria Rosette) : il n'en-est-rién !....
Hô ! quel monstre, qu'une mechante Famme !
hô ! qu'un] Homme faible, et qui se - laisse -

gouverner, est-coupable!.... Je ne veus-plus vous
rién cacher : l'indigne Guillemette ne merite auqu'un menagement-... Elle lui decouvrit alors
les vues infames de la Maratre ; sa haîne pour Rosalie ; tout ce qui regardait Maculature, et les horreurs dont elle s'était-assurce par-ellemême-.
L'Honnêtehomme fremissait... — Il faut la secourir, madame : je suis-riche ; je veus lui consa-
crer un tièrs de ma fortune : mais je la respecte
trop pour exposer sa reputacion! c'est par vos
mains que tout passera. — Ô! monsieur! nous ne
reüssirons pas... voila le mal... Cependant, votre
offre genereuse me-penètre d'estime.... — Adres-
sez-vous au Mari? — Vous avez-raison! — Qu'importe comment nous rendions meilleur le sort de
Celle que nous aimons? — Digne Homme!... Je
le ferai-.

A la première-visite, que Rosette rendit à
m.me Assemblage, elle lui parla de m.r Belleslettres, et ne lui cacha rién (excepté son dessein genereus). — Je l'ai-bién-dissuadé (ajouta la Jolie-
Papetière), que tu aies-jamais-eu d'înclinacion dans
le cœur. — Tu n'as-pas-dit la verité, ma chère Rosette. — Comment! que dis-tu!... Jamais... — Jamais je ne t'en-ai-rién-dit : Honteuse d'éprouver
du goût pour un Homme, dont Guillemette m'assurait que j'étais-vue de la manière la plûs-insul-
tante, (elle me-dit que m.r Belleslettres lui avait-
proposé de *m'entretenir!*) ; je tâchai de l'effacer
de ma pensée. — Et c'est lui que tu aimais? — Il
ne me-conviént plûs de le dire. — Grand-Dieu!...
Hô! quel monstre qu'une Marâtre!... Ma chère
amie! connais toute la noblesse du Chois-de-ton-
cœur! Il t'adore ; il veut te-consacrer le tièrs de
sa fortune ; mais par mes mains, et non de toi à
moi, mais de moi à ton Mari.... Tu ne seras-pas
la maîtresse de refuser, car j'ai-accepté ; ton Mari
recevra, et on n'écoutera pas tes scrupules-. Rosalie employa vainement les raisons et les prières,

pour dissuader son Amie de se-mêler de cette affaire : ne pouvant rién-gâgner, elle lui dit : — Au-moins, mon Amie, le secret-de mon-cœur sera-gardé? — Pour celui là, oui! Tu es-famme; il serait-peu-decent que je parlasse d'un sentiment combattu, caché; oui, je te promets un secret absolu; c'est un devoir de ma part-.

Rosette parlait comme elle pensait : mais en-voyant m.ʳ Bellesiettres, qui lui remit une somme, elle fut si-touchée de la beauté de ses sentimens, et de son genereus procedé, qu'elle lui avoua... le secret de Rosalie. M.ʳ Belleslettres parut interdit : ensuite, levant les yeux au ciel, il dit : — J'aurais-éte-trop-heureus, si elle eût-été mon épouse! non, auqu'un Mortel, quel-qu'il-sait, n'aurait-pu-m'é-galer .. Je ne la meritais-pas... J'aurais-été-trop-attaché à ma vie, qu'elle aurait-rendu-delicieuse.... avec la main de Rosalie, il m'aurait-falu l'inmor-talité!... Je ne la reverrai-pas! (dumoins en-face) : dites-le-lui, madame, je vous en-prie! mais nous parlerons d'elle quelquefois-! Il sortit, ne pouvant plus contenir ses larmes.

Le lendemain-matin, Rosette porta la somme à m.ʳ Assemblage : Elle passa ensuite auprès de son Amîe — Je ne dois rién te cacher (lui dit-elle) : je n'ai-pas-tenu ma parole-. Et elle lui ra-conta la scène de la veille avec m.ʳ Belleslettres. Rosalie fut si-touchée, qu'elle parut prête à s'é-vanouir. Un sourire aimable se-traça ensuite sur son visage. — Il ne me-*verra pas!... dumoins en face!* Non; car tous les soirs, je le vois me-re-garder, là, aux lumières : cela ne dure qu'un ins-tant... Dis-lui, ma chère Rosette, que je l'estime autant... qu'il le merite; dis-lui, que je reçois... ses dons volontiers; ajoute, que je le prie... de me parler quelquefois : cela ne sera-pas-long! Je sens que je m'affaiblis... tous-les-jours-.....

Un mois après cet entretién, et après deux vi-sites de m.ʳ Belleslettres, très-courtes, la belle

Rosalie cessa de vivre... Elle était-faible : son cœur plein de regret et d'amour, ne put-supporter l'émotion trop-vive de la douleur d'avoir-perdu son uniq Amant, et celle du plaisir d'en-être-adorée.

On a gravé sur une Estampe, qui représente un tombeau, ces vers faits autrefois pour la jeune m.^{lle} *Duperrier.*

Et rose elle a vécu, ce que vivent les roses,
    L'espace du soir au matin.

Ce qui en a donné l'idée, c'est que depuis sa mort, on voit tous-les-jours sa tendre et généreuse amie agenouillée sur sa tombe, y prier, les ïeus humides, et baiser. en finissant, une mignature, qui est le portrait de Rosalie.

Pour le faible m.^r Lecture, il a-fait, dit-on, l'Oraison-funèbre de sa fille morte : Il aurait-dû la rendre heureuse vivante.

LA FILLE-ENTRETENUE

LA FILLE-DE-JOIE.

— —

Un jeunehomme riche et de Province, montait la rue *Saintjacques*, lorsqu'il aperçut devant
lui une charmante Persone : sa mise, sa marche,
son tour, sa tâille, son piéd-mignon, tout inspirait en-elle la volupté. Restait la figure : mais ces
annonces la fesaient-supposer jolie. Le Jeune-
homme doubla le pas, et aucoin de la rue *des-*
Maturins, il vit sa Belle. Le visage n'était-pas
indigne des autres appas ; c'étaient des beaus-
ïeus-noirs, qui ornaient une figure ovale, où
règnait une rose tendre, broyée de brun. A-ce-
mot, on craira que la Jeunefille n'était-pas-aussi-
jolie qu'on s'y-attendait : on se-trompe ; elle était
la beauté même ; c'était une *Cleopâtre* (Reine-d'E-
gipte), si l'on veut, plutôt qu'une *Galatée* (Blan-
cheur-de-lait) ; une *Melanie* (Beauté-brune), plutôt
qu'une *Chioné* (Blancheur-de-neige) ; mais elle n'en-
était-pas moins-belle : et quelle Famme fut-ja-
mais-aussi-provocante que la brune Cleopâtre !
Le *Comte-de-Burgis* fut-subjugué par la Jeunefille, qui lui parut d'une condicion honnête, *dans*
le Marchand. Il la suivit par-admiracion dabord ;
ensuite, pour savoir sa demeure. Il ne pouvait-

retenir ses éloges, et dans la rue *de-Sorbonne,*
qui est-toujours-solitaire, il hasarda un compliment, auquel on ne répondit-pas. De-Burgis
craignit de blesser la modestie de la Jeunepersone; il garda le silence, et la suivit d'un-peu-
plùs-loin. Elle fit un tour impaciantant, même
pour un Homme épris : elle ala dans la rue *de-*
Vaugirard, resta une heure dans une maison, qui
parut un Couvent, revint par les rues *de-Tournon,*
des Quatrevents, celles *des Cordeliérs, des-Ma-*
turins, Saintjacques, des-Noyérs, la *Placemau-*
bert, Saintvictor, des-Bernardins, le *Quai,* le
Pont-de-la-Tournelle, la rue *des-Deuxponts,* et
s'arrêta au coin de celle *des-***,* audela du *Pont-*
marie. C'était un Limonadier. La Belle ôta son
mantelet, parut chés ses Parens. Elle s'assit au
comptoir, rit avec les Pratiques, et montra, par
ce moyén, de nouveaus-charmes à son Amant, un
sourire enchanteur, des dents parfaites : sa vivacité, sa gaîté, câdraient avec le feu de ses ïeus;
bref, elle était-adorable en-tout.

M.ᵣ De-Burgis avait-environ vingt-sept ans: il
n'était-venu à Paris, que pour applanir certaines
difficultés qui fesaient différer un mariage-de-
raison, avec sa Cousine-germaine, fille-unique
fort-riche, mais encore enfant, que son Oncle
desirait-vivement qu'il épousât avant l'âge pres-
crit. De-Burgis goûtait ce mariage autant que
son Oncle; il n'y-avait-plus que les demarches à
faire auprès des Ecclesiastiqs. Le bruit courait
alors qu'on alait-rendre l'Archevêque-de-Paris
patriarche de la France, et qu'il accorderait
toutes les dispenses : M.ᵣ De-Burgis, qui avait-cru
vrai ce discours populaire, était-accouru en-consequence à la Capitale, charmé dailleurs d'y-faire
luimême ses emplettes pour son mariage.

La vue de la jolie Brune, toute-provoquante
qu'elle était, ne lui fit-pas changer d'idée : au-
contraire, comme son mariage le devait-rendre

fort-riche, il espera qu'il pourrait pretexter des affaires pour demeurer seul à Paris, et qu'il y entretiéndrait sa Belle. Pour savoir si ce plan serait-facil à executer, il s'informa. On lui dit, que *Sofronie-Dubloc* était la troisième des Filles du Limonadier; qu'elle avait six Frères: que l'Aînée, grande fille, tâillée par les Grâces, restait-à-marier, faute de fortune; que la Seconde avait-trouvé à s'établir trèssingulièrement, et on lui fit son Histoire, que voici :

Un jeune Negociant de *Lion*, s'était-logé, pendant son sejour à Paris, chés les Parens de *Celestine* -Dubloc, sœur de Sofronie et de *Cecile*, la sœur-aînée : Celestine était la plûs-jolie, dans toute la rigueur du mot : l'Aînée avait quelques-petits defauts dans le regard; la Cadette était-alors une enfant, et fort-brune : Celestine, grande comme sa Sœur-aînée, était-mieus-faite encore, et blanche comme lis. Le Negociant en devint-amoureus, et se-fit aimer. De-concert avec elle, il la demanda en-mariage. Les Parents voulurent que l'Aînée passât la première : Le Négociant, blessé de cette reponse, qu'il regarda comme un refus, engaja sa Maîtresse à lui laisser prendre d'avance, ce qui est le prix du mariage Il paraissait n'avoir d'autre but, que d'obliger les Parents à lui accorder la main de sa Maîtresse : mais cet Homme taquin et petit-esprit, voulait encore se-venger d'eux. En-effet, lorsque Celestine fut dans la situacion qu'elle avait-elle-même-desirée, elle l'avoua : ses Parens grondèrent unpeu ; mais comme le Parti était-avantageus, ils s'appaisèrent facilement. Ce-fut-alors que m.r *Delimaçon* (le Negociant). eut la petitesse de faire le difficil, le cruel; il se-fit-prier, et rejeta les prières. Les honnêtes Parens de Celestine devorèrent cette humiliacion; ils eurent-recours au Magistrat : ce respectable Père des Citoyéns-lezés, parla au Negociant comme il en-avait le droit, et lui trouvant

l'écorce et le fond d'un Sot, il l'intimida. Le mariage se-fit. Celestine connut alors, mais trop-
tard, que toute Fille qui prefère à son Père, à sa
Mère, un Homme avant qu'il sait son mari, est
une Denaturée, que punissent alafois l'amour, la
loi, la nature et l'opinion-publique : son Mari la
laissa chés ses Parens le lendemain du mariage le
plûs-triste; elle y-fut-exposée aux mepris , aux
reproches, jusqu'à-l'instant, où, à-force de sou-
missions, elle obtint de son Seducteur, qu'il voulût bién la recevoir chés lui. Elle y-est apresent;
mais loin d'être-heureuse, elle éprouve tout ce
que la brutalité d'un Sot a de plûs-dur.

De-Burgis conclut de tout ce recit, que l'exe-
cucion de son plan ne serait-pas-impossible, et il
fit ses dispositions en-consequence.

Il se-fit-offrir à m.me Dubloc pour pension-
naire. La Limonadière, de-concert avec son Mari,
donna un refus pour reponse. On insista. Cette
Famme repondit, Qu'elle savait ce qu'il leur en-
avait-deja-coûté, pour avoir pris chés eux un
Jeunehomme pour commensal. Ce-fut-alors,
qu'une M.de-de-modes connue de m.r De-Burgis,
qui la fesait-travailler pour sa Future, agit auprès
de la Limonadière : elle lui fit observer la diffe-
rence qu'il y-avait entr'un Gentilhomme distingué, riche , et auquel ses Filles ne pouvaient-
pretendre, à un Marchand leur égal, qui n'avait-
seduit qu'en-parlant-mariage. Elle finit son ex-
hortacion, par l'offre de la pension, qui se-montait
à cent-écus par-mois, y-compris le loyer d'un appartement fort-agréable, composé de quatre pièces
au-second. Les raisons de la Marchande-de-modes,
et le prix de la pension ébranlèrent la resolucion
du Limonadier et de la Limonadière; ils n'étaient-
pas-riches; ils deliberèrent, et finirent par accepter. On le fit-savoir à la Marchande-de-modes :
m.r De-Burgis l'apprit au même instant; car il
était dans la boutique. Il se-rendit aussitôt chés

ses nouveaus Hôtes, qu'il acheva de gâgner par
ses manières et par son air-distingué. Il leur re-
presenta, qu'il avait-convoîté la belle exposicion
de leur appartement du *second*; qu'étant étranger
et sans Connaissances à Paris, lui, accoutumé à
une Société nombreuse en-Province, il était-
charmé d'en-avoir une de sûre aumoins dans un
Café, où on s'interesserait à lui, etc.ᵃ. Ces raisons
parurent excellentes. Le Gentilhomme vit les
deux Demoiselles, qu'il salua poliment, mais sans-
trop-paraître remarquer la Plûs-jeune.

Cependant, la belle Sofronie l'avait-reconnu :
il ne s'en-doutait-pas : il ignorait qu'une Fille
qu'on loue, a des ïeus derrière la tête, et qu'ainsi
elle l'avait-vu, comme il la voyait, le jour qu'il
l'avait-suivie et complimentée à-demi-voix : mais
la Petitepersone garda le silence, quoiqu'elle se-
doutât bien, qu'elle contribuait plûsque la belle
exposicion et la compagnie du Café, à donner
m.ʳ De-Burgis pour commensal à ses Parens. Mais
si elle avait-douté, son incertitude n'aurait-pas
duré longtemps.

Le premier jour, celui où m.ʳ De-Burgis s'arrangeait chés ses Hôtes, il parut tout-occupé de
ses affaires. Le second, il affecta de ne saluer les
Demoiselles qu'en-passant : mais il s'arrêtait avec
la Mère, avec le Père. Le troisième, il dit quelque-
chose d'agréable à Cecile ; rién à Sofronie. Le
quatrième, il était-sorti de grandmatin : il revenait à la maison vers les onze-heures, lorsqu'il
aperçut Sofronie qui sortait de chés sa Marchande-
de-modes, dans la rue *Saintantoine*. Il doubla le
pas pour la joindre. — C'est vous, ma charmante
Hôtesse-? Sofronie devint-rouge comme la rose.
— Revenez un instant chés m.ᵐᵉ *Mouffete*; j'ai
des choses importantes à vous dire. — Je les
écouterai-mieus en-marchant (repondit Sofronie).
— Nous alongerons-donc unpeu le chemin-?
Il prit par la rue *Saintpaul*, et ils gâgnèrent

l'*Ile-Louvier* : ce-fut-là que m.ᵉ De-Burgis, tint ce
discours à la jolie Dubloc :

— Vous ne me remettez-pas? Je suis l'Homme
qui vous suivait, et qui vous parla dans la rue *de-
Sorbonne*. — Pardonnez-moi, je vous ai-remis
tout-de-suite. — En-avez-vous-parlé à vos Parens?
— Non : cela les aurait-mortifiés; je les ménage,
parcequ'ils ont du chagrin. — Cela est-bién, ᴍade-
moiselle! il faut garder le silence sur ce que vous
savez-deja de mes disposicions, et sur ce que je
vais vous dire. Je vous aime, belle Sofronie : c'est
pour vous, pour vous-seule, que je suis-venu-
demeurer chés vos Parens. Je veus faire votre
bonheur, assurer votre sort, en-un-mot, vous
mettre dans une parfaite independance des ri-
gueurs-de-la-fortune. Je ne vous promets pas le
mariage : c'est l'impossible : Il faut-même que je
me-marie, pour realiser mes projets avec-vous :
mais vous aurez mon cœur, ma tendresse; je vous
assignerai tous les ans vingtmille-francs sur mes
revenus, qui seront-suffisans, pour que je puisse
en-ôter dequoi vous faire un capital. Vous pouvez
être-sûre de ma constance : ainsi, en-me-restant
attachée dix-ans, vous aurez dixmille-livres-de-
rentes : vous avez, je crais, quinze-ans; vous n'en-
aurez que vingt-cinq : si vous demeurez encore
dix autres années avec moi, vous aurez vingt-
mille-livres : c'est une fortune. Je vous donnerai
toutes les assurances possibles, d'après les avis de
Persones sûres, que vous consulterez. Il faut que
tout le monde ignore cet arrangement, qui pour-
rait-donner du chagrin à vos honnêtes Parens,
quoiqu'il ne doive operer que votre bonheur.
Considerez! vingtmille-livres-de-rentes à trente-
cinq-ans, sans compter les bijous, et tout ce que
vous vous-serez-donné, au-moyén de vos revenus,
qui vous resteront en-entier, puisque vous vivrez
chés vos Parens; que vous ne serez-obligée à
vous mettre que de la manière dont vous l'avez-

toujours-été : il est vrai que cette mise vous va si-
bién !... Mais il est une-autre consideracion puissante, qui doit vous determiner : vos Parens ne
sont-pas-riches; vous avez des Frères, deux Sœurs:
quel plaisir noble, delicieus de soulager un-jour
la vieillesse de vos Parens? d'aider au bién-être
de vos Sœurs, dont Une n'est-pas-heureuse, je
le sais; de pouvoir procurer à chaqu'un de vos
Frères un Parti convenable! vous serez la biénfaitrice de votre Famille; vous en-serez-adorée...
Pour cela, que vous demandé-je? Ce que votre
Sœur Celestine donne à un Mari qui ne la me-
rite-pas. Un Homme est un Homme, et le nom
d'Amant ou d'Epous n'y-fait-rién-.

Sofronie avait le cœur excellent. Le tableau
par lequel le Seducteur finissait, la toucha, l'at-
tendrit : elle regarda m.ʳ De-Burgis la larme-à-
l'œil : — Dumoins, vous ne-me trompez pas ! (lui
dit-elle), et vous m'exposez vos desseins avec franchise : mais que je sois *fille-entretenue*; je connais mes Parens, ils en-mourraient de-douleur-...
Elle le regarda, en-achevant ces mots: m.ʳ De-
Burgis était bel-homme; il l'adorait; il l'avait-
traitée de *Divinité* la première-fois; il avait-
montré l'extase, le ravissement; il était-venu
exprès pour elle demeurer chés un Limonadier,
lui riche, noble... la vanité, l'amour, la reconnaissance, l'intérêt, les sens parlaient pour lui...
Après un moment-de-silence, Sofronie ajouta,
tandis-que son Amant lui pressait tendrement la
main : — Mais votre bonne-volonté pour eux...
m'offre un tableau si-seduisant : j'aime mes Sœurs,
mes Frères; nous ne sommes-pas-riches... — Divine Sofronie (interrompit vivement le Seducteur), suivez le mouvement vertueus de votre
âme genereuse! sacrifiez-vous au bonheur de votre
Famille, au mién; nous en-aurons tous une éternelle reconnaissance !... Mais que le sacrifice soit-
secret, pour Ceux dont il blesserait la delicatesse;

qu'il ne soit-su que de vous et de moi : Nous aurons
un petit logement dans la maison de m.^me Mouffette ; mais cette Famme ne sera - pas dans notre
confidence entière : pour qu'elle vous respecte autant que vous le meritez, nous lui persuaderons que
je vous ai-secrettement-épousée : cela sera facil, par
les precaucions que j'ai déjà prises avec elle : car
j'ai-compté sur vous, belle Sofronie ; la *pureté de
mes vues,* l'excès de ma tendresse pour vous, mon
amour enfin, extrême, inconcevable, capable de
me donner la mort, si j'avais échoué, tout-cela
m'a-fait compter sur vous. Unissons-nous à
jamais : vous serez ma véritable Epouse ; Celle
que la loi me-donne, me-repugne ; c'est ma Cousine germaine ; c'est... je n'ose vous dire le reste ;
mais mon Oncle son Père, a-été l'Amant de ma
Mère, et son Frère avait-toujours-passé pour im-
puissant, lorsque je vins au monde : j'ai-horreur
de ce mariage, que je ne consommerai jamais
peutêtre, ma Cousine n'ayant que onze-ans ;
l'on attend la douzième : mais sans être injuste,
je laisserai à ma Famme la liberté que je prendrai : Une fortune immense, que mon Oncle veut
me-faire-passer, nous dedommagera, vous, ma
Famme et moi, d'un lién necessaire, et qui l'est
encore plûs dans les idées de mon Oncle que dans
les miénnes. J'ai-deja-parlé sur ce ton à ma future ; elle goûtera mon plan quand elle aura l'âge ;
je l'ai-entrevu : Il ne reste-plus que vous : le bonheur de deux Familles entières, la vôtre et la
miénne, notre bonheur, à vous, à ma Cousine et
à moi, dependant de vous seule : consentez, belle
Sofronie ! devenez l'arbitre de notre sort ! Faites-
moi goûter, goûtez vous-même un bonheur pur,
sans mélange, et sigrand, qu'il vous dedommagera de votre sacrifice... Charmante fille ! la seule
Famme au-monde qui m'ait-encore charmé ! hâ !
pourquoi ma fortune n'est-elle-pas-independante
de mon mariage, vous seriez mon épouse, en-

depit de toutes les raisons-d'intérêt, ou de pre-
jugé-...

Voila quel fut le langaje de m.ʳ De-Burgis, pour
seduire la jolie Sofronie. Ellemême, au commencement de ce discours, n'était-pas-disposée à ceder : mais elle se-trouva-tellement-embarrassée
dans les raisonnemens frappans et millefois repe-
tés de son Adorateur, qu'elle ceda, non sans verser des larmes, et qu'elle promit tout, avant de
quitter l'*Ile-Louvier*. Il s'en-falait-beaucoup que
m.ʳ De-Burgis eût-dit la vérité dans tous les
points ! les seuls qui fussent-vrais, étaient son
mariage avec sa Cousine, et la grosse dot qu'elle
lui apportait : loin que son Oncle le pressât, c'é-
tait lui aucontraire qui avait-employé tous les
moyéns imaginables, pour faire ce mariage avantageus, qui arrangeait sa fortune, qui lui donnait
en-entier de belles possessions, dont il n'avait que
le quart, son Père était le cadet de Celui de sa
Cousine. Mais il fesait tous ces mensonges, pour
seduire une Fille vertueuse ; il voulait, par une
profanacion criminelle, faire-servir jusqu'à sa
vertu-même à la seduccion, en-excitant en-elle la
generosité, la piété-filiale et fraternelle. Il reüssit.
Peutêtre est-il des Filles qui eussent-resisté à
tout-cela ; mais on ne peut disconvenir qu'elles
ne saient trèsrares à Paris, dans notre siècle, avec
nos mœurs, notre luxe (*), etcᵃ.

De - Burgis était - au - comble - de - la - joie. En-

(*) A quel siècle pourrait-on-mieux appliquer ces vers d'*Ovide*,
qu'au nôtre :

Tempore crevit amor, qui nunc est summus habendi;
　Vix ultra quo jam progrediatur habet :
Creverunt et opes, et opum furiosa cupido,
　Et cùm possiderent plurima, plura petunt :
Sic quibus intumuit suffusâ venter ab undâ,
　Quò plures sunt potæ, plus sitiuntur aquæ.

II Fast. v. 195 et *seq.*

revenant par le *Port-Saintpaul*, il convint avec sa
nouvelle Maîtresse, de la manière dont ils se-
comporteraient devant le monde. Ils devaient ne
faire que trèspeu d'attencion l'Un à l'Autre ; dire
leur sentiment dans l'occasion, lui sur Sofronie,
Sofronie sur De-Burgis, avec un desinteressement
parfait, le ton de la plûs-entière indifference. Ils
se-quittèrent aux environs de la maison, et ils
rentrèrent separement... Fille ! Fille ! tu es-perdue,
dèsque tu partages un mystère avec un Homme !

La conduite de m.ʳ De-Burgis fut dabord-
conforme à ce qu'il avait-annoncé. Il n'est-pas-
douteus qu'il n'aimât, qu'il n'adorât sa jeune
Maîtresse : Il lui avait-menti, mais il n'avait-rién-
promis qu'il ne fût-resolu de tenir. Le vice, quoiqu'on-en-dise, rend-quelquefois-heureus mo-
mentanement ; car De-Burgis le fut, puisqu'il
fut-aimé ; puisqu'il goûta le delicieus plaisir,
cette volupté divine, pour laquelle les expressions
nous manquent, de donner à Ce-qu'il-aimait, de
la combler des plaisirs de l'amour, et des dons
de la fortune : oui, jouir d'une Famme aimée, est
un plaisir humain ; mais lui donner, exciter en-
elle le sentiment et les caresses de-la-reconnais-
sance, c'est le plaisir des Dieus : O Fortune !
(s'écrie en-cet-endrait De-Burgis), donne-le-moi
une-fois encore, fût ce le dernier-jour-de-ma-vie,
et je la crairai toute-entière heureuse !..

Ce n'était-pas le seul que goûtât De-Burgis :
Aimé d'une Joliefille (car il le fut-tendrement ;
ce ne sont que les Fammes deja-corrompues, qui
haïssent, qui trompent, qui avilissent l'Homme
qui leur donne). Aimé d'une Joliefille, il jouissait
de son cœur, de ses faveurs à-l'ombre du mistère :
Il la voyait louée, admirée, recherchée, fuir tout
le monde pour lui : Après une journée entière
de-contrainte, en-passant d'une pièce à l'autre, il
la rencontrait, lui prenait une main qu'il pressait
dans la siénne ; un mot, un seul mot s'échappait

alors; mais comme il était-uniq, il devait tout-signifier, *Je t'adore! — Je vous aime! — Je te chéris! — Et moi! — Belle! adorable! — Mon uniq Ami! — Que tu m'es chère! — Davantage encore! — Un baiser?* — ...... (le don, était la reponse). D'autrefois, cette reponse était un ren-devous à la jolie-chambre, meublée par De-Burgis, chés m.^me Mouffette; un mot l'indiquait : — *A six, à sept-heures-.* Sofronie sortait alors pour une commission; elle doublait le pas, et arrivait attendue. Elle se-jetait dans les bras de son Amant : le temps était-precieus, et la gêne où elle était partout ailleurs, lui tenait-lieu de re-serve : elle quittait son Amant à l'ivresse com-mençante, et la rendait ainsi continuelle. Si l'on fesait le soir un-tour-de-promenade autour de l'*Ile-Saintlouis*, ou de celle *Louvier*, ce qui arri-vait toutes les belles soirées, De-Burgis donnait le bras aux deux Sœurs : Il parlait à Cecile; mais il tenait la main de Sofronie, et au-moyén des differentes pressions, il lui donnait l'intelligence de tous les termes vagues qu'il employait. Temps fortunés! temps charmans! hâ! si vous duriez toujours, que les Amans seraient heureus!... A-table, De-Burgis était ordinairement entre So-fronie et Cecile. Quand deux cœurs sont d'intel-ligence, tout a un langaje pour eux : les deux Amans se-disaient les choses les plûs-tendres, en-parlant des mêts, par les ïeux, par le piéd; le piéd-mignon de Sofronie était presque-toujours sur celui de Burgis; il était l'organe du même langaje qu'avaient-tenu les mains à la prome-nade-du-soir : Jamais De-Burgis ne levait les ïeus sur Sofronie, qu'il ne donnât et qu'il ne reçût un regard : Il la voyait satisfaite, heureuse... (Plaisir des dieus! la vue du bonheur que l'on cause! je ne te goûterai plûs! je vis encore, helas! et ma carrière est-finie!)... Celle de Sofronie et de De Burgis commençait: une immense perspective-

de - plaisirs et de felicités donnait un nouveau charme à leurs jouissances!... Aussi l'aimable Sofronie, aubout de trois-mois, remercia-t-elle son Corrupteur : — Que tu me-rens heureuse! (lui disait-elle), et que je te dois, aimable Ami, d'avoir-combatu si-puissanment mes préjugés, que j'ai-cru bién-faire, en-les-bravant-!... Mais ce vif sentiment du bonheur, quand il est-produit par une passion coupable, corrompt le cœur qui l'éprouve. Ce-fut ce qui arriva. Sofronie, heureuse dans sa situacion de *Filie-entretenue*, n'en-sentit-plus la honte; elle s'accoutuma insensiblement, dabord à se-regarder comme une excepcion dans son état, ensuite, à le craire legitime. C'est ainsi qu'un poison agreable, est pour l'Ignorant, un aliment delicieus. Le bonheur de Sofronie fut-assés-long pour corrompre entièrement ses mœurs. Trois-années se-succedèrent, pendant lesquelles sa felicité n'eut que la courte éclipse d'un mois, donné par De-Burgis au mariage avec sa jeune Cousine. Heureus luimême, il ne pouvait quitter Paris. On ne le pressait-pas dans la Famille, de se rendre à sa Jeune-épouse, encore enfant, et dont on était-bién-aise que l'âge fût-plûs-avancé pour consommer le mariage.

La jeune m.ᵐᵉ De-Burgis avait-quinze-ans deux mois, lorsque son Mari, toujours-également-heureus avec Sofronie, mais qui n'était-plus dans la première-ivresse, fut-obligé, par ses affaires, de faire un voyage dans sa province. Il avait-promis à Sofronie de n'être-absent que quinze-jours. Il fut trois-mois.

En-arrivant au château de *Gién*, où demeurait son Oncle-beaupère, il y-trouva une grande, jeune et belle Persone, paîtrie de grâces. Il ne la connaissait-pas : il ne l'en-trouva que plûs-charmante : l'impression qu'elle fit sur lui, eut ce charme inexprimable d'une première-vue (tel que l'avait-eu Sofronie à la première-rencontre). Le

cœur de m.ʳ De-Burgis palpita : — Qu'elle est-
belle-! fut le sentiment de son cœur, plutôt que
l'expression de sa bouche. Il s'informa quî elle
était à un Domestiq : car il n'était-pas-encore-
monté; il descendait de voiture, et donnait ses
ordres. — C'est Madame (lui repondit-on). —
Madame? Ma Famme? — Oui, monsieur-. A-ce-
mot, De-Burgis sentit un ravissement complet.
Que je suis-heureus (pensa-t-il), de n'avoir-pas à
soupirer en-vain! mon amour s'en-augmente pour
cette Jeune-beauté... Ma Famme! si-belle!...
Hâ! je lui dois mon cœur, et elle l'aura... Il est à
elle pour jamais... Adorable De-Gién, que je vais
t'aimer-! Il montait occupé de ces pensées. Son
Oncle le reçut avec transport : son Epouse avertie, s'avança en-rougissant : Qu'elle était-belle!
avec autant de roses que la jolie Dubloc, elle
avait un fond-de-lis éblouissant; c'était *Flore*
toutalafois et *Chioné*. De-Burgis fut-tenté de se-
mettre à ses genous. Heureusement que son Oncle, en-lui-disant, — Voila ta Famme! comme tu
parais interdit-, le rappela unpeu à luimême, et
le fit-songer à la dignité maritale. Il repondit cependant : — Mon chèr Oncle, si je suis-interdit,
c'est d'admiracion. — Voila un bon mot! (s'écria
l'Oncle); il me-prouve la fausseté de certains propos... — Ma conduite va vous la prouver encore-
mieus (repris De-Burgis, qui sentait de-plûs-en-
plûs combién il alait-adorer sa Famme). Quant à
la belle *Placidie*-de-Gién, elle ne fesait que rougir; mais elle trouvait son Mari digne de tout son
attachement. Avec quel plaisir elle sentit qu'il la
pressait contre son cœur en-l'embrassant, et que
ce baiser lui parut different de l'attouchement
fraid de leurs joues, dans le temps du mariage!
— Je suis-aimée-! (pensa-t-elle); et cette pensée
lui donna une âme; elle sentit, elle exista de ce
moment. Avant d'aimer, l'âme est concentrée en-
ellemême; elle vegète avec le corps : mais après

avoir-aspiré l'amour, cette Vertú-vivifiante de la Nature, divinisée par les Anciéns, elle sort d'elle-même ; elle palpe les autres Etres ; elle les voit, les entend, les goûte, les respire, les sent ; elle en-jouit par un contact intime, et les fait-jouir d'elle...

De-Burgis conduisit enfin son Epouse, dans l'appartement qu'elle occupait, et qu'il devait-partager avec elle : là, il ne rechercha point une volupté prematurée ; il se-mit à ses genous ; il lui exprima les plûs-tendres sentimens ; tout ce que la qualité de mari lui donna de hardiesse, c'est qu'il en-exprima plûs-vivement ce qu'il sentait ; et ce-fut la première-fois peutêtre que l'Himen augmenta le charme de l'amour (*). — Enfin, je vais-donc être tout-à-vous! (lui dit-il). Je vous adorais en-vous épousant, et sentant-trop que je ne pourrais me-contenir auprès de vous, je me-suis-éloigné pour ne pas nuire à Ce-que-j'adore, en-le-possedant trop-tôt : oui, je vous adorais, toute-enfant que vous étiez, mon aimable Pla-cidie! vous êtes-formée aujourd'hui ; jugez de mes sentiments, meûris par une aussi longue-attente, et perfeccionnés par elle, comme vos charmes! Dieu! que je suis-heureus! mon Epouse est ce que mon œil trouve de plûs-beau dans la Nature ; ce que mon cœur aime le mieus ; ce que mes sens desirent davantage! Elle reünit tout! tout! tout! cette aimée, cette cherie, cette ado-rable Epouse-! Et il lui baisait les mains. Il se-mit ensuite à ses genous. Elle voulut l'obliger à se-relever : — Non, non, non (lui dit-il); laissez-

---

(*) Ce-fut aumoins la seconde, monsieur le Conteur : car *Pro-perce* l'avait-déja-vu de son temps :

Omnis amat magnus, sed aperto in Conjuge major,
Hanc, Venus, ut vivat, ventilat ipsa facem.

Lib. 4.

moi vous adorer, ma Deesse, ma Divinité. — Je
ne suis que votre Famme.—Vous êtes ma Deesse,
ma Maîtresse, mon Amante... M'aimez-vous,
belle Placidie ? — Hé ! qui n'aimerait-pas un Mari
si-tendre ! Oui, je vous aime, mon chèr Epous-...
Mais il faut laisser-là cette édifiante union du
Mari et de la Famme, qui dura trois-ans, et revenir à la tendre Sofronie.

Elle avait-compté revoir son Amant aubout de
la quinzaine. Il fut-trois-mois sans lui écrire. Elle
était dans la douleur, dans une mortelle inquiétude. Enfin, elle reçut la Lettre suivante :

---

*A m.*ᴵˡᵉ *Dubloc, rue Saintantoine, maison de
m.*ᵐᵉ *Mouffette, m.*ᵈᵉ*-de-modes.*

*Il ne faut plus-compter sur moi, Mademoi-
selle : je rentre en moi-même, et je reconnais
mes torts envers une Epouse jeune, charmante,
et que j'adore. Vous pouvez disposer de vous-
même, et de tout ce que je vous ai-donné.*
   Votre trèshumble   *De-Burgis.*

Cette Lettre était dans une à la Dame Mouffette,
qui avait-eu la curiosité de la lire. Elle la remit
en-riant à la belle Sofronie, en-se-disposant à
jouir de sa surprise et de sa douleur. Son attente
fut-remplie audelà de ses esperances : Sofronie
se-trouva-mal, à la première ligne, et on fut-
obligé de la secourir. Elle s'abandonna ensuite
aux larmes, au desespoir. La-Mouffette la conso-
lait, en-lui-representant, qu'il était-bién-juste
qu'une Famme eût son Mari, et que c'était-

toujours le sort d'une Maîtresse d'être abandonnée :
— Aulieu-de vous desoler (ajouta-t-elle), il faut
songer à faire une-autre Inclinacion : la glace est
brisée, le premier-pas est-fait, que risquez-vous?
Avec mille-écus-de-rentes, des nipes, des bijoux,
vous pouvez vous passer de vos Parens, plantez-
les là, et faites-vous *encataloguer* à l'*Opera*, ou à
quelqu'autre Spectacle ; cela leur ôtera tout pouvoir sur vous, et avec votre figure, vous devién-
drez une Beauté-celèbre. Que seriez-vous-devenue,
sans m.ʳ De-Burgis? la Famme d'un Limonadier,
comme la *B****, qui était-si-jolie, si-fêtée, et que
je vois traîner la guenille? Alons, du courage !
vous voila en-piéd : mille-écus-de-rentes ; pour
près de vingtmille-écus d'effets!... Je vous aiderai,
si vous voulez, à trouver Quelqu'un *comme-il-
faut;* je passerai pour votre sœur-aînée : tout
s'arrangera par moi, qui vous ferai les condicions
meilleures que si c'était vous-... La faiblesse de
Sofronie fut la seule cause qui la força d'écouter
un discours qui lui fesait-horreur : Elle remercia
la-Mouffette, la fit-sortir de sa chambre, qu'elle
ferma soigneusement, et s'en-retourna chés ses
Parens. Elle fut-tentée de s'ouvrir à sa Mère, ensuite à sa Sœur-aînée : la honte la retint.

Le lendemain, elle ala pleurer dans sa chambre,
sans entrer chés la Mouffette. Mais Celle-ci l'a-
vait-entendue. Elle monta un instant après, et
trouva Sofronie en-larmes. Elle prit un air-com-
posé : — Si je vous ai-parlé, comme je l'ai-fait la
dernière-fois, мademoiselle, c'était pour *derouter*
votre douleur par des choses qui vous devaient
revolter : mais aujourd'hui, que le coup doit-être
moins-sensible, je puis vous parler plûs-raisonna-
blement : vous êtes riche : vivez tranquile , en-
attendant que votre cœur soit assés-libre, pour
s'ouvrir au plaisir de faire un sort heureus à un
aimable Homme, en-l'epousant. Gardez votre
chambre : m.ʳ De-Burgis me-la-payait cent-écus

par-an, à-cause de deux cabinets, et de quelques-
services que ma Domestique lui rendait : ce dernier article était l'objet de cent-francs : je vous la
laisse pour deuxcents, eu-égard à ce que vous
n'avez-pas besoin que *Goton* vous fasse rién : cet
asile cachera vos richesses, vos titres ; on ignorera
tout : je vous serai fidelle, comme à moimême...
Je vous dirai, que je savais, avant le départ de
m.ʳ De-Burgis, qu'il ne devait-plus-revenir :
mais il m'avait-défendu de vous en-parler. Il a-
trouvé sa Famme charmante ; elle a quinze-ans ;
il en-est-tombé amoureus à la folie : le voila pris
pour cinq-à-six-ans aumoins, peutêtre dix : pendant ce temps-là, vous en-aurez dix de plûs-...
Dailleurs, aimeriez-vous encore cet Homme-là?...
Songez à vous; restez tranquile chés vos Parens;
gardez votre petit chés-vous ici? que sait-on? il
pourra vous être util plutôt que vous ne pensez...
Adieu : je vous laisse rêver; car vous venez ici
pour cela... Puis-je-compter sur vous, pour la
chambre ! — Oui, ᴍᴀᴅᴀᴍᴇ- (repondit Sofronie).
La-Mouffette se-retira, méditant dèslors le projet,
qu'elle ne tardera pas d'executer.

Cependant, Sofronie, après s'être affligée dans
sa chambre. avoir-beaucoup-pleuré, songea aux
deux mots de la Marchande-de-modes : *Je savais,
avant le départ de m.ʳ De-Burgis, qu'il ne devait-plus-revenir :* ils lui causèrent unpeu d'indignation contre son Amant ; et cette passion,
toujours-dure, tarit les larmes-de-la-douleur : elle
se-leva, se-regarda dans une glasse, tâcha de faire
disparaître les traces de ses pleurs, et sortit dès-
qu'elle se-crut-montrable.

En arrivant chés ses Parens, elle fut-encore-
tentée de s'ouvrir à sa Sœur : mais l'idée que lui
avait-donnée la-Mouffette, de garder sa chambre,
la fit differer; rién ne pressait, puisqu'elle avait un
asil, et que ses richesses ne pouvaient la trahir.

Ce-fut une faute irreparable de la part de

Sofronie, d'avoir conservé sa chambre chés la-Mouffette, qui s'était-assés-fait-connaître, pour qu'elle
dût s'en-defier. En-effet, cette adraite, attendit
pacienment que la Belle affligée fût plûs-calme :
elle étudiait l'état de son cœur sur son visage,
dans ses ïeux, dans ses accions, afin-de ne rién
hasarder trop-tôt. Sofronie fut-longtemps triste ;
une pâleur interessante la rendait encore plûs-
jolie ; son cœur blessé au-vif, était-affaibli par ce
qu'il souffrait, et n'en-était que plûs-disposé à la
tendresse ; c'était un besoin, sa raison-même semblait lui dire, de chasser de son cœur un amour
malheureus, par un amour plûs-fortuné : Elle
languissait, et desirait sa guerison. Tout contribuait à-la-lui-faire-regarder comme necessaire :
elle avait-été-quittée : elle avait-eu le Mari d'Une-
autre, qui se-rendait à son Epouse. Elle fesait à
tous-momens ces refleccions. Elle commença de
prêter-l'oreille aux galanteries qu'on lui disait chés
ses Parens ; elle y sourit ; elles la flattèrent, lui
donnèrent un air plûs-gai, qui fut-remarqué par
la-Mouffette : — Il est temps (pensa en-ellemême
cette Famme), si je ne veus-pas être-prevenue-.

La Marchande-de-modes vivait avec un Homme
qui passait pour son Mari : c'était un Libertin,
un Croq, un Joueur, un······, un Mauvais-sujet
de toutes manières. Ce Miserable, outre la Mouffette, soutenait, à-l'insu de Celle ci, une Fille-de-
joie, dont il s'était-emparé par la crainte, par
l'utilité dont il lui était, pour l'avertir des visites-
de-police, et comme elle était-jolie, il lui fesait-
donner par-semaine une somme assés-considerable,
c'estàdire, de trentesix-livres à deux-louis. C'était
sur cet Homme que la-Mouffette, qui s'en-crayait-
aimée, avait-jeté les ïeux, pour s'emparer de la
fortune de Sofronie. Elle lui avait toujours caché
cette Belle : mais à l'instant de frapper le grand-
coup, elle lui tint ce langaje :

— Je crais, mon chèr Ami, que tu m'aimes :

tu sais combién je te suis-attachée : je vais te le prouver, et te-mettre à-même de me-rendre la pareille : nous pouvons nous enrichir tout-d'un coup, sans rién-risquer ; c'est un râffle de cent-vingmille-livres, soixante en-bon-contrats, et soixante en-comptant ou en-bijous d'une valeur assurée. J'ai ici, dans une chambre au second, l'Oiseau à plumer : La Belle ne te connaît pas ; j'ai eu-soin qu'elle ne te vît jamais, comme tu ne l'as-jamais-vue... (Elle lui raconta l'histoire de Sofronie) : Il faut prendre un air moins-leste que tu ne l'as, moins-vaurién, t'en-faire-aimer, te faire-tout-donner ; je t'aiderai, laisse-faire, à mettre la Belle dans le cas de recommencer sa petite fortune ; elle est assés-jolie ; il n'y-a-pas de conscience à se-faire. Elle a-gâgné ce qu'elle a si-facilement, qu'elle n'en-sent-pas le prix ; fais-toi bién-aimer, et tout est à nous. J'entens que le partage se-fasse à-mesure, moitié sur ta tête, moitié sur la miénne. Je parlerai de toi comme d'un Officier qui arrive d'Amérique ; je te suppo-serai de la fortune, des mœurs ; je dirai que tu l'as-vue, que tu en-es-fou : elle donnera dans le paneau : je conduirai le reste ; tu n'auras qu'à te faire-aimer, et en jouir ; je te pardonne d'avance des infidelités necessaires-. *Centdhomme* (c'est le nom de l'Escroq), devorait chaqu'une des paro-les de sa Maîtresse. Il l'embrassa-de-joie ; lui jura une fidelité scrupuleuse, dans le partage ; il offrit même les deux-tièrs, *trop-heureus d'être-util à une Famme qu'il adorait.* La Mouffette fut sa dupe, parce-qu'elle l'aimait, et qu'on crait, en-ce-cas, tout ce qui flatte une passion favorite : ils prirent-jour au lendemain, pour la première-entrevue, et dès le jour-même, l'Entremetteuse commença son travail auprès de Sofronie.

Cette Jeunepersone était-à-peine arrivée dans sa chambre, que la Mouffette y-frappa. — Ma Belle, (dit cette Famme en-entrant, bonne nouvelle!

vous tournez la tête à un Jeune-officier, qui
arrive d'Amérique, où il s'est distingué : c'est un
bel-homme; il a *de-ce-qui-sonne*, en-bon or,
en-belles-guinées! c'est un établissement. Il vous
a-vue entrer dans la maison, il est-venu ce-matin
me parler : Il vous adore! vous êtes à ses ïeus (et
aux miérs), ce qu'il y-a de plûs-charmant dans le
monde. Il faut le voir, belle Enfant : peutêtre
une liaison avec lui bannirait-elle de votre petit
cœur un souvenir trop-chèr encore. Vous pren-
drez tous vos avantages. Je n'ai-pas-dit quî vous
étiez : voulez-vous passer pour une jeune Veuve?
— Ce serait mentir : et s'il parlait mariage, un
mensonge en-commençant, sonnerait mal. — Que
vous êtes-aimable!... Mais! attendez-donc! ce
sera moi, qui vous crairai veuve de m.ʳ De-Burgis! vous n'y-entrerez pour rién! Il le faut; attendu
que je ne veus-pas absolument passer pour avoir-
jamais-su que vous aviez ici un Amant-. Sofronie
rougit de cette remarque; et après quelques-le-
geres difficultés, elle consentit à tout ce que lui
proposait la perfide Mouffette.

Celle-ci la trouva plûs-douce qu'elle ne l'avait-
esperé : c'est que Sofronie avait été trèsfêtée dans
le Café de son Père depuis deux-jours, et que sa
vanité reveillée, son amour-propre étayé dimi-
nuaient sa vertu, deja-si-fort-ébrechée par De-
Burgis : la première-delicatesse ôtée, ce qui reste
n'a-plus d'abri qúi le defende. En-descendant,
l'Entremetteuse trouva Centdhomme chés elle :
— Mafoi (lui dit-elle), je crais que tu peus la voir
tout-de suite : Je viéns de lui parler de toi,
comme d'un Officier nouvellement-arrivé d'Amerique : elle a-consenti à te voir : c'est une Bre-
biette que cette Fille! monte avec moi, je vais te
presenter. Tu as lu les Gazettes? — Je n'ai pas-
manqué un *Courrier-de-l'Europe*. — Bon! car
elle est fille de Limonadier, et elle peut savoir
tout-ça par-cœur... Suis-moi-.

— Ma Belle Dame (dit la-Mouffette en-entrant chés Sofronie), j'ai-trouvé Monsieur dans ma boutique ; je lui ai-parlé de notre entretién, et il m'a-suppliée de lui procurer sur le champ l'honneur de vous saluer-. Centd'homme s'avança, s'inclina profondement, baisa une main de Sofronie, soupira, regarda la-Mouffette ! — Que Madame est belle ! — Je vous laisse un moment causer ensemble, pour faire-connaissance : La Dame que vous avez-vue là bas, m'attend ; il ne serait pas-decent de la laisser-là ; c'est une Dame-de-condicion, qui me veut un bién infini-. Elle descendit, en-achevant ces mots.

Sofronie se-trouvait trèsembarrassée avec un Inconnu : elle était-fort-rouge, les ïeus baissés, gardant le silence. Centdhomme, peu-accoutumé à parler d'amour aux Fammes-honnêtes, était-presqu'aussi-embarrassé qu'elle : mais par une fatalité qui commençait à s'attacher à Sofronie, cet embarras le servit ; la Jeune-personne le prit pour de l'honnête timidité ; elle s'enhardit peu-à-peu ; et se-crayant avec un Homme trop-épris pour oser parler, elle leva les ïeus sur lui. — Monsieur arrive d'Amerique ? — Oui, madame, où, sans-vanité, je me suis... fait-... redouter-des... Loyalistes, que... j'ai menés tambour-battant, à... la tête... de... ma Compagnie. — Monsieur est Capitaine ? — Oui, madame. C'est un beau pays, que l'Amerique ! les Insurgens sont-riches... on voit rouler l'or et l'argent... — Je cráyais que les espèces leur avaient-manqué ? — Hâ-bien-oui, mais *sang-bleu*, à-present... J'ai-battu à plate-couture le general Lee... — Vous étiez-donc au service de l'Angleterre ? — Non-pas, madame ! Dieu m'en-preserve ! — Mais le general Lee... Pardon, belle Dame ! (*à ses genous*) votre presence me trouble. Ne parlons que de ma passion extrême pour votre merite. *Mille s'-ïeus !* que vous êtes-appetissante !... (*voyant que Sofronie avait l'air alarmé*), Pardonnez à un Militaire unpeu grossier; mais franc, franc *comme l'ail*, et qui vous adore... Je ne suis-pas-dameret; mais pour tendre, sensible, ardent, impétueus, brave, hardi, madame, je vous en-repons! je vous aimerai comme quatre... *Millepipes!* je vous croquerais comme une chicorée-blanche... A-propos: la première-fois que je vous ai-vue, je ne pouvais me-contenir; on me-prenait pour un Fou: Heureusement que vous êtes entrée chés m.ᵐᵉ Mouffette; car je vous aurais-attaquée dans la rue par-excès-de-passion. (*roulant les ïeus:*) Que vous êtes... appetissante!... à croquer, à croquer!... cette jolie-main... hum!... cette tâille... Mille-s-ïeus! cette gorge... Ne craignez rién, ma Belle; je sais la politesse; je n' voulais qu'entre-soulever cette gaze du bout d' mon doigt... Bref, vous êtes mon affaire, et vous soufflerez l'alumette, comme en-Amerique, quand vous l' voudrez-. Ce langaje ne ressemblait guère à celui de m.ʳ De-Burgis: mais Sofronie crut y-voir de la franchise, de la verité; elle sourit. L'Escroq pensa que ce sourire marquait l'heure-du-berger. Il se leva (car tout son discours s'était-tenu à-genous, ce qui en-avait-unpeu-adouci la rudesse), et il voulut-prendre un baiser. Sofronie le repoussa doucement: Je vous deplais!... hâ! mille-s-ïeus! je lui déplais! j'en mourrai! — Je ne dis pas cela, monsieur. — Ma Belle, ma Belle! plûs de douceur! je suis-timide; un rién m'interdit, me-desole, me-decourage, me-desespère! plûs de douceur-! Sofronie le rassura par un nouveau sourire. Centdhomme, qui n'était pas-accoutumé à maîtriser ses desirs, avait-deja-decidé que la Belle sauterait le pas, avant qu'il sortît de chés elle: il l'observa, tâcha de surprendre une posicion negligée, et s'ajustant par le coup-d'œil, il ressemblait au Chat, prêt à s'élancer sur une Souris. Ce qu'il cherchait arriva. Sofronie eut-besoin de

son mouchoir; elle se-derangea pour le prendre,
et tandisqu'elle en-fesait-usage, Centdhomme
s'empara d'elle si-brusquement, qu'elle fut-prise,
avant de pouvoir se mettre en-defense. Elle cria
cependant : mais il ne fut-effrayé de rién, et
quand la-Mouflette essouflée ouvrit la porte où
l'on avait-laissé la cléf, Centdhomme avait·ravi
tout ce qu'il voulait ravir : — Hà ! мonsieur !
(s'écria l'Entremetteuse), quelle conduite! est-il
possible? comment! une première-fois! une Dame
honnête! — Je... n'ai-pas-... pu-... m'empêcher...
d'en-venir à-l'abordage... Madame est... si...
aimable... Je suis... si... amoureus... Dame! ç'
n'est-pas ma faute-... La-Mouflette lui fit-signe
de se-mettre aux genous de sa-Belle. Il s'y jeta :
— Je n' suis pas l' pûs-coupable; c'est vous, Belle
trop belle... (*La-Mouffette le souffle en-jargon,*
feignant de le gronder, et il repète :) Je vous
aime... je vous *abhore*... divine Persone... mon
cœur... est à vous... pour jamais... la possession...
me-rend... cent-fois plûs-amoureus...Hà! quelles
delices!... que vous êtes parfaite!... Me voila
surpris pour la vie... J'en mourrais, s'il fallait
cesser. . de vous voir,.. s'il falait... renoncer...
à l'espoir... de toucher... votre cœur... Pardonnez-moi, ou.,. je-me·perce... à vos ïeus.., de ce
fer.. *suicide (La Mouffette en-jargon :)* Homicide...
Parlez... adorable Sofronie... voulez-vous ma
mort ? — Non (dit la Jeunefille) : mais vous êtes
bién-audacieus ! bién-entreprenant ! — Hé ! vous
aurais-je-aimée, si j'avais-été-moins-chaud ! (dit
de luimême Centdhomme). Voila comme je
prouve mon amour : c'est la foudre, c'est le canon, c'est la bombe, c'est la machine infernale-...

Qui crairait qu'une Fille qui avait-été-aimée
par un Homme poli, qui l'avait elle-même-tendre-
ment·aimé, ne fut-pas éclairée par un langaje
aussi-peu-sensé, aussi-peu dans l'usage? Cependant, soit que la figure de Centdhomme lui eût·

plu ; soit qu'elle souffrît encore de sa première-
passion, et qu'elle voulût-absolument-aimer, elle
ne fut-rebutée ni des accions, ni des discours de l'Escroq : Elle s'adoucit, lui pardonna ;
écouta ses proposicions, qui furent le mariage,
et en-attendant, de se voir tous-les-jours dans
cette chambre ; elle écouta le recit de ses ridi-
culs exploits, et s'en retourna chés eile, avec le
secret desir d'être déja au lendemain.

A l'heure fixée, elle ne manqua-pas de paraître,
M.ʳ De-Centdhomme l'attendait avec impacience,
Dès-qu'il l'entendit entrer, il vola auprès d'elle,
seul, et sans Introductrice. Sofronie était unpeu-
confuse : mais il ne s'en-apercevait pas. Il debuta
par des complimens fort-courts, plusieurs-ca-
resses très-vives, qui parurent ne pas deplaire. Il
se-comporta en-consequence, et traita Sofronie
avec asséz-peu de delicatesse. Il la tutoyait avant
la fin de la seance. Elle eut la bonté de regarder
encore cela comme une preuve de bonhomie. Il
la retint fort-longtemps, et comme il trouvait du
plaisir avec elle, il se-comportait assés-imperieu-
sement, lorsque la Mouffette vint à-propos le remettre sur la voie des procedés. En-effet, Sofronie était-surprise de ce ton, et il alait sansdoute
la fatiguer. Elle partit.

— Tu n'y-penses pas! (lui dit la Friponc) : j'ai-
tout-écouté! tu te comportes deja comme avec
moi! il y-faut un-peu plûs de façons, je t'en-aver-
tis, ou nous ne tenons rién! Tu vas tout gâter!
du respect! des complaisances! de la politesse!
Tu crais parler, par-intervals, à une Fille-des-
rues! — Alons, alons, je m'y-conformerai (repondit le Faraud) : tu me romps la tête; me voila
instruit. J'ai-affaire : je te-laisse : à-demain; car
je ne saurais-desservir deux Paroisses.

En-quittant la Mouffette, Centdhomme rencontra *Volixème*, un de ses amis : — Je suis-
charmé de te voir (lui dit-il) : j'ai une bonne

aubaine! Entrons ici, que je te conte-ça. Tu sais
que je vis avec la-Moufflette, qui fait l'commerce
de Filles et de modes : c'est une Drôlesse, qui
n' vaut pas ma *Zaïre* de la *Halle-aux-grains* :
j' d'vais un d' ces jours lui *soulever* ç' qu'elle a
d' meilleur, et la planter-là : mais ventre-bleu,
ell' viént de m'procurer une aubaine... Une Joliefille, qui a des *quibus*; à-condicion que j' luisou-
tirerai tout ç' qu'elle a, et que nous partagerons,
la Moufflette et moi. Mais j' t'en-casse! la Fille a
de-quoi; j'ai-assés-mené la vie; j' vas passer la
plume d'vant l' bec d' ma Coquine, et épouser la
Joliefille : ça m' fera un établissement ; mille-
écus-de-rentes, pour autant d'argent comptant et
d' bijoux. J' te-regalerai, va! laisse-faire... A-propos! lève-toi : bon! salue-moi... salue-moi-donc!
bas! plûs-bas! bon!... — Queû-diable de singe-
ries m' fais-tu-faire-là? — C'est que j' suis Offi-
cier-Capitaine, et j'arrive d'Amerique, où j'ai-
servi avec distinccion. — Toi! tu n'as-pas-quitté
Paris. — Tu badines! demande-le à la Mouffette?... Pardieu! je t'ai-vu presque-tous-les-jours.
— Ça est pourtant : la-Moufflette te fera Officier
aussi, toi, si tu veux : tiéns, v'la ma croix!—Diable!
c'est du serieus!... Tu devrais m' ceder la-Mouffette, puisque te v'la qu' tu en-as eune Meilleure?
— Un-p'tit-moment! a' n'aurait qu'à m'échapper! — Ça n' se-peut-pas! tu la quiéns! — Oui;
mais allé a des Parens, et si l' mariage est impossible par leur opposicion, j'aurai besoin de la-
Moufflette pour *enganter* les *quibus*. D'ailleurs, si
je te cède à-present la-Moufflette, a' pourrait bién
te-vouloir-faire-avoir l'aubaine! Laisse-moi finir.
— Je le veus bén : mais à eune condicion : c'est
que j'aurai ma part de l'aubaine? — Tu veus rire!
c'est à moi, ça! — Nous verrons : va toujours ton
train-.

C'en-est-assés pour connaître les disposicions de
cet Infâme : Revenons à l'imprudente Sofronie.

En-s'en-retournant, elle pensait à sa nouvelle
Conquête : — Il est-grossier... mais il est aimable... c'est un Officier... Il m'épousera... Le
mariage est un état plûs-solide... Cependant, at-
tendons; n'en-parlons-pas-encore chés nous...
Sans ma première-faiblesse je serais aû-desespoir,
qu'il eût-été si-vîte : mais helas! qu'ai je à risquer à-present?...

Le lendemain, à la même heure que la veille,
Sofronie revint à sa chambre. Elle trouva la-
Mouffette en-bas, ésoufflée, échevelée, dans le
plûs-grand-desordre : — Hà! mademoiselle! un
Gueus! un Miserable! un Coquin! un Scelerat,
qui se-fait·passer pour un Officier... C'était un
Voleur deguisé... Il a-forcé la porte de votre
chambre... vous êtes-volée... Venez, venez, Ma-
demoiselle-... Sofronie monta en-tremblant. Tout
était-forcé; tout était-pris, argent, bijoux, recon-
naissances du Banquier qui fesait valoir les
soixantemille-livres, en-attendant une occasion
de les constituer avantageusement en-rentes,
tout était-disparu! et pour comble de malheur,
ces effets étaient au nom de la-Mouffette, qui en-
avait-donné une contrelettre à Sofronie, du temps
de mr De-Burgis: la contrelettre était-également-
enlevée. Il n'y-avait que les quatre murs, et deux
gros-meubles qu'on n'avait-pu-emporter; le lit-
même avait-été-pris. Sofronie fut aû-desespoir,
— Que faire, ma chère Demoiselle? (lui dit la-
Mouffette) : vous plaindre ? vos Parens vont tout
savoir, et vous êtes deshonorée : Ce Gueus-là dira
qu'il a joui de vous... on le saura; un Voleur, qui
sera-pendu!... Ne dites rién, au-nom-de-Dieu!...
Mais je vous aime; je vous reparerai cela, puisque le malheur vous est-arrivé dans ma maison;
laissez-moi-faire. Vous êtes trop-aimable pour
rester pauvre; et puisque vous avez-deja-passé
par-là, il ne vous en-coûtera ni plûs ni moins.
Retournez chés vos Parens : je vais faire les

recherches. Revenez demain, je vous dirai, s'il y-a quelqu'espérance. Vous sentez que les reconnais-sances du Banquier étant en-mon nom, je puis agir; je sais-bién que j'ai-fait une contrelettre, et je vous la renouvelerai aussitôt les effets retrou-vés-. Sofronie fut-obligée de suivre ce conseil.

Mais quel chagrin! on la vit rentrer pâle; elle eut la larme-à-l'œil toute la soirée. Ses Parens la crurent malade, et voulurent qu'elle se-mît au lit. Elle passa la nuit à soupirer.

Le lendemain, elle ala chés la-Moufflette. — Auqu'une nouvelle consolante, ma chère Demoi-selle! le Miserable ne peut se-decouvrir, et si, j'emploie Un de ses plûs-grands Ennemis, qui le voudrait-avoir mort ou vif. Mais je travaille à quelque-chose; laissez-moi-faire, et ne manquez-pas de revenir demain-. Sofronie s'inquieta peu de cette promesse; elle ne fut-sensible qu'à la perte de sa petite fortune, qu'elle avait si-chère-ment-payée! Cependant, elle revint le lendemain chés la Moufflette.

Dès-que Celle-ci l'aperçut, elle prit un air-de joie: — Victoire! triomfe! tout est-reparé pour vous (lui dit-elle): Un Seigneur, un Jeune-homme, riche, beau, est-épris de vous: c'est m.ʳ *De J**** : il est-connu; voila son adresse, son hôtel est rue *de-*****, *au-marais;* informez-vous par-vousmême: vous ne-serez-pas-trompée dore-navant : *Chat-échaudé craint l'eau-fraide...* Il commence par vous faire les mille-écus-de-rentes, sur ce que je lui ai-dit de vous. Hâ-ça, je n'ai-parlé que de m.ʳ De-Burgis; n'alez-pas-lâ-cher un mot de notre Attrapeur! bouche close, là-dessus-! Sofronie fut étourdie de ce qu'elle entendait: accepter ainsi un troisième Galant; passer de main-en-main! être Fille-entretenue par-metier! elle était-étonnée de sa situacion. Elle hesitait, quand m.ʳ De-J***, qui avait le mot, entra où elle était. — Pardon, ᴍadame (dit-il à la-

Mouffette), je vous crayais seule. — Vous ne se-
rez-pas de trop, monsieur le Comte !... Mademoiselle, c'est m.ʳ De-J***... La voila indecise! Dame!
elle n'a-eu qu'une Inclinacion ; c'est un cœur
neuf, monsieur le Comte : parlez vousmême ; surtout, faites-vous connaître ; qu'elle ne puisse-
douter que vous êtes un Homme-de-condicion :
les Gens-de-qualité sont son faible ; c'en est un
beau !... Je vous laisse avec elle-. La Mouffette
rentra dans sa boutique.

M.ʳ De-J*** s'y-prit d'une manière si honnête
avec Sofronie, qu'il la rassura sur ses craintes :
ils causèrent : le Comte eut-lieu-de s'apercevoir
que sa future Maîtresse était-audessus de l'idée
que la-Mouffette était-capable de lui en-faire-
prendre. Il resolut de l'étudier quelques-jours : il
le fit ; et lorsqu'il la connut parfaitement, ce qui
ne tarda-pas, il en-devint-éperdûment-amoureus.
Aubout de quinze-jours, il lui proposa d'aller
chés un Notaire, pour y-recevoir le don de la
même somme de mille-écus-de-rentes, qu'elle
avait perdue. Sofronie hesitait encore : — Helas !
(dit-elle), sera-ce-donc-là mon sort ! ne pourrai-
je retourner à l'honnêteté ! Elle versa des larmes.
La Mouffette, qui était toujours aux écoutes, et
qui devait-être-recompensée, craignit que l'affaire ne manquât : elle entra, fit-signe au Comte
de sortir, et lorsqu'elle fut seule avec Sofronie,
elle lui dit : — Etes-vous folle, de refuser ça !
Comment ! après vous être-laissée-aler à un
Gueus dès la première-fois, vous refusez un Honn-
nêtchomme aubout de quinze-jours ! Acceptez,
ou ma-foi, je ne pourrai me retenir ; je lui dirai
tout- ! Sofronie effrayée, promit à cette Famme
de faire ce qu'elle voulait ; le Comte rentra, et le
marché fut-accepté.

Le lendemain, elle eut ses rentes, et aubout de
huit-jours, le même mobilier qu'avant sa ruine.

La-Mouffette fut-bién-recompensée ; outre qu'on lui paya sa même chambre sixcents francs.

Voila-donc encore Sofronie reellement entretenue, avec autant de secret que la première-fois : m.ʳ De-J*** était-marié à une Famme de très-grande-condicion, qu'il avait-interêt de menager : il trouvait Sofronie charmante, il l'adorait, et le mistère était un charme de-plûs. Ce qui la lui rendit encore plûs-chère, c'est qu'après plusieurs-épreuves secrettes, il vit que sa Maîtresse était d'une inviolable fidelité.

Deux années s'écoulèrent dans cette nouvelle situacion. Sofronie, obligée de parler souvent à la-Mouffette, perdit insensiblement cette fleur-d'honnêteté qu'elle tenait de l'éducacion : elle ne fut-pas-encore une *Coquette* ; mais elle ne fut plus une fille-honnête.

Les choses en-étaient-là, lorsqu'un-jour se-trouvant seule dans sa chambre, elle vit-entrer, aulieu du Comte, Volixème, cet Ami de Cent-dhomme. Il paraissait furieus. Sofronie, qui le connaissait pour l'Amant de la-Mouffette, lui demanda, Ce qu'il avait ? — Vous alez-l'apprendre, мademoiselle, et j'espère que vous me-rendrez-justice. M.ʳ le Comte n'est-pas-arrivé ; je vais l'attendre, si vous me le voulez permettre-. Sofronie alait lui representer, que la presence d'un Homme seul avec elle, choquerait le Comte, lorsque m.ʳ De-J*** entra.

— Je vous demande-pardon, мonsieur le Comte, d'être ici ; mais c'est que j'avais une grâce à demander à Madame et à vous. — Quelle est-elle, mons Volixème ? (dit le Comte avec unpeu-d'humeur). — C'est de me permettre de vous apprendre des choses importantes... La-Mouffette est une g—se ; je vous en-donnerai demain la preuve : je vous amênerai une Fille, qui vous apprendra des choses..., dont vous serez-étonné, ainsi-que Madame. Je vous demande votre heure ?

—Qu'avons-nous-besoin des affaires de m.^me Mouffette? (dit le Comte). — Ce ne sont-pas que des
siénnes que je vous instruirai; il s'agit d'un vol
qu'elle a-fait à Madame. Mais je ne veus-parler
que preuve en-main. J'ai-été son complice, sans
le savoir : vous saurez tout-ça demain, à votre
heure. — A la même que celle où vous nous parlez
(repondit le Comte). Alez-. Volixème sortit.

— Vous souffrez cet Homme chés vous! (dit
m.^r De-J*** à Sofronie). — Je lui refusais la permission de vous y-attendre, quand vous êtes-en-
tré, monsieur. — Hâ! *bravo!* j'aime à vous voir
toujours digne de vousmême-.

Le sujet de la querelle de Volixème avec la-
Mouffette, était le partage definitif des depouilles
de Sofronie : elle venait de changer d'Amant :
Volixème la quittait; il voulait emporter sa part,
et la-Mouffette voulait tout garder. On sera plûs
instruit dans un instant.

Le lendemain, à l'heure fixée, Volixème parut
avec une Jeunefille, qui paraissait-avoir-été-char-
mante; mais dont l'air annonçait l'épuisement-
de-la-prostitucion la plûs-crapuleuse. Le Comte
frissonna, en-voyant cette Infortunée, et il parut-
fâché qu'elle souillât les regards de Sofronie. —
Que nous voulez-vous, avec cette Malheureuse?
(dit-il à Volixème). — Elle nous est nécessaire,
monsieur : c'est elle qui sait où est Centdhomme,
que la-Mouffette destinait à duper Madame; et
elle ne veut le dire qu'à vous : Parlez, Zaïre :
voila m.^r le Comte. — Je n'ai-pas besoin de tes
ordres, ni de tes conseils (lui repondit la Malheureuse), et je sais ce que j'ai à-dire à m.^r le Comte
et à m.^me sa Maîtresse... Je vous prie dabord,
monsieur, d'avoir-pitié de moi, tous-deux: j'ai-été-
aussi-jolie que vous; aussi-aimée, d'un aussi-joli-
homme que m.^r le Comte; on m'appelait *Madame*, comme on vous l'appelle; j'étais-entretenue,
comme vous l'êtes, et me voila!... Permettez-

vous que je fasse ma petite histoire ? — Elle a plûs
d'esprit que les Filles de sa sorte (dit le Comte à
Sofronie). Parlez; je vous promets de m'intéres-
ser à vous, si vous le méritez-.

LA FILLE-DE-JOIE.

» — Je suis la fille d'une Maîtresse-*Blanchisseuse* du fauxbourg *Saintmarceau*. A seize-ans
j'étais si-jolie, qu'on ne m'appelait dans le quartier que la *Jolie-Manon*, ou *le Bijou*. Mais j'avais
deux grands defauts, j'étais-chataude et faineante.
Il y-avait une de nos anciénnes Voisines, qui ne
demeurait-plus dans le quartier depuis longtemps,
mais qui y-venait souvent : elle savait-bién mes
deux défauts ! et toutes-les-fois qu'elle venait,
elle me-donait de l'argent et des friandises : l'argent, c'était pour faire-craire à ma Mère, que je
travaillais, pendant que je fesais faire mon ouvrage à des *Repasseuses* qui demeuraient sur
notre même quarré ; et les chateries, je les man-
geais, Aussi me-voyait-on toujours croquant des
bonbons. Ça dura depuis l'âge de onze-ans, jusqu'à
treize. Quánd j'en-fus-là, notre anciénne Voisine,
qu'on appelait *la-Moucharde*, me dit un-jour :
— Parle-donc, Manon ? sais-tu qu'il ne tiéndrait
qu'à toi d'être une jolie Demoiselle ? tu ne ferais-
rién ; tu serais brave ; tu mangerais de bons-mor-
ceaus : laisse-là ta Mère ; viéns avec moi-? Justement ce jour-là, ma mère avait-su quelque-chose
de mon ouvrage, que je fesais-faire en-son absence, et elle m'avait-bién-grondée. J'avais-peur
qu'elle ne decouvrît tout le reste ; ça était sur le
point d'arriver ; si-bién que *je me-voyais dans la
peine*. J'acceptai, sans savoir ce qui en-était, la

proposicion de la-Moucharde; qui me-dit : ::Va
m'attendre à la place des Fiacres, visavis *la-Pi-
tié*; je vais faire mon tour dans le quartier, afin
qu'on ne se-doute de rién, et-puis je t'irai-join-
dre-. Je fus-donc l'attendre-là. Pendant que j'é-
tais à m'ennuyer, il passa un Coureur, qui me-dit,
::Que faites-vous-donc-la, la belle enfant? ::J'attens ma Mère, monsieur, que voila qui viént...
En-effet, la-Moucharde venait. Il se-retourna.
::Où est-elle ? ::Là, cette Famme en-tablier
rouge... Car la-Moucharde, quoiqu'elle fût-ri-
che, était-toujours en-Blanchisseuse ; mais elle
avait des camisoles, des tabliérs et des jupons de
jolie-toile rouge, qui m'alaient à charmer. Le
Coureur se-mit à rire : ::C'est-là votre Mère?
::Oui, monsieur. ::Je suis donc votre Frère ; car
c'est la miénne aussi... Je devins-rouge comme
du feu. ::Gaje que ce n'cst-pas votre Mère?...
Je ne dis-plus rién. Quand la-Moucharde fut auprès de nous, il lui dit :: Bonjour, ma Mère ; et
elle lui dit ::Bonjour, mon Fils... Si-bién que
moi, encore nice, je n'osais l'appeler ma Mère.
Le Coureur lui parlait à l'oreille : ::Hô! que
non, pas d'ça (lui repondit la-Moucharde) : nous
verrons dans quelques-mois! Il vous en-faudrait,
des petits-couteaus pour les perdre-!... Et elle
me prit à-côté d'elle.

› Nous arrivâmes à sa maison, rue *Fromenteau*,
chés le Perruquier. Ell' me-fit-monter au second, où ell' fit apporter à souper pour nous-
deux. Ell' ne me dit rién ; sinon, qu'ell' m'aimait
bién et qu'ell' me-regardait comme sa *Fille*. Je
fus bién-couchée, sur un bon lit, dans une belle
chambre. Le lendemain, ell' m'apporta mon
chocolat. Vers les onze-heures, j'entendis un
carrosse. Je regardai par la fenêtre, et je vis le
Coureur de la veille devant une belle voiture,
derrière laquelle il y-avait un Laquais, qui vint
ouvrir la portière. Il en-sortit un beau Monsieur,

en-habit-de-satin-gorge-de-pigeon, qui sauta dans l'allée, et qui monta chés la-Moucharde, suivi de son Coureur. Un-instant après, on vint à ma porte, qu'on ouvrit. Je vis entrer la-Moucharde, qui m'embrassa dix-fois, avant que de me-parler. — Ta fortune est-faite (me-dit-elle), avec ce Monsieur, qui viént de descendre, et qui dit que tu l'as-vu de la fenêtre... Il ne faut-pas-faire la begueule : je vais t'arranger-... Elle me-fit-mettre-au-bain ; ensuite, elle m'habilla en-mousseline ; mon casaquin, ma jupe, tout-cela me-colait, que je paraissais une poupée. Mes cheveus-blonds étaient si-beaus et si-bouclés, qu'il n'y-avait-pas-besoin de frisure ; on ne fit que les peigner. Le Monsieur voyait-faire tout-ça ; mais je n'en-savais rién. Quand je fus-prête, il se-montra : La-Moucharde me-mit sur ses genous, et me-laissa seule avec lui... J'étais sans-défense et sans-connaissance ; il fit de moi ce qu'il voulut ; je ne me-défendis que machinalement.

» Il fut-si-content de moi, qu'il voulut m'en-mener avec lui. La-Moucharde me dit : — Voila ta fortune-faite : je ne crayais-pas que ça serait si-prompt. Comporte-toi-bién, et souviéns-toi de moi. Ne nomme-pas tes Parens ; car je connais ta Mère ; il n'y-a fortune qui y-tînt ; elle te-voudrait r'avoir, pour te-faire blanchisseuse. Dis que je suis ta petite Parente, et que tu es orfeline. Adieu. Aime-bién ce beau-Monsieur-là... C'est pourtant son Coureur, qui est-cause qu'il t'a ! tu vois-bién qu'il fait-bon avoir des Amis dans tous les états ? si je ne l'avais-pas-connu, tu aurais-été-longtemps sans être aussi-heureuse-...

» Il y-avait du vrai, dans tout-cela ; car la Moucharde ne m'avait-pas-destinée à ce qu'elle fesait de moi ; ce-fut l'effet du hasard ; ma vue frappa le Coureur ; mon innocence le convainquit que j'étais-digne de son Maître ; il lui parla de moi ; ça le tenta, et dès le même-soir, il m'avait-retenue.

» Me-voilà-donc dans une jolie petite-maison,
où j'eus une Famme-de-chambre, un vieus Laquais et un *Jockei*, avec une Cuisinière et un Cocher. Je fus dabord heureuse : mon Amant m'aimait ; il me-donna des Maîtres-de-danse-et-de
musique : je reüssis assés-bién à solfier et à danser ; mais quand il fallut-chanter les paroles, on
s'aperçut que je ne savais-pas-lire. Je n'avais-ja-
mais-pu-apprendre, à-cause de mon peu d'appli-
cacion. On me-donna un Maître, qui le fut en-
mêmetemps d'écriture. C'est ce que j'ai-appris le
plûs-difficilement ; aubout de six-mois, je ne li-
sais-pas-encore.

» A cette époque, mon Amant fit une absence
de quinze-jours, qui me-fut bién-fatale! Je voyais
de temps-en-temps la-Moucharde, mais jamais
seule-à-seule. Pendant l'absence de mon Maître,
la Fammedechambre se-relâcha, et nous laissa ensemble. Je crais qu'elle était-gâgnée. Elle fit plûs,
elle souffrit que j'allasse-voir cette Famme chés
elle. Que vous dirai-je, on m'y livra-dabord à un
Vieillard ; une seconde-fois à un Jeunehomme ;
une troisième à un-autre Homme. J'alais la voir
tous-les-jours. Le huitième, comme j'étais à ma
corvée, le Coureur entra ; il voulut m'avoir, et il
m'eut. J'entendis ensuite qu'il grondait la-Moucharde. qui dit, qu'au-pis-aler, elle me-garderait.

» Effectivement, mon Amant, à son arrivée, se-
trouva-instruit : il me-chassa honteusemant. J'alai
chés la-Moucharde, qui, pendant deux-ans, m'employa d'une manière qui fait-fremir : on attendait son tour à la porte de la petite Zaïre (c'est
ainsi qu'elle m'appela).

» A là fin de la seconde-année, un Duc voulut
me-voir : c'était au printemps, à une revue-du-
Roi : Il dit à son Coureur de m'y mener en-ca-
briolet, et qu'il me verrait comme par-rencontre.
Mais je n'eus-pas ce bonheur. Le Coureur, fièr
d'être avec une Joliefille, par-ordre de son Maître,

était-si-insolent, qu'il troubla l'ordre des carros-
ses; il se-revolta contre les Gens chargés de règler la file : il fut-arrêté, mis en-prison, et moi,
sur ce qu'il dit que j'étais, envoyée à *Saintmartin.*

» J'y-restai jusqu'à la *Police :* j'eus six-mois
d'*Hôpital*. A ma sortie, je voulus retourner chés
la-Moucharde : Elle n'y-était-plûs. J'appris qu'on
avait-decouvert qu'elle était une débaûcheuse-
de-Jeunesse, et qu'elle était-condannée à l'*Hôpital* pour sa vie. Je ne l'y-avais-pas-vue, attendu
qu'elle était-encore à *Saintmartin* le jour de ma
sortie. Je-me-logeai seule dans la *Nouvelle-hâlle-
aux-grains*, où je fis, pour mon malheur, connaissance de ce gueus de Centdhomme. Il me-
promit de me-garantir des visites-de-police, en-
m'avertissant, si je voulais-être à lui. Je m'y-donnai.
Comme il vit que j'étais d'une figure à gâgner
beaucoup, il me-taxa pour sa paie à trentesix-livres par-semaine : — Je te-diminuerai dans un
an ou deux, s'il le faut (me-dit-il) : mais songe à
être-exacte, et plutôt d'avance qu'en-retard, *ou
sinon-*... Je-me-soumis à tout, tant je craignais
l'*Hôpital*. Et voila comme les règlemens, ou
les usages de la Police, mal-administrés, se-tour-
nent à-mal, par la faute des Subalternes; aulieu-
que si on avait-exécuté un plan que j'ai-entendu-
lire, quand j'étais-entretenue, il y-aurait bién-
moins d'abus... Des Espions font-éviter la police
de-nuit aux plûs-grandes Coquines, pendant qu'ils
font-prendre les pauvres Malheureuses qui n'ont-
pas de-quoi payer, ou qu'ils les reduisent à-faire
un mal plûs-grand que la prostitucion, a nourrir
des *Souteneurs !*.....

» Me-voila-donc à-la merci de Centdhomme.
Si je manquais à lui payer sa rente, il me-*fesait-
chanter* à-coups-de-piéds, de-poings, de-canne,
de-bâton, de-chaises-brisées! Je ne pouvais me-
dépêtrer de ses mains; j'aurais-été-prise-avant la

fin des vingtquatre-heures... Prise... Comment
des Hommes, peuvent-ils condanner des Etres de
l'espèce-humaine, des Etres qu'ils tolèrent comme
necessaires dans les grand's-Villes, aux horreurs
de la prise, de *Saintmartin*, de l'*Hôpital!* à-cha-
que-fois, on perd tout ; on sort nue, avec une ma-
ladie-de-la peau... L'Enfer n'est-pas si-cruel...
Mais c'est pour effrayer le vice !... Et quand on
me-mit dans le vice, savais-je ce que c'était que le
vice ! Si nous sommes-nécessaires, si on nous to-
lère, qu'on ait-donc pour nous les sentimens convenables à des Etres du sexe de la Mère de ces
Hommes, qui font le supplice de la moitié de
notre vie infortunée!... Qu'on nous règle ; qu'on
nous donne des lois connues; qu'on nous punisse,
si nous les violons... O chèr Auteur, qui t'es le
premier occupé de nous, cher *De-Mouan*, que
ne suis-je assés-fortunée pour élever une pira-
mide sur ton tombeau!.....

J'ai-été-soumise trois-années entières aux caprices de Centdhomme, sans pouvoir en-obtenir
diminucion. Enfin, il y-a six-mois que je ne le
revis-plus. Surprise, je m'informai aux autres
Espions. J'apris qu'il était-*cofré*. N'ignorant-pas
avec quelle severité on punit lés Espions, que
Ceux qui les emploient regardent comme une
vermine malheureusement necessaire, je pensai
qu'il avait-fait quelque-tour-de-Coquin. Je-ne-
me-trompais guère : cependant, il en-était-au-
trement que je-ne-l'imaginais ; comme vous l'alez-
voir, par cette Lettre, qu'il a-trouvé-moyén de
me-faire-parvenir de la *Force* à *Bicêtre*, où il est-
détenu :

LETTRE DE CENTDHOMME A ZAÏRE.

» *Je n'espère plus qu'en-toi, ma chère Amie : La-Mouffette, que j'ai-eu le malheur de te-preferer, ne te-vaut-pas à cent-piques; c'est une Miserable, qui m'a-joué un tour pendable. Imagine-toi, qu'elle voulait me-faire-escroquer une jolie Locataire qu'elle a chés elle. Moi, ayant-vu la Fille, je la trouvai-jolie, et au lieu de l'escroquer, je-me-promis de l'épouser tout-de-bon. Mais le mal, c'est que j'en-parlai en-confidence à ce Drôle de Volixème. Je n'en-ai-parlé qu'à lui; il faut qu'il m'ait-trahi : j'ai été enlevé le lendemain matin, et mis ici, où ce que je suis resserré en diable : Je t'écris par un Sortant, qui a ma Lettre depuis plûs de six-semaines, dans le cuir qui garnit le front de son chapeau, afin qu'en-cas de fouillure, on ne puisse la trouver. Fais-faire un placet : Je n'ai-rién à me-reprocher, si ce n'est envers toi : mais si tu me-tires d'ici, tu peus-compter d'être-cherie uniquement, et que je-me-contenterai de ce que tu me-voudras-donner, ne fût ce qu'un écu par-semaine : c'est ce dont je te-donne ma parole-d'honneur. Je crais-bién que la-Mouffette vit avec Volixème : informe-toi de ce qu'ils ont-fait de la Demoiselle qui occupe le second; une jolie-brune, qu'on appelle m.lle Sofronie : peutêtre l'ont-ils pillée : si ça est, instruis-la que c'est la-Mouffette, et detaille-lui le plan dont je t'ai-parlé le jour que j'étais-gris chés toi, et que je t'ai-tant-batue, dont je suis-bién-marri, je t'en repons. Il faudra tâcher de la faire-signer sur mon placet : mais de la discrecion sur ce que je suis : ell' me-crait Officier d'Amerique; il faut la laisser dans son*

idée. *Agis de ton mieus, ma chère petite Zaïre, et*
sauve-moi; car ça m'a-l'air qu'on veut me laisser
pourrir ici. Autre-chose n'ai à te-mander, sinon,
que je voudrais-bién être au-coin-de-ton-feu,
avec un bon souper, quand je devrais le payer.

Ton Ami Centdhomme.

» Voila ce qu'il m'écrit : Qu'en-est-il, ᴍᴀ-
dame-» ?

— J'ai-été-volée (dit Sofronie au Comte), et je
ne doute-pas que mon Hôtesse n'y-ait-contribué.
Mais que faire! Un éclat me deshonorerait ? — Il
faut-voir cela (repondit le Comte) : il n'est-pas-
juste que le crime reste impuni, quoique je doive
mon bonheur à Celle qui l'a-commis contre vous.
— Je suis en-état de vous donner tous les éclair-
cissemens que vous pouvez-desirer (dit Volixème) : mais je demande l'assurance de ne pas
être-inquiété, quoi-que-j'aie-fait-? Le Comte la-lui-
donna.
— C'est moi qui revelai à-la-Mouffette les desseins de Centdhomme. Elle en-fut si-reconnaissante, qu'elle m'offrit sa place dans son cœur,
dans son lit, et ma part dans la depouille de Madame. J'acceptai. Le même-soir, elle ala chés un
Exempt qui la protége : elle accusa Centdhomme
seul du dessein dont elle était-complice : on lui
conseilla de le faire prendre sur-le-fait : Elle le
fit-avertir de venir. Il accourut : Elle lui proposa
d'entrer chés Madame, qui, lui dit-elle, devait
venir coucher. Centdhomme ne demandait-pas-
mieus. Il se tint-colé contre la porte, se-propo-
sant d'entrer avec Madame, quand elle viéndrait.
L'exempt et sa Troupe arrivèrent : on trouva

Centdhomme colé contre la porte; on assura
qu'il la crochetait ; on mit ça dans le rapport, et
son affaire fut-toisée. La même-nuit, la-Mouffette
me-montra la chambre de Madame; elle me dit,
qu'elle en-avait une clèf; mais que l'ayant par-
oubli laissée en-dedans, il falait-tâcher de l'ouvrir. Moi, je m'y-prêtai : j'ouvris la porte assés-
facilement, avec un morceau-de-fer que me-
donna la-Mouffette. — Un *rossignol* (interrompit
le Comte). — Je ne crais-pas que ce-fût un *rossignol*. La porte ouverte, la-Mouffette se-mit à
piller, en-disant que nous partagerions, si elle
parvenait à faire dedomager la Demoiselle par
Un-autre; sans-quoi, elle lui rendrait tout. Je-
me-payai de ces raisons-là : elle ne laissa rién.
Vous savez le reste. Hièr, sachant Madame dedo-
magée, je demandai à la-Mouffette, si elle comp-
tait tout garder ? Elle m'a-repondu par des sotti-
ses : Je me-suis-fâché : elle m'a-déclaré, qu'elle
me-donnait mon congé; qu'elle avait un autre
Ami, qui saurait me-mettre à-la-raison. Effectivement il a-paru. C'est un Maître-d'armes, le
plûs-fort de Paris. Moi, voyant ça, j'ai-mieus-
aimé vous tout avouer, que de me-battre avec lui,
pour une Miserable qui n'en-vaut-pas la peine :
d'autant que j'aurais-été comme sûr d'être-tué.
Voila ce qui en-est, monsieur le Comte, et Madame. Je-compte sur votre parole, qu'il ne-me-
sera-rien-fait : assurez-m'en, et je vais vous dire
où est tout ce qu'on a pris à Madame. C'est la-
Mouffette seule; car je vous assure que je n'ai fait
que l'éclairer-. Le Comte sourit de la naïveté du
Fripon : il l'assura ensuite, qu'il ne le compromettrait pas.

Alors Volixème lui nomma le Banquier depo-
sitaire, indiqua dans quel endrait de la chambre
de la-Mouffette on trouverait l'argenterie, les bijous, et les titres. Le Comte ala surlechamp trouver un Commissaire; il le requit de se-transporter

en-diligence, et avec tout le secret possible, bien-
accompagné, dans la maison où il alait le conduire, s'agissant d'un vol. Il ne pouvait-s'imaginer à quoi il exposait Sofronie. Tout se-fit
comme il le desirait. On arriva chés la-Mouffette
à onze-heures-du-soir : elle alait se-mettre-au-
lit avec son nouvel Amant : toutes ses *Filles*
étaient-accouplées dans leurs chambres : on l'empêcha de crier, de souffler : on trouva tout. On
monta ensuite dans les chambres : trois escouades
du Guet enmenèrent les Demoiselles à *Saintmartin*; quant à la-Mouffette, on la garda pour
verbaliser. Lorsque cette Famme, à la lecture du
procèsverbal, vit qu'elle était-perdue, elle ne me-
nagea-plus rién : elle raconta au Comte, comment Centdhomme avait-brusquement-triomfé de
Sofronie ; elle dit des horreurs contr'elle, la crayant l'uniq auteur de son desastre. Le Comte
s'assura de la verité de ce qu'elle lui disait. Convaincu par l'aveu de Volixème, ensuite par celui
de Sofronie, il fit-rendre à cette Dernière tout ce
qui lui avait-appartenu autrefois, il reprit tout ce
qu'il lui avait-donné, la traita fort-mal, et comme une hipocrite, ensuite se-retira pour-toujours.
Quant à la-Mouffette, elle fut-conduite au *Châtelet*, où elle mourut de rage aubout de huit-
jours. Centdhomme resta pòur sa vie à *Bicêtre*,
sur la recomandacion du Comte ; Volixème fut-
obligé de passer en-Amerique, sous-peine d'être-
dénoncé au Magistrat-des-mœurs et de la Police.
Pour Zaïre, le Comte en-eut-pitié : il la fit-traiter;
lui ordonna, sous des promesses et des menaces
également-fortes, d'être honnête à-l'avenir, et la
rendit à sa Mère. Elle y-est-restée, et reprend le
goût de l'honnêteté.

Sofronie libre, surtout debarrassée de la dangereuse Mouffette et de toute la Canâille qui l'environnait, resolut de s'ouvrir à ses Parens, de se-
mettre à leur merci, elle et sa petite fortune, et

de vivre honnête. Elle s'en-revenait dans ces disposicions, après-avoir-été-quittée par le Comte,
lorsqu'elle rencontra proche de la maison paternelle, la Fille d'un Boulanger, sa voisine, et son
intime amie. Cette Joliefille courut à elle : —
Sauve-toi, ma chère Sofronie! on sait chés vous
tout ce qui s'est-passé à ton sujet chés cette Mar-
chande-de-mode famme-du-monde; on va te faire-
enfermer... As-tu quelqu'endrait où aler? — Oui,
oui-! (dit Sofronie effrayée). Elle retourna dans
sa chambre, monta chés une voisine, écrivit au
Comte, et pria cette Famme de porter sa lettre.
M.ʳ De-J*** fut-touché de la situacion d'une Fille
aimable, quoiqu'il la crut plûs-coupable qu'elle
n'était : Il n'en-voulait-plus; les restes de Centdhomme le repoussaient; mais il crut pouvoir la
donner à un Vieillard de ses Amis. Sofronie accepta la proposicion avec reconnaissance : elle
suivit le Laquais du Comte, où il la conduisit, et
dès le lendemain, elle reçut le Vieillard.

C'est à cette époque que les mœurs de la jolie
Dubloc vont changer. Tant qu'une Fille aime des
Jeunesgens, elle peut rester naïve, vraie, sans cor-
rupcion-de-cœur : mais une-fois que l'interêt ou
la necessité la contraignent à se-livrer à un Objet
repoussant, elle deviént fausse, injuste, interessée,
haïneuse : le supplice qu'elle éprouve à caresser
un Vieillard exigeant, lui fait-desirer de se-dedo-
mager; elle perd la *probité,* ce sentiment si-ne-
cessaire dans la vie, autant de la part d'une Maîtresse, que de celle des Gens avec qui l'on traite
d'affaires. Une Maîtresse! hé! qui doit plûs interesser l'Homme que la Famme de laquelle il attend
les plaisirs, une distraccion necessaire, cette volupté qui émousse les peines de la vie! A voir
comme les Hommes font inconsiderement un
chois aussi-important, on est-tenté de les prendre pour des Sots, ou pour des Fous...

Le Vieillard de Sofronie sentit tout le prix d'une

Fille comme elle : plûs-jeune, il la rendait heureuse : mais il fut-obligé de la corrompre, de ban-
nir la decence, la pudeur, pour jouir des plaisirs
qui pouvaient seuls ranimer une imaginacion
éteinte, des sens engourdis... Il expliqua ; il demanda ; il exigea : Sofronie obeït : et pour la première fois, elle se-dit à elle-même, Que n'ai-je un
Jeunehomme, avec quî je partage un plaisir qui
ne me-degrade pas !... La necessité l'obligea de
pacianter. Elle avait-abandonné sa chambre et
toutes ses richesses, lors de sa fuite : ses Parens,
instruits par le Voisinage, s'en étaient-emparés :
ils en-jouirent... Il ne faut pas leur en-faire un
crime : qu'eussent-ils pu faire de mieus, chargés
d'une famille nombreuse?... Sofronie, fatiguée
par le Vieillard, tâcha de l'engajer à lui faire un
sort : mais cet Homme, souvent dupe des Fammes, ne se-pressait pas : Sofronie sentit qu'il falait lui persuader d'autant-plûs qu'il était-aimé,
qu'elle le haïssait davantage, afin-d'obtenir de ce
riche Avare, de-quoi s'émanciper. Elle employa
les caresses, les *avilissemens* les plûs-devoués,
rién ne lui coûta ; elle ala jusqu'à soupirer pour
lui. Le Fou se-crut-aimé : il donna : mille-écus-
de-rentes furent le prix des complaisances les
plûs-penibles...

Dès-que le salaire du vice fut-assuré à Sofronie, elle ne songea plus qu'à quitter le Vieillard.
Elle s'était-captivée ; elle se-montra parée, coquette ; elle plut : un Homme encore aimable
l'aborda un jour au *Café-Caussin,* la salua, causa:
Sofronie soupira ; il voulut en-savoir le motif.
La Belle exposa sa situacion ; souhaita d'en-sor-
tir. L'Homme s'offrit. — Mais je perdrai une
année de mes complaisances. Qu'en-attendiez-
vous ? — Il m'a-promis de me-faire mille-écus-de-
viager. — Je tiéns le marché : soyez à moi-.
En-moins d'une-heure, Sofronie autrefois si dé-
licate, si-reconnaissante, se-vendit, se-livra.

Ce Nouveau-tenant était un Homme corrompu. Il tint-parole, pour le don de mille-écus-de-viager, parceque Sofronie employa l'adresse, les larmes, les refus, les caresses, l'importunité. Dès-qu'elle eut ce qu'elle souhaitait, elle desira d'en-tirer autant d'Un-autre, pour être au-pair des Fammes avec quî m.ʳ *De-G*** la fesait-trouver tous-les-jours. Comme cet Homme avait-beaucoup-d'ostentacion, il la tint sur le piéd le plûs-haut ; elle était-jolie ; il prenait-plaisir à la faire-briller, à lui faire-effacer ses Rivales. Il recevait chés elle des Actrices et leurs Amans : Parmi ces Derniers était le Duc-de-** : Sofronie lui plut ; il lui fit-faire des proposicions. Elle y-repondit avec adresse, en-se-louant beaucoup des procedés de m.ʳ De-G**. Le Duc était-riche : il offrit d'as-surer dixmille-livres, outre l'entretien, outre dou-zemille-livres par-an, tant qu'il tiéndrait, sans les robes, une voiture, toute la maison defrayée. So-fronie se-rendit peuapeu, affectant des remords. Enfin, un-soir, elle quitta la petite maison de m.ʳ De-G**, qui n'était-pas à elle, arriva chés le Duc à piéd, et parut lui faire un sacrifice com-plet. Il l'en-dédomagea surlechamp, en-lui-don-nant en-toute-propriété l'asile charmant où il la recevait.

A ce sixième Amant, Sofronie eut tout le bril-lant des *Filles* : elle avait un carosse, des Gens, du rouge, des diamans ; elle fesait les honneurs des petits soupers que donnait le Duc, sans y-manger ; elle avait des Adulateurs, des Complai-sans ; on l'appelait *Madame*, et elle jouissait de trentemille-livres par-an, tout compris. Elle au-rait-été-heureuse, si elle avait-encore-pensé comme du temps de De Burgis : mais elle avait l'âme avide, corrompue ; elle était-pauvre au sein des riches-ses, par ses caprices, ses fantaisies deraisonnables. Elle épuisa les complaisances du Duc ; elle de-rangea sa fortune, au-point qu'il ne put soutenir

la depense qu'elle lui occasionnait. Alors, elle
devint aigre, maussade, insuportable.

Un Financier qui la lorgnait depuis longtemps,
saisit cette circonstance, dont il fut-instruit. Sofronie impudente, traita de la manière la plûs-
revoltante avec cet Homme : elle fit des proposicions folles, qu'il accepta. Il assura quarante-
mille-livres-de-rentes en-commençant. Sofronie
se-moqua de lui le lendemain : à-peine avait-il la
liberté d'assister aux soupers qu'il payait dans la
belle maison qu'il avait-donnée. Sofronie s'y-fe-
sait une gloire d'y-recevoir le Duc ; de lui marquer toutes les preferences : affectant ainsi d'une
manière odieuse, la belle âme, la reconnaissance,
la generosité. Ses Parasites l'en-louaient avec em-
fase.

A cette époque, il arriva deux choses qui pre-
cipitèrent la catastrofe. De-Burgis, las de sa Famme (un Homme qui s'est-conduit comme il l'a-
fait, en-corrompant une Fille-honnête, ne -merite
pas d'être-heureus par le mariage), De Burgis
arriva dans la Capitale. Il s'informa de Sofronie
Il n'apprit que difficilement ce qu'elle était-deve-
nue ; ses Parents l'ignoraient ; mais enfin, il le
sut. Un-matin, il se rendit chés elle, et se-fit-an-
noncer. La premiere-idée de Sofronie, fut de le
recevoir avec hauteur, de l'écraser de son luxe :
Elle le fit-attendre : mais en se-metant avec goût,
elle reflechit, et resolut de jouer un autre rôle.
Elle permit d'entrer. Ses ïeus étaient-humides :
Elle ala vivement à lui, l'embrassa : — Vous
m'avez-perdue! (lui dit-elle) ; voyez ma situacion... Mais on ne saurait haïr Ce-qu'on-a-si-ten-
drement-aimé-. Cet accueil inattendu, toucha
De-Burgis ; il parut plûs-tendre que jamais. Il
voulut... — Non ; je suis à Un-autre. — Je vous
adore, *Madame*. — Nous verrons, quand vous
aurez-pris une resolucion capable de satisfaire ma
delicatesse. — Parlez? — Nous verrons. Je suis

à un autre; si vous-vous-degajez, ne faudra-t-il pas que je me-degaje aussi-?

Le but de Sofronie, en-ce-moment, était de faire-éclater le divorce entre De-Burgis et une Epouse qu'il lui avait-preferée : elle n'avait-jamais-senti contr'elle le mouvement-de-la-haîne et de-la-vengeance; mais depuis sa corrupcion, elle se-croyait tout-permis : En-revoyant son Seducteur, elle se-reporta sur le passé, devint jalouse des droits legitimes d'une Famme, et sentit qu'elle trouverait un ragoût nouveau dans une intrigue bién-scandaleuse, qui perdrait De-Burgis. Car elle lui en-voulait autant qu'elle detestait sa Famme. Ce plan arrêté dans sa tête, elle joua la dignité, les beaus-sentimens. Le soir, lorsqu'elle vit le Financier, elle prit un air composé, triste, decent. Il en-fut-surpris : — Qu'a ma Belle? — Hà! monsieur-!... (Elle se-jeta sur une de ses mains)... — Hebién? qu'est-ce?... ma Chère, ma Déesse, je suis-prêt à tout-faire pour toi. — Vous pouvez beaucoup! — Mais quel malheur t'est-il arrivé? — Ce n'est-pas un malheur. — Qu'est-ce donc?... — Promettez-moi de me-seconder? — De tout mon cœur, Poulette! — Quand vous m'avez-prise.. vous m'avez-trouvée capricieuse, injuste... — Non, non, Poulette; tu étais comme les Maîtresses de tous les Gens-du-grand-monde. — Si, vous m'avez-crue capricieuse, deraisonnable, car je l'étais, et vous avez trop-d'esprit pour ne pas voir ce qui est. — Soit; je l'ai-vu; mais sans t'en-aimer moins. — Apprenez-en la cause. Vous m'avez-crue fille?... — Fille... oui. — J'étais-famme; je suis-mariée; le remords... — Le remords! hé! Poulette, quelle enfance! du remords! c'est la rage des Sots, quand ils n'ont-pu-reüssir. Laisse ce mot-là; il ne te va pas, et c'est le seul. — Mon Mari est revenu de ce matin... C'est un mariage secret avec un Homme-de-condicion... Quelle gloire pour vous de nous reünir!

— Vous reünir!... Mais comment l'entens-tu,
Poulette? Je te mettrais dans ses bras? et moi?...
— C'est mon Mari? *(lui pressant les mains:)* vous
reünissez deux Epous; vous devenez le protecteur d'un honnête Gentilhomme. — Ventrebleu!
tu m'enflâmes! j'y-suis tout-prêt, et j'aime à me-
montrer le protecteur de la pauvre Noblesse. —
Hâ! мonsieur B**! que vous êtes-respectable!
— J'aimerais-mieux un-autre mot; je ressemble
aux Douairières en-cela. — Que vous êtes-gene-
reus, bon, aimable! — Le voila. Oui, Poulette,
je te reünirai à ton Mari, et je mettrai ma gloire
à voir famme legitime, une F...amme que j'ai-
eue. — Il faudra dire, pour la paix du menage,
que vous avez-respecté ma vertu! — Oui, oui,
Poulette... Mais au Mari seulement; car dans le
monde, on se-moquerait de moi. — Que le Duc..
— Quoique Chaqu'un ne doive repondre que
pour soi, je le dirai encore;... je trouverai-même
un certain plaisir à le dire, et même à le craire.
— C'est la verité; je n'ai-eu de la faiblesse que
pour vous; c'est ce qui me-rendait si-aigre-douce,
quelquefois. — Hâ! j'y-suis! que tu es-aimable!..
Avec ta belle fortune, ça raccommodera bién des
choses, hém? Poulette? Alons, je me-sens une
élevacion... — Après ce que je vous dois, puis-je
esperer que vous respecterez ma vertu! — Comment, ventrebleu! comme mon ouvrage! tu-ne-
sais-donc-pas, Poulette, qu'il n'y-a pas d'idole
plûs-respectée, que celle qu'on s'est-faite? Ta
vertu sera la miénne : il ne faut pas faire les choses à demi, en-publiq, s'entend; mais dans le particulier, tu m'en-dedomageras? Car, entre-nous,
qu'est-ce que la vertu? — Hâ! je l'ai-connue!
c'est un tresor sans-prix! — A-la-bonne-heure
pour les Fammes! mais, ma vertu, à moi, serait-
bién ridicule!... cependant, je ferai ce que tu
voudras. — Vous êtes un Homme essenciel, vrai-
ment uniq!... Vous verrez ici mon Mari, ce soir.

— Bon! je veus faire votre remariage et votre
noce, te servir de Père!—Hâ! excellent Homme!
— Tu m'attendris! mais c'est tout-simple! un
Mari-!

Le soir, le Comte-de-Burgis étant-venu, Sofronie lui fit l'histoire de sa vertu avec le Financier, etc., toujours en-retrogradant. Il la crut, ou
feignit de la craire. Ensuite, elle lui avoua le mensonge qu'elle avait-fait au Dernier, en-le priant
de la seconder. Le Comte, devant un Objet charmant, sinon par la fraîcheur, dumoins par le
luxe, eut la faiblesse de se-prêter à cette idée, que
Sofronie lui presenta comme un jeu. Le Financier arriva: il sauta au cou du Mari; lui fit un
present; detailla les richesses *vertueuses* (ce-fut
son mot) d'une Epouse constante, fidelle, autant
qu'infortunée. On soupa tous trois: ensuite le
Financier les conduisit dans leur chambre-à-coucher, en-leur-disant: — Que vous alez-être-heu-
reus-! Il mit luimême au lit nupcial les pretendus
Epous; ce qui fit-bién-rire une Fripone de fammedechambre, et s'en-retourna content, comme
de la plûs-belle action de sa vie. Elles étaient-
rares effectivement!

— Tu es-delicieuse! (dit le Comte-de-Burgis à
Sofronie): avec quelle adresse tu-te-fais-mettre
dans mes bras, par Celui dont nous aurions-dû
nous cacher! Parbleu, nous alons-mener une vie
plûs-heureuse que jamais-!...

Il se-trompait, l'Infortuné! le vice, regardé
comme vice par Ceux qui le suivent, ne peut jamais rendre heureus. De Burgis vecut environ
trois-mois avec Sofronie qui le trompait tous-
les-jours. Le Financier publiait le mariage à-l'o-
reille de tout le monde. Le bruit en-vint aux
oreilles de l'Oncle-beaupère du Comte-de-Burgis:
Il obtint un ordre pour mettre Sofronie à l'*Hôpital*, et fit-exiler son Gendre de Paris pour
dix-ans. On les prit au lit le matin; le Comte fut-

dabord-enmené; ensuite on fit-habiller Sofronie en-fille du plûs-bas-étage, et on la conduisit à sa destinacion : le même-jour, sa Famille fut-instruite de son sort.

Sofronie fut-reclamée par ses Parens, ausquels on la rendit, à-condicion qu'ils repondraient de sa conduite. Son Père et sa Mère s'y-sont-obligés devant le Magistrat-des-mœurs. Elle est chés eux, modestement-habillée, ne disposant-pas de la plûs-petite-somme, malgré sa fortune. On a-ordonné qu'elle servît à établir ses six Frères et sa Sœur-aînée et à les dedomager du deshonneur qù'elle leur a-fait ; la Sœur mariée a-eu sa porcion : ce qui reste est pour le Père et la Mère, après la mort desquels, Sofronie sera-obligée de se-mettre en-pension chés Celui de ses Frères qu'on lui indiquera, avec une rente-viagère de quinzecents-livres, outre sa nourriture.

———

Plût-à-dieu, qu'on traitât ainsi toutes les Filles à fortune scandaleuse, lorsque leurs Parens sont-honnêtes! et plûs-sevèrement encore, lorsqu'ils ne le sont-pas!

LA JOLIE-PARADEUSE

On peut distinguer deux sortes-de-Parades : La *Parade* proprement-dite, qui se-fesait naguère sur une sorte de Balcon, audevant de la salle du *Funambul* et des Petits-spectacles, et les *Comedies-parades*, qui tirent leur nom de la première, telles que la *Tête-à-Perruque, Cassandre et-Isabelle, Colombine et-Leandre*, etc. Il ne sera-pas-question de l'Actrice de la *Comedie-parade*, qui n'est-pas un genre particulier ; ce n'est-pas-trop, pour le bién-jouer, que tout le merite d'une Actrice consomée : Je ne pretens historier ici que la Paradeuse du genre le plûs-bas, telle qu'on en-a-vue cent-fois, preluder aux jeux sceniqs du Funambul et des Marionnettes. Ce genre n'existe plus au *Boulevard*, avec une certaine étendue ; c'esta-dire, qu'on n'y-donne-plûs de petites parades regulières (si l'on peut donner cette épitète au genre le plûs-imparfait et le plûs-inmoral) : La Police a-sagement-interdit ce genre d'amusement, dont le moindre inconvénient était-d'attirer sur le *Boulevard* des Ouvriers de toutes les professions, qui perdaient leur temps, des Enfans qui fesaient l'école-buissonnière, et des Jeunesfilles, qui trouvaient-là des occasions trèsdangereuses ! Les Actrices qui jouaient à ces parades, devaient-

avoir-abjuré toute pudeur; et par-là-même, elles
blessaient, par leurs lazzis et par leurs discours,
celle des jeunes Spectatrices; elles donnaient comme un cours d'effronterie : Aussi n'y-exposait-on
guère que de vieilles Actrices, sans-talens, ou de
jeunes *Filles-publiques*, qui en-avaient encore-
moins. Mais à tout il est une excepcion : on vit,
quelque-temps avant l'interdiccion des parades,
une Famme trèsjolie y-faire un rôle, où elle mettait de la sensibilité, quoiqu'elle fût-obligée de
crier à s'égosiller, comme ce genre le demande.
Cette Famme n'était-pas sans-éducacion ; elle n'é-
tait-pas-même sans-naissance, comme on va le
voir.

Un Homme qui possedait une fortune honnête,
avait-passé la moitié de sa vie à plaider contre tout
le monde, et enfin avec sa Famme, en-separacion,
en-accusacion d'inconduite, etc. Il mourut. Mais
il avait-si-bién-donné le goût des procès à sa veuve,
que dès-qu'elle se-vit maîtresse d'ellemême, elle
saisit toutes les occasions de plaider : Elle plaida
tant, qu'elle se-ruina, en-gâgnant tous ses procès,
surtout le dernier, pour des insultes graves : elle
avait-affaire à une Partie puissante ; on multiplia
les incidens-de-la-chicane, et par-là les faus-frais;
et comme la veuve *Romainville* était-connue au
Palais pour une chicanière, on lui accorda, pour
la forme seulement, cent-écus de domages-inte-
rêts. Ce procès acheva de la ruiner. Elle avait une
Fille alors âgée d'environ dix-ans.

La Plaideuse, en-assistant unsoir à une parade
sur le *Boulevard*, fut-enchantée d'une dispute-de-
menage, et d'un procès qui en-était la suite : elle
vit-jouer tout cela si-fort au-naturel, qu'elle sentit
sa vocacion se-declarer. Dès le lendemain, elle

vint-trouver le Directeur, en-lui-demandant la faveur d'essayer ses talens par une repeticion? Il l'accorda, parce-que les instances furent trèsvives : mais il n'eut-pas-lieu de s'en-repentir : la Debutante mit tant de feu et de verité dans son jeu, que l'Acteur s'enfuit, et que le Directeur rit-aux-éclats. Elle fut-reçue : et dès le même-soir, la parade eut un succès prodigieus. Le Public averti par la vivacité de la scène accourut de toutes-parts; on descendit même des voitures, et lorsque la parade fut-achevée, tout le monde convint, que l'Actrice principale avait un grand merite.

La Romainville, devenue paradeuse sous le nom de *la-Paladine*, n'eut-pas-plutôt la faveur du Publiq, nonseulement devant la porte, mais dans l'interieur de la scène, qu'elle proposa de recevoir sa Fille, à laquelle (disait cette bonne Mère), elle devait-donner un état. Le Chêf y-consentit, et la Mère composa pour elle un rôle de Jeunefille dans toutes les parades, sous le nom de la petite *Colombine*, d'abord, ensuite, sous celui d'*Isabelle*, qui lui est-resté, lorsqu'elle a-été-plûs-grande. Pour menager la poitrine de cette Enfant, qui était-trèsjolie, sa Mère ne lui donna que des rôles pantomimes.Elle accourait à son Père, lorsqu'il voulait-battre sa Mère, elle le supliait, en-se-jettant à ses genous, et feignant de pleurer : ce qu'elle accompagnait de quelques-cris inarticulés, quelquefois si-touchans, que la plupart des Spectateurs versaient des larmes. Tels furent les rôles de *Colombine*, jusqu'à l'âge de quatorze à quinze-ans.

Pendant cet interval, le Directeur avait-épousé la Mère de la Petite-Paradeuse, et Celle-ci jouait sur la scène-interieure, soit en-dansant des *sarabandes*, des *allemandes*, etc., soit en-fesant les Soubrettes dans les Comedies-parades, sous le nom d'*Isabelle*, qu'elle commença de porter uniquement.

Elle jouait unjour à la *Foire-Saintlaurent*, un

rôle de jeune Chambrière, dont le vieus *Cassandre* était-amoureus : Le beau *Leandre*, suivant
l'usage, était-rival du Vieillard : Les rôles étaient-
en-canevas, et les Acteurs y-ajoutaient les saillies
qu'ils jugeaient à-propos. Tout le monde, en-
voyant commencer la pièce, en-prevoyait le dénoûment : Cassandre vint en-toussant, faire sa
declaracion : Il-fut assés-bién-reçu : mais tout le
monde crayait que c'était du persiflage (mot qui
n'était-pas-encore en-usage), et l'on admirait la
finesse du jeu d'*Isabelle*. — C'est-domage ! (disait-
on), que cette Jeunefille se-*prodigue* à une parade ;
elle serait-en-état de jouer à l'*Opera-comiq-* ! La
parade continuait : Leandre fut traité fort-mal :
Isabelle lui-dit, qu'îl était un libertin, un faraud
de la plûs-sote espèce, un vaurién : L'Acteur l'é-
coutait avec un ébahissement ; et lorsque la Mère
fut en-scène avec sa Fille, Cassandre et Leandre,
elle marqua le même étonnement qu'eux. Isabelle
ne disait-pas un mot de la pièce ; elle composait
entièrement son rôle : enfin, au dénoûment, elle
presenta la main au Vieillard, en disant : » — Oui,
» oui, c'est vous que je prefère : je me-moque dé
» l'usage et du goût des *Isabelles* et des *Colom-
» bines ;* je ne veus-pas de ces jeunes Vauriéns,
» qui rendent une Famme malheureuse par leur
» libertinage : vous faites plûs le cassé que vous
» ne l'êtes ; alons, redressez-vous unpeu-». L'Acteur, quoique non-prevenu, entendit enfin *Isabelle ;* il jeta sa fausse-chevelure, et montrant un
assés-beau jeunehomme, il s'écria : — » Ma chère
» Isabelle ! l'amour a-fait-miracle, à-cause de votre
» bonne raison ; il m'a rajeuni-»» ! Toute l'Assemblée exterieure aplaudit beaucoup à ce denoû-
ment-imprevu, que l'étonnement stupide de *Leandre* rendait assés-comiq.

Cette fantaisie d'Isabelle, aura des suites.

Le lendemain, on donnait la même parade.
Isabelle y-fit son rôle de la manière ordinaire :

Leandre fut-preferé, au grand étonnement de
toute l'Assemblée, qui s'attendait à la parade de
la veille. Lorsque celle-ci fut-achevée, *Isabelle*
s'avança sur le devant du balcon, et dit : »— Mes-
» sieurs, j'ai-joué aujourdhui, suivant l'usage;
» mais hièr, c'était d'après mes vrais sentimens-».
Elle se-retira aussi-tôt en-courant. Tout le monde
la crut amoureuse de l'Acteur qui fesait le rôle de
Cassandre, et l'on admirait son adresse, pour
decouvrir une passion, qu'on suposa contrariée
par sa Mère.

Parmi les Spectateurs des deux parades, il se-
trouva un Jeunehomme, nouvellement reçu dans
un ordre consideré; la vue d'Isabelle l'avait-frapé
d'abord : mais il n'avait-senti pour une Creature
de cette espèce que de la compassion et du mepris. La manière dont elle joua le premier-jour,
rendit ces deux sentimens douloureus, en-lui-don-
nant quelqu'estime : Le second jour, Isabelle
l'interessa davantage encore : il sentit un secret
desir de la connaître : mais biéntôt l'idée repoussante des mœurs d'une Paradeuse éteignit sa curiosité. Il était dans ces disposicions, lorsque la
seconde parade finit. Il s'approcha de la porte,
où vint *Isabelle :* l'*Aboyeur* invitait tout le monde
à entrer : Isabelle ne disait-mot : m.ʳ *Belval* était-
alors tout-près d'elle : — Entrez, monsieur (lui
dit-elle d'un ton poli) ; un Spectateur comme vous,
encouragera les Acteurs. — Je le veus-bién, ma
Belle ; à-condicion, que vous jouerez de tête dans
votre rôle, quel-qu'il-soit. — Je n'ose vous repondre de reüssir; mais je le ferai-. Belval prit un
billet, et Isabelle rentra, pour le placer ellemême.
Il la pria de s'asseoir à-côté de lui, si elle en-avait
le temps. — J'ai une demi-heure-. Ils causèrent.
Belval fut-surpris de l'esprit et de la penetracion
de cette Jeunepersone : Elle lui parla, comme la
Fille la mieus-élevée; elle lui montra des sentimens delicats, et surtout une ferme resolucion de

se-comporter avec honnêteté. Il s'informa de la situacion de son cœur. Elle répondit, Qu'elle n'aimait rién ; mais qu'elle s'était-mise comme sous la garde de Cassandre, afin-d'avoir un defenseur, qui s'interessât à elle en-l'absence de sa Mère. Cet entretién prit toute la demi-heure, et il n'y-eut-pas d'autre explicacion : Isabelle ala-jouer.

Elle tint-parole au Jeunehomme : Elle mêla dans son rôle, quelques-unes des choses honnêtes qu'ils avaient-dites ensemble, et les appliqua d'une manière spirituelle, qui la fit-applaudir. La pièce finie, elle revint auprès de lui dans la loge, et se-mit dans l'ombre, pour n'être-pas-aperçue des Spectateurs. — Mais, comment est-il possible (lui dit Belval), que vous ayiez de pareils sentimens dans votre état ? — Ma Mère a-été-bién-élevée : mais un procés l'ayant-ruinée, elle n'a-pas-trouvé d'autre ressource, que celle de jouer la parade. — Et comment se-nomait votre Mère ? — Mme Romainville. — Qui possedait un bién à *Lonjumeau ?* — — Oui, monsieur. — Quoi ! vous êtes m^lle Romainville ? — Oui monsieur. — Vous aviez une belle maison, rue *Daufine !* — Oui, monsieur, près celle***. — Je n'en-puis douter... C'est ma Mère qui a-commencé de ruiner la vôtre : nous somes-parens ; vous êtes ma Cousine. — Hâ ! quel bonheur ! (s'écria Isabelle). Mais on lève la toile ; je vais-jouer ; je reviendrai, dès-que mon rôle sera-fini-.

Pendant la mauvaise-farce qu'on donna, Belval reflechissait : Isabelle était-charmante ; il sentait qu'il l'adorait : il se-rapela de l'avoir-vue dans son enfance, lorsqu'elle était-destinée par sa fortune, à être un Parti convenable, et que dèslors, il avait-desiré de l'obtenir pour compagne. Mais les circonstances étaient-bién-changées ! dans quel état il la trouvait... Isabelle ayant-paru, il l'écouta ; il y-avait dans la pièce (*l'Enfant prodigue*), une reconnaissance trèstouchante, du Frère et de la Sœur : Isabelle y-mit tant de patetiq,

qu'elle fit-couler des larmes de tous les ïeus : la
salle retentit d'applaudissemens grossiers, mais
vrais... Entre la seconde et la troisième pièce, Isabelle revint auprès de son Cousin Belval. — Je
n'ai-pas-voulu-parler de vous à ma Mère, sans
vous en-avoir-demandé la permission (lui dit-
elle) : mais elle est-bién-curieuse de savoir avec
quî je cause ! — Cachez-lui mon nom, et notre
parenté : je m'en-remets à votre discrecion : Je-
me-nome Belval : Je sens que je vous aime de
tout mon cœur, comme ma parente : mais quel
état ! — J'y ai-vecu honnêtement (repondit Isabelle); nos gains ne sont-pas-forts ; mais mon
Beaupère en agit fort-bién avec moi. — Votre
Beaupère ! — Oui ; ma Mère est-devenue famme
de notre Directeur. — Je vois, ma chère Isabelle,
qu'il ne sera-pas-possible de vous arracher à l'a-
vilissement, à-moins que vous n'y-consentiez ! —
Le premier de mes devoirs, tant que je serai-fille,
mon Cousin, sera d'obéïr à ma Mère, et de la contenter. Elle ne m'a-jamais-donné que de bons-
conseils : Elle me dit souvent : :: Ma chère Isabelle, nous somes dans un état audessous des grands
Comediéns ; mais je le prefère : Tu es-jeune-et-
jolie ; et cependant, tu n'es-pas-exposée, comme
sur un grand Theatre ; le Peuple ne seduit-pas ses
Actrices ; il ne solde-pas leurs écarts, comme font
les *Honnêtes-gens*, et les Gens *comme-il-faut* :
Les grands Seducteurs te-trouvent trop-basse
pour eux, et dailleurs, ils te-supposent tous les
vices ; c'est ce qui te-sauvera : Je verrai à t'établir
avec quelque Directeur-de-petit-spectacle ; on vit
dans cet état, et je m'y trouve heureuse depuis
que j'y-suis ; tu le seras davantage encore, parce-
que tu y-es-habituée de jeunesse. Nous n'y-som-
mes-pas-toutafait-deshonorées ; on n'y-fait-pas-
attencion à nous ! et avec de bonnes-mœurs, nous
pouvons être trèsestimées de nos Pareilles, parmi
lesquelles seules il faut-vivre. Tu marques de

grands talens, et j'en-suis-fâchée; c'est peutêtre ce qui te-rendra malheureuse. Sois sans ambicion : borne-toi à être famme-mariée dans notre état : gâte ton jeu trop-noble et trop-distingué, en-affectant la manière agreste et *tabageuse* de nos Camarades : Tu brilleras toujours audessus-d'eux, mais tu n'attireras-jamais sur toi les regards des Gens-distingués; tu croupiras heureuse au sein de la bassesse. Dailleurs, ton jeu, en-se-perfeccionnant encore, ferait paraître nos Acteurs trop-mauvais; on les sifflerait; ils se-deplairaient, et nous planteraient-là. Je ne vis heureuse, que depuis ma ruine : Personne ne m'a-encore-reconnue sur ce petit theatre *borgne;* on ne se-doute-pas que m.^me Romainville est-paradeuse : hé! qui pourrait-avoir une pareille idée! Je ne suis-plus-assujetie à auqu'un des devoirs de la Société; libre comme l'air, je manque à Quî je veus, et si l'on m'enfait autant, je n'y-mets auqu'une consequence. Ce qui a-fait le tourment de ma vie, et m'a-ruinée, enfin, ne paraît-plus à mes ïeus qu'une sotise sans-consequence. Vis dans mon nouvel état, ma Fille; prens du goût pour l'obscurité; ne fais-rién qui puisse te-faire-remarquer; étoufe tes talens, s'ils sont-capables de te-porter hors de cette sfère; sois-y-bonne-famme, quand tu seras-mariée; car la celebrité du vice est la pire de toutes, et la celebrité est-toujours un mal; c'est une vaine fumée, qui empoisonne la vie; la celebrité du vice porte à la sûreté la plûs-funeste atteinte! elle donne pouvoir sur nous à une infinité de Gens, dont il est-toujours-util d'être-ignorées; qu'il est honteus de suplier, et dont il est desesperant d'être-punies. Si la crapule me-rendait-heureuse, je voudrais-être-crapuleuse, en-ne-prenant ce mot, que dans l'accepcion de la bassesse et de la saloperie, non de l'ivrognerie et de la debaûche; puisque ces deux vices produiraient les deux inconveniens que je redoute le-plûs...

Vous voyez, mon Cousin, quelles sont les disposicions de m.^me Romainville, quels sont les
motifs qui l'ont-determinée au genre-de-vie qu'elle
a-choisi, et qu'elle m'a-fait-embrasser-?

Belval ne pouvait-revenir de son étonnement :
Il voyait dans les maximes de sa Parente une
sorte-de-filosofie, qui, pendant quelques-instans,
lui fit-illusion. Il ne repondait-pas : Il regardait
Isabelle, le Theatre, les Acteurs, leur ignobilité
profonde, leur obscurité, plûs-grande que celle
du dernier des Artisans; il fut-un-instant-tanté de
quitter son état, et de s'aneantir, comme sa Parente, dans l'ignobilité. Tandis-qu'il reflechissait,
Isabelle vit-lever le rideau : Elle paraissait à la
seconde scène; elle courut à son devoir, laissant
Belval plongé dans une rêverie, dont elle ignorait
le motif.

Elle joua enfin : au-milieu de la scène, dans
une pièce intitulée, *Isabelle fille-de-qualité*, elle
se-tourna du côté de son Cousin, et ajouta ce couplet à son rôle : » —Je suis-soubrette, il est-vrai;
» mais j'ai l'âme fière : Hé! qui sait! peutêtre
» suis-je née quelque-chose? Peutêtre n'est-il-
» pas-moins-extraordinaire de me voir servante
» de m.^r *Cassandre*, qu'il l'est que d'Autres oc-
» cupent un rang dont-elles sont-fières! (*L'Acteur* (Leandre) *surpris, lui dit :*) » Cela se-peut,
» ᴍᴀ'm'selle Zirzabelle! (*Isabelle*). Mais ne vous
» effrayez-pas, ᴍᴏɴsieur Leandre! j'ai une bonne
» Mère, qui ne me-donne que de bons-conseils,
» et je suis-contente dans mon état.... Hâ! si
» Quelqu'un voulait y-passer avec moi sa vie,
» devenir valet où je suis servante, je prefererais
» ma servitude, à porter une courone-»!

Belval ne put-douter qu'elle n'exprimât ses veritables sentimens. Il en fut-encore-plûs-con-
vaincu, lorsqu'à la fin de la pièce, à l'instant où
Isabelle est-reconnue pour la fille de m.^r *Cassandre* comte *de-Tumefières,* et de la Barone-

de-la-Colombinette, son épouse, cette Fille, au lieu-
de faire son rôle, qui était de suplier ses Parens
d'accepter Leandre, et de rechercher, s'il n'est-
pas-aussi fils d'un Comte, dit au-contraire :

» — Je-suis-charmée d'avoir-trouvé mes Pa-
» rens ; mais je ne le suis que de cela ; leurs ri-
» chesses et leur noblesse ne me-touchent-pas :
» A-quoi me-servira d'être-demoiselle, si j'avais
» le bonheur dans mon obscurité ? si je trouve les
» tourmens, les inquiétudes, l'ambicion dans ma
» qualité ! Hô ! que je voudrais avoir-retrouvé
» mes Parens dans l'état où je suis ! rien ne trou-
» blerait ma joie-» !

Après cette pièce, qui terminait le spectacle,
Isabelle vint-dire adieu à Belval. Il la pria de le
presenter à sa Mère, sans le faire-connaître. La
jeune Romainville y-consentit. Elle le conduisit
par la main derrière la scène, où il trouva la Di-
rectrice occupée à donner ses ordres. — Maman
(dit Isabelle en-riant), voici un jeune Avocat, pour
quî notre genre-de-vie a des charmes ; il voudrait
debuter à la Parade avec-moi. — Hâ ! mon chèr
Enfant ! (repondit la-Romainville), êtes-vous-bién-
decidé ?... Prenez-garde ! cet état ne conviént-pas
à tout le monde, et si vous y-aviez des repentirs,
ils seraient-cruels ! — Je compte sur l'obscurité,
madame ; ainsi le repentir serait-moins-grand, que
sur un Theâtre plûs-relevé. Qui me-reconnaîtra
sur votre Theatre, et même à la parade ? — Il
est-vrai !... Cependant, je ne souffrirai-pas que
vous debutiez, qu'auparavant vous ne soyiez-
bién-decidé. — De deux choses l'une ; ou il faut
que je prenne votre état, ou que votre aimable
Fille prénne le mién ; et des deux-côtés, je risque
autant : Je ne sais à-quoi me-determiner. — Ceci
est-autre-chose (repondit la-Romainville) : si vous
êtes-assés-amoureus de ma Fille, pour la vouloir-
épouser, je crais qu'il serait-plûs-sage de descendre à notre état, que de l'élever au vôtre, à-cause

des inconveniens, si l'on venait à la reconnaître.
— Je vois les choses differemment, ᴍadame : Je
sens que j'adore Isabelle ; que je ne puis être-
heureus sans sa main et sa personne, quoique je
ne lui aie-parlé que d'aujourdhui : Nous pren-
drons tous les moyéns possibles, pour qu'elle ne
soit-pas-reconnue ; comme de lui faire-passer
quelque-temps à une campagne que j'ai à quatre-
lieues de Paris. Mais enfin, si, malgré toutes ces
precaucions, quelque-chose transpirait, j'ai de-
quoi repousser le deshonneur, et m'en-faire au-
contraire un sujet-de-louange : c'est qu'Isabelle
est ma parente : Je-me-nomme Belval-. A ce nom,
la-Romainville rougit. — Que devez-vous-penser
de moi ? (lui dit-elle). — Votre Fille vous a-jus-
tifiée dans mon esprit : elle m'a-exposé vos motifs,
votre filosofie ; si tout-cela n'est-pas-decisif, aumoins il vous excuse... Je remettrai ma Parente
dans son état naturel : vous resterez avec votre
Mari ; c'est la première-loi : mais si vous deveniez-
veuve, vous vivriez avec nous ? — Ce que vous
dites-là est très-raisonnable ! mais d'où-viént ne le
puis-je goûter ? Je tremble de faire le malheur de
ma Fille !... On verra-bién votre generosité, pour
votre Parente, si l'on sait ce qu'a-fait Isabelle ; on
vous louera : mais ma Fille, dans les cercles où
vous la conduirez, sera-toujours-alarmée d'un
mot ; sa vie sera-empoisonnée ; elle en-mènerait
une si-douce dans notre état, avec ses talens !...
Qu'elle diviénne la famme d'un Directeur, elle est
une espèce-de-souveraine... Enverité, mon Cousin, je suis-desolée de votre rencontre ! Si vous
voulez m'en-craire, vous cesserez de voir ma Fille ?
— Il est-trop-tard ! (dit Belval). — Trop-tard pour
toi ? (dit la-Romainville à Isabelle). La Jeune-
Paradeuse rougit, et baissa la vue. — Voila le
premier Homme aimable que j'ai-vu. — Hô ! je
n'ai-plus-rién à dire ! Je ne veus-pas-rendre ma
Fille sûrement-malheureuse, pour la preserver

d'un *peutêtre elle le sera?* Mais, mon chèr Belval,
reflechissez, si vous ne feriez-pas-mieus de prèn-
dre notre état? Vous avez du goût, de la fortune;
vous seriez un Directeur éclairé ; vous-vous-feriez
une sorte-d'honneur-nouveau, de reputacion nouvelle... Vous pourriez-même avoir un prêtenom?
— Les dangérs que vous me-proposez de courir,
n'ont-pas de comparaison, avec ceux que vous
craignez! Cependant que votre chère Fille nous
decide !... Parlez, Isabelle? — Oui, parle, ma
Fille? — Je vais vous obéïr, Maman... Il faudrait
que je fusse-absolument-depourvue de sens et de
tout sentiment honnête, si aimant un Homme,
voulant le rendre-heureus, et l'être avec-luï et
par-lui, je commençais par l'exciter à faire une
demarche, qui pourrait un jour le mettre au-desespoir! Quels reproches ne me-ferait-il-pas, lorsque sa passion éteinte avec mes faibles attraits, ne
lui laisserait-plûs-voir que le sacrifice? S'il avait
des Enfans, aulieu-de les regarder comme destinés aux emplois, il ne verrait en-eux que de petits Baladins; ils lui feraient-horreur; il ne pourrait les aimer. Le genre-de-mon-jeu, ne tarderait-
pas-non-plûs à le degoûter de ma personne;
aulieu-qu'en-le-quittant à-present que je suis-jeune,
il ne laissera aucu'une idée repoussante... S'il
faut dire la verité, jamais je n'ai-goûté cet état;
je n'aurais-pas-même goûté celui d'Actrice
des grands-theatres : mais je sentais ce que
je dois à une Mère, et je n'ai-jamais-voulu la
mortifier. Mon Cousin me-rendra le plûs-impor-
tant des services, en-me-retirant de la situacion
où je suis, sans-blesser ma Mère, puisqu'il consent qu'elle reste avec son Mari. D'un-autre-côté,
nous ferons-tout ce qu'il faudra, pour éviter les
inconveniens que m.ʳ Belval peut avoir à-redou-
ter : Je passerai quelque temps dans un Couvent,
à son chois, afin-de me-faire-oublier, et d'avoir
un moyén de-plûs de cacher ce que nous ne

voulons-pas qui soit-su-. La-Romainville et Belval
aprouvèrent ce que proposait Isabelle : la Première ne voulait que le bonheur de sa Fille, et
elle n'avait-plus d'objeccions, dès qu'Isabelle n'aimait-pas son état. Il fut-arrêté, qu'elle ne joue-
rait-plus, et que dès le lendemain, elle entrerait
au Couvent. On craignait cependant que le Mari
de la-Romainville ne fût-très-fâché de perdre un
Sujet comme Isabelle : on se-trompait ; lorsque
cet Homme vit dans Belval un Parent et un Prétendu, il fit une accion, qu'on n'aurait-pas-obte-
nue d'un Homme plûs-relevé : Il voulut-doter
Isabelle, sous-peine de se brouiller avec-lui : et
la manière secrette et genereuse dont il le fit,
augmenta le prix de sa generosité. Isabelle ala au
Couvent : son Pretendu l'y-vit tous-les-jours, et
il la pressa-vivement d'abreger le temps de sa
retraite.

Six-mois s'étaient-écoulés : Isabelle avait-été
trèsheureusement-remplacée, par une Jeunefille
de son âge, de sa tâille, et qui lui ressemblait un peu ;
desorte-que beaucoup de Spectateurs s'y-trom-
paient. C'était son Beaupère, qui avait-fait ce chois,
et qui s'appliquait dans les repeticions, à-faire-
prendre à la nouvelle Isabelle, le ton et la manière
modestes de l'Anciénne.

Tout alait à-merveille, et promettait à Belval
un bonheur assuré, lorsque la mort l'enleva. Isabelle en-fut au-desespoir. Elle quitta le Couvent,
renonça pour-toujours au mariage, et se-fit-rece-
voir à l'*Opera-comiq*, où elle parut avec-succès,
pendant plusieurs-années. Elle quitta enfin absolument le theatre, et ne joua-plus que dans les
Sociétés-particulières, dont elle fit les delices :
C'était-ordinairement les pièces-parades, qu'elle
jouait avec une verité, toujours-plûs-admirée.
Dans cet état, qui semblait-fait pour la joie,
Isabelle vivait dans la douleur : Elle avait chés
elle un buste de Belval, placé dans une sorte-de-

sanctuaire tendu en–deuil : elle alait tous-les-jours
y–donner des larmes au souvenir de son Amant,
dont on pretend qu'elle avait une Fille. Il paraît-
même que ce fut sa grossesse qui la fit–sortir du
Couvent, où peutêtre sa douleur l'eût-engajée à-
rester pour-toujours. Cette Fille d'Isabelle, quelle-
que-soit son origine, a-joui d'une haute destinée,
par sa beauté : une mort prematurée a-borné sa
brillante-carrière. (*Non plura dicam.*)

L'ACTRICE - BOURGEOISE.

Un Orfèvre de Paris se ruina : on est-partagé sur les causes ; les Uns pretendent, que c'est parceque sa Famme était-laide ; d'Autres, parcequ'elle était-galante ; d'Autres, parcequ'elle était-bête. Pour moi, qui l'ai-vue, je les accorde tous, car elle était-galante, laide et bête, et ce-fut ce qui ruina m.ᵣ *Le-Bon*, marchand-orfèvre-joyalier-bijoutier. Il etait sensible à la perte, car il en-mourut de chagrin. Il laissait une Fille, qui ne ressemblait-pas à sa Mère ; en-deux-mots, elle était-jolie et spirituelle. *Cesarine* pleura son Père, vit-vendre par les Huissiers tous les effets de la succession, et ce que les Créanciers ne purent enlever, sa Mère le prit : c'était pour Cesaraine apeuprès la même chose. Huit-jours environ après la mort du Père, la Mère lui dit : — Vous avez quatorze-ans ; c'est un âge où l'on peut se-suffire à soimême, et si je l'avais, je ne serais-pas-embarrassée. — Je ne sais rién-faire, Maman ! Aumoins, mettez-moi en- apprentissage. — Comment ! vous ne savez rién-faire ! vous savez la musique, pincer une harpe, declamer des vers-de-comedie, ou de tragedie, danser passablement... Vous ne savez rién ! vous en-savez plûs qu'il ne faut ! je n'en-savais-pas-tant à votre âge ; et si mon air-de-jeunesse me-procura Quelqu'un ;

car je n'étais-pas-aussi-jolie que vous. Il n'y-a
qu'une science qui serve, et vous l'aurez assés-tôt ;
en-attendant, il faut-faire-valoir votre ignorance,
qui vaut-encore-mieus-. C'était de l'algèbre pour
Cesarine, que ce discours. Sa Mère sortit, la
laissant fort-étonnée.

Un-quart-d'heure après, tandis-que Cesarine
était-ensevelie dans ses reflections, il entra auprès
d'elle un jeune Faraud, qu'elle reconnut difficilement pour un Garson-orfèvre, autrefois apprentif
de la maison. — Mademoiselle Cesarine (lui dit-
il), vous voyez comme je suis-mis ; je fais ce que
je veus, depuis que je joue la comedie : si vous
vouliez, ça vous ferait une ressource : votre Mère
dit que vous avez des talents, des disposicions :
savez-vous quelque-rôle ? — Je sais (repondit Cesarine), quelques *Soubrettes*. —Celle de la *Metro-
manie ?* — Oui, et je la sais *la*-mieus. — Voyons ?...
Il nous manque une Actrice... Cela ferait-bién
notre affaire... si vous pouviez .. Voyons.

Je fais *Montdor*.

M. Cette maison-des-champs me paraît un bon gîte.
Je voudrais-bién ne pas en-decamper si-vîte :
Surtout m'y-retrouvant avec tes ïeux fripons,
Auprès de quî, pour moi, tous les gîtes sont-bons.
Mais de mon Maître ici n'ayant point de nouvelles,
Il faut que je revole à Paris. *L.* Tu l'appelles ?
M. Damis. Le connais-tu ? *L.* Non. *M.* Adieu-donc *L.* Adieu.
M. On m'a-pourtant-bién-dit : chés m.ʳ Francaleu.
L. C'est ici. *M.* Vous jouez, chés vous la comedie ?
L. Temoin ce rôle encore qu'il faut que j'étudie.
M. Le Patron n'a-t-il-pas une Fille-unique ? *L.* Oui.
M. Et qui sort du Couvent depuis peu ? *L.* D'aujourd'hui.
M. Vivement-recherchée ? *L.* Et trèsdigne de l'être.
M. Et vous avez grand monde ? *L.* A ne pas nous connaître.
M. Illuminacions, bal, concert ? *L.* Tout-cela.
M. Un beau-feu d'artifice ? *L.* Il est-vrai. *M.* M'y-voilà.
Damis doit-être ici ; chaque-mot me-le prouve.
Quand le diable en-serait, il faut que je l'y-trouve.
L. Sa mine ? ses habits ? son état ? sa façon ?
M. Hô ! c'est ce qui n'est-pas-facile à péindre, non !
Car, selon la pensée où son esprit se-plonge,
Sa face, à-chaque-instant, s'élargit ou s'alonge.

Il se-neglige trop, ou se-pare à l'excès.
D'état, il n'en-a-point, il n'en-aura jamais.
C'est un Homme isolé, qui vit en-volontaire ;
Qui n'est-bourgeois, abbé, robin, ni militaire ;
Qui va, viént, veille, sue, et se-tourmentant bién,
Travaille nuit-et-jour, et jamais ne fait-rién.
Ausurplûs, rassemblant dans sa seule Persone,
Plusieurs originaus qu'au theatre on nous donne :
Misantrope, Etourdi, Complaisant, Glorïeus :
Distrait... ce dernier-ci le designe le-mieus ;
Et tiéns, s'il est ici, je gaje mes oreilles,
Qu'il est dans quelqu'alée, à bayer aux corneilles,
S'approchant pas-à-pas d'un ha-ha qui l'attend,
Et qu'il n'apercevra qu'en-s'y-precipitant.
L. Je m'oriente. On a l'Homme que tu souhaites.
N'est-ce-pas de ses Gens que l'on nomme Poètes ?
M. Oui. *L.* Nous en-avons Un. *M.* C'est lui. *L.* Peutêtre-bién.
M. Quoi donc ? *L.* Le Personage en-tout ressemble au tién !
Sinon que ce n'est-pas Damis que l'on le nomme.
M. Contente-moi, n'importe ; et montre-moi cet Homme.
L. Cherche ! Il est à rêver là-bas, dans ces bosquets.
Mais vas-y-seul : on viént ; et je crains les caquets.

— Apresent, je vais-faire *Dorante.* Continuez
votre rôle de *Lisette.*

L. Dorante ici ! Dorante ! *D.* Hà ! Lisette ! hâ ! ma Belle !
Que je t'embrasse !... Hébien, dis-moi-donc la nouvelle !
Felicite-moi-donc ! Quel plaisir ! L'heureus jour !
Que ce jour a-tardé longtemps à mon amour !
De la chose avant moi, tu dois-être-avertie.
Que ne me-dis-tu-donc que Lucile est-sortie ?
Que je vais .. que je puis.. conçois-tu ? . Baise-moi.
L. Mais vous n'êtes-pas-sage, enverité. *D.* Pourquoi ?
L. Si Monsieur vous trouvait ? Songez-donc où vous êtes.
Y-pensez-vous, d'oser venir, comme vous faites,
Chés un Homme avec quî votre Père en-procès...
D. Bon ! m'a-t-il-jamais-vu ni de loin, ni de près ?
Je vois le parc ouvert : j'entre. *L.* Vous le dirai-je ?
Eussiez-vous cent-fois plûs-d'audace et de manége,
Lucile même à nous daignâ-t-elle s'unir,
Je ne sais-trop comment vous pourrez l'obtenir !
D. Hô ! je le sais-bién, moi ! mon Père m'idolâtre :
Il n'a que moi d'Enfant : je suis opiniâtre :
Je le veus, qu'il le veuille ; autrement (j'ai des mœurs),
Je ne lui manque point ; mais je fais-pis : je meurs.
L. Mais si le grand procés qu'il a... *D.* Qu'il y-renonce.
Le Père de Lucile a-gâgné. Je prononce.
L. Mais si votre Père ose en-appeler ? *D.* Jamais.
L. Mais si... *D.* Finis de grâce ; et laisse-là tes mais.

L. Crayez-vous-donc, monsieur, vousseul avoir un Père ?
Le nôtre y-voudra-t-il consentir ? *D.* Je l'espère.
L. Moi, je l'espère peu. *D.* Sois en-pais là-dessus.
L. Le Vieillard est-entier. *D.* Le Jeunehomme encore plûs.
L. Lucile est un parti... *D.* Je suis-bon pour Lucile.
L. Elle a centmille-écus. *D.* J'en-aurai deuxcents-mille.
L. Mais vous aimera-t-elle ? *D.* Hâ ! laisse-là ta peur !
Quand je t'en-vois douter, tu me-perces le cœur.
L. Je vous l'ai-dit cent-fois ; c'est une Nonchalante
Qui s'abandonne au cours d'une vie indolente,
De l'amour d'ellemême éprise uniquement,
Incapable en-cela d'auqu'un attachement ;
Une Idole du nord, une fraide Femelle,
Qui voudrait qu'on parlât, que l'on pensât pour elle ;
Et sans-agir, sentir, craindre, ni desirer.
N'avoir que l'embarras d'êtré et de respirer.
Et vous voulez qu'elle aime ? Elle avoir une intrigue !
Y-songez-vous, monsieur ? Fi-donc : cela fatigue.
Voyez, depuis un mois que le cœur vous en-dit,
Si votre amour vous laisse un moment de repit.
Et c'est mafoi biénpis chés nous que chés les Hommes !
D. Enfin, depuis un mois, sachons où nous en-sommes.
L. Elle aime éperdûment ces vers passionnés,
Que votre Ami compose, et que vous nous donez ;
Et je guète l'instant d'oser dire à la Belle.
Que ces vers sont de vous, et qu'ils sont-faits pour elle.
D. Qu'ils sont de moi ! Mais c'est mentir effrontement !
L. Hebién, je mentirai : mais j'aurai l'agrement
D'interesser pour vous l'Indifference-même.
D. Lucile en-est encore à savoir que je l'aime !
Que ne profitons-nous de la comodité
De ces vers amoureus dont son goût est-flaté ?
Un trait pouvait m'y-faire aisement reconnaître :
Et, mieus que tu ne crais, m'eút reüssi peutêtre.
L. He non, vous dis-je, non ! Vous auriez tout-gâté.
L'indiference incline à la severité.
Il falait-bién-d'abord preparer toutes choses,
De l'empire amoureus lui deplier les roses,
L'induire à se-vouloir-baisser, pour en-cüeillir.
D'aise, en-lisant vos vers, je la vois tressaillir ;
Surtout quand un amour qui n'est-plûs-guère envogue,
Y-brille sous le titre ou d'idile, ou d'églogue.
Elle n'a-plus l'esprit maintenant occupé,
Que des bords du Lignon, des valons de Tempé,
Des Bergers figurans quelques-danses legères,
Ou, tout le jour assis aux piéds de leurs Bergères ;
Et couronés de fleurs, au son du chalumeau,
Le soir, à pas comptés. regâgnans le Hameau.
La voyant s'émouvoir à ces fades esquices,
Et de ces visions savourer les delices,
J'ai-cru devoir mener tout-doucement son cœur,
De l'amour de l'Ouvrage, à l'amour de l'Auteur.

D. C'est une églogue aussi qu'on lui prepare encore.
Damis se lève exprès, chés vous, avant l'aurore.
L. Damis ? *D* L'Auteur des riens dont on fait tant de cas ;
Et sa rencontre ici, tout-franc, ne me-plait-pas.
L. Celui que nous nommons monsieur De-l'Empirée
D. Oui. Son talent, chés nous, lui donne aussi l'entrée.
Mon Père en-est-épris jusqu'à l'aimer, je croi,
Unpeu plusque ma Mère, et presqu'autant que moi.
L. Laissons-là son églogue. *D.* Hâ soit ! je t'en dispense.
Sur un pareil emprunt, tu sais comme je pense.
L. Monsieur De-Francaleu ne vous connait-pas ? *D.* Non.
L. Faites-vous presenter à lui sous un faus nom.
Ici, l'amour des vers est un tic de Famille.
Le Père, qui les aime encore plûs-que sa Fille,
Regarde votre Ami comme un Homme divin ;
Et vous plairez dabord. presenté de sa main.
D. Il peut me-demander la raison qui m'attire ?
L. Le goût pour le theatre en-est une à lui dire.
Desirez de jouer avec nous. Justement,
Quelques-Acteurs nous font faus-bond, en ce-moment.
D. Ouida : je les remplace, et je m'ofre à tout-faire.
L. A la pièce du jour rendez-vous necessaire ;
Il s'agit de cela maintenant. Après quoi...
D. Voici notre Poète. Adieu. Retire-toi.

— A merveille ! jolie Cesarine, voyons encore
une scène du *second acte ?*

F. Moi, je fais l'Oncle ; et toi, Lisette, es-tu contente ?
Tu voulais un beau rôle, et tu fais l'Indolente.
Reste à s'en-bién-tirer. Ma Fille est sous tes ïeus.
Tache à la copïer. Tu ne peus faire-mieus.
Le modèle est-parfait. *L.* N'en-soyez-pas-en-peine.
Je veus lui ressembler au-point qu'on s'y-meprène.
J'ai dabord un habit en-tout pareil au sién :
J'ai sa tâille : j'aurai son geste et son maintién ;
Enfin, je veus si-bién representer l'Idole,
Qu'elle se reconnaisse à la fadeur du rôle ;
Et comme en-un miroir, s'y-voyant traits-pour-traits,
Que l'insipidité l'en-degoûte à jamais.
Car, monsieur, excusez ; mais vous et votre Fame,
Vous avez fait un corps où je veus metre une âme.
F. L'indolence, en effet, laisse tout ignorer ;
Et combién l'ignorance en-fait elle égarer !
Le danger vole autour de la simple Colombe ;
Et sans-lumière, enfin, le moyén qu'on ne tombe !
Tu feras-donc-fort-bién de la morigener.
Qu'elle sache connaître, applaudir, condamner.
Qu'à son gré, d'Ellemême, elle dispose ensuite,
Le panchant satisfait repond de la conduite.
C'est contre le torrent du siècle interessé :

Mais me regardât-on comme un Père insensé,
Je veus qu'à tous égards, ma Fille soit-contente :
Que l'Epous qu'elle aura, soit selon son attente :
Qu'elle n'écoute qu'elle et que son propre cœur,
Sur un chois qui fera sa perte ou son bonheur :
Ce lieu rassemble exprès une belle Jeunesse ;
Vingt honnêtes Partis, dont le meilleur, je croi :
Ne refusera-pas de s'allier avec moi.
Ma Fille est riche et belle. En-un-mot, je la donne
Au Premier qui lui plaît ; je n'excepte Persone.
L. Pas-même le Poète ? F. Aucontraire, c'est lui
Que je prefererais à tout-autre aujourd'hui.
L. Je ne le crais pas riche. F. Hebién, j'en-ai de-reste.
J'aurai-fait un Heureus : c'est passetemps celeste.
Favorisant ainsi l'Honnête-homme indigent,
Le merite, une fois, aura-valu l'argent.
L. Je vois, dans ce chois libre, un contretemps à craindre,
Qui rendrait votre Fille extrêmement à plaindre.
F. Et quel ? L. C'est que son chois pourrait-tomber trèsbien
Sur Tel qui, sur Un-autre, aurait-fixé le sién ;
Et pour-lors, il serait-moins-aisé qu'on ne pense,
De ramener son cœur à de l'indifference.

— Vous pourrez aler : unpeu-d'usage vous rendra-même Actrice : il faut cultiver un si-beau-talent : Je vais dire à votre Mère que vous jouerez dès ce-soir : je cours en-prevenir mes Camarades, et j'amène Ceux qui sont-en-scène avec vous, pour faire une repeticion complette : repassez votre rôle en-attendant, et sous une heure, je suis ici avec *Dorante, Francaleu, Lucile* et *Damis.*

La Mère de Cesarine rentra : *Montdor* lui dit d'habiller sa Fille, et qu'elle jouerait.

Cesarine fut caressée par sa Mère, qui l'assura, que si elle se-trouvait du talent pour la scène, jamais elle ne serait-embarrassée. Elle l'habilla de son mieus en-Soubrette. Sa toilette finie, *Montdor* revint avec *Dorante,* joueur-de-Billard, *Francaleu,* marchand-fripier, *Lucile,* fille d'une Fruitière-charbonnière de la rue *de Bièvre,* et *Damis,* clerc-de-Procureur sans-condicion. Tous ces Personages (c'estadire, les mâles), *appetè-rent* la fraîcheur de *Lisette.* On fit la repeticion ;

on corrigea quelques-*inhabitudes*, et du reste,
on exalta le talent de Cesarine, on l'enivra de
louanges. Elle ala-jouer, et sa Mère l'accompagna. Un *Monsieur* les ramena dans sa voiture : il
fit mille-compliments à Lisette : il l'engaja de
tout son pouvoir à étudier d'autres rôles ; et pour
l'y-determiner, afin-qu'elle fût toute-entière, et
sans-inquiétude à son talent, il dit à sa Mère, devant elle : — Il faut, madame, que je me-charge
de la depense de sa toilette, et de tout le reste :
Je crais servir très-utilement le Publiq, en-lui-
procurant un Sujet, qui promet autant ! Elle a-
rendu superieurement son rôle, surtout la scène
de *Lisette* avec *Francaleu*; vous-vous-la-rappe-
lez, madame ? (dit-il à la Mère), — Oui, monsieur !
et surtout, quand elle a-dit, qu'*elle se-rendrait
idole :* c'est ce qu'il faut pour une Joliefille-.
L'Homme sourit de cette stupidité, et Cesarine
enrougit. La Mère, crayant avoir-dit merveille,
se-mit à louer les autres endroits du rôle de sa
Fille, qu'elle avait-remarqués à sa manière : —
Et comme elle est entrée, avec notre Voisin ! si
je ne l'avais-pas-connu, j'aurais-cru que c'était
un vrai Valet ! Ma Fille lui a-bién-dit : *Dusoin ce
rôle Montdor qu'il faut que j'étuguie !* Etpuis
du Mesmer qu'elle a-mis-là : *On viént, et crains
les baquets.* Et quand Dorante veut l'embrasser !
Vous n'êtes pas-sage ! Joli mot ! est-il de la pièce ?
Hebién je mentirai. Cela m'a-fait-plaisir ; il faut
qu'une Fille mente aux Hommes. Qu'est-ce qu'une
égorge, dont elle a-parlé ? — C'est une pièce-de-
vers (dit l'Homme), une *églogue.* — Etpuis *les
Acteurs qui font-faubond :* ma Fille a-mis-ça bien-
adraitement dans la pièce, et en-rimes ! je ne
crayais-pas qu'elle eût-autant-d'esprit-! Cesarine
honteuse, interrompit sa Mère. Mais son sort
n'en-fut-pas-moins-décidé... Elle joua tous les
rôles de l'emploi de Soubrette, et devint-passion-
née pour *son art.* Le *Monsieur* la menait et la

ramenait toujours dans sa voiture. Aubout d'un
mois, à la quatrième *theatrée* de Cesarine, il lui
proposa tout-uniment de l'entretenir. La Mère
l'appuya, en disant, que c'était la règle, pour les
Filles-de-theatre, qu'elles eussent Unquéqu'un.
Cesarine, qui devait-deja-tant à cet Homme, sub-
juguée dailleurs par de nombreus exemples, se-
rendit avec peine, mais elle se rendit. L'Homme
fut enchanté d'abord : Il la garda deux-ans. Mais,
inconstant comme tous les Libertins, il se-dé-
goûta ensuite. Cesarine fut-alors-livrée à toute
la Troupe masculine, qui se-paya de ses leçons-
de-declamacion. Enfin, elle tomba dans la mi-
sère, et sa Mère fut punie de sa corrupcion, par
les reproches sanglans que lui fit Cesarine.

Elle était dans cette triste situacion, lorsqu'elle
fit-connaissance d'un Jeune-homme estimable, qui
chercha, par des services essenciels, et des égards
bién-marqués, à redonner à cette Fille le sentiment de sa dignité, qu'elle avait-perdue. Mais le
Theatre-bourgeois l'avait - corrompue entièrement ; elle ne put y-renoncer ; elle sacrifia son
Biénfaiteur à la fureur de jouer dans des Tripots.
Il souffrit longtemps! il l'aimait ; il s'attachait
par ses propres biénfaits : il alait jusqu'à-pardon-
ner des torts decidés. Unjour, il dit à Cesarine :
—Est-il possible que vous-vous-assimiliez à toute
la Canâille qui joue avec vous ! Qu'est-ce-que les
Hommes ? Qu'est-ce-que la principale Actrice,
qui fait les *Amoureuses ?* Je m'en-suis-informé ;
c'est la Fille d'une Fruitière : mais je ne m'en-
fais-pas un titre-de-mepris ; ce sont ses mœurs
qui l'avilissent. Sa Mère logeait en-chambre-
garnie; comme la Fille était-jolie, des Libertins
cherchèrent à la corrompre : ils n'y-reüssirent
qu'en-la-fesant-jouer la comédie-bourgeoise :
dès-qu'elle eut-monté sur les planches, elle leur
ceda : et comment ? Ils l'entretenaient à plusieurs, pour la modique somme d'un écu par-

semaine. Cette Jeune-infortunée, dabord avilie
par la seduccion, devint biéntôt-effrontée comme
vous la voyez. Est-il possible que vous en-fassiez
votre Camarade, votre Amie, votre Société ? Je
vous en supplie, quittez le theatre-bourgeois : je
vous pardonnerais ce goût, si j'entrevoyais qu'il
pût vous porter à nos grands Theatres : mais,
je ne vous le cache-pas ; malgré les louanges
qu'on vous prodigue, jamais vous ne remplace-
rez nos Soubrettes des *Français*, ou même Celles
du second *Theatre*-.

Ce discours sensé demeura sans-effet : Cesarine
voulut-jouer, s'avilir ; et elle joua, s'avilit. L'honnête Jeunehomme prit enfin son parti, et lui
laissa l'entière-liberté de suivre son goût ; il fit
un autre chois. Cesarine se-livra dabord toute-
entière à la scenomanie : mais biéntôt fatiguée
par son jeu, par ses efforts pour exceller, par ses
complaisances pour ses camarades, elle vit sa
gentillesse s'éclipser ; tout s'éloigna d'elle, au-
point que s'étant-presentée au *Funambul*, il ne
la trouva-plus assés-jolie pour son *Musico*. Elle
entra chés le *Mangeur-de-filasse*, où elle fait des
parades.

———

Amoins d'un talent propre à devenir sublime,
il ne faut-jamais-embrasser le parti du theatre.
Quant aux spectacles-de-société, où d'Honnêtes-
gens representent entr'eux, c'est encore le plus-
dangereus des amusements, pour les Jeunes-
gens sans-fortune, qu'on y-admet souvent : Il
ne sera-même sans-inconvenient pour Ceux qui
ont de la naissance et de la fortune, qu'autant
qu'on aura l'attencion de faire-faire aux jeunes
Acteurs des deux-sexes leurs rôles reels, à
l'Amant, celui d'Amant, au Mari, celui de
Mari, etc.

———

LA DRAMISTE.

Ce genre est trop-nouvellement au *Theatre-italién*, pour qu'il ait-fourni, ou pour qu'on ose employer l'histoire d'une Actrice : mais on jouait depuis longtemps en province les Drames qu'on donne aujourd'hui aux *Italiéns*.

Unsoir d'hiver, un Homme d'environ qua-rante-ans, alait-voir aux Français *le Père-de-famille*. Une jeunefille de quatorze à quinze regarda l'affiche, qu'il lisait. — Mondieu! (dit-elle), que je voudrais voir cette pièce! — Venez-! (lui dit-il en-riant). Elle baissa les ïeus, rougit, et ne repondit-pas. — Si vous voulez-voir la pièce (reprit l'Homme), et que Persone ne soit-inquiet de vous, je vous offre de vous y-mener : nous irons aux *troisièmes*, et vous ne serez-pas-remarquée-. Cette offre était-imprudente. La tentacion fut-si-forte pour la Jeunefille, qu'elle accepta. C'était une aprentisse-ouvrière, qui, au-moyén d'un mensonge, pouvait-cacher sa de-marche. Elle prit le bras de l'Homme, avec trouble ; mais elle palpitait-de-plaisir. Ils alèrent aux *troisièmes,* à la salle des *Tuileries*. — J'ai-entendu lire cette pièce (dit la Jeunefille, quand ils furent-assis), par le Cousin de ma Maîtresse : c'est ce qui m'a-donné une si-grande-envie de la

voir. — Comment vous l'a-t-il-lue ? — Il viént
tous-les-soirs, pendant que nous travaillons-...
Le reste de la conversacion fut-trèspeu-interes-
sant. On joua. La jolie *Sofie* n'entendit-plus, ne
vit-plus-rién que le theatre et les Acteurs. Après
cette pièce, on donna *la Pupille*, qu'elle ne
connaissait pas, et qui l'enchanta davantage
encore. — Hâ! (dit-elle), que cette *Julie* est
aimable! et que je voudrais-avoir son talent?
Elle surpasse encore *Sofie* !... Comment-faire,
pour être actrice? — Il faut étudier des pièces,
apprendre la musique, la declamacion. — Hô!
que de choses! — Une Actrice doit-avoir l'usage
du monde, et tous les talents agreables? — Où
prendrai-je tout-cela? — Vous avez-donc bién-
envie d'être-comediénne? — Je l'aimerais-mieus
que d'être... princesse. — Je presume, qu'avec
cette envie, vous reüssirez. Je connais une Actrice-
de-province qui s'en-retourne : si vous voulez,
nous irons chés elle à-l'instant, et je lui parlerai
de vous? Ils y-allèrent. La Comediénne regarda
Sofie avec dédain ; la fit-marcher, faire la reve-
rance, et lui dit : — Vous n'êtes-bonne à rién.
Sofie versa deux larmes, et voulut-sortir.
L'Homme la remena ; et elle rentra chés ses
Parens, après qu'elle lui eût-donné un rendevous
pour le dimanche.

Il devait la mener à une Comedie-bourgeoise.
Sofie trouva-là des talens moins-parfaits ; mais
ils ne lui firent que mieus-sentir la possibilité
d'atteindre au but-desiré. Après les deux pièces,
elle brûlait d'envie de parler à une Actrice
connue de l'Homme qui l'avait - amenée. Ils
alèrent la trouver. — Moi! (dit cette Fille); je
ne me chargerai-pas d'une Elève ! mais mettez-la
entre les mains de m.r *Baliveau* ; il la formera-.
Sofie consentit à prendre ce Maître, qui était un
assés-bon acteur. Ils firent-connaissance, et
Baliveau la forma. Le prealable fut la perte de

son innocence : son Maître lui dit, qu'il le falait, pour lui donner de l'assurance. Les grandes disposicions de Sofie ne laissèrent presque-rién à faire au Maître ; elle alait quelquefois au theatre, avec le Premier qu'elle avait rencontré ; elle étudiait d'après les bons Modèls ; l'Homme lui fournissait des pièces, qu'elle apprenait la nuit. Enfin, elle joua sur le theatre-bourgeois. On vit dès la première scène, qu'il ne lui manquait que de l'habitude : à chaque nouvelle representacion, elle se-fortifiait visiblement.

Ce-fut-alors que Baliveau lui fit-quitter sa Maîtresse et sa Famille : il la logea en-chambre-garnie ; elle eut tout son temps pour étudier, et elle fit des progrès rapides. On lui trouva un Maître-à-danser, et un de musique, qui se-contentèrent du plaisir de lui montrer. Ainsi formée, un Directeur-de province, auquel le premier Homme la fit-connaître, pour la delivrer de trois Hommes qui la tourmentaient, l'engaja, et l'enmena dans sa Ville. Sofie, jeune, jolie, degoûtée de l'amour par ses desagreables commencements, resta sage et fraîche : Elle fut l'idole du Publiq, qu'elle amusait. Elle joua les premiers rôles tragiqs avec quelque-succès ; mais où elle excella, ce-fut dans les Drames, tels que le *Père-de-famille*, le *Deserteur* en-prose, *l'Indigent*, la *Brouette-du-vinaigrier*, *Beverlei*, *Eugenie*, etc. Elle fesait-valoir ces pièces, comme notre *Granger* du *Theatre-italien* les anime par son feu inepuisable.

Sofie, devenue grande Actrice, sentit dans son cœur un fond-de-vertu, c'est adire, de tendresse-filiale, de reconnaissance pour l'Homme qui l'avait-obligée le premier, si-desinteressément, que jamais il ne lui avait-fait la moindre proposicion. Elle desira de revoir ses Parens, et son Biénfaiteur. Elle obtint un congé pour venir à Paris. Elle y-trouva son Père et sa Mère dans le besoin : elle les soulagea : et ce-fut en-s'occupant d'eux uniquement pendant les premiers-jours, qu'elle oublia son premier Ami. Enfin, elle put y-songer : Elle le trouva dans la douleur, ruiné par une perte imprévue, et victime d'une calomnie singulière. Un Homme assurait l'avoir-vu-jeter de la boue sur la robe blanche d'une Dame. Ce Malheureus s'était-trompé de toutes façons : les roues d'une voiture, ou les piéds des Chevaus avaient-horriblement-éclaboussé la Dame : un Homme, habillé comme l'était ordinairement le biénfaiteur de Sofie, la suivait, et le Calomniateur en-profita, pour occasionner à un Homme-honnête, une affaire trèsdesagreable, malgré son absurdité : car c'était un amusement d'Enfant-poliçon qu'on lui attribuait ; (ce ne pouvait être de la noirceur, vu qu'il ne connaissait-pas la Dame). L'Accusé ne savait comment se-justifier, contre un Temoin qui disait l'avoir-vu ; il perdit une place de mille-écus ; il fut-honni , mal-regardé, dans la douleur, et pauvre. Sofie fut-touchée de sa situacion. — Je n'irai-pas-voir (lui dit-elle), Ceux qui ont-abusé de ma jeunesse, de mon innocence, de mon goût pour le theatre ; mais vous, monsieur, vous serez mon second père : venez ; tout ce que j'ai est à vous comme à moi-. Elle ne s'en-tint-pas-là ; instruite de la cause de ses malheurs, elle voulut le justifier : elle lui fit-raconter toutes les circonstances , trouva des preuves que son Ami était-ailleurs au-moment de l insulte ; employa, pour les faire-valoir, la faveur que lui donnaient ses talens et sa beauté ; elle reüssit, obtint une place plûs-honorable et mieus-apointée : Enfin, elle cèda aux vives-instances de la gratitude, elle a-con-senti qu'il l'épousât. Depuis-peu, ils sont...(*Cætera desunt.*)

NOTES

P. XXII. *Note*. L'affaire de la chapelière dont il est question ici
a été racontée par Restif lui-même dans *Monsieur Nicolas*, et
il a placé les lettres y relatives à la suite du XXIIᵉ volume de
la seconde édition des *Contemporaines*. C'est là qu'on trouvera
la lettre de Beaumarchais, lettre pleine d'amabilité d'ailleurs.
Nous ne voulons pas insister sur ce sujet, qui, nous l'avons dit,
doit être traité plus amplement dans le *Bulletin de la Société
de l'histoire de Paris*. Nous ferons remarquer seulement que
Restif, dans ce cas, s'était montré plus imprudent que jamais
et qu'il n'avait pas même pris la peine de modifier le nom et
l'adresse de l'héroïne à laquelle il prêtait une aventure que l'en-
quête démontra fausse. On s'expliq era mieux son imprudence
quand on saura de quelle façon il s'y prenait pour rassembler
les matériaux que son propre fonds ne lui fournissait pas.
Nous trouvons ce renseignement dans les *Mémoires du
comte Alexandre de Tilly*, un autre aventurier, mais de la
classe des roués et qui après avoir comme Restif sacrifié toute
sa vie à l'étude expérimentale des femmes, mais sans la même
naïveté et la même étendue que lui, a fini par le suicide.

Voici ce que raconte Tilly: nous étendons la citation un peu
au delà de ce qui serait strictement nécessaire pour le but que
nous marquons à cette note, mais un jugement de plus sur
Restif ne peut pas être déplacé ici et, s'il en amène un second,
on nous pardonnera encore, nous l'espérons. Les éminents
contemporains ne sont jamais à mépriser.

« Un matin, à ma grande surprise, arriva chez moi M. Rétif
de la Bretonne, que je ne croyais pas connaître, et avec qui
je ne me trouvais dans aucun rapport. Il me rappela m'avoir
vu chez la comtesse de Beauharnais, qui tenait ce qu'on a
nommé fort mal à propos un bureau d'esprit; mais il s'y ras-
semblait bonne compagnie en hommes du monde, et en gens

de lettres d'un mérite fort inégal : j'y avais été moi-même deux
ou trois fois. Mais autant j'aime l'esprit, autant j'en hais les
apprêts : je n'y étais pas retourné. L'auteur du *Paysan perverti* me dit avoir beaucoup entendu parler de moi, qu'il était
venu me demander *quelques anecdotes érotiques de ma vie,*
en un mot *quelques aventures marquantes* qui pussent occuper une place avantageuse dans un ouvrage de longue haleine
qu'il méditait depuis longtemps, qu'il voulait écrire pour la
postérité, et non pour des contemporains dont il était *las.* Il
fallait rire de l'objet d'une telle visite; il eût été absurde de s'en
fâcher; mais je l'assurai que ma vie avait été d'une stérilité
effrayante, et que je le remerciais de son attention. Je le priai
de me supposer assez de goût pour sentir que je manquais une
occasion précieuse de percer chez nos neveux, de me réserver
sa bonne volonté et ses pinceaux pour de meilleurs temps, et
de croire que, puisqu'il m'avait jugé un sujet de quelque espérance, je pouvais un jour concourir utilement à son plan en lui
communiquant, dans un avenir que j'espérais, des anecdotes
dignes de ses couleurs si neuves et de sa touche originale. Mes
compliments le charmèrent : il était encore plus enchanté de
ses ouvrages. Il n'hésita pas à m'avouer que le *Paysan perverti* était un livre du premier ordre, qui durerait autant que
la langue qu'il avait enhardie à *parler de tout,* et aussi longtemps que la nature qu'il avait prise au *pied-levé.* Il se félicita
d'avoir été méconnu par un siècle *fade et rapetissé ;* les calom-
nies des journalistes et des académiciens, qui n'avaient pas sa
mesure, étaient ses premiers titres à l'immortalité.

» Je réponds à tout : « C'est juste ». Je lui fis la révérence : il
s'en alla.

» Quoi qu'il en soit, c'est un homme difficile à juger : on se
compromettrait en le louant beaucoup, et il est pourtant aisé
d'être injuste envers lui. Quelques-unes de ses productions
semblent être celles d'un écrivain en délire ; il est inintelligible
pour ses lecteurs et pour lui-même. Ailleurs vous le retrouve-
rez original et piquant, avec le cachet d'un esprit qui manque
de goût, et qui par cela même en est plus près de ressembler
au génie. On a de la peine à se résoudre à le lire quand on a
parcouru ses ouvrages au hasard, mais il n'en est presque
aucun qu'on n'achève quand on l'a commencé : il y a des pages,
souvent si extraordinaires (dans l'acception favorable de ce
terme), des passages quelquefois si remarquables qu'il nourrit
jusqu'au bout votre espoir qui souvent est déçu. Il traite des
sujets presque toujours ignobles, et s'il les traitait supérieure-
ment, ce serait un genre, et sa justification ; mais le reproche
capital dont on ne peut l'absoudre, c'est qu'il est presque

toujours graveleux et indécent, qu'il se complaît dans des tableaux qui blessent souvent la pudeur et la délicatesse, autant
que la vraisemblance et la raison. Quoiqu'il ait une invention
féconde et variée. je ne ferai pas l'éloge de son imagination,
parce qu'il est facile d'en montrer lorsqu'on lui ouvre un champ
sans limites.

» Mais, dussé-je faire sourire quelques esprits délicats et
trop difficiles, j'ai eu le courage de lire à peu près tout ce qu'il
a composé et de traverser tout le fatras et quelquefois toutes
les ordures qui le séparent d'un lecteur difficile, et je confesse
que si j'ai souvent haussé les épaules de pitié, il m'a fait aussi
rire, frémir et pleurer. .

» Certes, le *Paysan perverti* est l'ouvrage d'un homme fort!
Toute la vigueur d'un génie mâle, mais désordonné, y domine;
toute la fertilité d'une imagination démesurée, mais riche, vit
dans ces tableaux, que peu de mains auraient choisi de tracer,
se déploie dans ces cadres que le goût et la délicatesse peuvent
réprouver, mais où il faut admirer l'art énergique qui les a
remplis : c'est le Teniers du roman, son livre est les *Liaisons
dangereuses* du peuple. »

Puisque nous sommes sur la pente, laissons-nous glisser et
donnons — c'est le dernier — le sentiment d'une femme sur
ces ouvrages tant discutés et si discutables. Cette femme n'est
pas la première venue. c'est mademoiselle de Lespinasse. (Voir
l'excellente édition de ses *Lettres* que vient de donner M. Isam-
bert dans cette même collection Jannet-Picard.)

« Je viens de finir le premier volume du *Paysan perverti*.
Cette dernière page ne vous a pas ravi; vous n'avez pas eu
besoin de m'en parler, de me la lire! ame de glace! C'est le
bonheur, c'est le langage du ciel. Et la mort de *Manon*, et sa
passion et ses remords, et ces mots douloureux et passionnés
qu'elle emploie! Ah, mon Dieu! nous avons passé hier la soirée
ensemble; le livre était là, vous l'aviez lu et vous ne m'en disiez
mot! Mon ami, il y a un petit coin de votre ame, et une grande
partie de votre conduite qui pouvaient sans folie et sans injustice faire faire un rapprochement qui ne vous plairait pas. Oui,
oui, il y a un peu *d'Edmond* dans votre affaire : vous ne lui
ressemblez pas de face, mais un peu de profil. Mon ami, ce
livre, ce mauvais livre qui manque de goût, de délicatesse, de
bon sens même, ce livre, ou je me trompe fort, est fait avec le
reste de passion et de chaleur qui a imait Saint Preux et Julie.
Oh, il y a des mots délicieux! Si ce ne sont pas les dernières
étincelles de ton génie, *Jean-Jacques;* si ce ne sont pas les
cendres mal éteintes de la passion qui animait ton âme, lis cet
ouvrage, je t'en conjure, et ton cœur sera animé d'intérêt pour

l'auteur, qui a mal corçu et mal conduit cet ouvrage, mais qui est certainement capable d'en faire un meilleur. Je vous punis, mon ami, je vous accable, mais vous vous tirerez d'affaire, comme de coutume, en ne le lisant point. *Edmond* en aurait bien fait autant, et il était moins occupé que vous. Mon ami, voici le titre, ou la note d'une lettre que j'aurais faite comme *Pierre l'Editeur. Edmond à Manon. Comment peut-on marquer les mêmes sentiments à tant d'objets différents? Le monde est un dangereux séjour pour quiconque a le cœur fait comme Edmond. »*–

P. 1. *La Duchesse ou la femme Sylfide.* Cent quatre-vingt-cinquième nouvelle.

Nous devions donner un échantillon de la façon dont Restif comprenait la vie des grandes dames de son époque. Nous avions à choisir entre la duchesse, quelques comtesses et marquises, baronnes et vicomtesses; nous nous sommes décidés pour la duchesse, parce que sans présenter plus de vérité el e offre au moins quelques traits singuliers qui ont bien le cachet des imaginations de l'auteur. Quant à vouloir tirer de ces tableaux l'indication d'un personnage véritable, Restif lui-même n'y a pas songé. Il a dû fondre ensemble quelques cancans et croire par là avoir fait un portrait. Sa gêne, du reste, est sensible dans toute cette troisième partie des Contemporaines, les *graduations* qu'il annonce sont très-peu suivies et il y a bien plus de bourgeoises et de commerçantes que de véritables femmes titrées.

P. 49. *La Dédaigneuse provinciale.* Cent quatre-vingt-onzième nouvelle.

Il y a certainement dans cette nouvelle un fond de vérité. On y reconnaît bien la façon dont la noblesse et surtout la petite noblesse de province traitait les gens du commun avant la révolution; peut-être même trouverait-on encore aujourd'hui des exemples analogues à ceux dont s'indigne Restif. L'influence des idées propagées par les philosophes, dont M. de Mont-hausse-col est un des disciples, y est assez bien peinte. On y reconnaît aussi la fermentation qui existait déjà chez le menu peuple et qui se traduisait au théâtre surtout par la liberté des propos des *Parterriens* à l'égard des grands airs des insolentes de province comme de Paris. C'est que ce public pouvait être un « tas de gredins », mais que, dès lors, on ne pouvait pas « arrêter le public ».

P. 72. *La Baillive et la procureuse fiscale.* Deux cent vingt et unième nouvelle.

Nous rentrons ici dans les mœurs campagnardes du Morvan et de la Bourgogne que Restif connaissait bien, mais tout l'intérêt de la nouvelle est dans les contes et non dans les personnages. Ces contes sont anciens, *la Meunière à double mouture*, *la Marrainne damnée*, *la Bête excommuniée*, *la Veuve et le Voleur*, *le Voleur âne par pénitence*, étaient déjà populaires au XVIᵉ siècle.

Quant à la langue, elle a été rajeunie par Restif. On n'y peut guère remarquer à titre de mots tout à fait provinciaux que *foirain* (qui va en foire), pour forain, *chevêtre* (d'où notre mot *enchevêtrer*) pour licou.

P. 102. *La Belle commissaire*. Deux cent vingt-troisième nouvelle.

C'est l'histoire d'une hystérique qui, plus heureuse que beaucoup de ses pareilles, ne finit pas mal.

P. 123. *L'ex-c-u...* Nous ne pouvions nous dispenser de donner cet échantillon de la poésie de Restif qui sans précisément le montrer l'égal de La Fontaine, ne laisse pas d'être fort en progrès sur les vers de sa jeunesse, dont il a inséré plus d'un spécimen dans la *Vie de M. Nicolas*. Restif dit lui-même à la suite de *l'ex-c-u :* « c'est ainsi, honorable lecteur, que j'emploie tous les moyens pour varier mes tons, changer de manière, et vous présenter des tableaux toujours nouveaux ».

P. 128. *La Jolie bourgeoise et la jolie servante*. Deux cent trente-troisième nouvelle.

C'est encore un des mille et un moyens que Restif indique pour être heureux en ménage. Mais il est difficile de prendre sa femme pour sa servante, pendant trois ans, même la nuit.

P. 137. *Brogniard*, herniaire. — Il est probable que Restif a voulu faire ici une réclame à son bandagiste, comme il l'a fait si souvent pour son médecin spécialiste Guillebert de Préval.

P. 148. *La Belle libraire et la jolie papetière*. Deux cent quarante-huitième nouvelle.

Restif rentre ici dans les professions qu'il connaissait. Mais on ne s'en douterait guère, si l'on ne s'en rapportait qu'à la fable traitée. Une des singularités de cette nouvelle consiste dans les noms qu'il a donnés à ses personnages qui sont tous tirés des outils, opérations, ou sortes de métiers auxquels ils appartiennent. Il avait déjà employé ce procédé dans *la belle Imprimeuse*, que nous aurions préférée si elle n'eût été si longue parce qu'elle met en scène mademoiselle Parangon. On aurait pu y voir, par exemple, *MM. Groromain, Peticanon* faisant la cour à mademoiselle *Petitexte* ou mademoiselle *Q de deux points*.

P. 167. *La Fille entretenue et la fille de joie*. Deux cent cinquantième nouvelle.

C'est un des sujets traités si fréquemment par Restif, que nous n'avons pas à y revenir.

P. 215. *La Paradeuse.* Deux cent-soixante et onzième nouvelle.

Restif a consacré deux de ses volumes aux actrices. Malheureusement il était pressé de finir, et ces sujets qu'il aurait pu traiter d'une façon agréable, sont mis en scène en dépit du bon sens; il se passe d'intrigue et se borne en général à citer des fragments de pièces ou de scènes d'opéra. Nous avons eu bien de la peine à en trouver deux qui continssent l'apparence d'une dée. Celle-ci est une des meilleures.

P. 229. *L'Actrice-bourgeoise.* Deux cent-cinquante-septième nouvelle.

Un peu pauvre en développements sur le théâtre bourgeois ou d'amateurs, cette nouvelle est cependant curieuse en nous révélant combien, à toute époque, a pu faire de victimes, la fausse vocation théâtrale trop encouragée par ces petites scènes *latérales* où de malheureuses vanités trouvaient à se satisfaire.

P. 238. *La Dramiste.* Deux cent-soixante-sixième nouvelle.

On voit ici encore que le goût pour l'état d'actrice obligeait à certains sacrifices. Les choses n'ont pas changé depuis. Il est rare toutefois que, comme Sophie, on retrouve si aisément la sagesse après avoir commencé par la perdre avec si peu d'hésitation

On voit encore que le *Père de famille* de Diderot était bien une des pièces en vogue de l'époque, et l'une de celles qu'on jouait le plus fréquemment en province.

TABLE

DE MON KALENDRIER.

Les 406 Femmes nommées dans le texte, entreront dans les Estampes-de-situation : Les Initiales y seront au-long.

Mar. Roul'ot f:
Aimée-julien :
manon.
cecile-Ravet :
marie Belier :
suzon dacha
Anrette imps :
ève-dalis :
Nanet. Chindè :
cat. Lointre n:
manon chovet
manon Julien :
manon-Duvet
Agnè--morillo
JUIN.
ROSE Lambel'n
Adelaï. Poulet :
helène Luidivin
mad. Fournier.
Victoire-Scofo
charlote me ci
Louise.lemaire
mad. lallemant
Jean Demaidli
serafine-Jolon
mad. Leprince:
c.sse Egmont :
Beuguet limo.
Gueant actrice
sibil. Argeville.
edmèe-Jiraud :
Reine :
Julie . u rumin
sofie:
man. la vergne
ROSE vignon :
Rosalie vasseur
Terese f. d. cha.
Bonne sellier :
F. Sellier bellef.
relerine Berthe
Babet f. leriche
Armide Camar.
Adel.Desmarais
Cecile Decoussi
serafineDestroc
JUILLET ;
Madelon
LeonorPoupart
Annette.
susette. Fillette
Stan Thevenet

mad. Gigot,
Zoë Delaporte,
Spirette Laval,
Aurore :
Victrice d'Arc.
mad.Doubleton
Fille Zefi e ;
sofie-Voixem,
sidonie Mentel
Junie-Prudom :
Jaquet-Batiste :
Amelie-Guislan
Manon à Z.
Henriet kirche
Batilde :
Joconde-Sailli,
victoire versai
Claire morisot
Marie Jehanin.
marian Milan,
lidie et Clairète
valsuzon :
Manète Saintur
Man Duveau.
Mlle Omfale :
Hypsypyle ;
AUGUSTE
Edmèe-Colète.
christi e vitea
Io e Bellecour
brigite salins :
Michèle Guene
Isabel. Lefauch
Laurence ;
Louise-durand.
Agnès Lebegu.
Agnès-Restif,
Marion ;
claudon Roulo
et Marianne,
Elisabet-didier,
et la j. Edmet
mad. Caraqua :
lambert. de Bèe
Adelaïde Necar
Helène Brocard
saint-Cyr;
Victoire ;
Rose-Bourjois :
Eujénie ;
Julie Talon :
Jovienne Brulé

sara krammer :
Agate-Lamèle,
mad. Hollier ;
Julie-dovergne,
Melquière ;
Zoa: psychè :
Emilie-Rônait.
Ad. Nazanje :
mad. Meuneau
SEPTENB.
mlle Laurens ;
Apolin Canapé
mlle Aurau ;
mlles Romilli
mad. Machart
Alexandri-Bel :
Hélenette ;
Doroth. millier
mad. Agard ;
mad. Batiste ;
petite Rosète ;
mlle Mauvièt
soffie-minyer :
victoire d'Orne
Claire Germain
Rose-manduit,
Justine sujer :
Fanchonet Jiet,
sofie rainefort
mad. saniez ;
mad. Leveqe;
mad.Wercavin,
pelisse Bleue :
Franç.Bienfaite
Aoelai. Lebrun
Henr.duplessis
m.de.de-sel ;
Eulalie sœur ;
Zilia mulâtre
Vesperie ;
OCTOBre;
Elise Tulout ;
Adelaide Tayi :
Lisète-Varin ;
mlle Agathe;
Aglaé-Jurje ;
Cecile ;
Esther jeune ;
Ad. Lhuilier ;
petron. la bloud
Julite Laurens
reine-courten.

Joseséta Ressif
Urs. Charuat :
Zaire ;
pauli. Valère ;
manon Vallon ;
Colèt. sarasin.
Jos.Desclaseaus
m.lles Delorm.
Agathe Prevost.
L.-Elisa.Alan ;
Thérèse-Desr.
manon-maret ;
Agathine,
Maguelone ;
Aline (l'araign)
Cecile du Val ;
Ang.Tomin-N.
Rose Gauthier
mad. Quillau;
Jea.-maricôt ;
NOVEMBre
Celeste, Julie.
Javote agrèmin.
rosète-Vaillant.
Augusta-dubre.
Panete-Frojer :
Aurore-parisot :
Fausse-Parizot.
Aglaé-sole :
doree-Juvisi;
rosaliePrudome
Julie-d'Etange
mlles Decour ;
virgine-Franç.
Am. monclar,
rosal.-poinot :
Flore Jobard ;
susane-Fister :
Victo.-Londo ;
Hub.ne schell ;
suson. Lebègue
Agathe st-Leu;
mad. Lebel ;
A. Delatouch.
Adelaïde colart
Fanchonnette ;
Aimondedartois
sara-Debée ;
minète-stleger.
montalambert.
Basti.domoulin
Joseph.lambert

Kalen drier.

Table
dès
noms.

ros. Lamourère	mlle Aubusson	rosète Caneri ;	Cadète Margane
Charlote Foullè	mad. Richer ;	savini.Froment.	Seotimanète (f).
Caterin.danton	mad. Conpoin,	dorotée de can	Csse Beauharnais
rosali. rochelle.	roseLesClapart	Eleonor Guichar	
Josephine-levé,	Fel. Marimonp,	samère etrante.	Serafine-Prudom
sauvée Noron :	mad. dùnstan ;	mad. Boisard ;	mad.Le ay mir,
DECENBRE ;	Jul. matterey ;	Adela.-raguido	Estèle, Cecile,
Zephirète (f.B)	Rosa Buchera :	rosalie. Favrin,	rosète, Lutine,
melite-Glatz :	et mad. Hardi.	Florence,Cècile	Federiq, Sofiè-
Victre-merlin ;	mlle Aglaé ;	et sofie Vieillot	te. Eleonorine,
Calixtedecourti	Felici-menager	Fille de Victoire	Teresère, Ala-
mad. maillard.	Victoire-letort	Fosp sacrasin.	nète,[vèt.V.Ce-
tontètepenissier	mad. Laruelle.	Orsin.Quenette	leste-FolleVil.
mad. Laujé ;	la Fille Ruelle.	Felicitè-didot,	
sof. batarde, et	Adelaid. mâtis,	Adèle-merigot.	
mad Chenier,	Lise-menajer ;	mad. Filon-horl	

Ce calendrier, dont on a beaucoup parlé, forme le texte d'un volume entier dans : *Monsieur Nicolas ou le Cœur-humain dévoilé* ; il ne doit pas être considéré seulement comme un répertoire des maîtresses de Restif, car, il y a placé des femmes avec qui il n'a jamais eu de rapport.

Nous extrayons de ce calendrier quelques passages curieux :

MARGUERITE-PARIS : Cette Fille, de 40 ans alors, est Une des Femes que j'ai le plüs violemment desirée : Je brûlais pour elle, avant d'avoir aperçu Jeannette-Rousseau, ét elle m'inspira encore des desirs après. On a vu, dans ma IIIe ÉPOQUE, ce qui est resulté de notre liaison. Ce n'est pas la première Feme avec laquelle j'àye été Home ; mais c'est la 1re qui m'ait procuré une realité de tendresse.

JEANETTE-ROUSSEAU : Ce fut au Printemps, un Dimanche avant Pâques, que je vis Celle que je n'ai jamais cessé d'aimer, ét que je regrète plüs amèrement que jamais, à la fin de ma carrière !. . Cet amour a resisté au temps ; il n'a jamais été aneanti par les autres passions ; c'est-à-dire qu'en aimant ét Marie-jeane, ét Manon-Prudhòt, ét Madelon-Baròn ; en adorant Mad. Parangon elle-même, je n'étais pas devenu indifferent pour Jeanette-Rousseau. Malheureux que je suis ! j'ai senti plüs vivement cet attachement inmortel, quand mes passions ont été calmes !... Je m'étais alors représenté Une Beauté parfaitement à mon gré, pour l'aimer : je me la figurais; je la voyais. Jeanette, modestement parée, s'avance pour aler à la comunion. Je la vois, ét saisi, transporté, je me dis à

moi-même,... je fus prêt à m'écrier : ») La voila, Celle
que cherchait mon cœur » !... De ce moment, je cessai
d'aimer tout ce que j'avais aimé : Jeannette seule est
la Vénus, la veritable Beauté, le seul Objet desirable
pour moi ! Et cependant jamais une passion sensuelle
n'accompagna cet amour ! Non, jamais je n'alliai
l'image de Jeannette avec une idée obscène ! Ç'a toujours été de la tendresse, du respect, de l'atachement
que j'ai ressenti pour elle !... Je lui consacre le 1 mars
depuis 47 ans. C'est le 4 juin 1788, que j'ai apris
qu'elle ne s'est jamais mariée. Elle a conservé plüs
religieusement que moi notre 1er amour. Aussi a-t-
elle été la moins malheureuse des 2... En 1794, devenu libre, par mon divorce, provoqué par Agnès-L.
j'écrivis à mes Sœurs Margòt ét Mariane, *ma resolucion d'épouser mlle Jeannette;* mais ces deux Bigotes
imbeciles n'ont indirectement repondu, que des choses
évasives. J'écrirai au Curé de K., qui vit encore en
mars 1797, et come il a de l'esprit, peut-être le mariage reüssira-t-il... Jeannette aura 66 ans, étant née
le 19 Xbre 1731. *Fiat!*

MADELON-BARON : la plüs aimable des filles, la
plüs tend1e, la plüs voluptueuse. En celebrant sa fête,
je me replace aux temps heureux qu'elle embellissait : je me rapelle toute la felicité qu'elle me dona,
et celle qu'elle me promettait... Helas! hélas ! c'était
une Epouse mère, come elle, qu'il me falait. Elle, ou
mad. Parangon veuve : Ni Fanchette, sans sa Sœur-
aînée, ni Manon-Prudhòt, ni Edmée-Servigné, ni
Ursule-Mêslòt ne m'eussent rendu heureux : mais
peutêtre l'eüssé-je été avec Mariane-Tangìs ou Colombe. On sent que j'excepte ici Jeannette-Rousseau,
mon épouse marquée par la nature : j'excepte même
encore Mariejeanne; je le sens au charme que me
laisse son souvenir. D'ailleurs, ces 2 dernres eussent
été, l'Une épouse-mère, l'Autre épouse-servante et de-
vouée come le fut ma Mère, n'existant que pour son
Epoux : et ces Femmes-là rendent toujrs heureux
leur Mari... O Madelène! je te benis!

COLOMBE : Charmante fille-de-boutique du Md-de-
draps Sautereau : elle était de Joignì, et de la plüs
riche taille; c'est la plüs grande de mes Maîtresses.
Elle avait un excellent cœur, et je ne songe jamais à
cette belle Fille qu'avec atendrissement. Sa fête est
une de Celles que je celèbre avec le plüs de solennité.

Je vais à la pointe orientale de mon Ile, je descens sur la rive ; je bois de l'eau du fleuve, qui a passé devant la porte de Colombe, et je dis : » O Fleuve, qui l'as vue ! dis-moi si paravanture elle est heureuse » ?

J'ai su depuîs, que Colombe a été mariée à Paris avec un Md-de-draps, ruë *Honoré,* coin de celle *des-P****. Elle me connut, lors du *PAYSAN,* et un jour, je lui fus montré, come je passais. Elle me tendit les bras, maîs je ne pouvais la voir. Lorsque je fus instruit, 12 ans après, et que je me présentai chez elle, Colombe n'était plus.

Mad. PARANGON, ét Mlle FANCHETTE-COLLET, sa Sœur-cadette. Je leur ai consacré le 1ᵉʳ jour du plüs beau mois de l'année... Celeste Colette ! prosterné sur mon Ile, le visage tourné du côté de notre Patrie, j'adore votre souvenir !... O belle Fanchette ! que vous m'aviéz fait une delicieuse... une fatale illusion !... Le bién est de vous, et je vous en remercie ! Le mal est de M. Parangon, et je le lui pardonne !... Aimable ! trop aimable Fille ! le jour où je vous commemore, votre Sœur ét vous, est encore le plüs beau de ma vie ! J'y pense à votre adorable Aînée sans douleur ; je me la représente belle, sensible, biénveuillante ! Je vous vois innocente, naïve... et des larmes delicieuses coulent de mes ïeux !... O Fanchette ! peut-être le 1 MAI 1797 a été la 42ᵐᵉ ét dernière-fois que j'aurai celebré vôtre FÊTE ! Quand j'aurai cessé de vivre, vous n'auréz plus de Temple, de Prêtre, ni de Culte ! Vous êtes DEESSE, tant que je vis !....... Couléz, couléz mes larmes, pour COLETTE, ét pour sa jeune Sœur !...

COLETTE-COLLET : C'est ici la 2de FÊTE de cette Femme, qui n'était pas une Mortelle, mais un Ange, devenu visible ét FEMME, pour me rendre heureux. Je ne la meritais pas, et mes crimes l'obligèᵣᵉⁿᵗ à quitter la Terre. Alors je me trouvai sans apui, sans ressource ; Je fus come abandoné de toute la Nature. Je comence sa fête dès la veille. Je ne saurais exprimer la situacion où je me trouve la nuit, ét toute cette journée... Mais ce n'est pas la seule où je rende un culte à la celeste Colette : elle a plusieurs fêtes ; celle de sa revue, en 1743 ; celle de son retour de Paris, en 1751 ; celle de l'Attentat, en 1754 ; celle de nos Adieux le 31 AUGUSTE 1755 ; et le funeste, l'horible 12 MARS 1757, recommemoré le 27, jour où je

conus mon malheur... Honorée soyiéz-vous, ô Colète,
à-jamais !

Et vous, ô Fanchette, ma veritable Epouse, puis-je
honorer notre comune Deesse, sans vous honorer
aussi?... Benie soyiéz-vous, ô Fanchette !

1755 est la plûs longue année de ma vie. Je quitte Aucerre ;
je suis à Paris (aussi n'en fais-je la commemoracion que le
1 bre); maîs je dois nomer par ordre c'ronologiq toutes les
Femmes de cette Capitale à placer dans mon KALENDRIER.

HUMAINE-TALON (*mad.* DESVIGNES), *sœur de Julie,*
entretenue dabord, puis épousée par un Horloger. Sa
Sœur Julie la voyant triste un-jour, lui dit : « *Il est un*
moyen de te rendre chère à ton Mari. Tu n'as pas
d'Enfans ; il voudrait en avoir ; ta sterilité pourrait
le detacher de toi ! Je conais un Home qui t'en fera
Un, si tu en as dans le ventre »? *Humaine fit des dif-*
ficultés, jusqu'au moment où Chouchou fût devenue
enceinte. Alors, elle se decida. Ce n'est pas tout qu'un
Enfant (lui dit la petite Brulée), c'est qu'il a des pré-
ludes charmans, quand rién ne le gêne! Ceci tenta la
Dame. Je fus seduit par les avances d'Humaine, la
plûs appétissante des Femmes : La partie fut arran-
gée ; ét come j'etais fort pauvre, il fut convenu que la
Paidomane me donerait 10 loüis. Julie-Talon les re-
çut en depôt. Je vins donc au jour marqué, ét je trou-
vai une grosse Maman, qui pour plûs de facilité, se mit
au lit. Elle me dit, que c'était par pudeur... Il falut
m'y mettre aussi... Il ne fut jamais de pareils rafine-
mens... Nous restames ensembles 4 heures.. Sorti de
ses bras, je m'habillai, ét je regâgnai mon logement.
Julie-Talon, Joviénne-Brûlée Chouchou avaient écouté.
La ire me dit : « *Mon Ami, tu fouilleras dans tes*
poches. » « *Há! (dit la Desvignes), ce n'est pas assez :*
En voila 5 encore ». *Et elle ajouta 5 loüis, qu'on mit*
avec les 10 autres... Cela vint fort à-propos, car nous
devions, par mon insoûciance, ét la mauvaise adminis-
tracion d'Agnès-L. Je payai, sans lui rién dire, un
habit que je devais, le Boucher, le Boulanger, le Md-
de vin, et je recomandai de ne plus nous faire credit.
Mais on ne tint compte de ma prière... Voila come
j'eûs la belle Horlogère, ou plutôt come elle m'eût.
Elle devint mère. Son Mari fut transporté-de joie
(come l'était le Medecin Brulé, depuis que j'avais se-
condé sa Chouchou). Ce furent encore 2 Filles. J'ai
vu ces Enfans grandies, en 1780, au temps où je

conus Sara. On leur dit que j'étais leur Père. Mais deja entretenues toutes-2, elles me regartèrent froidement, en me disant : « Bién-obligéis de la vie, Monsieur notre Père ! Mais sûrement vous ne pensiez pas à nous, en nous fesant »... Je celèbre la fête de leurs Mères.

Mlle Mauviette ; sagefemme qui demeurait ruë de *la-Huchette*. Elle accoucha Agnès-L. en 1763, aîdée par Desirée, qui devait tenir l'Enfant. Elle venait souvent, ét je la reconduisais le soir. Un-jour, elle me pressa la main. Je fus surpris ?... Arrivés chéz elle, Mauviète me dit : « J'ai peu de Pratiques : les Femmes manquent de confiance en moi, parceque je n'ai pas eu d'Enfans : Vous n'êtes pas un Fat, un Jacteur ; vous êtes honête ét sensé : Faites m'en Un » ? Je ne sais pas, s'il est qualqu'Home, qui puisse refuser une pareille proposicion, la Femme qui la fait fût-elle un Monstre. Pour moi, j'obtemperai sur-le-champ... » C'est bién ! (me dit froidement Mlle Mauviette) : L'operacion n'a pas mal été : Nous verrons si le succès la courone. Sinon, il faudra bién recomencer ». Effectivement, elle attendit environ 2 mois, aubout desquels elle vint me dire : « Recomençons ». Nous recomençames. Six semaines après, Mauviette revint me dire fort-contente : » *Ça y est* ». Et elle ne me parla plus de recomencer Elle accoucha d'une Fille, ét elle eut des Pratiques. A l'entendre m'en remercier, on aurait dit, que je m'étais doné beaucoup de peine sans profit !... Il est vrai que Mlle Mauviette procreait, come si elle eût fait une operacion de chirurgie.

Mad. Debeauharnais. La qualité n'est pas un titre, pour être dans ce *Kalendrier* : l'état le plūs vil n'en exclut pas, pourvu qu'On m'ait aimé... Toute Femme est femme, et si le cœur est bon, la Prostituée est pour moi l'égale d'une Reine, d'une Sainte... Je n'auraï plus que des peines et des infirmités, le reste de ma vie : honeur à qui les soulagera ! Si c'est une Fille-publique, je l'honorerai, la fêterai, la celebrerai... Si c'est une Femme plūs relevée, qui ait des mœurs, de la vertu, de la beauté : tant mieux pour elle, et sans-doute pour moi : mais j'honore également le bon-cœur... † J'ai reservé Fanny Mouchard, jadis comtesse de Beauharnais, pour terminer mon *Kalendrier*. Elle reünit la beauté à l'esprit, au talent des vêrs ; c'est SAFO... Elle a voulu voir Rome, et fouler, de son pied délicat, la terre où reposent les Scipions, les Catons, les Cesars, les Horaces, les Ciceron, les Senèques, les Titus, les Trajans, les Antonins, les Pertinax, les Julién ; et Tasse et Rafaël, et Arioste, et....... je ne le mettrai pas. Mais, ô Fanny ! pourquoi nous avoir privés de ces rendevous delicieux qui nous mettaient au courant des sciences, des arts, et des nouvelles ?... Adieu, Fanny ; nous ne nous verrons plus : mais je vous regretterai. Puissiez-vous lire biéntôt cet Ouvrage, inmortel, malgré tous les Sots, qui s'en plaindront : Les *Laharpe*, les *Marmontel*, les *Panckouche*, les *Mallët-Dupant*, les *Senastons*, les *Millin*, les *Guinguenêt*, en fremiront : mais que m'importe ? Je n'ai pas dit tout le mal que je sais d'eux : Hâ ! s'ils le voyaient !... J'ai tout su, Fanny, pour faire mes *Contemporaines*, en 65 Volumes : que certaines Gens, qui ont beaucoup clabaudé, me sachent gré de mes reticences !... Ici, je n'ai jamais sucombé à la tentacion de médire : J'ai toujours tû ce qui ne me regardait pas. Hé ! que diraient A B C D E F G H I K L M N N O P Q R S T V, si j'avais dit d'eux tout ce que j'en savais ! si j'avais dit que XVI a accepté la proposicion d'un Père-putatif, de venir deflorer la Fille de sa Femme, et d'en faire Une Catin ? Et cet Home est de l'Instucçion-publique... Si j'avais detaillé toutes les infamies de l'Epouse de XVII, infamies capables de faire baisser éternellement la vue à ses Enfans !... Si j'avais exposé clairement la conduite criminelle de VI, seduisnt une Fille, la reduisant au desespoir ; s'entendait avec la Mère-intrigante et corompue d'Une-autre. pour en avoir la fraîcheur, par un mariage de 3 mois, di orce convenu, à-condicion d'une pension sur da dot de la future Epouse riche ! c'est entâsser les turpitudes : et cet Home est .. O Nacion ! come On te trompe !......, Mais où m'égarai-je ?..... Non-seulement mad. Debeauharnais m'a montré de l'amitié, mais elle a aimé ma Fille Marion. Benie soit-elle ! † J'honore le même jour mad. de-Luynes, mad. de-Mâilli (c.-d. Duchesses) ; mad. de-Chalais ; Mlle Dargenson ; mad. de-Gemonville, et mad. de-Clerm.-T.

TABLE DES MATIÈRES

CONTENUES EN CE VOLUME.

FIN DE LA TABLE DES MATIÈRES.

IMPRIMERIE D. BARDIN, A SAINT-GERMAIN.